乌金姑娘

吉庆菊◎著

中国言实出版社

图书在版编目(CIP)数据

乌金姑娘 / 吉庆菊著 . -- 北京 : 中国言实出版社，
2023.11

ISBN 978-7-5171-4685-8

Ⅰ.①乌… Ⅱ.①吉… Ⅲ.①长篇小说—中国—当代
Ⅳ.① I247.5

中国国家版本馆 CIP 数据核字 (2023) 第 214824 号

乌金姑娘

责任编辑：佟贵兆
责任校对：张　朕

出版发行：中国言实出版社
　　　　　地　址：北京市朝阳区北苑路180号加利大厦5号楼105室
　　　　　邮　编：100101
　　　　　编辑部：北京市海淀区花园路6号院B座6层
　　　　　邮　编：100088
　　　　　电　话：010-64924853（总编室）　010-64924716（发行部）
　　　　　网　址：www.zgyscbs.cn　电子邮箱：zgyscbs@263.net

经　　销：新华书店
印　　刷：三河市华东印刷有限公司
版　　次：2024年1月第1版　2024年1月第1次印刷
规　　格：710毫米×1000毫米　1/16　20.5印张
字　　数：314千字

定　　价：89.00元
书　　号：ISBN 978-7-5171-4685-8

自序

故事源于生活，生活本身就是一个大大的故事工厂。

《乌金姑娘》这本书，有它的缘起，也有它的构建舞台。

女主人公白梅出生农家，质朴得像山间的一溪清泉，简单、快乐。更似一株长在深山中的白色梅花，安静、优雅。不承想，在治安还比较混乱的时候，走出校门，只身踏上茫茫人海中的煤矿之岛，被扑面而来的社会之风，吹得晕头转向，吹得灵魂出壳，直至"内伤"。

她伤得有多重？

还会不会新伤复旧伤？

谁来为她疗伤呢？

时间可以为她疗伤吗？

我把男主人公高宏请了出来，高宏也有他跌跌撞撞的人生。他们将怎样抵挡风风雨雨，怎样相互扶持？白梅的伤会不会好转？他们的前方会不会出现彩虹？这些，都牵挂着我的心。她的伤，我的痛；他的苦，我的忧。我渴望看到她的笑，渴望听到他愉快的呼吸。

出于煤矿人的感同身受，以及文学创作者的责任和使命，很自然地，就产生了一种不可抑制的写作冲动。我甚至觉得，如果不把这个故事写出来，我连自己都对不起，还将永远对不起那些在煤矿打拼几十年的芸芸众生，更对不起那些为"三线建设"立下汗马功劳的老前辈。

故事以一位外来工作者白梅的工作经历和生活轨迹为主线，从煤矿人的工作与生活环境、状况等，多角度截取画面，讲述不同命运下的人物对工作、生活以及命运的态度。

或许你会为荒野中的一朵花感伤，或许你会为夹缝里的一株草，甚至一丛苔而浩叹。那么，你会为煤海里被各种浪涛冲击得遍体鳞伤后，还倔强地不肯死去的一叶小舟动容吗？

当你从千千万万的人群中走来，如果能够喜欢这个故事，那么，在你因白梅和高宏的经历而感慨万端之余，请注意倾听，我——吉庆菊，正在以画外音的形式为你祝福，愿你的人生：前方花香一路，阳光一路！

2022 年 7 月

目录

引子

· · · ·

气势磅礴的乌蒙大山腹部，一座年轻的城市犹如一只破茧的蝴蝶，镶嵌在以苍翠为底色的画卷之中，白云缭绕，淑气氤氲。虽然已到仲夏，九点的太阳依旧温情柔和，笑容可掬地悬在天空。一行作家采风团从人民广场出发，两辆考斯特中巴车，一前一后绕过绿植隔离带，沿着白色标识清晰如洗的柏油路径，导弹式地朝着城东方向发射出去，很快就把高楼大厦和宽敞的大街留在身后。

月亮湾坐落在市区东面，距离市区十多公里，是近年来脱贫攻坚成果中脱颖而出的美丽乡镇之一，因村前一座高山顶部的月亮穿洞而得名，早已成为市区的后花园。

大山深处，翠绕芳环，空气格外清新。统一规划的楼群，像雨后新发的蘑菇，一丛丛跃入人们的眼帘。人来人往的农家乐，很是热闹。点缀着小青草的几个停车场，旅游大巴、中巴和各式各样的小车，如排兵布阵，又好像整装待发一般。宽阔的休闲广场，穿着苗族盛装的姑娘、小伙子们载歌载舞，不时传来观众的阵阵掌声和欢呼声。还有那清清的山泉水，昼夜吟唱着不老的歌谣，滋润着当地百姓，滋润着远来的客人。

一切，自然而然吸引着作家们的视线；一切，无不撞击着作家们的灵魂。

太阳它有脚，在人们如痴如醉的过程中很快溜到中天，又从中天向西划去。作家们不得不忍痛割爱，把心一横，让自己的身子踏上归程。

这时，有一个声音如洪钟般传来："我们是原路返回吗？"这是司机师傅的声音。接着，另一个充满磁性的声音，从领队的口中发出："不，走另一条路，让大家感受一下市区北大门那边的风光。"

车从月亮湾出来，上了另一条旅游观光大道，作家们的视线瞬间跳进不同时空，尽情捕捉莲都市这些年翻天覆地的大变化。

峰回路转，拐进一条更为宽阔的大道。六车道的两旁，两三米高的风景树以相同的间距一溜排开，如同随时准备接受检阅的军人队伍，英姿飒爽。中间的隔离带，矮式绿植修剪得整整齐齐，很容易让人联想到帅哥们刚刚剪成的平头。高出矮式绿植的花枝、盆景般的树，各从其类，疏疏落落的。这一切，都披着一层明丽的阳光之色。

转眼间，车已到了离城两三公里的地方，一种既熟悉又陌生的感觉迎面扑来，瞬间纠缠着白梅的思绪。

"哦，五星煤矿，我曾经工作了二十多年的地方。"透过单面可视的车窗玻璃，白梅的视线认定那些久违的群山之后，又快速扫描到自己曾经住过的楼房，哪怕只能看到不及四分之一。于是，她忍不住惊呼："这变化太大了，差点没认出来。"

她这么一说，周围听见的人们都往窗外看去。而她的心里，却一时间翻江倒海，压都压不住地回忆着与五星煤矿相关的点点滴滴……

第一章

· · · · · · ·

八月的这天，于群山深处的五星煤矿而言，是个难得的好天气，明媚的阳光，充满着希望。只可惜，十点左右，白梅走近那道门时，她整个人都怔住了。

她来五星煤矿已有月余，一直住在招待所。几分钟之前，行政科通知，已经给她安排好寝室。

这时的五星煤矿，年产二十万吨，规模不大。一条省级公路，从六公里外的火车站翩翩而来，擦过它的腰身，然后继续向着西北方向扬长而去。

五星煤矿正式的单身寝室有三栋楼。三层的一栋，高高地立在"L"型办公楼前的小花园旁边，绿树掩映。另两栋为二层，也与办公楼处于公路的同一侧，在办公楼的南面，顺着公路错落而成，但与公路有一定距离，楼前均有其他建筑物。

白梅的寝室，却不在这些楼里，而是在离办公楼较远的那栋单身寝室楼前。以高坎为后墙，用水泥砖砌成的一排五间临时房，顶着一头油毛毡。右手最边上的一间，还占了高坎九十度转角的便宜，直接省了两面墙的材料。这里，便是白梅将要容身的地方。

"到了。"带路的工作人员走在前面，头也不回地对白梅说。

"就是这里？"白梅以为自己听错了，快步上前，狐疑地盯着他的眼睛。可是，对方眼神里，除了不容置疑的答案，还有些不耐烦。

没有上过油漆的木门，布满灰尘。上半部分钉着一块饱经沧桑的三合板，三合板的下方是活动的，龇牙咧嘴的缺口，酷像鳄鱼张开的嘴。从这里轻推一下，就足以伸手进去打开门锁。糊着发黄报纸的窗户紧闭着，让人联想到睁不开的眼睛。门外半米处，就是公路的边沟，沟里流淌着一层半清半浊的水，水上漂着食堂的油星。

白梅欢欢喜喜地从房产办拿了钥匙出来，一看工作人员带路的方向，心就开始有些乱了。待走到门边，她的心里早已五味杂陈。进了室内，一股比门外水沟还难闻的霉味扑面而来。

里面已住了三个人。门靠右墙而开，对着门便是一张头抵后墙的单人床。近门处，一把秃头秃脑的塑料扫帚，披着一身灰尘，孤零零地立在墙边。左侧的上下床，离窗户只有一转身的距离。显然，在它与后墙之间，那个空处就是白梅的床位了。人都不在，三张铺好的床寂寞地待在那里。没有蚊帐，床上用品都是寻常百姓家的质地。凸凹不平的墙壁上，报纸糊了一层又一层。有些脱落的地方，将掉未掉，泄露着岁月的过往。屋顶中央吊着一盏灰头土脸的白炽灯，长长短短的蛛丝儿，绕着它的命脉，汇成天罗地网，仿佛任它怎么挣扎，也只能定格在那一露头的瞬间。它才不管住进这里的人会是什么心情，要它亮它就亮，要它灭它就灭，仅此而已。

白梅站在进门两三步的地方，一种荒凉感浸透全身。恍惚间，她听见自己的心碎了一地。她感觉自己和自己那颗碎了一地的心，不住地往下沉，往下沉……径直沉入了看不见底的万丈深渊。抬起头，昔日留在心中的一切美好和愿望，还有那些曾经闪闪发光的梦想，都一点一点远去，化成了虚无。

待她回过神来，房产办的工作人员早已不见踪影。再次环顾这个房间，她确认不是梦，灯还亮着，屋子还是那么鬼魅。

"这里将是埋葬我一生爱恨情仇的地方吗？"

"难道这么多年辛辛苦苦拼命读书，到头来就是这样的结局？"

"还是说，一个外来人员，举目无亲，就该如此？"

"那么，前面的路……"

她喃喃自语着，在问谁呢？她又能问谁呢？

一种前所未有的无力感包裹而来，她忍了近半小时的泪水，终于还是决堤了。

她从未想过自己会住进这样的房间。老家的木瓦房，都不知要比这里好多少倍，就连猪圈的房顶，也都盖了小青瓦。曾经实习过的那些煤矿，寝室都比她在学校住的还要宽敞，还要明亮。而学校的那间寝室，她就很喜欢。

那是一楼楼头，仿佛趁着对面楼梯拐弯之际，赚得的一间屋子，大小只有其他房间的一半。

沉浸在两周前离开那间寝室之际，仿佛有一股甜蜜的暖流，正在深深浅浅地潺湲于她的心间。

那天，重庆的太阳被浅灰色的云层结结实实地堵在了上空。然而，阳光到达不了地面，却一点儿也不影响它的温度和热情。一大早，白梅起床时，凉席上的汗水，活脱脱就是她的影子。

她把愣在一边的被子重新叠得方方正正，用花油布包好，两手握住长长的尼龙绳拉到中间位置，从方块的一端开始，绕到另一面交叉，再以同样的方式纵横交错，像军人的背包那样，捆得结结实实。衣服和书，都装在一个可背可提的小皮箱中。学校在办公楼的一楼设了托运办理处，所有要托运的东西，只需搬到那里即可。

"白梅，都收拾好了吗？"

突然，一个熟悉的声音从门外传来，是她的同县老乡郑晓明。他们不同班，不同专业，只是同一个年级。出了省门，别说同县，只要是同省，都格外亲切。

从进校以来，郑晓明对她一直很关心。周末来访是常有的事，每次回家、返校，大包都是他拎着，火车票也是他买。好像亲人一般，这些事，他都觉得理所当然。以至于都毕业了，白梅其实还不知道火车票怎么买。嗯，这次还是不用她操心，郑晓明都已经买了。这事，她就从来没有争得过他。

"哦，好了。"

白梅刚收拾好行李，郑晓明就来了，他们将要离开朝夕相处了两年的母校——重庆煤校。

环顾着这间用上下床以七字形摆放的小小寝室，过去的一切，就如同刚刚读过的一本好书，每一页都是那么让人难以舍下。

进校时，她并不住这里。而是在后面那座平房，靠着围墙的那间。里面住了八个人，有来自大东北黑龙江的，有来自山西、海南等地的，也有重庆本地人。

"我们都不哭，好不好？"

那年的中秋节，她们一开始都有说有笑，转瞬就有人沉默了。这沉默仿佛会传染，很快整个寝室就静得只听见大家的呼吸。刚出窝不久的鸟儿，怎会不恋旧林？接着，抽泣就如同破土的种子，穿透大家的呼吸声扩散开来，渐渐变成了啼啼哭哭之势。白梅一看这情形，自己也快忍不住了，便如此说道。其实，她说出的话，自己都听见了哭泣的声音。

一时间，满室梨花带雨。也不知过了多久，大家都哭累了，才慢慢睡去。

吴晓兰与白梅是同省的老乡，她们自然走得要近些。两人个子差不多高，身材也很相似，连披肩发的长度都基本相同，只不过吴晓兰的是直发，白梅的有些微微自然卷曲，好像一段流动着的溪水。熟悉后，她们的衣服、裙子常常换着穿，好多人远望时，都把她俩弄混过。

女生院由一位阿姨专门负责，管着全校一百多名女生的住宿。平时都不让男生进出，有亲人到访，也必须核实清楚才可以。白梅的父亲送她进校时，就是这样。

但是，到了周六下午和周日这天，就不控制。所以每到周六、周日，只要不是约好一起出去玩儿，就会有老乡来访。

来找白梅的老乡比较多。当时，全校与白梅同省的共有一百多人。经常与郑晓明同来的，有个叫王尧，与白梅同一地区。王尧个子一般，但人长得很帅气，穿着也十分得体，给人一种精明能干的感觉。开学后的一段时间，白梅和吴晓兰可以说形影不离。但在一来二去的交往中，她很快发现吴晓兰对王尧的情愫，觉得电灯泡其实在那种情况下是不受欢迎的，便慢慢淡出了。的确，第一学期才刚刚过半，吴晓兰与王尧就已经有了那么点意思。第二学期，两人已是公开的恋人，出双入对。

夏天，重庆的天气总是闷热的，人们的穿着当然要精简到不能再精简。放眼看去，男男女女，老老少少，就是一幅短裤与裙子的画面。

一天下午放学后，白梅去看电影。是的，白梅时不时会一个人去看电影。轻柔的上衣，窈窕着白天鹅般的白；火红的裙子，如同微风轻拂着的一朵吊钟。白色的半高跟凉鞋，踏着没有罗袜也会生尘的莲步。王尧远远看着她的背影，很是生气，心想这人，看电影没叫上他就算了，还连说都不说一声。原来，王尧是把白梅当成吴晓兰了。几天前，吴晓兰就曾穿过白梅的这身衣裙。回到寝室，吴晓兰一说，两人笑得前仰后合，其他室友也有的笑出了眼泪。

吴晓兰的国字脸上，五官不算精致，也没有什么特别吸引人的地方。一双单眼皮的小眼睛，倒是炯炯有神。不过她皮肤白皙，都说一白盖九丑，此话放之四海而皆准。她很会打扮，每天涂脂抹粉，却也不显浓艳，给她原本不太出色的五官增添了不少姿色。

白梅总是素面朝天，打扮得简简单单。人也单纯得像一滴水，与人相处，特别耿直。无论室友之间、老乡之间，还是同学之间，她都是凭着一颗质朴的真心去相处。从来没有什么九转回肠的弯弯绕，也从来不会去想什么阴暗的东西，倒是快乐得像一只鸟儿。

一个学期还没结束，白梅与班上的同学们早已熟络了。同桌，或者说邻桌的周紫瑶、余晓霜，与她还开启了一段不解之缘。

一个周末，她们一起外出到解放碑游玩。繁华的街市，琳琅满目，处处吸引着她们的眼球，三人乐开了花，只差没有蹦跳起来。逛着逛着，一个特别的摊位跃入了她们的眼帘。验血可知血型？六只好奇的眼睛，齐刷刷地看了过去，脚步不由自主地把她们带到了摊位的近前。

"三个妹儿，要不要验一下？"穿着白大褂的中年男人，个子不高，略显肥胖，满面笑容地问道。

时间已近中午，太阳高高躲在云层上面，欲露不露，如同此时的白梅她们，有些迟疑，有些羞涩。三个小姑娘傻傻地笑着，你看看我，我看看你，心里还是想试一试。看这情形，白大褂赶紧补充道，"三个妹儿放心，不准不要钱。"笑容里看不出一点儿欺诈的迹象。

"要好多钱，一个人？"白梅先开了口，操着还不怎么地道的重庆话。

"五角。"白大褂依然满面笑容。

"少点儿嘛！"白梅想起在家赶场时，和母亲背白菜到街上去卖，喊八分钱一斤，买方就是这样说的。自己满山遍野挖鱼腥草去卖，喊一角钱一斤，人家来买也会这么说，最终只得以每斤六分钱卖了出去。

"你们三个都做，便宜一角，四角一个人，不能再少了。"也不知是被她的诚恳打动，还是什么，白大褂看了看她，便如此说道。

"好。"答应一声后，白梅率先伸出了左手。

不多会儿，结果便出来了。拿着单子，三个小姑娘开始只注意各自的，到后来相互看时，不约而同都瞪大了双眼，嘴巴张得半晌合不拢。

白大褂忙着自己的生意，这时又有别的人来了，哪里会注意到她们此时的表情。事实上，大街上人来人往，谁也不会在意她们。随着人流的涌动，她们震惊过后，同时发出一声笑，然后收好单子。那灿烂的笑容，似乎就是把太阳羞得躲到云层上去的"罪魁祸首"。

教室里的桌子，是单箱的斜面木桌。或者说，就是带有四条腿的斜面木箱子。桌面是箱子上盖，高的一侧用合页与箱体连接，低的一侧可上锁。桌面斜度，恰好是看书或写作业的舒适度。都是单人的，一人一张。

桌子的摆放，教室中间一排四张，两侧倚墙，均为两张一排。三个小姑娘坐在第一排的中间，从左手起，第一个是余晓霜，第二个是周紫瑶，第三个是白梅。

三人上课时认真听课，下课时一起唱歌。《大约在冬季》《粉红色的回忆》《祈祷》《黄土高坡》等，当时的流行歌曲，被她们唱了一遍又一遍。自从去了解放碑回来后，不论是回寝室的路上、到食堂打饭的路上，还是放了学走出后校门去逛逛铁路、爬爬小山，总之校园内外，多数时间她们三人都在一起。偶尔哪个因什么事，没一同出入时，别人都会问，谁谁谁呢？三个小姑娘就像校园里的一道风景，人们都习惯了她们一起出入的画面。

其实，从解放碑回学校的路上，三人各自报出年龄，周紫瑶最大，余晓霜第二，白梅最小，她们就已结拜成了姐妹。不需要喝什么血酒，燃什么香烛，也不需要磕什么头，拜什么天地神灵。除了一颗至诚的心，她们还有着神奇的"血缘"关系。从那时起，她们内部的称呼，也不再是直呼其名，而是变成了大姐、二姐，二妹、三妹了。

渐渐地，同学们都知道了她们的称谓。尤其是"三妹"，男同学女同学，不少人这么称呼白梅，甚至还有老师这么叫的。

白梅是学校田径队队员，从一百米、一千米、五千米到十五公里，都拿过奖。学校每年四月都要举办大型运动会，有田径、铅球、举重等，门类很多。一年级时，白梅三千米拿了个冠军，五千米拿了个亚军。从此，在整个校园里，都知道她长跑厉害。有人悄悄给她取了个外号，叫"飞毛腿"。甚至到毕业时，有人还明晃晃地把这个外号写在她的留言册上。当然，"飞毛腿"也引起了秦老师的注意，秦老师既是体育老师，又是田径教练。于是白梅顺理成章地进了校田径队，不仅参加学校的运动会，还多次代表学校参加校外的比赛。

一次市中专运动会，白梅代表学校参加了十五公里长跑。赛道要拐不少弯，经过不少路口。而终点的设置，是离开主道左转十来米后，沿着一个大花坛右转，再右转。

白梅紧跟着第一个跑，这是她在长跑中一贯的做法。一路上她都不超前，也不放松，与前者相距总保持在三五步的样子。右转看到拐点处设置了一张桌子，有工作人员在那里举着三角形的小红旗，白梅以为就是赛程终点，突然就如离弦之箭，直接向那里飞去，然后停了下来。然而，真正的终点还要拐过去十米左右。说时迟，那时快，被白梅超了的那位加速径直往前跑，还是稳了第一。白梅后知后觉再冲过去，却为时已晚，结果依然排在第二。

"三妹儿，别难过了，这事不怪你。要怪，还是怪我，怪我没给你讲清楚终点在哪儿。这地方你没来过，也不熟悉。"

她很遗憾地流下了眼泪，而教练秦老师安慰她时，更是深深地自责，眼圈也有些红了。三妹儿在校田径队里，是常常被秦老师挂在嘴上的。

转眼到了二年级，周紫瑶寝室的三个高年级室友都毕业了，她便叫三妹搬进去。这时，来了两名新生，都与白梅同省。一位叫郭小婉，一位叫聂梦秋。郭小婉住在周紫瑶的上铺，聂梦秋住在白梅的上铺。

当时，有个热播的电视剧叫《绝代双骄》，里面的人物花无缺、小鱼儿、铁心兰、苏樱，她们都很喜欢。

她们寝室正好四个人，便开起了玩笑。周紫瑶戏剧性地成了花无缺，白梅成了小鱼儿，郭小婉化身铁心兰，聂梦秋自然就是苏樱。

在电视剧中，花无缺对铁心兰一见钟情，小鱼儿也在苏樱的执着中生了爱意。很长一段时间，只要回到寝室，都不会少了这个话题，几乎每天都会上演寝室版《绝代双骄》。相应的称呼，竟持续到白梅和周紫瑶毕业。尤其是小鱼儿叫铁心兰的那一声"大嫂"，亲得铁心兰骨头都要酥了。

转眼，白梅就要离开这间寝室。郭小婉、聂梦秋她们还没放假，都上课去了。周紫瑶是于昨日离开学校的，当阔别的车轮启动后，白梅追着、喊着，与车同跑了十来米，眼看就要跟不上了，才慢慢放开她伸出窗外的手。

"走吧！"看着白梅依依不舍的样子，郑晓明虽然有些不忍，还是轻轻说出了这两个字，他心里惦记着上火车的时间。

那个寝室，虽然小小的，却是窗明壁亮，还承载着她们四人无边无际的欢乐和难忘的记忆。

而今走进这间寝室，白梅感觉自己仿佛走进了一座没有墓碑的坟墓。满眼的不堪，仿佛一盆雪水毫无预兆地从头上浇来，心渐渐凉了下去，连血液都凉到了冰点。

"小白梅，想家的话，回去看看吧！"

白梅报到后，就在组织科帮忙，徐科长对她的工作很满意，一个多月来，表扬她认真都好几次了。这天下午，看到她情绪十分低落，就主动这样说。

"好的，谢谢徐科长！"白梅心里一惊，她的冰面上恍若有了些许阳光。

第二天一大早，带着毕业前在重庆为家人购买的礼物，坐上长途大巴车回家了。

颠簸七八个小时，一路晕车，吐得晕头转向，中途也不敢吃东西。下午四点多钟，终于到了离家两公里远的下车点。还好，几阵新鲜空气一吹，便什么事都没有了，精神也很快好了起来，就像被神仙施了妙法一般。

走在群山怀抱、白云当空的家乡路上，白梅那颗已经沉入万丈深渊的心，还是像拂过一阵春风似的。正好利用这段路程，好好调整一下情绪。

白梅家所处的寨子，前面有个带竹的麻窝，后面的山峦杉松成林，家家房前屋后的果树仿佛一把把撑开的伞。一进寨子，人们就看到这位寨里寨外都小有名气的"佼佼者"。在这个老传统的地方，人们的思维也很传统。孩子上学，大多都在二三年级就被喊回家帮忙干农活，说字只要能认得个倒正就行。白梅是幸运儿。她的父母崇尚文化，但在特殊年代无法实现上学的愿望，孩子能读，自然欢喜。

"小白梅回来了？"

"回来了，大叔。"

"哦，小白梅，回来了？"

"回来了，幺爷。"

……

一个寨子里，除了两三家之外，都姓白。白梅辈分低，所以遇到的不是叔叔，就是爷爷，或更老的长辈。

"哦，我家小白梅回来了。"听到与别人打招呼的声音，白梅的父亲、母亲都急忙走到宴窝（堂屋外）来迎。

"爸，这是给您买的衬衣，在重庆买的。"

"妈，这是您的短袖褂褂。"

"小白倩，这是你的。"

……

白梅一到家就打开箱包，笑盈盈地把礼物分了，全家每个人都有。

"儿，家里都没有钱给你，你哪来的钱买这些？"父亲一想到这两年，就是他送白梅进校时，给了她一百块，后来因经济不宽裕，都没有给，心就疼得不行。

"是啊，儿，自己都没有钱用，还给这个买，给那个买。"母亲当然也很心疼。

"爸，妈，我有钱用的。学校每月发三十斤饭票，二十四块钱的菜票，吃的不用花钱。我每学期都有奖学金，参加比赛获奖又有奖金。另外，吃不完的饭、菜票，还卖了一些。到了单位，报到后就先领一个半月的工资，饿不着。"白梅怕父母揪心，急忙一连串地解释。然后转头望向白倩："这件红夹克，你当时卖了那么多折耳根，才换来这么一件好衣服，还怎么说都要给我，说我在外面和在家不一样。我怎么忍心？两年了，我只穿过两次，这次带回来，还给你。"

"要得嘛！"白倩看着姐姐眼里含泪，明白姐姐的心思，没再推辞。

白梅在家高高兴兴地帮着父母干干农活，做做家务，其乐融融。半个月的时间，很快就过去了。谁也想不到，她风和日丽的背后，藏着一团怎样的黑暗。更想不到，她即将会面临着什么难题。

第二章

· · · · · · ·

返回矿上，白梅像一只挫败的困兽，别无选择，只得硬着头皮住进那间鬼魅的屋子。

这时，她已正式被分配到机电工区。五星煤矿实行二级管理模式，机电工区除了现场管理外，还兼有对上对外的业务功能。

新分配的大中专生，都要先到现场实习一年，实习期满，考核合格后才能转正。

白梅最先实习的地方是矿灯房。

矿灯房是矿灯们的休养之地。正如人要吃饭、睡觉一般，每一盏神采奕奕的矿灯从这里出发，工作疲惫之后，都会再次回来，接受充电、维护、休息等调理。待到元气恢复、精神饱满之后，才又再次出发。矿灯是井下工作人员的眼睛，所有下井人员都会到这里领用。因此，可以说矿灯房又是煤矿的护眼中心。

"欢迎你！白梅。寝室安排好了吗？"班长是一位四十岁左右的女性，名叫张素莲。那充满关切的笑容，像是微风中盛开的白莲。

"安……安排了。"提到寝室，白梅像被点了穴似的，心跳立即漏了半拍。

"这样吧，第一天先不忙上班，有什么要准备的，你先去处理好，明天按时来。"白梅不太自然的表情，还是让班长捕捉到点什么。

"好的，谢谢班长！"白梅十分感激，她正好要到行政科去领床。

行政科就在她寝室的后面，相距不到五十米。

床是单人铁床。设计者心思巧妙，分别用六分管弯成"U"型，用同样粗细的直管，横在距"U"口二十厘米处焊接固定，倒过来便成了床的四条腿。床尾较低，无任何装饰。床头要高一些，"U"型框里镶一块压了荷花图案的玻璃板，一条小红鱼在荷叶下吹着水浪。

鱼儿，白梅这个寝室版《绝代双骄》中的小鱼儿，眼里掠过一丝亮光。一时间，床头的小鱼儿和寝室版《绝代双骄》里的小鱼儿，仿佛有了某种契合点。

床身是条形薄钢片交织成的网格，四周镶着三厘米宽的角钢。焊在四角上的楔形小铁块，正好能卡入四条腿上相应的铁环。

白梅长得小巧玲珑，不到一米六的个子，不到九十斤的体重。床的两端，一次拿走没什么问题。床身就麻烦了，这"庞然大物"，硬扛硬背，对她而言都是神话。怎么办呢？眉头一皱，计上心来。从行政科出来都是下坡路，她把床身侧着，一个长边着地，两手扶着另一个长边，顺着地面，硬生生拖到了寝室。

再次环顾这间屋子，心头又是一阵惨烈，简直就是一种"人生就这么交代了"的绝望。但是这一回，她倔强地控制住了泪水。

长发绾起，用毛巾包好，她开始打扫卫生。将买来的新扫帚与寝室里那把绑起来，如同制作一件够得着屋顶的法宝。屋顶上、白炽灯上的积灰和蛛丝，墙壁上的灰尘，屋角的蛛网，法宝所到之处无一苟存。那些欲飞欲掉的烂报纸，通通进了垃圾池。地板也在新拖把一遍又一遍的擦拭中，渐渐露出了真容。只恨心中那团黑雾，不能如此除掉。

时间快到中午，她已累得筋疲力尽。可她把头上的毛巾一摘，快速洗洗脸、梳梳头后，就往组织科跑。矿上每年都要订许多报纸分发到各个部门，有省报、《中国煤炭报》《工人日报》《莲城矿工报》等。组织科是必有的，她帮忙的这段时间，也偶尔翻看过。

她又给墙壁糊上一层报纸，像医生给病人包扎伤口似的，每一处都很妥帖。无意中看到报纸上的一则消息：莲城矿务局、云盘矿务局与莲城钢铁公司一起被列入全国五百家最大工业企业名单。好消息，她的眼里亮了，不过也就亮了那么一瞬。

她又把门上的三合板重新钉牢，用厚纸板堵上那张鳄鱼嘴，然后开始安床。床头架靠后墙立好，把床身拖到位对准，使劲抬起一头，将楔形小铁块放入卡环。然后慢慢抬起另一头，抬到比膝盖高时，把事先准备在近旁的床尾架挂在手腕上，待床身高度合适后，同样将楔形小铁块放入卡环。

眼看就要大功告成，突然她又傻眼了。就在她把床往里推时，床尾一个楔形小铁块断开了，真是屋漏偏逢连夜雨。呆呆地站在这间埋葬自己的屋子里，望着这张费尽心力的床，她那颗已沉入万丈深渊的心，灰暗得无与伦比。

很久，她看向床头的图案，喃喃道：

"小鱼儿，怎么办啊？"

"你啊，明明可以留在重庆，多少人求都求不来的机会，你却想都不想就放弃了，现在后悔了吧？"有个声音似乎来自图案，又似乎来自她的心底，有些幽怨地责怪道。她觉得，那就是另一个自己——小鱼儿的声音。

"后悔倒是没有，也不是不在意。能留在重庆那样的大城市，是何等的好，我不是不知道。至于为什么会决定离开……"另一个声音响起，这是白梅原本的声音。

"既然如此，那就面对现实。事实上，你现在除了面对现实，还能怎样？"小鱼儿毫不客气。

"只是没想到会是这样，这落差远远超过了早先的预料。说得对，到了这个时候，只能面对现实了。唉，如果造物主一定要这样安排，那就顺其自然吧！"白梅有些无可奈何。

"唉，还有枝格，你以为去那里就死定了，非要改到这里。改到这里又如何？还白白让人家郑晓明空欢喜一场。"小鱼儿继续控诉。

"唉……"白梅长长地叹了口气，她知道自己对不住郑晓明。

那天，绿皮火车发出一声长鸣，便驶出了重庆。

"下车了。""哐唧"了一天一夜后，火车于凌晨五点停靠枝格站，郑晓明拎着随身携带的手提包，站起来对白梅说。

"我要到莲都站才下，你……你慢走哈！谢谢你……"尽管在心里预演过很多遍，真正到了这一时刻，白梅还是有些不知所措。话一出口，自己都感觉太苍白无力。看着这个两年来一心一意关照自己的男生，白梅不仅有些心虚，说着说着，眼眶还红了。

枝格是莲都市所辖的一个县，在成百上千人的毕业生分配大会上，具体名单公布时，白梅就是被分配到这里。可她这么一说，击打得郑晓明彻底懵了，先是一愣，然后落寞地下了车。

郑晓明哪里知道，毕业分配中，白梅都经历了什么。

那天，毕业生分配大会结束，心情打着千千结的白梅，都不知自己是怎么挨到中午的。正当她心事重重，机械地拎着饭钵去食堂打饭时，在路上碰到了她的班主任潘老师。

"白梅，分到枝格，如愿了，很高兴吧！"

潘老师对白梅的印象一直很好。不仅因为她成绩不错，也不仅因为她是校运动员，更是因为她团结同学，有强烈的集体荣誉感。二年级校运动会上，白梅一个人的三项冠军，就把她所在的班级推到了全校几十个班的前六名，全班引以为荣，班主任当然也高兴。而最让老师和同学们感慨万千的，是白梅用自己荣获冠军所得的奖金，买了四十多张电影票，请全班同学看了一场电影。白梅还清楚记得，有一次，她从两米多高的地方跳下足球场，突然听到潘老师的声音从后面传来，"白梅，小心点，别摔着了。"声音里是满满的关心。

"如愿了，很高兴？"年轻帅气的潘老师，那兄长般的笑容，足以点亮整个世界。可她听潘老师这么一说，却不知所以然，于是在心里嘀咕着。

"何老师说你想去枝格。"看着她满脸问号，潘老师又说。

何老师是另一个班的班主任，那个班与白梅所在的班同届同专业，有三人与白梅同省。白梅恍然大悟，还真是"人不为己，天诛地灭"啊！若不是为了他们班的那三人好分配，又是为了什么呢？这一届毕业生分配名额，这个专业，她所在的省有四个名额，都集中在莲都，枝格、莲城各一个，云盘两个。那三人家都在云盘，想回云盘，不言而喻。回不了云盘的情况下，能到莲城，也是好的。

"潘老师，我没给他说过。如果要说也只会给您说，您是我的班主任老师呀！枝格、莲城，我都没去过，只是问了一些那边来的老乡，莲城交通比较方便，我是想去莲城。"白梅的眼眶湿了。

潘老师脸色一变，一时也有些不悦，怎么会是这样？

"我想去问问何老师，虽然大会上已宣布，可是他怎么可以这样？"白梅说着，水汪汪的大眼睛看得潘老师心疼，他便说：

"想问就去问吧，但要记住：有礼貌，好好说。"

"嗯，好的。"

白梅哪里还顾得上吃什么午饭？应了一声，把饭钵往寝室一放，就跑向何老师的宿舍。老师们没有成家或没带家属的，都有单身宿舍。

白梅很礼貌地敲开门：

"何老师您好！请问您怎么知道我想去枝格呢？我没和您说过呀！我们潘老师，我也没和他说过想去哪里的话呢！"

何老师大概没想到她会找上门来，迟疑了一下，支吾着说了句："我以为你愿意去枝格。"

"何老师……"白梅艰难地喊了一声，没再说下去，转身跑了。

回到寝室，把被子一拉，蒙头大哭。周紫瑶也不知该怎么劝，只在一边不住地叹息。没过多久，郭小婉和聂梦秋回来了。她们也没什么办法，说什么呢？这样的情况，说什么都没用，也只是叹息而已。

这一天，对白梅来说，简直就像在地狱里过日子。也不知为什么，一想到去不了莲城，要到枝格，她居然有"死定了"的感觉。她绝望地躺在床上，睡得个昏天黑地，眼睛肿了，脑袋也大了。

时间快到晚上八点的时候，她突然翻身起来，胡乱洗了洗脸，梳了梳头，一声不吭就往外跑。寝室里谁也没想到她会跑出女生院，都以为她上厕所去了。

"老师您好！不好意思，来打扰您了！"礼貌地敲开专业科书记家的门，白梅轻声说道。

"没关系，白梅，有什么事，你说。"书记一看，白梅一双大眼睛红肿得像两个熟透的桃子，不用想也知道一定发生了什么事。当听到白梅说起毕业分配的情况，他的笑容渐渐消失。"对啊，何老师说你愿意去枝格。这一届，你们那里这个专业就你一个女生，况且你成绩不错，又为学校做出过贡献，无论从哪一方面，都是要优先考虑的。"

书记说白梅为学校做出过贡献，指的就是白梅曾代表学校参加比赛获过奖，为学校争过光。尤其是那个十五公里的亚军，录像在学校办公楼一楼的大屏幕上轮播了很长一段时间。每个班都有一台电视机，每天晚自习前看了新闻联播，还会有学校的重大新闻。那段录像就是在学校重大新闻播过后，又放到办公楼大屏幕上轮播的。

"嗯……"书记略一沉吟，便果断地说："这样吧，枝格、云盘、莲城，你想去哪里，你先挑，剩下的再重新分配给其他人。"

"嗯，好。"白梅没想到书记这么快就做了如此安排，简直有起死回生之感。

白梅的心情已缓过来许多，但还是有气。她真想选个"云盘"，也气气那个班主任，还有那三个老乡。

不过，略一思索，话到嘴边，还是变了。

"谢谢老师！我想去莲城。"白梅笑了，一个劲地说"谢谢"。

"好，去吧！"书记也笑了。

第二天，何老师专门来给白梅道歉，就在女生院门口。他不是一个人来的，一起来的还有那三个男生。

"对不起！白梅。分配的事，我向你道歉。"何老师语气十分真诚。并对他带来的那三个男生说，让他们一路上要多多关照白梅。

"没事，何老师，都改过来了。当时我也有些冲动，对不起！请您不要往心里去。"得饶人处且饶人。当时她也只是气不过，想跑去问问。别说何老师都专程前来道歉了，就是不来，她也不会再如何。

白梅压根就没想过要在学生时代谈恋爱，她很固执地认为，学生就应该好好学习。她甚至觉得学生时代谈恋爱，就和老家小姑娘们羞于说起找婆家那样，是很脸红、很不光彩的事情。她还是和高中时一样，别人有点什么表示，依然毫无反应。两年来，郑晓明对她的心思，她不是不知道。一方面是这样的心理作祟，另一方面，她又清楚自己对他的情感。心里一直隐隐有一种担忧：纵然他是夸父，她也不适合成为他要追逐一生的太阳，只怕终究会对不住他。可是，她说什么也阻止不了。之所以没提前把分配情况的逆转告诉他，就是不想让他早早地就心里难受。看着他寂寂的背影，白梅的心里充满愧意。无论如何，还是把这么好的人伤着了。

两个声音如此一掐，不知不觉中，小鱼儿在白梅的逻辑里，仿佛又得到了一次升华。这时的小鱼儿，似乎已成了她灵魂的化身。

思绪回到现实后，她看了一眼腕上的表，时间已快到下午六点。她突然想起招待所方阿姨的话，想起她去机电工区和到行政科领床时，一路上那些人的目光。也不管什么床了，快速洗洗手、洗洗脸，关上门就往招待所跑去。今晚，她还是只能住在招待所，床的事，明天再想办法。

矿灯房设在综合楼的一楼。整个二楼都是男浴室，三楼是安全科。面对大楼，一楼左边有个女浴室，右边是洗衣房。矿灯房共有三间屋子。一间大大的，专门用作矿灯充电，左右两边各有一道双门扇的大门。室内摆放着九排架子，一排两台。每台架子上都有许多矿灯，看上去就像商店里的货架，只不过货物们都是一个面孔。

走进右边大门，一扭头就可以看到，值班室往里的一间是配液室。矿灯充电需要的硫酸电解液，就在这里配制。

墙壁上的木质镜框中，醒目的岗位责任制、操作规程等规章制度，每个字都像眼睛一般，紧紧盯着这里的一切。

第二天，上班时间还未到，白梅就进了矿灯房。班长还没来，窗外有一些领灯、还灯的工人，两个值班人员在忙着。白梅这才注意到，那些还灯的工人，工作服上都有一层煤泥。脸上除了嘴唇和眼睛，也都被煤尘染得黑乎乎的。绕着矿灯架随便观察矿灯充电情况时，她还在想，这些人应该就是从采煤工作面出来的采煤工人。

八点十几分，班长开完班前会来到矿灯房。

"白梅，你来了？"

"嗯，班长早上好！"白梅笑盈盈地说。

"就叫张姐吧，大家都这么叫。"

"好的，张姐。"白梅笑着应了。

"你刚来，就先看看，他们怎么发灯，怎么收灯，怎么给矿灯充电，慢慢来，不要着急。"

"好。"

"哦，寝室里该准备的都准备好了没有？"班长正要去做事，像是突然想起，又回头问道。

白梅看了看她，想着床的事儿该怎么说，有些迟疑。

"怎么了？"班长走过来，一手抚着她的肩，轻声问道。

"我……我……"

"有什么难处，你说啊，说出来，看我能不能帮你？"

"我昨天领了床，可是，那个像楔子一样的小铁块断了一个，安不上。我想等您忙完后，再和您说，看看咱们机电工区有谁会焊，我再去请人家帮帮忙。"

白梅生性不愿给人添麻烦，自己能做的事都尽量自己做。心里正琢磨着怎么开这个口，不曾想，班长还先问她。一时间，心事像被看穿了似的，有些发虚，却也只能顺势说出自己不得不解决的问题。

"嗨，这姑娘，看把你愁的。"说着，张素莲转头看向窗外正在领矿灯的一名男子，"李小二，你会电焊，帮白梅焊一下她的床，她刚领来的床，有个楔子断了。"

男子走到门边，看了白梅一眼，对张素莲说，"张姐，这是小事情，但现在井下有急事要处理，我上井后再说，好不？"

"好。"

张素莲拍了拍白梅的肩膀，转身做事去了。

矿灯房的工作人员，分大班和小班。

小班采用三班制，每班两人上八小时。另有两人换休，哪个班有人休息了，就顶上去。他们见灯牌，就可直接对上该矿灯；见矿灯，也可不加思索取出该灯牌。仿佛每个人的心中，都有一个矿灯房。返回的矿灯，为它们擦净不堪和困扰的同时，还如同安排就诊一般，凡有损伤者，都会得到及时救治。

大班人员，时间上和工区管理人员同步。他们就是矿灯医生，对矿灯及矿灯架进行保养、救治，为矿灯电屏补充硫酸等。四人中，两个男的都已年过五旬。钟师傅是当地人，除了非说不可，一般都不爱说话。常思远来自北方，是八级工，人称"常八级"。还有一位女性，叫肖芳，比张素莲小不了几岁，身材也小巧玲珑。

既然暂时还解决不了床的问题，索性就懒得想了，看师傅们修矿灯吧！

白梅心里这么想，微微一笑，朝着坐在木箱子上正专心修理矿灯的常师傅走去。

刚走出两步，在窗口忙着收矿灯的宋曦喊道："白梅，外面走过来的那个人电焊很厉害，他叫高宏，请他帮你焊嘛！"

白梅一听，三步并作两步跑出去，那人已走过门口，留给她的只是背影。她也管不了那么多了，情急之下，竟然迸出一句……

第三章

· · · · · · ·

开完班前会，高宏着一身工作服，出了机电工区大门就往右走，他要到锅炉房去焊一个架子。走过矿灯房门口时，突然有个声音从后面追了上来。

"喂，姓高的……"

剑眉一挑，脚下骤然停住。这一声，着实吓了他一跳。转过身，一脸茫然。

"姓高的，你好！想请你帮我焊一下床，我领的床，有个楔子断了，安不上。先谢谢了！"语速有些快，声音却平静清婉，与之前那一句相比，高宏怎么也想不到会是出自同一人之口。

高宏是去年来到五星煤矿的。来之前，就听过这里许多乱七八糟的事。一年来的所见所闻，更是让他言行举止都不敢掉以轻心。

说什么"窈窕淑女，君子好逑"？眼前这位女子，大大的眼睛流波回转，似乎能看穿人的心思。如此轻言细语，礼貌周全地求助，这世上又有几人能够拒绝？她应该就是那位传说中新来的女技术员吧！可是，之前那一声大喊……算了，想那么多干吗？

"好，你的床在哪里？"高宏尽量显得云淡风轻。

"在寝室。"白梅微微一笑，心想，只要他答应就好。

"哦，在寝室焊不了，要搬到工区院子里才行。"高宏的脸上，还是看不出什么情绪。

高宏答应帮她，可她寝室离工区不止一里路，还要爬梯梯上坎坎，怎么搬到工区院子里？白梅的眉头又皱了起来。

"我去给你背上来。"一个声音在她后面响起，不用回头，她也知道是常师傅。

"常师傅，您……"

"走吧！"常师傅又补了一句。

"好，谢谢您！"常师傅的一番诚意，白梅虽有迟疑，还是接受了。

"背上来后，到工区院子里来找我。"高宏仍是一本正经地说。

"好的，谢谢！"白梅应了一声，便和常师傅走了。

常师傅背着床身，白梅拿着那断下来的楔形小铁块，不安地走在旁边，不时伸手去扶一把，生怕常师傅有什么闪失，伤着了他。

常师傅平时走路，背就有些躬，背着床身又更躬了。白梅的心在隐隐作痛。常师傅背着床躬身行走的样子，与父亲背出背进的样子何其相似。父亲背出太阳、背回月亮的辛苦，一直连着她的心，更是她随时都可打开泪海闸门的关窍。

常师傅把床背到矿灯房门口，高宏就来了，不知是不是巧合。高宏还带了一个人，他们把床身抬去焊好后，又送回矿灯房门口。还是常师傅给背到了白梅的寝室。

床的问题解决了，白梅坐在床边，扭头看着那个图案，看得图案中的鱼儿似乎都发了怵。

"怎么啦？"仿佛是小鱼儿，又仿佛是另一个自己在发问。

"鱼儿啊，从今日起，我们就要正式住到这里了。"似乎从天宫掉进了地狱，一种莫名的惆怅涌上心来。

广播响起，午餐时间到。她拿了饭票向食堂走，这是她第一次吃食堂。食堂在行政科楼上，大厅的尽头，售卖窗口前挤着一堆人。都是同一个目的，可谁又能知道，此时此刻，这些人的心里都装着怎样不同的愁和苦。白梅只买了米饭，出来后在门口买了三角钱的酸菜豆汤。

这一年，新分配到五星煤矿的大中专生，白梅第一个到矿。这两天，从寝室到矿灯房的路上，去食堂的路上，还有上厕所的路上，不知有多少双眼睛在盯着她，她心里总有些发毛。

"姑娘，这矿上有点乱，下午六点以后，你就不要出门了。"白梅住进招待所的第一天，方阿姨就这样嘱咐过她。才两天工夫，白梅已有些感触。

可是，下午六点以后，就不要出门，这有点难了，至少还得上厕所。厕所，经过食堂门口，还得往上走二十米左右。

白梅心不在焉地吃完饭，准备午睡一会儿。这时，开理发店的小孙回来了，房门开着。

"你们这灯不亮嘛！"一个男人的声音突然响起，人已站在屋内，离白梅的床位很近。这是故意进来无话找话的，不是地痞又是啥？白梅头也没抬，拉好蚊帐，拿过一本书打开。

几分钟后，没人搭理，那人大约觉得没劲，外面又有不少人起哄，他才走了。

白梅一阵唏嘘，起来关好门，才躺下休息。

从这天起，下午六点以后，白梅都不会出门。她觉得，这些人比方阿姨说的还要可怕。每天只要她下班，总是一群一伙的在她寝室门口转悠，不时听到"张老大""董老二""李老三"等的称呼。方阿姨说过，这些人都是矿上的子弟，都不学好，成了社会上的混混、地痞。

"你千辛万苦找到专业科书记，换到这里来，有什么好呢？寝室像个坟墓，就已经让你的心沉入了万丈深渊。这些地痞还让你无法安宁，又该如何是好？"小鱼儿的声音不满地从心底响起。

"唉……"白梅长长地叹了口气。

有时候，要防的事，终是防不胜防。

几天后的一个晚上，八点多钟，她肚子痛了起来，本能地就往厕所跑去。从她寝室出门，向左走十来米后，要左拐个九十度，才是去食堂的路。她刚转过弯，便听到有人曝出两个字："来了。"一时间，食堂门口往上五米左右的地方，靠边停着的中巴车上，跳下十多个小伙子，带着狡黠的笑，眼睛齐刷刷地望向她。

她心里害怕得不行。往回跑吗？这么多人，万一追上来，怎么办？硬闯过去吗？若被他们拉拉扯扯，又该如何？脑海里快速翻腾着。她突然觉得，还不能表现得太怕他们。情急之下，她还是装作若无其事的样子，不慌不忙地慢慢往前走，似乎那些人根本与她无关。那些人则不然，都好奇地看着她，看她走上前去会怎样，笑声里越来越得意、越来越放肆。

她的心慌得不行，八月的天气，她却像走在寒冬腊月的冰天雪地里，两条腿很不争气，一个劲地打着颤。

快走到食堂门口时，她不再往前，而是很努力地保持着自然姿势右转，走向食堂斜对面的那排临时房。那排临时房也是水泥砖砌成，但盖的是石棉瓦。她的师兄赵诚住在第二间，室内用石灰粉刷过，白色的墙壁，还配了猪肝色的地脚线，看上去很清爽。

"师妹，今晚你就在这里睡，记得把门反锁好。"见白梅吓得不轻，赵诚当机立断，并让他室友不要回来。

"那你怎么办？"

"我去和同事睡，别担心。"

白梅想上厕所的欲望，在一阵强烈的恐惧中，就这么硬生生逼了回去。

渐渐地，白梅觉得，只有在矿灯房，她才会感到安心一些。不到一个月，白梅已和矿灯房的各位熟悉了，都处得不错。其中，宋曦和杨义峰还成了她很好的朋友。

所以，白梅大部分时间都在矿灯房。宋曦和杨义峰基本在同一个班，很多次，他们上中班，她都在那里陪着他们到很晚，过九点、过十点，都是常有的。每一次，宋曦或者杨义峰下班后，都会把她送到寝室。

寝室里多数时间就白梅一个人，另外三人很少在。她后来才知道，另外三人，一个是开理发店的，一个是食堂工人，一个是砖厂小工。要么有家人在矿上，要么离家比较近，这里的床都只作为必要时的缓解之用。

一天下午，六点前，白梅依旧早早关上门，窝在床上。还不到七点的样子，一群人在外面，敲门的敲门，喊的喊，有喊"开门"的，有喊"小阿个，我好喜欢你"的……

白梅像一只缩进壳里的蜗牛，无论外面怎么闹，她都不回应。这样的事，她都不记得有多少次了，每次折腾都不会少于半小时，不折腾够，那些人是不会走的。可这一次又与以往不同，他们离开时丢了一句："明天我们到矿灯房找你。"

第二天，白梅早早到了矿灯房。她换上工作服后，沿着一排排矿灯充电架，观察矿灯充电情况。充电不正常的，要么取下灯头重新插好，要么直接把灯头旋转到位。然后加入修矿灯的队伍，一边看师傅们修理，一边试试手。

快到十点时，一群小渣皮在公路边站了一会儿，便有说有笑地朝着矿灯房走去。

白梅戴着白色的帆布手套，左手拿着矿灯灯头，右手握着螺丝刀，正在拧着一颗螺丝钉。昨晚那些人的话，她并没有忘记，但她想，这里是矿灯房，那些人总不敢真的冲进来怎么样吧？她这么想时，小渣皮们已到调度室旁边，只需一个小转弯，就和矿灯房面对面了。如果是那样，白梅再想出门，往哪边都逃不过他们的视线。

就在这火烧眉毛之际，宋曦突然气喘如牛地跑进来对她说：

"白梅，董老二他们来了，你快点回去，从老井口这边走，快点。"

董老二，这个名号白梅是听过的，在路上，在她寝室门口，在那个不敢去上厕所的晚上，食堂门口那群人的你言我语中……

"好，谢谢你！宋曦。"

"快，别说了。"宋曦急得不行。

宋曦不当班，他是特意来给白梅报信的。白梅出自内心，很感激眼前这个帅帅的小伙子，她信他。

"快走吧！快走吧！"听了宋曦的话，班长和其他师傅都催促着白梅。

那些天杀的，还真来了。矿灯房，这些日子，早已成为她的避风港。可是，这里也不安全了，该如何是好？她在心里嘀咕着，脸色一下子变得死一般的难看。白梅的心里无法镇定了，她的心也需要一盏温暖的矿灯，来为她照亮。

阳光从房顶洒下来，门外来来往往的人们，有的匆匆路过，有的和别人说说笑笑，都是那么的自由自在。可是，那些都是别人的，与她白梅，竟然半毛钱的关系都没有。她甚至产生一种错觉，觉得自己好像成了异类。普天之下，竟没有她白梅的容身之地了？一股无以复加的悲哀袭上心来，她摇了摇头，轻轻叹了口气。

她给班长打了个招呼，急急出了门，寻着老井口的方向，从矸石山那条路转着向寝室走去。

老井口是五星煤矿早期的井口区域。

"徐科长，我有个问题，想向您请教一下，可以吗？"白梅在组织科时，有一天下午，忙得差不多后，她突然对徐科长说。

"哦？小白梅，有什么问题？"徐科长本来就很喜欢白梅虚心好学的姿态，听她这么一问，笑了笑说。仿佛一位老师，在等待自己比较得意的学生发问。

"咱们五星煤矿是什么时候建起来的？我在技术档案中看到过新井口的提法，难道还有旧井口吗？莫非还搬迁过？"说完，白梅才发现自己一下子问这么多，真是有点……

徐科长却不以为然，他说：

"五星煤矿始建于一九五八年，当时称为莲城县段家湾焦煤厂。那时，这里有多处小煤窑，并以土法炼焦，供应附近铁厂。铁厂下马后，煤厂改为炼油厂，以煤炼焦，再从煤焦油中提炼汽油、柴油、煤油等产品。但是，经过几年生产，成效甚微，后来还是关闭了。不过，炼油厂关闭后，还留下一百二十余人筹建五星煤厂。到了一九六四年，原有的几个小煤窑经过改造扩建，当年生产煤炭五万吨。三线建设开始，莲城矿区职工生活用煤还得到此煤厂大力支援。后来，这个煤厂更名为莲城县五星煤矿。再后来，大昇煤矿开始施工，大昇煤矿设计年生产能力为六十万吨。为了服从大矿整体建设规划，五星煤矿便易地开发。原五星煤矿全体职工转移到新址，就是现在新井口的位置，继续新矿井的生产建设。"

白梅一路走，一路因老井口而联想到这些，却还是没有压住心里的慌乱和恐惧。

老井口已封闭，那些被风霜侵蚀了几十年的机房、厂房、办公楼等，都已住进了家属，成了一个家属区。楼与楼之间，但凡可以，都搭建了低矮的油毛毡房，只留出够一人行走的通道。

白梅头一次走这条路，还是在这样慌里慌张的情况下。按照宋曦给她交代的方向，她从矿灯房出门后向右，到锅炉房门口岔路时往左，从采掘楼后面一直斜上。

爬过矸石堆积起来的大山之肩——一个垭口，眼前出现两条路。一条进入楼中，楼为两层，红砖砌墙，水泥板盖顶。楼顶上，横七竖八，躺着许多粗细不一、颜色不同的电缆电线，跟盘丝洞似的。长长的楼道，两边的房门都关着，光线有些昏暗。另一条，便是从楼外直走。白梅自然想到不可能进楼去，不然，不是走到人家里去了吗？她对直往前走，虽是泥土小路，天晴了，是干的，就算穿着高跟鞋，也还好走。可是，刚走出二十米左右，她就站住了。前面有个小房子，左右都拐出个一人多高的直角裸墙，上面分别写着篮球那么大小的"男"和"女"字，再往前就没路了。

她只得掉头，又走到刚才有条路进楼的地方。站在那里，她想，莫非这路要穿过这楼？正思索着，见一位四十左右的女人提着一只塑料桶走了过来，她这才注意到自己面前的水管、水龙头。

那人是来提水的。女人和老家的大妈大娘们打扮差不多，很朴素。

"阿姨，您好！请问一下，从这里去食堂，要怎么走？"等那人快走近时，白梅微笑着问道。

那人看了看她，也面带微笑，一边指一边说，"从这点进，中间那点有楼梯下去。"

"哦，谢谢！"果然要从楼里穿过，真是奇了。白梅心里嘀咕着，人已走到楼梯处。走下宽宽的梯道，也就走出了这座两层的大楼。接着，就是那只够一人通行的迷宫路。她绕来绕去，问了好几个人，才搞清楚。可是，就在她快走出老井区域时，有几个小伙子蹲在路口处，都齐齐地笑着看向她。她的第一反应，是不是又遇上一群小渣皮？或者，那些人有一部分已抄近道堵上了她？早想到她有可能从这里逃走？千头万绪一时涌起，心狂跳着，表面上却还得强装镇静。提心吊胆地走过后，才长长舒了一口气，仿佛穿越了什么惊险之地，终于到了安全地带。她着实又被吓了一跳。唉，真是的，这都把人弄得草木皆兵了。

走出老井区域，前面这段水泥路，不仅可过手推车，大概马车、拖拉机也能过。只是坡度陡了些，就算没有三十度，二十来度还是有的。

拐了一个弯，走过三十来米，有一道门，没有门扇。她往里一看，乐了，器材科大门立在眼前，旁边就是自己有时必须光顾的厕所。原来，若从早上出门算起，她今天就是在新井连着老井的地盘上画了一个圈。

这会儿，她竟然想到，如果没有这些人捣乱，她还不知道有这条路。唉，这人世间，有些事，哪里能提前预料？有些路，哪里能事先规划？正如

　　她一心想到莲城，怎么也没想到会落到今日的地步。但是，反过来想，也不全是坏事。比如刚刚这条路，至少以后她就知道怎么走了。这样的路不好走，但它还是能规避一些风险。人生的路，不也如此吗？有些时候，不也需要绕道而行？

　　"白梅，昨天幸好你走得早，你刚出门不到两分钟，董老二他们就来了，十多个人呢！"第二天，一上班，好几个人就这么对她说。她看向宋曦，宋曦也正好看向她。宋曦帅气地笑了笑，点了点头。

　　白梅没有说什么，但眼神里充满了感激。

　　宋曦对白梅很关心，也很在意。上个月，一个星期天，第十一届亚运会火炬传至莲都。市委副书记点燃接传过境火炬，上万名群众参加游行庆祝活动，场面十分热闹。他就很想邀请白梅一起去，可是又怕白梅拒绝，终究没好意思开口。

　　接下来的日子，那些人依然没有停止对白梅的骚扰。走在路上，冷不丁就会有人喊。"白梅，我喜欢你。""小阿个，我好喜欢你。"……逼得她有时候都会嫌弃自己，好像自己就是一坨臭肉，没完没了地招来苍蝇。她就这样，一天一天地数着日子过。没有一天不提着心，没有一天不吊着胆。

　　总之，从矿灯房下班回寝室，走公路的话，很难有一路清静。特别是到食堂三岔路口处，公路旁边，也就是白梅寝室的斜对面，那栋楼二楼是行政科的房产办公室，一楼靠白梅寝室这边是邮电所，邮电所隔壁，就是矿上的录像放映厅。那里常常聚集着很多人，什么样的人都有。多年后，邮电所撤销，录像放映厅变成了餐馆，走到那里，白梅都还会不自觉地心中一紧。

　　所以，自从知道老井那条路后，白梅多数时间都从那里走。可不论走哪条路，食堂三岔路口处都是一道难关。

　　用水要到食堂门口去提，洗拖把、洗衣服都是在那里。只要白梅一到，很快就有人一群一伙地围过来，或挑逗，或嬉笑。搞得她提个水、洗个衣服都要像做贼似的，总是先在转角处观察一番，看不见那些人，才敢过去。可是，有时她刚走到水管边，有时刚接了半桶水，有时刚打开水龙头，那些人不知从什么地方一下子就冒了出来。很多次，都争着要帮她提水，嘴里还说"你领床的时候，看你拖得那么费劲，我们都好心疼。"她从不回应，见势不对，也不管接了多少水，提起桶来就走。

　　矿灯房实习期间，无论有什么问题，白梅都会虚心向师傅们请教。孔老人家说，"三人行，必有我师"。她却觉得，无论何时何地，身边的人都是她的老师。无关性别，无关长幼。别人所有的优点，都是她应该学习的。三个月的时间，可以说，收获多多。

　　下一个实习岗位，便是防爆班。

　　防爆班，顾名思义，就是预防和防止电气设备失爆的班组。

　　井下使用的防爆电气设备，其修理、维护和运行，都必须符合防爆性能的各项技术要求。若是防爆性能受到破坏，比如：电气设备的隔爆外壳失去耐爆性能或隔爆性能，就叫失爆。

　　失爆的电气设备必须立即处理或更换。不然，瓦斯或煤尘一旦被电气火花点着，后果便不堪设想。新闻里曾经播出过的那些瓦斯或煤尘爆炸事故，或许就有这方面的原因。

　　到防爆班实习的，除了白梅，还有刚来的张红和鲁静。她们也是新分配到五星煤矿的中专生，只是她们来得比较晚。

　　工业广场大门属敞开式的，没有门扇，离井口约三十米的样子。进门右边，有一组楼梯，楼上的两间屋子，是支护科的办公室。楼下沿围墙修建，一直到与调度室相邻的主通风机房门口，都是液压支柱维修车间。

　　那天，赵工带她们去报到。天桥好像一道彩虹，妥妥地横跨在工业广场的上空。鲁静指着天桥旁边的那些房屋，突然问道："赵工，这里是什么部门？"

　　"调度室，"赵工说，"那是全矿生产指挥中心。"

　　这些地方，白梅早已熟悉。天桥两端与围墙交接处，均开了门，一道就在矿灯房门口；另一道出去，不过三十米，上了公路后，脚程快的六七分钟，便可到达机关办公楼。

　　常师傅帮白梅背床到矿灯房门口请高宏焊时，走的就是天桥上这条路。小渣皮们到矿灯房找白梅，也是走这条路。白梅在矿灯房实习期间，更是无数次从这里走过。很多次，站在天桥上，她观察过围墙内的土井口。整个煤矿产出的煤炭和矸石，都在井下装入一辆辆矿车，利用绞车上的钢丝绳牵引，从那里运出地面。宽阔的工业广场，对于大型设备的接待和转运，井下所需材料的存放和运输，都很方便。还有标示着"压风机房""小机厂"等的大牌子，她都远远注目过。

看到调度室旁边那栋楼，写着"巷修工区"。张红问："赵工，这矿上一共有多少个工区？"

"全矿有六大工区，"赵工看向右边，"这里是巷修工区，"然后又指着前方，"那栋楼，楼上是采煤、掘进、通风工区的办公室。楼下，以楼梯为界，面向长长的大楼，右边四间屋子是运输工区的范围。左边，全部属于机电工区的小机厂。"

小机厂，门前还增加了一溜长廊，大约三米宽，依着厂房到最左端为止。

进了小机厂大门，呈现在眼前的，都是大大的屋子。左起一间是锻工房，白梅觉得，和传说中的铁匠铺有些相似。车工房正对着大门，四台大车床，恰如四只卧虎，还有钻床和牛头刨床。

长廊里，大门左边，白梅看到有砂轮机、电焊机。右边倚着里墙，整整齐齐地摆放着各种待修设备。向右走去，便是防爆班的所在。三间大屋子里，矿用开关们恍若八阵图中的成员，都列阵以待。

班长何仁方是北方人，一口北方话与白梅她们打招呼，白梅还有些不习惯。不过她听着这口音，与帮她焊床的那个人有些相似。

那个人，那个姓高的，自从帮她焊完床后，就没再见过。

防爆班这样的地方，她们三个刚出校门的女生，不说实习，就算已确定在此工作，这一开始，又能做什么呢？班长略一思索，有了，就安排她们磨防爆面。

防爆面，是指电气设备防爆外壳的接合面。不仅光洁度有要求，接合间隙也不能过大，否则就属于失爆。

井下空气比较潮湿，电气设备在使用中难免会锈蚀。防爆面锈蚀后，会留下锈迹，或大小不一的蚀坑，就像人的脸上长出雀斑或麻子一样。若未超出可修理范围，就用油石，沾着乳化油一圈一圈地磨，直到磨去那些锈迹或蚀坑，达到防爆要求为止。

从这一天开始，白梅她们三人就和这些防爆面杠上了。

起初，白梅还有些好奇。书本上学过，在校实习时也看过别人操作，但亲手实践起来，感觉还是不一样。

张红和鲁静根本不当回事，她们是不会在这里工作的，迟早要离开这个地方，只不过实习而已。白梅却不同，她注定要在这些场所驰骋。她每天认真地做着，一周后，手法娴熟，而且在她认为可以时，基本能通过班长的验收。

一个月后，学财会的张红，到了矿上的财务科，属于机关科室人员。学土建的鲁静，到了土建队。土建队专门负责全矿地面房屋及其他土建工程的建设和维护。

而白梅，她又会去哪里呢？

第四章

· · · · · · ·

冬日的天气，不下雨不下雪，干冷的感觉也让人禁不住怀中揣手。

这时，白梅到了机电工区技术室。

工业广场的正大门，犹如一张大嘴巴。左腮帮有一组楼梯，楼上的两间屋子，是支护科的办公室。楼下沿着腮帮，一直到与调度室相邻的主通风机房门口，都是液压支柱维修车间。右腮帮内，约三十米处就是主井口。出了门，那里摆着一条路。路本身不牵扯什么运气，但它却给五星煤矿带来了无数的机遇。它是井区的主要运输通道，也是井区车辆进出的唯一路径。这条路，与九字楼前的公路合谋。九字楼是五星煤矿家属区之一，至于为什么会用"九"字？白梅猜想，"九"乃数字之尊，又与"久"字协音，大概有寄予美好和长长九九之意吧！不然，看那地形，设计成其他形式，也未尝不可。

进入井区，首先就要经过二米五绞车房（主井绞车房）门口，走过二米五绞车天轮架下，左边是工业广场大门口，右边是机电工区办公楼。实际上，机电工区办公楼与二点五米绞车房，相隔也不过十米。

沿着这条路，可从矿灯房门前一直到锅炉房。

进了机电工区大门，眼前是一个摆了各种设备的大院子。办公楼呈"L"型，整个一楼和正面的主楼楼上，都是机电工区地盘。楼上，右边折出的四间屋，靠大门的两间是水电队办公室。水电队由矿上直管，专门负责生活用电用水管理。紧挨着楼梯的第一间是机电工区库房，第二间是安装队办公室。

早上，赵工带着白梅上楼，长长的走廊，从楼梯口一直通到"L"型楼房的两端。主楼的第一间是值班室，中间有堵墙，把屋子一分为二。白梅没好意思跑进去看，只从门边扫了一眼，外间安了两张床。两床之间有个小柜子，柜上有台电话。后来她才知道，里面一间是干部值班室，也有一张床。

这一路，安装队在院内刚分完工的一伙人都看在眼里。进大门时，白梅用眼睛的余光瞟了一下，那个姓高的也在。但是谁也没注意到，那群人中有个身材发胖，皮笑肉不笑者，长着钩子的目光把白梅送上楼后，那双不算太浓的眉毛，向上挑了两挑。

白梅他们走进第二间，这里是技术室，机电工区的技术员们都在这里办公。一个大通间，后窗前，四张办公桌都是三个抽屉的。这种桌子，白梅的父亲就会做，老家叫书桌。办公桌全是黑漆漆的，脱漆现象比较明显，看样子年岁都已经不小。

屋子的中间位置，左墙开了一道门，里面是赵工的办公室，正好是大通间的一半。办公桌是一张写字台，除了和书桌一样有三个抽屉外，左右下方还有抽屉、小柜子，均为暗锁。

"小白梅，给你派个任务。"

"好的，赵工。"

"你看看这个"，赵工指着墙根处的物件，"给它绘出加工图"。

在领到办公桌前，赵工让她先用他的。

白梅顺着赵工手指的方向看去，认得是皮带轮。皮带轮似乎也在看白梅，看这个新来的小姑娘会怎样测绘它。

"好。"她应了一声，随即问赵工要来钢卷尺、游标卡尺和其他绘图工具。

说干就干。她打开记录本，拿起一支铅笔，蹲了下来。好像画家写生，先对着皮带轮勾了个草图。然后再测量每一个部位，每测得一个数据，都及时记录在草图上相应的位置，比裁缝为裁衣而量体还要认真。

测量结束，拿过图板在办公桌上摆放好，从墙上取下丁字尺和三角板。再打开装有绘图工具的盒子，圆规、分规都有了。将一张A1幅面的图纸对折，拆开后，取其中一半再次对折并拆开，就成了待用的A3图纸。

她娴熟地把丁字尺头部卡好图板左边缘，并放置于图板下方，用三角板的直角边靠紧丁字尺上边缘，滑到适当位置，把图纸一角放入丁字尺与二用板构成的直角内，调整到最佳位置，再用透明胶布将图纸固定在图板上。

所有准备工作做好后，拿起标有"H"字样的专用绘图铅笔，以细实线方式，左边缘留出二十五毫米宽，其余边缘均留十毫米，画好边框线，在右下角用表格的形式，制出标题栏。然后铺开之前的草图，一笔一画，规规矩矩地，把皮带轮的三视图绘到图纸上。

三视图，顾名思义就是从三个方向观看物体，所投影出来的图形。从正面看的叫主视图，从左面看的叫左视图，从上面看的叫俯视图。

恍若排兵布阵一般，下午下班时分，轮廓线、中心线、剖面线等，都已画完。轮廓线统一为粗实线，用HB铅笔完成。中心线为细点画线，剖面线与中心线粗细相当，只不过是四十五度的细实线，均在H铅笔的左右逢源下完成。

第二天上午，在每个视图上标注好应该出现的尺寸，在标题栏上方写好说明，再在标题栏内填写好图件名称、比例、出图单位、绘图人姓名、绘图日期等，最后把边框线加粗，一张图就完成了。

再次核对，尺寸无误，说明恰当，线条清晰，尺寸标注表达合理，图面干净整洁，这才满意地放下心来。

"赵工，皮带轮的加工图画好了。"说着，她把图纸递过去。赵工接过图纸一看，表情没有什么变化，心里却赞叹不已。恰在这时，有人在外面喊他。他什么也没来得及说，把图纸放到办公桌上，就出去了。

绘图，白梅心里是欢喜的。她又想起重庆煤校的时光，想起她最敬爱的仁老师。

仁远丽是她的机械制图老师，个子和她差不多高，四十来岁的样子。头发烫出一些卷曲，却长不过肩。戴一副黑边眼镜，十分慈祥。因为与学生们相处融洽，许多人都叫她仁妈妈。白梅没有这么叫，始终恭恭敬敬地称呼仁老师。

刚入学不久，上了两次机械制图课后，白梅就被仁老师选为机械制图科代表。

许多人都说机械制图这门课太难，可是白梅却很喜欢。或许，这与她在高中时立体几何的功底有关吧！高中时，立体几何把许多人弄得一头雾水，她却像着了魔似的，竟然把立体几何当作其他课程学累了或是下课后的放松游戏。所以，机械制图总能让她找回当年立体几何的感觉。

仁老师很满意，在机械制图这门课的后期，还专门让白梅画了一套A1幅面的减速箱装配图，用来作为教学样图。

在学校每次画完一张图，白梅都会拿起来端详一会儿。同学们要看或有人需要帮忙时，她也很乐意。就像她进入初中，刚学会做鞋垫时，用白线以小乘号的方式，在红色的鞋垫上一针一线绣出各种图案，然后寨子里的姑娘们都要争着绣她那些图案一样，心里美美的。

她很想给仁老师写信，却一直没有写，以后也不知什么时候会写。她心里落差太大。从小学、初中、高中到煤校，一直很乐观的她，来到五星煤矿后，心一点一点沉入了万丈深渊，灰茫茫的一片，她怎么能让她那么敬重的仁老师为她担心呢？就如同她只身在外，不管遇到什么困难都从不会告诉父母，不愿让父母为她担心一样。

至于同学们，本来毕业分配后就各奔东西，也不知道谁的具体地址。何况处境如她，哪里还有心情去考虑这些？谁都不联系，谁都不知道她在这里才好呢！只有当初在煤校结拜的三姐妹，大姐和她彼此知道家里地址，信从家里转还能联系上。二姐是联系不上的。后来很长一段时间，有同学千方百计找来，她就热情款待，但她却从不主动联系谁。

朋友嘛，就是矿灯房的宋曦和杨义峰了。

矿灯房实习三个月，宋曦和杨义峰一直都对她很关心。这矿上和学校千差万别，她根本不敢想得太多。能有这么两位朋友，她已知足。

在这个地方，她只想把每一件工作都认认真真完成，其他的事都不想掺和。仁老师的话，宛如微风中一湾清澈的湖水，柔波徐徐，总是轻轻荡涤着她的心灵。

"你马上就要走上工作岗位，社会上与学校不同。你一定要记住，有人到你面前来说别人坏话时，不要轻易去表什么态。有句话是这样说的：来说是非者，必是是非人。当然，这话不一定全对，但有一定道理，不得不防。有时候，你搭话了，等事情败露，或许来给你说事的人为了保全自己，不但不认，还会反咬一口，说那话就是你说的，那你不就冤了？你还年轻，没经过社会上的什么事，凡事不要冲动，要三思而后行。有些话，在出口前，先考虑考虑后果，若会惹是生非，那就不要轻易说出……"

"谢谢您！仁老师。"只要想到仁老师的话，她都会在心里这么说。

现实的锋刃，才几个回合，就打磨得白梅有些招架不住了。

白梅恍若变了一个人，除了工作上的事，基本不怎么说话。大多数时间，她不是把自己关在寝室，就是把自己锁在办公室。

"小白梅，领工资了没有？"

这天，她在赵工办公室里，正翻看着一本变电所岗位工的培训教材。听到声音，白梅不用看也知道是陈素英。机电工区原有七名技术人员，白梅到后，正好可圆一张八仙桌。在白梅到来之前，技术室就只有陈素英一位女生。技术员中有一位是她爱人，他们都是省城煤校毕业的，听说是在学校相识相恋，一起分到五星煤矿的，有情人终成眷属。

"还没呢，陈姐。你呢？"答应着，白梅已从赵工办公室里走了出来。

"我也还没有，走，一起去。"

"好。"

办事员的办公室就在技术室隔壁，赵工办公室外面的那间。两人走出技术室，只见一群人手里拿着私章，像蜜蜂一样，把那个窗户的下半部分堆得严严实实。白梅和陈素英也没返回办公室，反正这会儿也没什么紧要的事，两人索性就在门口随意说说话，等人少些了再去领。

突然听到那边吵起来了，是一位老工人和宋海云吵。她俩听了半天，才听明白，那老工人的两个加班，没算进工资去。

"没算对人家工资，好好讲，下次补上就是了，这也要吵。"白梅在心里这么想着，忽听得陈素英说：

"她都干了四五个月了，还是不熟悉业务，什么都会弄错。"

"四五个月？她是新调来的？"在白梅看来，宋海云比陈素英起码要大五六岁，不可能才参加工作。

"不是，她是压风机司机。办事员是于丽萍，生孩子去了，她暂时代理。"

"哦！"白梅没再继续关于宋海云的话题，无论什么场合，她始终不愿意参与背后说人短长。

"陈姐是哪年分来的呢？"

"一九八六年，都来四年多了。"

说着笑着，眼看人少了，她们俩领了工资，也到下班时间了。

其实，对于白梅来说，她才不想下班呢，一直上班才好，那样她就不用去面对那些无聊人的纠缠。那些人再怎么无赖，还是不敢闯到机电工区办公室。

快到春节了。二月的一天，许树坤书记让白梅送资料到组织科，徐科长见她就笑了。

"小白梅，到机电去实习这段时间，怎么样了？"

"谢谢徐科长关心！学到很多东西呢！"

"生活还习惯吗？"

白梅不说话了，只是傻傻地笑，笑容里有怎么也掩藏不住的酸楚。

"怎么了？是不是想家了？"

"嗯。"白梅嗯了一声，点了点头，嘴上不说，心里却想：我哪个时候不想家啊？

"那就回去看看。"

一走神，徐科长的一句话让她大惊。

"啊，这么远……"

"办探亲假。"她正迟疑，一句话没说完，徐科长便接过来，一边说一边随手从桌上拿起一本探亲假申请表，撕下一联递了过来。

"现在就填，我给你签字。"

白梅有些激动地接过申请表，接过徐科长递来的笔，很机械地填好，然后徐科长带着她到隔壁的工资科去盖章。

工资科的廖武进接过申请表一看，愣了一下，然后抬起头看看白梅，再望向徐科长：

"她这个时间还不到……"

按规定，新分配的大中专生，实习一年转正后，才开始享受探亲假。

"你给她批了，出了事我负责。"徐科长没等他说出后面的话，果断地说。

白梅注意到，廖武进的脸色变了一瞬，很快又恢复了常态，然后给她批了。

申请表一式四份，一份留在工资科，一份留在组织科。白梅拿着剩下的两份，要交一份到机电工区。

她跑到许书记办公室，汇报资料已送到时，许书记说："好，把你的申请表给我。赶紧回去收拾收拾，是不是还要去买点东西带回家？去吧，高高兴兴地去看看父母。"

"书记，您都知道了？"白梅睁着大大的眼睛，试探式地看着许书记。

"知道了，徐科长刚来过电话。"许书记笑了。

"哦，谢谢书记！"说完，三步并作两步跑出书记办公室。

颠簸七八个小时，吐得晕头转向，但白梅还是有些开心。一进家门，一家人都乐了。

一个月的假期，她可以年后再回单位。

"儿，我看你，比上次回来的时候又要瘦点了，工作难得很吗？"晚饭的时候，母亲才吃了几口，就这样问道。

"是真瘦了。"父亲也说。

白梅知道父母的心思，多年来，她只身在外，父母没有一刻不牵挂，就算做梦，也放心不下的。她心里有一股暖流涌起，止不住地想要从眼睛里进出。可她还是笑盈盈地，努力按捺住那股不太安分的暖流，硬生生把它逼了回去。

"不难不难，我的工作中，最难的是绘图，但对我来说不难。我在学校就喜欢绘图，就像高中时喜欢立体几何一样。"

"爸、妈，你们不要担心我。我都这么大的人了，还要你们为我操心，那要操心到什么时候才是个头啊？"

"放心吧！"

"我才不想胖呢，胖了穿什么衣服都不好看。"噼里啪啦地说了一通，又开始打哈哈。

父母纵然心疼，也知道她的脾气，在外面遇到什么困难从来都不会向父母倾诉，只好作罢。

回到家的日子，白梅一如既往，笑盈盈地，每天帮着家里忙这忙那。

一周后的一天，夜幕张开巨大的翅膀，将万事万物都捂得严严实实，就连月亮和星星，似乎都被蒙蔽了，竟没有放出一星半点的光芒。

那间长长的屋子，呈东西走向，有着两个门扇的大门开在南面的中间位置。里面有两张铁床，和白梅在单位上领到的那张差不多，只是床头没有什么图案，当然也没有见着那条小鱼儿。一张顺着长长的墙，在门对面，床头与门的左边缘差不多对齐，床尾更靠左一些。另一张横在东窗下。

"高宏？"

站在门边，看见对面床上躺着的那个人，白梅大吃一惊。他怎么会在这里？这是怎么回事？这时，往日的许多画面，一下子都争着浮现在她眼前。

焊床后不久，白梅去调度室送矿灯使用报表，在调度室门口遇见高宏。

"高师傅，也来调度室啊？"

高宏是对她有恩的人，滴水之恩当涌泉相报。就算她因为那些小渣皮而提防着所有陌生人，高宏也不能算在其中。可是，当她笑盈盈地主动跟他打招呼时，高宏却毫无反应，自顾自地走了。碰了一鼻子灰，白梅有些不解。

"他怎么会这样呢？难道不认识我了？这才隔了多久，嗽！"

"算了，也许他正忙着，心里想着什么事儿，没有顾得上回应。白梅，小鱼儿，这种情况，你还会计较？"

"好吧，不计较。"

最终，还是心里的两个小人儿相互安慰，才算了事。

之后，白梅到了防爆班。有一次，她走在天桥下，一抬眼，见高宏从小机厂门口迎面走来，她嘴角轻扬，正准备开口和他打招呼，他却突然改变方向，往运输工区那边去了。

那以后，远远看到高宏，白梅就绕着走。一次两次已经足够，她才不想再三自讨没趣。

一个星期六，十点左右的样子，白梅寝室斜对面的小卖店，她正和店老板说话，高宏和另外两个小伙来到窗前，她就没搭理。

店老板姓王，和白梅一样，家在邻市。王老板有个姑姑在矿上，与人合伙开了个餐馆。她的姑父是矿上的工人。

一次，小渣皮们抢着要帮白梅提水，白梅手慢了，没抢过他们，她心一横，桶也不要了，转身快速回到寝室，把门一关，天塌下来也不开。那些家伙把水提到她寝室门口，怎么敲门都没用。他们一群一伙来骚扰白梅，王老板不是没看到。同样是女流之辈，她怎么会不知道白梅的难处？可她也是一个外来者，还要做自己的买卖，也不能轻易得罪这些人。

但这一次，她来到白梅的门口。

"哈哈，李老大，你们帮人家白梅提水，这个架势，哪个敢让你们提？"她这么一说，那些人不再敲门了。

她有个表弟和这李老大，还有这些渣皮当中其他几个，都处得不错。所以这些人对王老板不会怎么过分，只是笑嘻嘻地说，"王姐，那你说咋个做？"

王老板一笑，"你们都不要在这里闹了，你们走了，这水我帮你们提进去。"

几句话的工夫，那些人的脚步远了，外面又响起敲门声。

"小白梅，开门，是我。"

王老板与那些人的对话，白梅在里面听得清清楚楚，她早听出是王老板的声音。

"王姐……"

打开门，白梅脸红着，有些不好意思。

"小白梅，没事了，他们走了。"

王老板提起那要满的一桶水就往屋里走，白梅赶紧接过，连声说着谢谢！

自此，她们就算认识了，白梅时不时去买点什么吃的用的，王老板都会叫她进屋里坐会儿。忙的时候，就让她先坐，不忙的时候就直接和她一起坐下来说话。

这一次，恰好没人来买东西，她们俩就坐在里面的一间说着笑着。

小店依公路而建，也是用水泥砖砌成的临时房，不过盖的是石棉瓦。就一间屋子，有二十平方米左右。中间用货架相隔，靠公路侧留出一个门那样大小的通道，挂了帘子。这样，就相当于两个房间。

左边一间，朝公路开了一道门，一道窗。窗户的开关，是用一米多长、二十厘米左右宽的木板，一块一块竖着通过上下滑槽实现。

因地势低于公路，进门后要下两级台阶。窗前有一张三抽桌，一个抽屉专门放零钱，收进补出，都在这里，其余两个放了些别的用品。另外三面墙，除了门的位置，均依着货架。琳琅满目的货品，分门别类地摆在这些货架上。糖、烟、酒，小吃小玩的都有。

右边一间，有一张床，挂着蚊帐，其余墙边均码着货物。这里除了休息，有时还用来做饭。

白梅和王老板坐在里面，从那道门望出去，窗户正好全在视线范围。

高宏他们三人站在窗外，一眼就能看得清清楚楚。但这次白梅不仅没有搭理他们，甚至最先瞟了一眼后，就没再往那个方向看。

高宏他们买了东西，又有一搭没一搭地和王老板说笑了一会儿。就算他们故意把话题转到和白梅有关，白梅也始终不言语。

可是，现在高宏，他怎么会来到这里呢？这里是白梅的老家，白梅百思不得其解。

第五章

· · · · · · ·

白梅走近高宏的床边，高宏双手打开一本书，看得很专注。白梅的到来，他竟然毫无反应，好像白梅就是空气。

"为什么？为什么？"白梅抚着心口，好生奇怪，"他这么突兀地来到这里也就罢了，为什么他不理我，我的心会疼？这到底是为什么？"

这时，她脑海里又浮现出第一次见到高宏的镜头。

她一句"姓高的"发射出去，高宏瞬间驻足。当时没来得及细想，更来不及提前做出什么猜测，比如：他是不是浓眉大眼，是不是有一张英俊的脸，才配得上他那一副穿着工作服也掩饰不住的好身材。就在他转身的一刹那，她的眼里闪过惊讶，仿佛一轮明月照进她的心中。现在回想起来，她的心当时就颤了一下，还有一些慌乱。也不知为什么，突然就很在乎自己说话的方式。她第一次在一个陌生人面前，一个穿着充满煤矿色彩的陌生人面前，对自己的言行如此在意，生怕会给对方留下不好的印象。她居然还出现了前所未有的紧张。

有泪水从白梅的眼里溢出，顺着脸颊滑落。她的心越来越痛，不知如何是好。

她很着急，很着急，汗水都急出来了……

急着，急着，一下子醒了过来。原来是双手覆在胸前，凭空惹出了一场梦。不过说来也怪，醒来后，白梅居然还能感觉到心口的疼痛。两只耳朵里像是进了水，伸手一摸，果然湿乎乎的，枕巾也湿了一大片。

"奇怪，我怎么会梦见他？他理不理我有什么关系？喊！"

下了床，洗洗脸，对着镜子做了个鬼脸，又笑盈盈地帮着家里忙了起来。

开开心心地过完春节和元宵节，白梅又回到了单位。

一个月后，隔壁办公室传来一个消息，休产假的办事员——于丽萍回来了。

这下可热闹了。从白梅来到技术室，很多事情，尽管她无意过问，风还是会吹到她耳朵里。更别说，办事员的办公室就在隔壁。墙壁根本不隔音，何况中间只有一道关不住声音的门。

办事员的差事，本来就是千万只眼睛盯着的美差。明面上的一些大项，办事员拿的是副科级待遇。暗下的，就只有办事员自己和主管区长知道。

别看白梅是工程技术人员，是干部，办事员是工人，白梅在许多方面的收入，远远不能与之相提并论。不仅是差距那么简单，有些收入，办事员有的，白梅根本连边都沾不上。当然，不仅是白梅，就是白梅的顶头上司赵工，也有沾不上边的时候。

好不容易有这么个机会，宋海云怎么会轻易罢休？

宋海云个子不算高，不到一米六，但身材浑圆，给人五大三粗的感觉。再加上她没什么文化，工区职工统计表上显示初中，只怕也是工作需要才让她来顶替。她平时说话虽大大咧咧的，但一双小眼睛，在肉肉的眼皮下，机灵着呢！也不知是哪里来的底气，总是一副天不怕地不怕的样子。她的胖不是虚胖，是身体强健的那种胖。说话也不避什么，赶上了，什么脏话丑话都能说出口。

于丽萍呢？个子和她差不多高，但人偏瘦。可能是生完孩子还没补过来的原因吧，看上去弱不禁风。白梅觉得，要是打起来，或许十个于丽萍也不是一个宋海云的对手。

本来，这两个人谁怎么样，都与白梅扯不上关系。但是，在她心里，正义永远站上方。她觉得，原本就是人家于丽萍的岗位，人家有特殊情况，你宋海云来顶替一下，难道就是你的了？不过，话说回来，宋海云干了半年多的办事员，至少也尝到了不少办事员明面上该有的甜头，怎么甘心就这么放弃？

有句话是这么说的，"由俭入奢易，由奢入俭难"。其实，白梅自己，不也是这样吗？

小时候，尽管相对有些人家来说，她家还算过得去。但其实，家庭条件并不好，父母白天参与集体劳作，晚上还常常包活来干，十分辛苦。上学后，她突然发现，只要她取得好成绩，父母就很高兴。于是，她的学习有了目标，父母也因此有了动力。到考取学校后，家里可以说是大变样。

"哟，人家不知祖上积了什么德，小白梅读书会这么厉害！"

"小白梅那么聪明，这寨上有几个？"

寨子里人人出来都羡慕着。进了重庆煤校，在白梅看来，不说那是像天堂一样的地方，至少也比她在乡下读过的小学、初中，在城里读过的高中学校，好百倍不止。重庆本来就是大城市，去到那里，就如同进了另一个世界。

原本想，参加工作后还会更好。却在见到那个寝室后，从天堂掉进了地狱，一颗心就这么灰暗了。

想到这些，白梅又有些同情宋海云。小鱼儿打抱不平的德行，又在作祟了。不过，仁老师的话，她没忘。那两人要是有什么过不去的，还有工区，工区都解决不了时，还有矿领导。她也知道，小小的自己本就微不足道，就别再给自己添堵了。

不愉快地闹了几天之后，宋海云尽管拉着长长的脸，还是收拾起自己的东西离开了。

白梅突然发现，这于丽萍确实厉害。这些天，无论宋海云怎么闹，她都好好和她说。宋海云一拳一拳重重地打出去，都是打在棉花上，最终还只能背着个无理取闹的名声，被打回了原形。

白梅来到五星煤矿后，就多次听人提起于丽萍，还知道她也是邻市人。都说她对人好，总是轻言细语，笑容满面。似乎全矿就没个人会说她不好。看来，传言不假。

办事员的工作，主要负责全区职工的工资结算、发放，以及劳保、探亲假等的办理。

这一天，于丽萍带着几个男职工，把全区两百五十多人的劳保从器材科运到机电工区大院内。几个人在往她办公室搬，白梅正好从外面进来，便随手帮忙抬了一箱肥皂上楼。于丽萍笑眯眯伸手来接，嘴里一连说了几个"谢谢"。她没过问什么，那样子，大概已知道白梅了。

劳保是专用于劳动保护的用品。对于煤矿工作人员来说，安全帽、工作服、水鞋、毛巾、手套、肥皂、口罩等，都是必不可少的。不同岗位，所享受的数量有所不同，发放周期也有差异。比如肥皂，下井人员每月一条半，地面机房、工区管理人员每月一条。毛巾、手套、肥皂、口罩，每季度发放一次。工作服，下井人员一年一套，地面机房、工区管理人员三年一套。所有劳动保护用品，都有相应的发放要求。

既然帮忙了，白梅索性就和大家一起，一趟一趟把那些劳保搬到于丽萍的办公室。全部搬完后，于丽萍让帮忙的人，先把自己的领走，其中自然也包含白梅。这是对这些帮忙人的优待，不然，大家都来领时，排队也要等半天。大家自然是感激她的。

就这样，白梅与于丽萍认识了。

几天后，矿上发来统一样表，要求各部门全面清理职工情况，用三个月的时间，按照新的表格样式，做好职工基本信息、工资、劳保等各类台账。

在工区的班前会上，许书记直接安排了白梅，要她给于丽萍帮忙。没有人注意到，第一排左边靠窗的位置，那个身材发胖、皮笑肉不笑的人，在听见许书记提到白梅的名字时，突然皱了一下眉。这人叫史耀忠，也是一名技术员，比白梅早来一年。但他基本上不进技术室，长期在安装队，所以技术室也没有他的办公桌。

自从到了机电工区，白梅每天早上七点四十都要参加班前会。工区每天早上的班前会，班长以上的人员都要参加。各机房，没有其他临时任务的话，就是做好日常工作，确保机器正常运转。大班人员，比如小机厂，可能每天都会有不同的加工或修理任务；供电队，可能会有新的线路安装、或电气设备修理；防爆班，可能会有急用的开关要修；安装队，可能会有新的设备安装，或哪个位置设备回撤，等等。当天有什么需要处理的问题，每天都要在班前会上统一安排好。

办事员不参加班前会，八点才上班。这台账的事，白梅不用问也能想到，应该是于丽萍头一天就已和书记说好。

白梅倒无所谓，干什么都行，不闲下来就少些胡思乱想。

于丽萍的办公室里，上下都是两开的木柜，猪肝色的油漆还比较新鲜。

像个百宝箱，要紧的工资表、台账什么的，都收纳在里面。窗前那张写字台，也不知是哪个年代留传下来的，有些地方黑漆已脱落，若隐若现地暴露着古老和沧桑。墙边，各类劳保用品码放着。

白梅要给她帮忙一段时间，少不了进她办公室去做一些交接。

"于姐，你看我能做点什么，安排吧！你这就一套桌椅，两个人也不方便，你安排了，我拿到隔壁去做。有什么不清楚的，再来向你请教。"

"好，那你先把这些整理一下。"于丽萍一边说一边打开柜子下方的门，抱出一堆零零散散的职工台账，又拿出一本最近的工资表，"先按工资表顺序，把这些台账理好。工资表上有，台账上没有的；台账上有，工资表上没有的，都用纸记下来，分开记。"

"好。"应了一声，白梅拢了一下这些乱七八糟的台账，然后抱着往赵工办公室去了。

技术室里，陈素英坐在右边第一张办公桌前，面对赵工办公室。她这边靠窗的一张，便是她爱人的办公桌。她今天没什么要紧事，面前摆着一本《主通风机司机》，右手肘支在桌面上撑着脑袋，大概是要准备一下，两天后给主通风机司机培训。

机电工区的岗位工，每年都要进行一次集中培训，由工区技术人员授课。各岗位的设备操作办法、安全注意事项、巡回检查等应知应会的东西，都要给岗位工交待清楚。培训结束，还要进行卷面考试，并将考试卷分类存档。

"开始给她帮忙了？抱这么多。"见白梅进去，陈素英歪头一看，笑了笑，说道。

白梅抱着这一堆，有些费劲，也没多说什么，笑着"嗯"了一声，就走进赵工的办公室。

技术室除了正在实习的白梅，各自都有分管范围。赵工作为技术主管，技术室内制图、报表、资料类的事，一般都用不着亲力亲为，安排好便是。所以他在办公室的时间少，多数时间都在现场。也正因如此，白梅在他办公室，用他的办公桌，基本不用担心会妨碍他办公。赵工如同长辈，对白梅很好。给白梅安排工作，也总是面带微笑。所以，白梅也不怕赵工。

那日，赵工还请她和于丽萍到家里吃饭。他家住在老井口，据说是老井原先变电所的房子。这房子前有间小平房，他女儿在此开了个小卖店，卖的东西和王老板那个店差不多，主要是糖、烟、酒。他们就在这个小卖店里吃饭，饭菜是他女儿做的。麻辣鸡火锅，自家喂养的鸡，味道很好。

两天时间，一堆乱七八糟的台账整理好了。如果人的心思，也这么容易整理，该有多好。白梅轻轻叹了一口气，只有她自己才能听见。

"啊，这么快呀，白梅？"

接过白梅手中那一摞整整齐齐的台账，清清楚楚的记录，于丽萍笑成了一朵花。白梅看着这朵花如此高兴，心里也很欣慰。

也不知为什么，从记事起，但凡她所做的事情能让别人开心，她心里也像开着花儿似的。

接下来，于丽萍让白梅用新的表格，按矿上的要求，逐一填写职工档案。

"哦，于姐，这个这么重要，交给我，你放心？"白梅睁着大大的眼睛，有些疑惑地望着于丽萍。

"当然放心。"于丽萍想都没想就脱口而出。

"为什么？"白梅有些吃惊，也有些不解。

"哈哈，这还用问？"

"嗯？"白梅更迷糊了。

"你做事认真。"于丽萍停止了大笑，继续说道："人家赵工都夸你，说你看着人小小的一个，做事却很认真。图画得特别好，是这些技术员中画得最好的。你没发现，他对你很好吗？还有，组织科徐科长也老是表扬你呢！对了，你知道徐科长为什么会破例给你批探亲假吗？"

"为什么？"白梅睁着大大的眼睛，期待着她的揭晓。

"他说你不仅工作认真，还积极主动，要不是组织科人员已超编，他真想把你留在那里。还有，小渣皮纠缠你的事，他听说了，心里很难过，怕你想不开，所以想让你回家散散心。"

"哦……"白梅恍然大悟。

那张皮带轮的加工图，赵工安排时，说得那么急，只给三天时间。可是画好后，至今也没见用，原来是试金石。至于组织科徐科长那里，白梅却没想到会与小渣皮们的骚扰有关，她感动得眼泪忍不住在眼眶中打转。

职工台账，不是什么技术活。但必须认真，职工的基本信息，容不得半点差错。不过，对于白梅来说，这也算不了什么。她一向有个原则：不管什么事，不做就不做，要做就得做出个样子来。

善良的白梅看着于丽萍一边上班一边带孩子，非常辛苦，还时不时帮她带带孩子。

一天下午，于丽萍在工资科开会，开完会还有事，就打电话让白梅帮她把孩子带下去。她先回家做饭，让白梅去一起吃。

于丽萍的公公婆婆住在九字楼，于丽萍住在医务所后面的家属区。从九字楼走出来，要沿着公路，直到矿办公楼大门口，从医务所路口拐进去，经医务所旁边的小道，转几个弯，上几组台阶，才到她家楼下。她家在六楼，还得上大约九十级台阶。从九字楼到于丽萍家，几乎是穿越了整个五星煤矿。

孩子快一岁了，小小瘦瘦的白梅，抱着走这么远的路，怎么可能？她只好把孩子用小被子包好，然后用背带把孩子捆在自己背上。这是大人们背孩子的方式，多是母亲背着自己的孩子。在老家，她这样背过弟弟，那时她还小。就算在老家，没有特殊情况，大姑娘也不好意思这样背小孩。

因为实习，赵工安排给白梅的活并不多。多数时间，都是她自己跑到各机房、车间、小机厂等现场，去向工人师傅们学习。除了班前会，白梅的时间都比较灵活。也正因为如此，有时帮于丽萍带孩子，一带就是一下午。于丽萍带白梅去过她婆婆家，白梅已多次去那里帮她抱过孩子。所以于丽萍的婆婆看到是白梅来接，也放心。

白梅把孩子背好，硬着头皮走出于丽萍婆婆家的门。

这一天，她没有披头发，而是拢在后面，扎了一个高高的马尾。那有些微微卷曲的马尾，俏皮地在她脑后，很是别致。在于丽萍婆婆家的门口，她就把头发放下来，两边都抓了不少到前面。就算掩耳盗铃吧，她要把脸尽量遮掩住。

她每天上班，只要走在公路上，指不定啥时候，就冷不丁冒出一群人在后面乱喊。要是被那些人看到她背着个孩子，天晓得他们会乱说些什么？就算不是那些人，别的人看着，也很难为情。

何况，有一段时间了，她总觉得有些奇怪，像是有一双眼睛不远不近地跟随着她，却在她猛然回头时，又看不到。像是那些渣皮中的一个，又像不是，她自己也说不清楚。

人的承受能力终究是有限的，对于白梅来说，一开始住进去的那个寝室，直接就把一颗心弄得毫无光泽。小渣皮们的纠缠，又让她如同掉进虎狼之境。大姑娘再背个小孩子，又是何等的挑战。

她一路使劲低着头，说低到尘埃里，都不算夸张。就这样，沿着公路的边上往前走。正好下班时间，路上认识不认识的人都多。管他迎面走来什么人，管他什么人从身边走过，她始终不抬头。

终于到了于丽萍家门外，她总算松了一口气。

"快进来，快，辛苦你了，小白梅。"于丽萍打开房门，看着大汗淋漓的白梅，或许内心深处也冒出了一些不忍，炒豆似的说了一串。

白梅放下孩子，还是没说什么，只是傻傻地笑着擦汗。

一个月后，台账做完了，于丽萍很满意。然后，她还会给白梅安排什么活呢？

第六章

· · · · · · ·

白梅从于丽萍那里又接到一项工作，填写劳保卡。就是要把每一位职工领取劳保的时间、品名、数量等，一一填进劳保卡片，一人一张。

白梅在组织科帮忙时，做过各种报表。期间，还被抽到矿档案室参加过人事档案和设备技术档案的整理。因此，这些劳保卡片，于她而言，只是费点时间、费点精力而已。

白梅与于丽萍越来越熟悉。白梅原本就十分重感情，于丽萍既然是她的同乡，她自然更加亲近。就像当初在重庆煤校，对待吴晓兰和叶华颖一样，甚至有过之而无不及。

在给于丽萍帮忙期间，时间上、工作上，于丽萍都有话语权。这样一来，白梅帮她带孩子的时间也更多。于丽萍的孩子叫靖靖，到白梅填写劳保卡片的工作快接近尾声时，白梅抱着孩子，于丽萍很多次伸手来接，小小的人儿把头一歪，嘴里还有些不耐烦地"嘤嘤"着，居然不要妈妈了。

于丽萍的爱人朱大新，也是一名工程技术人员。他的办公桌，就在岳广林的斜对面。岳广林是陈素英的爱人。

一起开班前会，一个大办公室进出，朱大新自然早就认识白梅了。只是白梅的心，早已沉入万丈深渊，对同事、赵工，以及其他领导，都是工作上有事时，有一说一，从不多言多语。所以，和朱大新也没说过几次话。

白梅帮他们带孩子，每次快下班时，还会帮他们把米淘洗后，放进电饭锅。一般情况，他们下班回来，白梅就走。他们留她吃饭，她总是说着"不了"，人就离开。

这天下午，于丽萍要到工资科开会。上午下班时，她就把靖靖接回家，叫上白梅，说中午一起做老家的酸汤煮豆腐来吃。这段时间，于丽萍叫她到家里吃饭，叫了好多次她都没去。这一次，和她一起下班，中午之后又要带靖靖，怎么也不好推辞。

于丽萍把自制的青菜酸汤煨开。白梅将白豆腐切成一片一片的三角形，待酸汤沸腾后放入锅中。豆腐片和着酸菜翻滚，仿佛一群白色的鱼儿，在水草之间嬉戏。几分钟后，端下锅来，于丽萍已做好专用的辣椒蘸水。

她们刚盛好饭，还没拿起筷子，很少回家吃午饭的朱大新回来了。于丽萍又炒了两个菜。一个木耳炒肉，用干辣椒切成短筒状，与大葱、生姜一起作为辅料，色香味俱全。还炒了一个蒜泥时蔬。

"小白梅，喝点酒不？"

朱大新拿出酒，一边往杯子里倒，一边问白梅。

"谢谢朱哥！我不会，不喝。"

饭毕，休息一会儿后，朱大新走了。于丽萍一看时间差不多，也收拾着出了门。

于丽萍家，进门是个不到十平方米的小客厅。两个卧室，主卧要大一些，副卧较小。小卧室窗户旁还开了一道门，门外是一米多宽的阳台。

对于于丽萍的这个家，白梅很熟悉。可以说，有些东西放在哪里，于丽萍还没有白梅清楚。为什么呢？在得到这套房之前，于丽萍家原来住的地方，就在白梅先前的寝室后面。一间不算太大的屋子，挤满一个家的所有。一个月前，于丽萍家从那里搬过来时，白梅除了帮忙把锅碗盆瓢规整好外，还用床单把衣物打成几个大包袱。其他帮忙搬家的人一到，扛起就走。搬过来后，所有衣物，白梅都帮他们分人分类整理入柜，并告诉他们，谁的在这边，谁的在那边。白梅就像一个保姆，不仅贴心贴意帮他们带孩子，还帮他们做了许多家务。

于丽萍走后，白梅把靖靖哄好，抱进大卧室睡了，轻轻带上房门，然后开始收拾杯盘狼藉的场面。

她用铝盆从厨房端了半盆水，在客厅的回风炉上煨热。刚挤入洗洁精，门外就有钥匙开门的声音传来。

"这于姐，又忘记什么了吧？"白梅才这么一想，门已经开了。回来的不是于丽萍，而是朱大新。

"哦，朱哥又回来了，忘记什么了？"白梅一看是他，打了招呼后，就回过头继续洗碗。

朱大新应了一声，径直走进了小卧室，随手掩着门。两分钟后，他开门出来，白梅低着头洗碗，开始没怎么注意。等眼睛余光感觉不对时，这个站在他面前的男人，差点没把她吓死。

五月的天气，说来不冷，但在莲都，下雨了还得穿外套。白梅不知怎么回事，朱大新白花花的身上，除了一条蓝色的三角内裤，一双土黄的拖鞋，竟然别的什么都没穿，就这么赤条条地跑了出来。

白梅见过他醉酒，却从没见过这样的架势。

看到白梅这么一愣，朱大新伸出双手，在回风炉上做出要烤火的样子，嘴里还说着"好冷，好冷"。

"朱哥，冷的话，快去把衣服穿上。"白梅嘴上这样说，心里却犯着嘀咕，手上洗碗的速度也加快了，只想赶紧结束这种尴尬不已的场面。

可是，朱大新却向她走近了一步，说道："我想亲亲你。"

"老天……"一时间，白梅被吓得魂飞天外。她把手中的碗一放，像一阵疾风，"嗖"地一下钻进大卧室，随手把门销插好。背靠着门，心突突地跳着，都快要跳出来了。她无力地靠着门，继而瘫坐在地上。她感觉自己气都喘不上来，眼泪哗哗地往下流，却没有哭出半点声音。

外面的敲门声还在响，靖靖醒了。她撑起身子，再次察看，确认门销插好无误，才拖着软绵绵的脚步，慢慢走过去，抱起靖靖坐在床边。她感觉自己似乎掉进了一个黑色的漩涡，不知要怎么才能逃离。

整个下午，她就这样无助地抱着靖靖。那道门，还一阵一阵被敲响，直到于丽萍回来。

听到于丽萍用钥匙开门的声音，朱大新回小卧室去了。

于丽萍进门后，看见回风炉上的碗还没洗完，大卧室门紧闭，以为只是靖靖睡在里面，白梅在别的地方。她一边喊着白梅，一边推大卧室的门，想先进去看看靖靖，推了几下却没推开。

白梅听清楚是她，才慢慢走到门边，一只手抱着靖靖，一只手打开门。

"怎么了？"

看着白梅魂不守舍的样子，苍白的脸上还有泪痕，她大吃一惊，恨不能把那小小的眼睛瞪成大星球。

"朱哥回来了。"白梅说着，把靖靖递了过去。她努力克制住了泪水，却没有克制住声音的颤抖。

脑子里"轰"的一下，于丽萍心知不好。木木地接过靖靖，整个人就愣在那里。

"于姐，这碗你慢慢洗吧，我回去了。"说着，白梅也没等她回应什么，开门就走。

白梅现在的寝室，已不再是公路边那个。在防爆班实习时，鲁静说她们寝室可以加一个床位，叫她搬过去。鲁静的寝室，就在办公楼旁边，两层的那栋楼。这本是件大好事，但是，鲁静说还是要通过房产办。白梅知道，自己去找肯定不行。不然，当初也不会住进那间鬼魅之屋。

鲁静看着白梅为难，就说她的亲叔叔在房产办，她去找他。原本已住着四个人的房间，按常规是满员了，可鲁静这一帮忙，白梅的床搬进去，直接横着加在了后窗前。

鲁静、张红，还有一位分来就直接进工资科的，都是矿务局子弟，很少在矿上留宿。另外一位是五星煤矿子弟校的老师，她家离五星煤矿也就两公里左右，晚上也是回家的时间多。

回到寝室，其他人都不在。但白梅也不敢放声大哭，毕竟寝室不隔音，毕竟楼上楼下、前后左右都能听见。她瘫倒在床上，拉起被子的一角，把头捂得严严实实，身子不住地颤动。仿佛从鬼门关走了一遭，久久惊魂难定。

白梅醒来时，天已发白。想起昨日之事，又是一阵梨花带雨。

小鱼儿啊，这是什么鬼地方？好不容易换了个寝室，摆脱了那些渣皮的上门纠缠，却还差点把自己送进了虎口。那个人，他就和她一个办公室，低头不见抬头见。这样的事，又不能明着拿到台面上来说，他不要脸面，白梅还要脸面呢！

看着床头的图案，看着图中她亲爱的鱼儿，她这只小鱼儿心里泛起了无尽的悲哀。这鬼地方，居然走到哪里都防不胜防，什么时候是个头啊？

白梅觉得自己真的成了一条小鱼儿，在五星煤矿的波浪中，一不小心就会被冲击得晕头转向，遍体鳞伤，甚至有可能性命不保。唉！

　　还能怎么样呢？死是最容易的事情。可是，她不能死，她的生命不只属于她自己。人生的路还长，哪里跌倒就从哪里爬起来吧，一切都会过去的。父母千辛万苦把她抚养大，还顶着许多人不解的目光供她读书，若遇到一点事就倒下，让他们怎么办？

　　这么掂量一番，她下床梳洗，用冷水毛巾敷了一会儿红肿的眼睛。着一条黑色的微型喇叭裤，在白色短袖衫外套一件被黑红细线条分割成银灰格子的夹克，散下波浪式的披肩发，出门。

　　"白梅，"会议室在楼道尽头处，班前会后，走到于丽萍办公室前，白梅没往她那边看，但于丽萍还是叫住了她，"一起去吃早餐。"

　　"谢谢于姐！我吃过了，我干活去。"说着就匆匆走向赵工的办公室。

　　下午，上班不到一小时，于丽萍拿着一个装着东西的塑料包装袋，没有敲门就进了赵工办公室。赵工的办公室，自从白梅来后，每天总是收拾得整整齐齐，总是给人一种很清爽的感觉，于丽萍进去也是眼前一亮。

　　"于姐，有什么事吗？"白梅站起身来，礼貌地问道。

　　"没什么。"于丽萍看了一眼桌上接近尾声的那些劳保卡片，亮出手里拿着的东西，"我给你买了一块方巾，挺好看的。"

　　"这个，我不能要，于姐。"白梅使劲推辞。

　　"你一定要收下，不然我生气了。"说着竟然眼里含了泪花。

　　白梅的心又软了，只好不再推辞。不用说，朱大新那样对白梅，于丽萍是想做些弥补，白梅怎么会不知道她的心思。其实，白梅又怎么会生她的气呢？朱大新有这样的行为，首先就是对她最大的背叛。无论她想用什么样的方式来弥补，于她而言，何尝不是莫大的悲哀？不过，那块方巾，她是不会用的。

　　这天下午，白梅没去管靖靖，于丽萍大概也有些不好意思，也没和白梅说。

　　晚上七点来钟，白梅把自己关在寝室，拿出一本在重庆煤校时的相册，刚刚打开，就听到敲门的声音。

　　"哪个？"这个时候，谁会找到这里来呢？白梅一边想着，一边问道。

　　"是我，高宏。"一个北方口音在外面响起。

"高宏？他怎么会来了？"白梅在心里嘀咕着。迟疑了一下，还是向门边走去。

"高师傅，请进！你怎么……"

"我……我……"高宏人是进屋了，可那脸红得，比红苹果还要红。

看他有些难为情，白梅也不再问，只请他坐。白梅示意他坐她的床，他曾焊过的床。她就坐在相邻的那张，室友的床沿上。他们坐下后，有几分钟沉默。两人都在想，如何开起话头。

"哈哈，哈哈，哈哈哈哈……"突然白梅大笑起来，忍都忍不住，弄得高宏丈二和尚摸不着头。

白梅笑够了，一边用纸巾擦着眼泪，一边指着高宏的右脚，"这是怎么了？"

"唰"的一下，高宏那脸，这回可不是苹果，连脖子都成了酡色。他本就不善言辞，这下更不知所措了。很意外地说了句："啊，我也不知道。"

"好了，不笑你了。不过，这大晴天，到处都是干的，你到哪里去踩了这一脚稀泥？还只是右脚？"白梅虽说了不笑，但还是没忍住。

或许因为如此，他也放松了一些，脸色慢慢恢复了正常，还带着笑容。这倒让白梅有些惊讶。从白梅第一眼见他，请他焊床时起，白梅的印象中，他就是那种板着脸孔，不会笑的人。原来，他笑起来，还这么好看，有意思。

"不知道在哪里踩到水塘塘了。我也没注意，要是注意到，哪还好意思就这样到你这来？"

"真的，我只是看你今天不太开心的样子，就想来看看你。我，我不太会说话，但我，我说的是实话。"看着白梅疑惑的样子，他又补充道。

"来看我？为什么？我们很熟悉吗？"白梅微笑着，又故意逗他。

"你觉得我们不熟悉吗？"这回他直接把问题抛回给白梅。这倒让白梅有些开心，在重庆煤校时，有几位老乡就常常和她打嘴巴官司，每一次不管谁胜谁负，都很快乐。

"如果要是熟悉，那次调度室门口，我先和你打招呼，你咋一点反应都没有？还有后来几次在路上遇到，都形同陌路？"话出口后，白梅自己都觉得自己有些小心眼了，怎么会计较这些？

可高宏就乐了，"原来这些你都在意的？"那脸上的笑容慢慢开成了一朵花，还站了起来，有些想"手之舞之，足之蹈之"的架势。

这下轮到白梅懵圈了。这人怎么回事？我都这么说了，他还这么开心？

"你别误会哈，不是那个意思？"白梅一下子有些不好意思了。

高宏还是笑，是花一样的笑，是自信的笑。

"别笑了，如果你愿意，就告诉我，那时为何那样对我？"白梅看他那样笑，心里更是像生了藤蔓似的，挠得她想忍都忍不了。

"想听真话吗？"

"废话，不然呢？"话一出口，白梅自己都吓一跳，一向在他面前很注意说话方式的自己，这是怎么了？

"那我说了啊？"

"请！"这下白梅又回到了正常状态。

"第一次见面，你那一声喊，很吓人，你知道吗？"他看着白梅的眼睛，继续说，"你那种喊法，姓高的，是小渣皮们找人打架时，喊对方的口气。"

"哦，这么说，你以为我，把我当成……"

"是的，我以为你也是社会上的小渣妹，不然，不会用那样的口气喊一个第一次见面的人，而且还是求助别人。"

"原来如此。"白梅这才恍然大悟，"那后来的几次见面，你都不再回避我。甚至，上一次在王老板那里，你还故意搭了我的话，这又是为什么呢？难道发现我不是小渣妹了？"

"哈哈，早就发现了。"

"哦？"

"真的。你知道，我经常和我那两个老乡在一起。我们下班后，没事也会经常在这公路上走走。有的时候是买东西，有的时候纯粹是闲逛。那时你住在公路边，那些小渣皮一群一伙的去那里，一开始，我怀疑你是小渣妹，也就是这个原因。但是，后来，有一天无意中发现，你根本就不理他们，我就开始注意了。再后来，连录像厅放录像的那个大哥都说你了不起，说你走路从不东张西望，很有气质。"他接着说："所以，对不起！是我误解你了。"

"哈哈，你和我说什么对不起？这些，你若不说，我也根本不知道。"

"那我也得说，不然我心里老是不安。很长时间了，我一直想找个机会给你道歉，哪怕你生气后永远不再理我，我也必须这么做。"

"哦……"听他这么一说，白梅一时还真不知如何是好了，半晌才说："其实，不用这样的。"

"我现在都说了，你生气不？你就是生气了，骂我，都是应该的。"

"我骂你干什么？再说，我没有骂人的习惯，也不会骂人。"白梅其实很讨厌骂人的做派。那些难听的话，别说骂不出口，就是复述别人的，她都羞于启齿。这时，白梅觉得自己的心有些不对了，这说话的语气似乎也变了，她自己都有些吃惊。

就这样，白梅和高宏的关系近了一层。

进入七月的第二天，全市遭受百年不遇特大洪涝灾害。五星煤矿的变电所、绞车房、库房等，幸好提前清通了防洪沟，防洪抢险也及时有效，没有造成太大的损失。事后，各处工作很快恢复正常。

高宏的两个老乡，一个叫方国立，一个叫王喜荣。渐渐地，他们和白梅也熟悉了，还有王老板。他们一起去爬山，一起走路去城里。

那时，公路是用碎石铺成的。因为车辆比较多，而且多有运煤大车，天晴时，一路灰蒙蒙的；下雨时，又泥水遍地。

一个星期天，天气晴朗，他们五人约好一起进城。为了少接触一些公路上的灰尘，他们一开始选择小路。小路经过九字楼的后山，直接可以甩掉三分之二的公路。可又有人提出，从铁路那边走更近一些，还不用爬坡。

莲都市是在三线建设中诞生的。那时，全国各地，各行各业的精英们，从四面八方来到莲都这片土地上，组成三线建设突击队。逢山开路，遇壑架桥。于是，铁路开通，南来北往的绿皮火车，带着很多不同口音的人到了这里。从莲都火车站到野马乡的铁路，就在那时建成，和穿过五星煤矿的公路一样，串着矿务局的其他几个煤矿。

白梅他们趁着早上太阳还不烈，一早就出发。铁路上那个山洞，一两个女生不敢走。这天，他们五人中就有三个男生，说着笑着，四十多分钟就到了集隆坡，的确比走小路节约了将近二十分钟。

　　莲都因老城池所在地群山环抱，像一只硕大的花盆，一些大大小小的山，就像特意种在盆里一般。还有一条河，蜿蜒有致地从城池边上流过。所以，莲都有"天然盆景"之誉。又因旧城池所在地是一处大坝子，更似一片浮于水面的荷叶，"莲都"之名便因此而来。

　　"莲都"以市的名义诞生后，市中心设在集隆坡。集隆坡，虽说是坡，比旧城池所在地高不了多少。集隆坡范围也不大，只有一条主要街道，其他都是小街小巷，方园也就两三公里的样子。平时人都不多，要到周末才热闹。

　　逛了两个多小时，各自买了些自己想要的东西，又说说笑笑地走着回了五星煤矿。只是，谁也没注意到，高宏的表情和平时相比有什么不同。

第七章

∙ ∙ ∙ ∙ ∙ ∙ ∙

从集隆坡一路回来，高宏总是笑嘻嘻的，回到寝室，依然是抑制不住的喜悦。

"小高哥，你今天捡到钱了？"方国立就是方阿姨的侄子，他眨了眨那双黑白分明的大眼睛，三分玩笑七分认真地问道。

高宏什么也不说，就是笑。

"什么开心事，也不给弟兄们说说，让咱也乐呵乐呵？"王喜荣也忍不住了，说完，习惯性地摸了一下头。

可高宏还是什么都不说，就是笑。

高宏、方国立、王喜荣，他们仨住在同一个寝室。就在白梅从老井口转路时穿过的那栋大楼。寝室里一共住了四人，另一位是当地的，叫赖从起，运输工区井口推车工。高宏、方国立、王喜荣都是北方人，他们仨经常在一起玩儿。或许南北习惯的差异吧，赖从起除了在寝室睡觉，几乎不和他们在一起。

晚饭后，高宏对方国立、王喜荣说自己有事要办，就外出了。

从集隆坡回来后，白梅先洗了个澡，美美地睡了一觉。她醒来时，活动了一下身体，感觉这一觉，仿佛神仙施了妙法，把全身的疲惫都赶跑了。晚饭时，她没去食堂，而是在办公楼对面的馆子里要了一碗羊肉粉。

羊肉粉是莲都的特色小吃之一。在莲都，城里走不了多远，就能遇到一家羊肉粉馆，仿佛羊肉粉就是莲都不可或缺的一部分。乡下只要有人开馆子的地方，必定也会有。像五星煤矿这样人口密集的所在，不仅有，而且还有好几家。

白梅刚到五星煤矿，住进招待所的那些日子，她的师兄赵诚每天都会早早来敲门，请她一起吃早餐。吃的就是羊肉粉，还就是她现在坐着的这一家。白梅自己都没想到，那时一连吃了一个多星期，不仅不厌，还很喜欢。但是她不能老是麻烦师兄，后来便对他说，这一片她都比较熟悉了，让他放心。

白梅吃完羊肉粉回到寝室后，又在寝室门口的水管处，把之前换下来的衣服洗了。

寝室里，高高地拉了一根晾衣绳。白梅从盆里拿起衣服，套上衣架挂好。拧不尽的水滴落下时，有的敲击着盆底，有的敲击着盆沿，还有的洒在了地上，发出一片轻重不一的声音。也不知为什么，白梅竟觉得这声音听起来还不错。她把盆挪了一下，又把几个衣架收拢，尽量让水滴们都落进盆里。一时间，白底红花的漂亮瓷盆，竟然成了水滴们的舞台。它们欢快地跳着、舞着；白梅尽兴地听着、看着。有那么一瞬间，水滴们在舞台上凝固了，姿态万千。这时，白梅的思绪已飞到了三年前。

这个瓷盆，是白梅当年进入重庆煤校时，父亲从学校供销社里买给她的洗脸盆。买这么一个瓷盆，可不止花去家里一年的盐巴钱。当年离校，这个瓷盆，她可是随身带着的，宝贝着呢！

这样质量上乘的瓷盆，以家里当时的条件，放在平时，是不会考虑购买的。何况，父亲自己会做木盆，家里不缺盆。事实上，如果不是作为女儿的嫁妆，寨子里的其他人家，同样舍不得买。

从她记事起，村里出嫁的那些个姑娘们，也不是都有瓷盆。凡是有瓷盆的，姑娘出门时，都会由接亲的人拎在手上，那是要为娘家增光添彩的。

邻居家大姑娘出嫁时，白梅刚满十二岁。那时她并不懂得什么出嫁，只知道姑娘长大了，就要去那个小姑娘们羞于启齿的"老婆婆家"。出于好奇，她跑去看了人家的嫁妆。她记得很清楚，有一个瓷盆，是很薄的那种。不过，看上去还很漂亮。

想到这些，父亲当年送她进校，毫不犹豫地买下这个瓷盆，一切安排妥当后，在大门外分别的情景，又清晰地出现在眼前。

校门口有一座桥，那是学校联系着千千万万学子的脐带。她站在桥的这头，父亲走向桥的那头。在汇入人海之前，十分钟过去了，父亲还没走出十米远。父亲送她这一路，吃了许多苦。从家里出发，经过泸州，再到重庆，两天一夜，无论是大巴车上，还是旅馆里，父亲都是吃舍不得吃，觉也没能好好睡上一会儿。女儿这是第一次出远门，父亲也是头一次走出家门这么远，他哪里放心得下？父亲憔悴的容颜，就这么定格在了白梅的心里。而他那比千斤还要沉重的脚步，更是每一步都连着白梅的心。她努力压制着自己的情绪，硬是不让盈满眼眶的泪水掉下一滴。她一个劲地嘱咐父亲路上注意安全，叫父亲不要担心她，她一定会好好的。她要父亲到家后给她写信……

就在她盯着瓷盆沉思到这里时，有人敲门了。门没关，她扭头一看，站在门边的是高宏。

"这么勤快，逛了半天集隆坡，那么累还洗衣服？"高宏的话里，带着掩饰不住的关心。

"哦，睡了一觉，不累了。你呢？怎么跑下来了？"

"我？我是男人啊，走这点路，怎么会累？"高宏一边说着，一边进了屋。

白梅把自己的杯子洗了两遍，又用开水烫了烫，给他倒了一杯水，自己则用饭钵充当水杯。两人坐下来后，聊他们一起去集隆坡的事，聊工作的事，也聊了一些其他的。不知不觉，两个小时就过去了。

高宏起身告辞，但脚步却有些犹豫。白梅倒是觉得，他要是想再坐会儿，也没关系。

高宏说着一些告辞的话，白梅回应着。高宏慢慢悠悠走了几步，快到门边时，他回过头，似乎还有什么话要说。

"我……"

"怎么了？"白梅微微蹙眉。

"我有东西要送给你。"高宏心一横，眼一闭，硬生生让自己把这话说了出来后，那脸，别提有多红了。

"哦？这……"白梅是真没想到，一时间，竟有些不知如何是好。

两人就这么站着，对望着，有一两分钟时间，谁也没说什么。寝室里一片寂静，还真是掉下一根针都能听见的那种寂静。

后来，白梅先笑了。

"好好的，怎么想到要送东西给我？"不知怎么搞的，这话一出口，白梅自己都听着不像自己的声音。

那声音柔柔的，落在高宏的耳朵里，好似微风中的一湾碧水，轻轻荡开，让人四肢百骸都感到舒畅。

"我也不知道，就是想送给你。就是这个，今天在集隆坡买的。"他从衣服口袋里掏出要送给白梅的礼物，"先拿着，你若不喜欢，我走后，你把它扔了就是。"说完，将那东西往白梅手里一塞，转身快步出了门。

白梅呆呆地站在原处，好一阵子才回过神来。

白梅是七月份如期转正的，到现在已经两个多月了。她的办公桌已于前几天领到，高宏带着他的徒弟帮忙搬进了技术室。办公桌是新的，整体为谷黄色。桌面材质为木纹玻璃板，铝合金镶边。就挨着那四张桌子摆放，但因为是单数，只能打横。放眼瞧去，很难不让人想到鹤立鸡群。

至于朱大新，在又如何，不在又如何？白梅刚来五星煤矿，住在公路边时，是人是鬼都想蹦进去找点话说，她就从来没正眼瞧过谁。以至于在路上或别的一些地方，有些人，听声音就知道去过她寝室，没话找过话，但她根本就不认识。朱大新，从那天在她面前露出丑相后，早就进了她的黑名单。

那件事过后，也就两个星期的时间，白梅已帮于丽萍把劳保卡全部做好，于丽萍十分满意。

白梅依然在帮于丽萍带孩子，只是不会再单独带着孩子在她家。一码归一码，她认为那件事不是于丽萍的错，实际上于丽萍更是受害者。如果说她有错的话，自己也是有错的，为什么自己防范意识这么差？仁老师的话，说得那么清楚，自己不是该早早有备无患吗？这么一想，她都觉得，出了这样的事，尽管有惊无险，她都对不起她亲爱的仁老师，就像对不起她那亲爱的爸爸妈妈一样。

还有一个原因，带靖靖的时间长了，已经生出感情。无论如何，她看不得这孩子受半点儿委屈。

所以，她每天还是争分夺秒地完成工作，尽量腾出时间来带靖靖。靖靖已经会走路，牵着她那软软糯糯的小手，白梅总是隐隐约约有一种握着新生命、握着未来的感觉。

白梅转正后，除了分管矿灯房，还负责工区全部技术档案。技术室的两个大木柜，赵工办公室两个稍小一些的，都是资料柜。

赵工给她交代过后，她把资料柜全部打开，大致看了一下。装袋随意，编号五花八门，怎一个乱字了得。于是，她在向赵工汇报时说：

"赵工，我们可以到矿上领取或购置一些新档案袋吗？这些档案，我准备全部重新整理。"

"好，档案袋的事你不用管，明天我安排人到矿办公室去领。"听了她的汇报，赵工很高兴。

白梅参加矿档案室档案整理时，矿上派了一些人专门外出学习，她也是其中一员。

白梅把所有档案资料全部抱出来，分门别类地一一进行清理，边清理边装进新的牛皮纸档案袋，并在档案袋外面写上相应的档案名称。大型设备，一袋装不完，就两袋。有些更多，比如主井二米五绞车，就足足装了五袋，其档案名称就分别写为：主井2.5M绞车（一）、主井2.5M绞车（二）……主井2.5M绞车（五）。先用铅笔轻轻写上，到后面，不需要再调整后，再擦去铅笔印迹，统一用钢笔规规矩矩地完成。

全部清理好，装袋完毕后，又一袋一袋地，把袋中全部资料进行编号、登记，做成袋内卷宗目录。

然后，再对所有档案，以袋为单位，编写档案目录。有总目录和柜内目录。每个柜子里，柜内目录只含该柜内的档案。

三个月的时间，全部弄好后，无论谁想查看，查看什么，都可以分分钟找出来。对此，赵工又是一脸喜色。

春节过后，时间很快到了三月，这天，赵工对白梅说："小白梅，矿务局要派一批人到成都煤干院进修，学习计算机理论与操作，为期半年。矿上给机电工区一个名额，想派你去学习，你愿意不？"

赵工认为，除了作为干部中唯一的单身人士，白梅还聪明伶俐，自然是最佳人选，也是必定人选。

"谢谢赵工！我愿意。"

五星煤矿一共去了三人。一位男生，是器材科工作人员蒋忠。他属于矿务局子弟，父亲是局机厂试验中心领导。局机厂是矿务局直管单位。难度较大，矿上自行修理不了的设备设施，都送到那儿去修理。难度较大，矿上自行加工不了的零配件，也都要送到那儿去加工。还负责全局大型机电设备的性能检测，各种设备设施试验等。

试验中心虽只是其中的一个部门，却牵涉各矿的诸多事项。别说领导，就是一般工作人员到矿上说句话，也没有哪个矿会不当回事。

蒋忠从矿务局技校毕业，就直接分配到器材科。虽是工人，却在干部岗位，比很多干部都混得开。

另一位女生，是五星煤矿财务科长的女儿，叫殷露。她的父亲，正是矿上的生产矿长。

在白梅看来，重庆繁华，成都也繁华。两处的繁华，又有些不同。重庆是山城，和莲都一样，真可谓"开门见山"。成都比较平，视野比较开阔。两处都有雾，但重庆的雾往往在半空，其实是云层。而成都的雾，却如同刚刚从人间饭甑里飘出来一般，轻轻柔柔，似有若无。

报到后，来自莲城矿务局的都基本认识了。学计算机的有十多人，还有采煤、掘进、通风等专业，合共二十有余。外出游玩，校内校外散步，大多时候，都会三五相邀，七八同约。

计算机班四十多人，除了莲城矿务局的，其余都来自四川各地。其中，有一位名叫伍云的女生，恰巧是白梅重庆煤校的校友。伍云学的选煤专业，与白梅同年级。重庆煤校本来女生就不多，都在一个女生院，她们当年就认识了。校友异地重逢，自是格外亲切，于是白梅就叫她同住一个寝室。

几天后，白梅、伍云，还有班上的另外两位女同学，约着一起到校外散步。走出校门，就遇见蒋忠一行四五人，都是莲城矿务局的。打了个招呼，也就一起沿着公路向校门右边走去。

没走出多远，迎面来了个骑自行车的小姑娘。姑娘十六七岁的样子，一身白色，一副小巧又精致的眼镜。黝黑的头发束成马尾，在脑后若隐若现。当她踩着白色凉皮鞋的双脚，一上一下蹬着自行车向他们驶过来时，别说男生们，就连白梅都睁着大眼睛，有些恍惚了。那情形，分明是从云中飘来的仙子嘛！小巧的五官，单独看的话，长得也算是普普通通。可它们组合在一起，就有一种让人看见就不愿移开眼球的魅力。

小姑娘也没在意他们的表情，自顾自地往前走着。可是，刚和他们错过不远，调皮的蒋忠转身上前几步，就从后面笑嘻嘻地拉住了她的自行车。

　　看着眼前骤然发生的这一幕，白梅想阻止都来不及，眼睁睁看着小姑娘停了下来。

　　这蒋忠，怎么可以这样？这玩笑开大了。才来几天，一个外地人，这样随意，这不闯大祸了吗？还不知人家会怎么发作呢！白梅的心都快跳出来了，心里埋怨着蒋忠，很是焦急。

　　其他人也都没说什么，都静静地看着，接下来会怎么样？可是，让他们万万没想到的是，小姑娘不慌不忙地停下自行车后，什么也没说，只是回头一笑，又骑着自行车走了。

　　这是何等气度！白梅太震撼了。

　　她清楚地记得，她在重庆上学时，但凡要到稍远的地方去玩，都要挤公交车。她也不知重庆咋会有这么多人，反正每一路公交车的到来，间隔时间都只有几分钟。除了起点站外，无论在哪个站等车，到来的车上人都不少，有的甚至挤得没个缝隙。人满为患的公交车上，比那下锅的饺子还要密集。站在车内，不用扶着什么，根本不用担心会摔倒，压根就没有倒下的空间。站台上等车的人也多。所以上公交车，给她的感觉，就算站位也要挤，不然就有可能上不了车。她挤公交车的"水平"，也就是那时练出来的。到了后来，只要车上有三个以上的座位，无论多少人挤车，她这个校田径队的运动员，挤上去后一定会有一个座位。

　　她怎么挤呢？车未到时，凭着平时的观察判定停车位置站好。车到后，她离车门总不会太远。她从不正面去挤，而是从车门左边一点，一侧身，人就歪到了车门处。她个子小，遇着有人用手臂挡着，她稍微往下一蹲，也就让过去了。

　　就在这挤公交车的过程中，让她印象十分深刻的，是车上车下的踩脚事件。若是别人踩着自己了，再痛，也还不要紧。而当自己踩着别人，尤其对方是女人时，还来不及说出"对不起"这三个字，被踩的人就已连珠炮般骂出了三五句。这样的情形，好多次，白梅亲眼所见，她的同学还亲自经历过。

突然把这两者放在一起，白梅无言地轻轻摇了摇头。果然不同地域，习惯不同，人们处理问题的方式也会大有不同。

多年以后，那位姑娘的"回眸一笑"，还是会偶尔浮现于白梅的脑海。而每当这个时候，公交车踩脚事件，也会自然浮现，形成鲜明的对比。直到同学二十年聚会，再次到重庆时，这一深深的印象才得以改变，这是后话。

虽是一个矿出去的，除了一些大局方面，比如莲城矿务局的学员聚会，或五星煤矿的学员聚会之外，白梅很少与殷露在一起。

白梅认识殷露，并不是因为这次学习。早在一年多前，也就是白梅刚到五星煤矿不久，三个多月吧，鲁静、张红她们到矿上时，一起分配到五星煤矿的还有几位男生。那些男生，多数是老师，分进了矿子弟校。但有一位例外，他就是中国矿业大学毕业的秦建伟。

秦建伟学历为本科，在当年新分配到五星煤矿的大中专生里面学历最高。戴一副黑边眼镜，人长得也还算帅气。他哪里想得到，五星煤矿等待他的将会是什么。

秦建伟学的是采矿工程，自然进了采煤工区。来了这么个高学历的新人，不仅采煤工区领导高兴，矿领导更是欢喜。

报到后的第三天，秦建伟对矿上的环境还没适应过来，殷露就找到他寝室去了，明目张胆地去追求他。

按理说，殷露在煤质科上班，她的岗位与秦建伟基本没机会接触，怎么就这么快盯上他呢？殷露，人家可是第一副矿长的宝贝女儿。分管生产的副矿长，也就是第一副矿长。

殷露个子不高，一米五五的样子。身材倒是还好，就那五官，挤在那小脸上，让人很难找出一个养眼的所在。眼睛不大，还有些微微地向内收，差不多就是俗称中的"斗鸡眼"，只是斗得比较委婉。

秦建伟可谓一表人才，那眼光再怎么含蓄，也不可能为这样的女子所动，自然是能离多远是多远。可他能离多远呢？见他没那意思，人家就请采煤工区区长做媒，明着来说。这样的事情，采煤工区区长也不好拒绝，合不合适都得说。如此，秦建伟无可奈何，不说同意，也不说不同意，先相处吧！

两三个月后，秦建伟有些招架不住"大小姐"的霸道了，就硬着头皮提出分手。可是，哪里这么好分？人家直接放言，他秦建伟，只要不与殷露相好，别说在五星煤矿落不下什么好，就是在整个矿务局，也甭想混出个人样。

　　秦建伟，他招谁惹谁了？天知道。

　　白梅那么单纯，对殷露这样的人，当然也是能避则避。可是，白梅虽为女儿身，没有遭遇秦建伟式的劫难，却也没能逃过她殷露的无中生有。白梅本是好学之人，在计算机班，学哪一科，成绩都优秀。不仅老师们喜欢她，在同学中的人缘也好。就这样，也引来了殷露的嫉妒。大概在她心里，只有她这样的"大小姐"才配人见人喜，左右逢源吧！

　　她们寝室住了四个人，除了白梅、殷露和伍云外，还有个叫司艳玲的。司艳玲也是来自莲城矿务局，只不过属于别的矿。知道殷露的父亲是五星煤矿生产矿长后，她不巴结，但也不远离，一副老好人的做派。于是，无论上课、到食堂打饭，还是外出游玩，自然都是白梅与伍云一起，殷露和司艳玲一道。

　　这天晚上，应几个同学相邀，白梅和伍云去参加一个舞会。白梅和伍云在重庆煤校就会跳三步、四步、探戈等交谊舞，十六步、三十二步这些集体舞也不在话下。殷露和司艳玲都不会跳舞，也没人相邀。

　　"哼，看她两个，有什么了不起？不就是会跳个舞吗？"

　　白梅和伍云出门后，有一会儿了，殷露的气还是不顺。也是，她这个在矿上，什么人都得捧着点的"大小姐"，怎么能受到冷落？

　　"呵，人家又没招惹你。"司艳玲心想，但她什么也没说，只是笑了笑。让她没想到的是，躺在床上的殷露，会一骨碌翻身起来，径直向白梅的床位走去，掀起床单、被子，就是一气乱翻。

　　"你要做什么？"司艳玲看着她这一举动，都有些懵了。

　　"你别管。"说话间，已把白梅的床翻了个底朝天。司艳玲也不知她要找什么，也没看见她找到什么。

　　她又从床下拉出一个皮箱，就是白梅在重庆煤校时用的那个可背可提的。一看皮箱上了锁，一脚又给踢回了床下。

　　她什么也没找到，垂头丧气，准备放手，可走出几步又返了回去。她还是不想让白梅察觉到，毕竟这种做法也的确不光彩，她想把被子、床单恢复原样。可就在此时，她眼睛一亮，发现枕头下面露出信封边缘的一小溜，斜斜地，呈三角形之状。她也不用去掀枕头，直接将那信一把逮了出来。

　　"哈哈，你看我找到什么了？"她得意地将手一扬，转头和司艳玲说。

　　"啊，人家的信，你也要看？"司艳玲虽然敷衍着她，其实对她的这些做法，还真是大跌眼镜。

　　"看，怎么不看？"说着，拿起那封信走到床边坐下。"你看不？"一边抽出信纸，一边头也不抬地问司艳玲。

　　"我呀？我不看。"司艳玲就坐在自己的床上，织着她儿子的白毛衣。心想，自己的信和其他重要的东西，还是要收拾好。

　　几天后，伍云从别人的口中，听到一些关于白梅的闲言碎语。起初她还没在意，她觉得，白梅谈个恋爱没什么稀奇。可是，后来她居然又听到一些更难听的，说白梅与一个姓高的工人鬼混，都打过胎了，时间、地点都编得清清楚楚，比真的还要真。这下，伍云再也不能忍了，毕竟她与白梅是校友，在此重逢感情又加深了一层，她也容不得别人诋毁白梅。

　　这天，晚饭后，趁着殷露和司艳玲都不在寝室，伍云把听来的这些事，都告诉了白梅。白梅先是一惊，随后就笑了。

　　"别为我担心，她们愿怎么说，随她们去。谢谢你！"白梅反而还安慰伍云。随即蹲下，从床底拉出皮箱，打开后拿出那封信递给伍云。

　　那晚舞会回来，白梅就发现自己的床被翻过，也发现信被人动了。是自己大意，知道有些人卑鄙，却没想到会卑鄙到如此地步。

　　"你的信，给我看？"看着白梅把信递过来，伍云有些惊讶。

　　"没事，你看后就知道了。"

　　"好。"

　　伍云看完信后，气不打一处来："她不是无中生有吗？"

　　"也不全算无中生有，大概是以这封信为基础，瞎编的。"白梅一笑。

　　"哼，无聊透顶。"伍云还真很生气。

　　"你不要生气，我都不气。"

"你真不生气？"伍云疑惑地看着白梅。

"气，那不就正好中招啦？我才不拿她的错误来惩罚自己呢！"说是这么说，其实，谁又知道她心里真正的苦呢？她把包裹着自己的茧越织越厚，就是不想露出那颗早已灰暗的心。

"哦……"伍云点了点头，似乎明白了白梅的心思。

等着看白梅气死的殷露，等了几天都没等到自己精心谋划的结果，急得自己反倒气得不轻。

白梅每天的表现，照样像什么事都没发生过。与殷露、司艳玲说话、打招呼，也一如既往，没有刻意亲近，也没有刻意疏离。

毕竟知道殷露的恶搞，司艳玲有时还露出一些不自在的表情，多少有些愧疚之意。殷露却不然，费了这么大的功夫，什么效果都没见到，怎能就此作罢？于是她又做了一件事，这件事，几年后，白梅才知道。

第八章

· · · · · · · ·

学习结束，高宏请了探亲假，特意到成都接白梅。高宏是提前两天到的，背个牛仔包，带着相机。当他出现在浣花溪畔、杜甫草堂对面时，墨镜下那双深邃的眼睛还是忍不住湿了。"亲爱的人儿，半年不见，你还好吗？"

"成都煤炭管理干部学院"，每个字都闪着金色的光芒。高宏自己还没有机会到这里来学习，这不要紧，他亲爱的人儿来学习了，他心里就非常高兴。

高宏进入大门，路两边的花花草草新鲜如洗，直教人心里舒坦。院内的高楼参差有序，华美成丛。在这样的环境里学习，多好！这和普通大学里的规模差不多吧！想到这里，他心里一阵酸楚，沉积多年的往事如潮水般翻涌而来。

父亲是一名军人。退伍后在老家一处煤矿当了工人。莲都掀起三线建设热潮后，因支援三线建设而到了莲都。

直到二十世纪八十年代，有了农转非政策后，十六岁的高宏才随母亲带着弟弟赶来与父亲相聚。父亲早先是在建井处，当过保管员、掘进工等。彼时，已调入鹰岭医院，在后勤部门工作，他们就在鹰岭医院安了家。

高宏的大哥叫高进，几年前来到莲都，这时也从建井处调入了鹰岭医院。

高宏比大哥小八岁，从小父亲不在身边，家里的事，里里外外都是母亲一手操劳。多年来，母亲的辛苦，早已成为高宏心上的一块病。尤其是大哥成了家，自立门户之后，他就成了家中的大孩子。看着父母的担子依然不轻，他恨不得都能担过来。

鹰岭医院规模不大，中心部位有个篮球场。球场往大门方向的区域，属于医护区。球场往里，是职工宿舍和家属区域。家属区都是红砖所砌的两层楼房，外置带钢筋护栏的水泥楼梯。像统一着装的团队一般，上楼后，都是从长长的走廊进入各门。

高宏他们母子三人到来之前，父亲还住在单身宿舍。他们到了之后，早先住的只有一间卧室，后来才搬进了现在所住的地方。一个二楼楼头的位置，紧挨着的两道门，处于相互垂直的方向。顺着走廊的一道，单间卧室带厨房，靠楼头的有两间内室。

虽说大哥有工作，能撑着他自己的小家，父母不用愁他们的吃穿用度，但是高宏和弟弟还要读书。高宏上初中，比他小三岁的弟弟上小学。父亲一个月三十多块钱的工资，日常开销都要节省再节省。

为了贴补家用，母亲长年累月做豆芽卖。到了夏天，还背着个冰棒箱，走村串寨，常常累得汗流满面。高宏看在眼里，疼在心里。

"高宏，你成绩这么好，不考高中可惜了。"初中毕业，高宏选择考技校，他的班主任老师看到后急了。

"老师，我……"高宏当然也有大学梦，但是，于他而言，还真就是梦，他只能面对现实。他必须早点出来工作，不能让母亲老是那么辛苦。

"怎么了？"

"我还是考技校吧，老师您别问了。"高宏不愿把家里的事往外说。

"这孩子……"老师反复规劝后，大概也看出他有难言之隐，便由他去了。实际上，就是高宏不说，老师也能猜到，无非就是家庭比较困难。

高宏在初中是班长，到了技校，还是班长。

莲城矿务局技工学校，是为系统内培养技术工人的摇篮。当然，也为本局职工子弟辟出了另一条生存之路。那时，学习成绩差，考不上高中的，都可以进技校。毕业后回到矿务局所属矿厂，凭着所学专业总能谋一份稳定的工作。相对地方上，收入还比较可观，福利也不错。技校从采煤工、掘进工、爆破工、瓦斯检查员、安全检查员到电工、电焊工、机修工等，凡是煤矿岗位所需要的工种，应有尽有。

高宏学的是铆焊。三年后被分配到五星煤矿，当了一名电焊工。他在学校学得认真，到矿上后工作也踏踏实实。白梅刚到矿灯房实习，就听人说他电焊技术好。

读了个技校，高宏原本早已没什么更高的奢望。他只想好好工作，有一份稳定收入，能自食其力的同时，尽量贴补一些家用。的确，他上班后，父亲的工资也比早先高了一些，弟弟一人上学，父母的负担轻了许多。

可是白梅的出现，他做梦都没想到。白梅那一声"姓高的"，如同一把金光闪闪的钥匙，毫无预兆地打开了他的心门。没有人知道，白梅那一声对高宏来说意味着什么，就连他自己，也是好长一段时间之后，才真正明白。

当时，白梅的声音传进他的耳朵，他顿时驻足转身，起初着实被吓了一跳。可是，接下来白梅的求助，让他根本无法拒绝。好听的声音，恍若幽兰的芬芳，从眼前这位美丽姑娘的口中不慌不忙地流淌出来，在他的胸前打着转，然后拂过他的心尖，渗入了他的血液。他呆呆地看着她，几乎忘记了最初的惊吓。足足有半分钟后，他才回过神来，心还跳得很厉害。

"可是，可是，我……唉，别乱想了。"一下子清楚自己不过是个工人，人家是干部，哪会瞧得上自己。这才找了一个理由："算了，敢这么喊的，是个小渣妹也说不定。"

他答应帮白梅焊床，其实也不光是不好推辞。他也不知道是为什么，即便认为她可能会是小渣妹，他心里还是很乐意。忙完手中的事，他对徒弟说：

"你去看看，矿灯房门口，常师傅背的床到了没有。"

"好。"徒弟答应一声，便转身而去。

几分钟后，徒弟回来说有。他们便帮白梅把床抬到机电工区院子里焊好，然后又亲自送到矿灯房门口。

白梅，那时其实已烙在了他的心上。

那次在调度室门口，白梅给他打招呼，那么近距离，他没有回应，其实心里很难过。不管她是不是小渣妹，他都感觉心中有一丝压不住的火苗，一个劲地在往上蹿。但是，他自己的身份自己清楚，悲从心中起，只得硬装作没听见。

后来，干脆躲着。只要远远看到白梅，他就绕开走。然而，越是如此，心中的情愫越是浓烈。尽管自卑心理不断作祟，从白梅出现后，他与王喜荣、方国立在工作之余的散步路线，便无论如何都会经过白梅的寝室门口，经过时，眼光总会往白梅的寝室扫那么一眼两眼。

发现白梅根本不理那些小渣皮后，高宏的心中简直是花开遍地。似乎解开了一道旷古难题，一种从未有过的欣喜铺天盖地而来，把他包围得严严实实。他开始有些懊悔，他甚至责怪自己，觉得在心里想过白梅会不会是小渣妹，都是天大的罪过，是对那圣洁者的玷污。一想起这事，他真想给自己一个耳光。

"感谢王老板！没有王老板那个小卖店，我又如何能走近白梅，与她相知相爱？"这样一想，心里都有些激动。他甚至觉得还应该感谢那条公路，感谢那间临时房，更要感谢那张床。想到那张床，他的脸一下子红了，或许要不了多久，他也能成为那张床的主人。

"白梅，楼下有人找你。"下课了，白梅正在收拾书本，一位先走出教室的同学又折了回来，站在教室门口喊道。

白梅快速下楼，远远看见那个熟悉的身影，恨不得一下飞过去，扑进他的怀抱。但是大庭广众之下，她不会这么做。就是在五星煤矿，与高宏的相处中，她也没这么放肆过。

不过，半年的分别，三天两头的那一摞信件中，虽然没有明说，但他们知道，彼此都已把心许给了对方。都说距离产生美，相爱的人，总是在离别后才更懂得相思，才更笃定爱着彼此。爱上一个人，大概距离也是一种撮合剂。相隔千里，才知道彼此都有多么想念对方。

"梅，亲爱的，想死我了。"

高宏住进了招待所。进门后，随手关上房门，便一把搂住白梅。

"我知道，我也是。"白梅的脸红了，也羞答答地回抱了他。

"噢——"半晌，挂在高宏肩上的相机碰到白梅，两人才注意到，大包也还在高宏的背上，忍不住哈哈大笑起来。

高宏洗了脸，换过衣服，他们便一起出去吃饭。饭后又在外面的公路上走了一阵，高宏才依依不舍地回招待所休息。

白梅回到寝室，殷露和司艳玲已睡了，伍云还躺在床上看书。她轻轻走进洗手间，把门关上，洗漱完毕，才轻轻回到自己的床上。

"你男朋友好帅！"这时，伍云竟然下床，跑到她的床前，在她耳边悄悄地说。

"你看到他了？"白梅有些惊讶，脸一下红了。

"看到了，下楼时我在你后面，看着你向他走去。"伍云带着调侃的表情说。

"哦，也不怎么帅啦，就那样。"白梅给她做了个鬼脸。

"挺帅的了，你别不知足。人家还大老远跑来接你，对你多好，你还想怎么样？"

"大老远跑来接我？你怎么知道他是来接我的？"话一出口，白梅自己都觉得好笑。

"傻白梅，这也问我，人家不接你，这么远，平白无故来这里做什么？"说完也笑了。

"嘘……"白梅食指一竖，放到唇边，同时往殷露和司艳玲方向看了看。

伍云点了点头，回到自己床上。

第三天，考试全部结束。高宏请白梅寝室所有人以及蒋忠等五星煤矿来的学员吃饭。白梅那里，他亲自到寝室笑盈盈地请，白梅介绍完后，他一声"司大姐"，喊得司艳玲都有些不好意思，当时就答应了。伍云自不必说。殷露当着这些人的面，再有什么幺蛾子，也不好毫无掩饰地使出来，迟疑了一下也答应了。蒋忠及五星煤矿来的其他学员，是白梅带着高宏去请的。

第四天，学员们都散了。高宏和白梅早已商量好，高宏好不容易请了假，难得出来一趟，就从成都开始，到一些知名景点，一路旅游着回去。

两人的旅游行程开始了，这是他们之前做梦都没想过的事。开心自不必说，高宏拿着相机，杜甫草堂、武侯祠、荷花池等，凡是他们认为美丽的地方，都留下了或单人或两人的倩影。他们经过内江，还专程去拜访了白梅当年在重庆煤校结拜的大姐。二姐失联已久，毕业后一直没法联系，无法前往拜访，白梅也只能留着这份遗憾了。

这年的国庆节，白梅与高宏结婚了。

婚礼很简单。

白梅参加工作时，作为干部，基本工资每月六十一元，转正后为每月七十二元。每月的工资，除了吃饭，时不时买些穿的，基本都用到家里了。

给父母、弟弟妹妹买衣服，买毛线给他们织毛衣，等等。

白梅在重庆煤校，二年级时已学会了织毛衣。学织毛衣，是她高中时就埋在心中的愿望。

高三那一年，因为家里条件限制，父母从土中刨来的收入，全部给了她，即使买材料回来自己做，也只够每天两顿从不带肉味的简餐费用。

小姑送了她两件衣服，是小姑上师范学校时的校服。一件银灰色的卡面料，三颗扣子的小西装。扣子是金属包边的，太阳照到上面时，就像星星那样，会闪光。一件是天蓝色的，有些像细面条般宽窄的竖纹，说不出是什么面料，但就是当时的料子布。两件衣服，虽然是旧的，已洗得发白，还比较宽大，不太合身，但比起白梅之前穿的那些卡几布、毛蓝布、花棉布等，还是要抻抖得多，好看得多。白梅很高兴，很感激小姑。

两条裤子，一条黑色，一条天蓝色，都是的卡的。那是白倩用稚嫩的双肩，不知背了多少一两角钱一斤的苞谷、豆子，多少七八分钱一斤的白菜青菜，走十几里碎石公路到街上卖了换来的。

是的，白梅上初中时，那条军装绿的卡裤子，也是她此生穿的第一条料子布裤子，就是春寒料峭之际，她上学之余，遍山去挖鱼腥草，在把手冻得通红的清水里洗干净，背到街上六分钱一斤，卖了很多次，攒足十六块钱后，买布到缝纫店去做成的。

两套衣服，就这么换着洗，换着穿。天冷的时候，就把以往的旧衣服加在里面。有一天，小姑带来一件毛衣，是小姑自己织的，草绿色，粗毛线对襟开衫的样式。缝了暗扣，暗扣外又缝了玻璃扣子做装饰。也是旧的，但很是好看，比她之前送的那两件校服，不知又好看多少倍，还可以直接穿在外面，白梅说不出有多欢喜。

可是，也不知为什么，一个月后，小姑来把毛衣拿回去了。很多年后，白梅才知道，那件毛衣最终给了大姑比白梅小两岁的大女儿。

白梅当时如同丢了魂似的，失落到了极点。那时，她就发誓，一定要考上学校，参加工作后，第一件大事就是给家里老老小小，每人先织一件漂亮的毛衣。白梅做到了。

白梅很顾家，只是这样一来，她根本就没有积蓄。

高宏虽比白梅提前一年参加工作，可工人岗位工资本来就不高，除去吃的用的，给家里添巴几个，也剩不了什么。何况他之前谈过一个女朋友，是省城的，来回跑省城，几百公里，就算坐慢速火车，费用不高，一趟也要十来块。所以，高宏也没什么积蓄。

临到结婚，他们所有的钱，把一分两分的硬币全部算上，也只是一百一十一块。于是，就买了些糖、瓜子、花生和水果招待客人。客人多是机电工区的。不在场、上着班的，白梅就从书记那里找来旧报纸，打包后，和高宏一起，以班组为单位，送到各机房、各岗位。不论多少，大家都沾沾喜气，并见证了白梅与高宏的婚姻。

婚礼现场，史耀忠也在。他自己都不知为什么，心里特别别扭。白梅嫁给了高宏，他的心好像被人挖去了一大块。白梅到机电工区报到的第一天，他的心就有些慌了。他有恨，这人为什么要晚他一年才来？他为什么要这么早就结婚？两年来，他总是有些怕看到白梅。每次见到白梅，他的心就跳得很快，止都止不住。可又每时每刻都想看到白梅，见不到，心里就会空落落的。好几次，白梅上班、下班，或是到矿上开会什么的，他都远远地跟在后面。好长一段时间，看到她高兴，他就会莫名其妙地高兴。要是看到她情绪低落，他心里也会很难受。有时他自己都觉得好笑，怎么会这样，像着了魔似的。

几天后，还有几股消息传来。有小渣皮一档的，有矿子弟校的老师，还有矿上与白梅相处得不错的工人、干部等。消息来源不同，意思却大同小异，主要都是威胁高宏。大致意思，高宏若对白梅不好，他们就要捶他。

白梅有些无语。她还真没想到，会有这么多人"关心"她。

白梅与高宏结婚后，他们的家就安在高宏的寝室。高宏与室友们商量好，请他们搬到其他寝室去。王喜荣和方国立当然大力支持，赖从起虽然也答应了，心中却耿耿于怀。

高宏的寝室因在一楼，楼后土坎较高，屋内光线很暗，白天也要开灯。

白梅如此不顾一切地跟高宏走到一起，和当年卓文君与司马相如家徒四壁的境况，还真有得一比。除了高宏和白梅的铁床，剩下的就只有不知哪年哪月哪些人留下的，一个烟煤铁炉子了。

屋里被煤烟熏得黑黑的，就像淡淡地刷了一层墨。或者说，像蒙上了一层薄薄的青纱，如烟似雾。

白梅到土建队找了一些石灰，高宏把整个屋子都刷白了。他还在窗子右下角用水泥和小红砖砌了个池子，从经过窗外的生活饮水管上发个岔，把水管接进了屋里。池子底部打了消水洞，通到屋后的排水沟。又从机电工区找了一些天蓝色的油漆，把地脚线和门窗都刷了。

高宏的父亲知道他们结婚后，搜尽自己所有积蓄，给他们送来七百块。

"老爹，这钱你留着，我们俩都有工资，现在苦点不要紧，以后会好的。"白梅怎么都不要，她觉得老人也不容易。

与高宏走近后，高宏带她回家过很多次。

高宏的大嫂在老家生了二宝，他母亲已回老家五六年。再加上，高宏的舅舅，年轻时挑三拣四，四十多了才娶上一门媳妇，三年前生了个男孩。作为姐姐，高宏的母亲也不能不管。所以，这边就只有高宏的父亲带着他和弟弟。他工作后，弟弟上学，父亲还是操心。

高宏的父亲老实本分，说话做事，从来不会得罪任何人。他很喜欢白梅，每次高宏带着白梅去，他都会给白梅做馒头。晚上和好面，发上，半夜三四点钟起来，捅开厨房那个用砖和水泥砌成的烟煤炉子，放上大蒸锅，一个一个团成面球放在箅子上。两层都放满，加好锅盖，开始计时，四十分钟之后，热气腾腾的馒头就出锅了。

白梅很喜欢吃他做的馒头，比五星煤矿食堂里的馒头做得好。但是，他老人家这么熬更守夜的，白梅很不忍心。劝了很多次，让他不要麻烦，可他哪里会听？他心里稀罕着白梅呢！

他是一位老共产党员。他说白梅是学校分来的，是国家干部。白梅每次去，他都会和白梅说起往事。越是了解，白梅越是心疼这位老人。

"小白梅，我们对不起你！你也知道我们家里情况，多了我也拿不出来，只有这些，你不要嫌少。"说着，一双老眼就有些湿润了。

白梅不好再推辞，只好含泪收下。却没想到，因为这些钱，一种雪上加霜的麻烦，正悄悄向他们逼近。

第九章

· · · · · · ·

恍若晴天霹雳，从信中知道白梅已结婚，白友德一下子僵住了，整个人似乎成了一座雕像。

白友德是一个勤于思考的人，脑子非常灵活。在大队里数一数二的。只因是家中独子，不能也不愿远离父母。也因做事机敏利落，哪个地方来招人，队里也只是放那些懒惰者出去，从来轮不上他。所以，一直留在家乡。

但是，山前山后，哪家有什么事，接亲嫁女，老人过世，起房盖屋，邻里纠纷等，无论大事小情，都不会少了他。有些事，也只有他才能摆平。摆平了，还得叫人心服口服。用当地人的话来说，他就是一方的"说嘴角角（方言发音为guó）"。

"这鬼姑娘，真是要我的老命啊！"半晌，白友德才缓过气来，发出一声长叹。

这位"说嘴角角"，他根本没想到他引以为傲的大姑娘，会如此处理自己的终身大事。

白梅从小就乖巧懂事，学习成绩也好，那些奖状，一面墙都装不下。多少年来，父母无论多苦，只要一想到她，干活都特别有劲。尤其在她考上学校后，更是十里八村都啧啧称赞。可是，她这样一来，白友德就如同从高峰坠入深谷，不光摔得七疼八痛，简直心都在滴血。

白母一听，也瞬间泪流满面。

对于白梅的父母来说，让他们如此骄傲的女儿，出嫁时就算倾其所有，也要风风光光把她嫁出去。比上不足，比下也一定会有余。白梅如此先斩后奏，他们如何接受得了？白母还好，白父那可是一方的"说嘴角角"啊！

白友德很生气，没给白梅回信。甚至白梅请人带回去一大胶壶菜油，至少也有十斤。带去的人刚走，他就怒气冲冲地说："不要她的，什么稀奇的都不要，给她扔出去。"

吓得白母急忙把那壶菜油收起来，半年后才敢试着拿出来用。

半年的时间，白友德也想了许多。大姑娘从小就很会心疼父母。七岁，小小的人儿，比桌子还高不了多少，就会抬条长板凳站上去，抱下甑子，把饭蒸热了等父母。在当地民校就读小学和初中期间，挑水、做饭、打猪草、洗衣服等，能做的，样样都会去做。上了高中，离家远了，父母都在外忙，家里大小事都是妹妹白倩操持。白梅认为，这些都是她这个做姐姐的责任，白倩是在替她受苦。所以进校时，父亲给她的生活费本就不多，就算一天两顿都省着吃，也才勉强够。可她不知怎么挨着饿，竟然在第一学期结束，就省出九块多钱，买了个煤油炉。她还用破得不能穿的旧花衣服，拼出一个比书包大一些的口袋，可以提，也可以挂在一边肩上背。从第二个学期起，两年半的时间，每周要么背一袋提前做好的苞谷饭，匀称着，从周一中午吃到周五晚上。一般情况，周三到周五，饭都是馊的。要么背一袋苞谷面，每次五指朝下，抓一把放进小钵中的开水里，用筷子搅着，有时加点猪油，有时只加点盐，熟了端下来就吃。因为力气小，每周背的，不论是饭还是面，都只够每天两顿。周六就饿着上完半天课后，回家再吃。每周回到家，是最幸福不过的了。因为在家里，每次都可以好好饱吃几顿，还不用吃馊饭和面糊糊。

想到这些，白友德的心软了，他一直心疼自己这个懂事的大姑娘。

半年后，他到了白梅的工作单位，他要亲自去看望他的大姑娘。

"白梅，你看谁来了？"

白梅下班回来，门虚掩着，灯光从门缝里蹿到外面，把整个一楼的楼道都照亮了许多。白梅刚走到门边，就有个声音传了出来。高宏说着，从她手里接过买菜的袋子。

白梅和高宏结婚后，不再吃食堂。她每天上班，都会带着买菜的袋子，忙完紧要工作后，或抽空，或趁着到办公楼办事，就去办公楼对面的菜场买些菜。

"呀，爸爸，您来了……"一声惊呼，还没说出个完整句来，就哽咽得说不下去了，眼泪像闸门突然开启般，只管往外涌。

高宏走过来，轻轻拍了拍她的背。

"别哭了，爸爸来了应该高兴才对。"高宏的意思，想让她控制住，别惹得老人也心里难过。

白友德走进这座苍老的大楼，心里就疼得不行。这个不开灯就伸手不见五指的房间，除了两张单人床，一个黑乎乎的铁炉子，就是几个作为设备包装箱的木箱子了。还有，就是墙角那个浅浅的池子，里面举着一个高过膝盖的水龙头，像一枝被摘走莲蓬的干枯荷茎。见女儿过得如此荒凉，他的老泪差点没忍住。这下，看到白梅回来，心里更像有一把刀在乱搅。

"儿，别哭了，我都来看你了，你还不高兴？"说着，那忍了又忍的泪水，终究还是盈满了两只饱经风霜的老眼。

"对不起！爸爸……"白梅走到父亲面前，双膝一下跪到地上。

白梅了解自己的父亲，那封报了结婚情况的信一寄出，她就担心着。两三个月还没收到回信，更笃定父亲生气了。从她记事起，她最开心最快乐的事，就是看到父母因为她的乖巧懂事，因为满意她的所作所为而高兴。这次，她事先只想到要为家里做的其他事，一味只想到少让父母操心，却没考虑到她这么做，反而让父母如此伤怀。

"哎……"高宏见白梅这样，有些急了。

"这姑娘，快起来。"白友德见女儿跪了下去，心痛得无以复加，说出的话，声音颤抖着。

"别这样……"两人把白梅扶了起来，高宏在白梅耳边低语了一句，提示白梅不要再让父亲难过。

白梅洗了把脸，一看炉子上，高宏已在煮饭。

还好，今天买了点肉，有一斤多。她在心里一边想着，一边先用桶接了水，从袋子里拿出白菜和豆腐，洗干净后，将白菜扭成小段，把豆腐切成三角形的小片，暂时放在炒锅里。然后，把桶里的水倒进池子，接些清水洗洗桶后，再将白菜、豆腐放进桶中，腾出炒锅，把肉洗净放在菜板上，全部切成薄片。饭熟后，倒入半锅热水在炉子上烧开，肉片、白菜、豆腐一起下锅，加点盐，放几片生姜，再加几段父亲从老家带来的干红辣椒。

开饭了，高宏把屋子里唯一的椅子放到炉子正对面，请岳父坐，又从床底下拿出两个用完了漆包线的滚子，放在炉子两侧，作为白梅和自己的凳子。

白梅给父亲盛好饭，又端来两碗，一碗递给高宏，一碗自己端着。

"爸，您怎么不夹肉？"刚坐下来，高宏看到白友德夹的是白菜，说着就给他夹了几块肉。

"爸，您喜欢吃带点肥的，我都切在里面了，您多吃点。"这时，白梅的情绪已平复下来，语气中充满着对父亲的尊敬和关爱。

"好，我会夹，你们也快吃，吃不了肥的就夹瘦的，不要只想着我。"白友德接过高宏夹来的肉，说道。

看望白梅后回到家，白友德大病了一场。在白梅那里，他怕姑娘担心，尽量表现得平心静气，尽量不让白梅看出自己心里有多难过。回到家，他实在忍不住了。他没想到，他的大姑娘，多少年来，人人夸赞，人人羡慕，如今却过成如此光景。他觉得自己一生行善积德，从没做过什么亏心事，怎么还会这样？他一遍遍在心里重复着："姑娘啊，你老爹老妈什么都帮不上你，真是对不起你啊！"就这样，这位一方的"说嘴角角"吃不下饭，睡不好觉，硬硬地生起病来。

白母一看这情形，尽管白友德不说，她也知道事情肯定不妙。看样子白梅过得很不好，她操心着"说嘴角角"，更加操心着白梅了。

"你要吃点东西，姑娘的事情，你现在气成哪个样子，都已经这样了。你要真的把身体拖垮了，你姑娘的脾气你又不是不知道，怕是抓心抓肝都不止。"

白母强忍着自己心里的痛楚，每天都在劝白父。白母说的，白父也清楚，只是心里那个难受，像是很多把锥子不停地扎着，简直就是无法抑制的痛。但在三四天后，他还是勉强撑起来，白母煮了白米稀饭，他喝了半碗。

"这米，不要再拿出来做了，留着过年时，小白梅他们来了再吃，我吃饭（苞谷饭）就要得了。"

"过年够的，煮稀饭用得不多。"

"唉，我这姑娘，这么聪明，这么努力地学习，没想到到头来还这么苦……"说着眼眶又湿了。

"这姑娘心好，做事又有脑筋，想来会越过越好的。"白母是在安慰白父，也是在安慰自己，更是一种期盼。

白友德到矿上看望白梅后，父女之间因白梅结婚先斩后奏的疙瘩已解开。但白梅又更担心父亲了，她知道父亲嘴上不说，心里一定很难过，一时半会儿是放不下的。在他心里，白梅是那么优秀，那么努力，决不会想到是目前这个样子。父亲不会对她失望，但一定会为她心痛。此时，白梅庆幸事先把房子刷过了。不然，看到之前那个连墙壁都有一层黑雾的样子，父亲还不知会多么的痛心。更庆幸父亲没有早些时候来，要不看到当初她住的那个鬼魅之屋，只怕心更要碎得一塌糊涂。

时间在白梅的忧心忡忡里，转眼又过了三四个月。百般思虑后的白梅，终于在心里决定：一定要想办法找一套正规的家属区住房，不能让父亲下次还看到自己过成这个样子。

"宏，我想和你说个事。"这天晚上，吃过饭，白梅收拾好碗筷后，对高宏说。

"什么事啊？"高宏一听，心里一惊，不知白梅要说的会是什么。

"我们想办法去找一套房子，好不好？"

"好，当然是好，但怎么去找？这年头，不是你说应该行就能行。"听白梅这么一说，高宏松了一口气，同时也为找房子的事犯起愁来。

"是啊，所以要想办法。"白梅能想什么办法呢？左不过是找个能说上话、能办得成事的领导，送点礼试一试。其实，这对她来说，比给她一刀还难受。要不是逼到这个份儿上，她哪里愿意低三下四去做这种事？

刚认识于丽萍不久，一天下午，快下班时，于丽萍把白梅喊到她办公室，说："今天是路总的生日，你去不去？"

路总是五星煤矿的副总工程师，分管机电工区和运输工区。

白梅："……"

如果是朋友之间、亲戚之间的礼尚往来，本就寻常，倒没什么。可这是领导的生日，又看于丽萍神神秘秘的，明显有些不正常。白梅来到矿上，还是头一次遇到这样的事。鬼使神差，一时间，她心里压都压不住地冒出了两个字：巴结。

"你应该去。"看白梅没作声，于丽萍又说。

"怎么去法？"白梅有些为难了。

"买两瓶酒，没带钱的话，先从我这里拿。"于丽萍说着就从包里摸出两张十块的票子，递给白梅，"十块钱一瓶的就行。"

"好吧，那你等等我，我去九字楼买，近一些。我有钱的，谢谢！"白梅左右为难，于丽萍都给她明说了，若不去，谁知道会带来什么后果，她只得答应了。

"不用跑九字楼去。路总家就住在行政科后面，器材科门口，我们从老井走，在赵工家大姑娘的店里买就行。赵工对我们挺好，照顾一下他家姑娘的生意。"

"好，还是你想得周到。"

她们俩一起进了路总家，屋里已经很热闹了。一眼看去，机电工区、运输工区的管理人员们基本都已到场，电工、电机修理工也到了几个。于丽萍把酒放在进门右边的桌子上，白梅也放在那里，然后和于丽萍一起走向坐在沙发上的路总。路总戴一副暗红边框的眼镜，笑眯眯的。眼睛不大，但很有神。牙齿不太整齐，但白得还算自然。

于丽萍同他打招呼后，白梅也喊了一声"路总"，并加上"生日快乐"的祝福。

路总指着旁边另一个沙发的空处，让她们坐。刚刚坐下，路总的目光就移到白梅脸上，意味深长地说道："小白梅也学会了？"

"啊？小白梅也学会了？什么意思？"白梅一时心跳突突，脸"唰"的一下就红了，像犯了什么大错似的，恨不得马上挖个坑把自己埋了。

那还是什么都不明白的时候，出于一种礼貌，毫无目的地跟着于丽萍去过一次。这回找房子，是明明白白去求人，还不知会受到什么样的羞辱。但是她没办法，这一步必须走。

"小方的姑爹是矿领导，分管行政科，若能找到他，事情就好办了。"白梅对高宏说。

"这些当官的，哪有这么好找，只怕你还没进门，人家就防着你了。小方的姑爹，行政科科长，都是我老乡，我来矿上这么久，和他们遇到过几次，打招呼，他们也只是点点头而已。"高宏也最烦这么低三下四去求人。

"唉……"白梅轻轻叹了口气。

按正常程序去找吧，还没开始就能知道结果。真不如那掷进水里的小石子，多少还能激起一些水花。这年头，谁都清楚，没有猪头，就别进庙门。不去找呢，若下次父亲再来，看到自己还是这个样子，心又该会有多痛啊？她现在这个样子，已经把父亲的心撕得血淋淋了，难道还要再在那血淋淋的伤口上撒把盐吗？可是，带着猪头，又该怎么进庙呢？"小白梅也学会了？"路总的声音，鬼魅般地时时响在耳边，如同一把锋利的尖刀，一直插在她的心上。

白梅就这样矛盾着。

一个月后，一天晚上，夜幕刚刚降临，天空灰蒙蒙的。

"宏，咱们还是去试试吧！你和我一起去，找找小方的姑爹。"白梅眼巴巴地看着高宏说。

"好，我陪你去。成与不成，都去试试。不然，我们也没有其他办法。"高宏立马就答应了，他知道这些日子以来，白梅心里有多苦，无论如何都要和她去了了这个心愿。

他们买了两瓶酒，用从家里特意带出来的布袋子装好。两瓶将近八十块，差不多相当于白梅一个月的工资。于他们而言，已是很沉重的负担。于庙里那些神仙来说，能不能入眼，他俩也不知道。

高宏提着酒，白梅走在他身边，虚挽着他提酒的那只胳膊。像做贼似的，两人挨得很近，那两瓶酒在他们中间，就算有人路过，也看不出来，至少他们是这样认为的。

矿领导那栋楼就在医务所旁边，与办公楼仅一条公路之隔。从他们住的地方到办公楼，平时怎么也要不了十分钟。他们想走慢点，又希望尽快了结心愿；而走快了，又着实害怕去敲那道隔着两个世界的门。

两个人心里翻江倒海，百般不是滋味。脚步沉得比千斤万斤还要重，竟然在冷冷的冬天，汗珠子大颗大颗地往下滚。别人看不到，只有他们俩清楚彼此这个时候的煎熬。

终于到了那栋楼前，靠公路的一侧是围墙。围墙两端转角后，与楼头相接。围墙上，在医务所路口这边开了一道月牙门。

白梅和高宏进了月牙门，凭着小方透露的信息，朝着二单元二楼走。

站在那位矿领导家门外，昏暗的光线里，两人你看看我，我看看你。最后还是白梅一咬牙，举起了右手，大有豁出去的架势，对着门敲了下去。

就在刚要敲到门上的刹那间，一个开门的声音从楼上传来，有亮光射进楼道。借着那缕光，他们站的地方已能彼此看得清清楚楚。两人哪还顾得上许多？对视一眼后，转身就往楼下跑，拼命地跑，还没忘了把脚步放到最轻。直到上了公路，两人才如释重负。

回到住处，把门一关，两人都忍不住笑了，笑着笑着，白梅的眼里留下了两行泪，高宏的眼眶也湿了。

"宏，对不起！都怪我。"白梅斜靠在高宏的胸前，良久，她仰起头对高宏说。

"梅，不怪你，要怪也只能怪我。我若有能力解决这些问题，你也不用这么为难了。跟着我，委屈你了。"高宏抱着他的手紧了紧。

"说什么呢？"说着，刮了刮高宏的鼻子，起身就跑。

"哈哈，还想跑？"高宏一把拉住，又把她揽入怀里，做出要用胡子扎她的样子。高宏轮廓分明的嘴唇上方，那片黑而浓密的胡子，总是修剪得很漂亮，配上那副俊得有些不像话的脸庞，比《上海滩》中的丁力还帅气。也不知羡煞了多少男人，迷惑过多少女子。

"唉，以后再不干这种事了。房子的事，有机会就自己想别的办法，没机会就住这里。我们把这里收拾一下，添点家具。"

"好，只要你高兴，怎么都好。"

到了星期六，两人去了集隆坡，买了一个两开门的碗柜，一张写字台，都是白色的。碗柜上半部分是纱窗门，下半部分是木板门。买了一张折叠式方桌，桌面的玻璃板，压了一幅由一棵白菜、两根黄瓜、两个西红柿组合的图案。不用时一收，靠墙而立，就如同一幅壁画。

白梅还买了一段好看的花布，天蓝为底，小草绿盈盈的小山，白云朵朵，很清爽。高宏在左右墙上各钉了一颗钉子，拉上一根八号铁丝。把白梅缝制好的花布挂上去，上面紧挨着天花板，下面离地二十厘米，一幅漂亮的帘子就成了。炉子这侧，帘子恰恰留出一道门的空处。帘子把屋子象征性地隔成了两间，炉子在外屋，写字台摆在外屋的床头。厨柜也在外屋，背面靠着帘子，如同靠着一面漂亮的屏风。

又是一个星期六。星期六白梅只上半天班，高宏今天有安装任务，加班去了。

白梅买了两张带日历的画，对着两张床贴在墙上。木箱子都放在床底下，皮箱就放在厨柜顶。白梅转着圈打量了一番，轻轻点了点头。

但是，不到一分钟，她又折腾开了。她把皮箱取下来，放在里间床上打开，里面有她在重庆煤校的影集、毕业纪念册，还有她为数不多的几件衣裙。一样一样地清理，整整齐齐地码放好后，还是准备塞进床底下。

刚要往里放，看见那个大木箱，她又把手中的皮箱先放回床上。拉出木箱，她想把里面也整理一下。这个木箱，装的是高宏的衣服，还有一些其他物品。白梅全部拿出来，一样一样整理。箱子是个长方体，衣服靠一端放，其他物品放在另一端。有个影集，多是高宏在技校时的留影，白梅随手翻了一下，就放了进去。她把箱子盖好，往床底下推。箱子被推进去后，突然看到右边地上的一张照片，背面朝上，写着三个字，白梅瞬间愣在了原地。

第十章

......

呆了半晌，白梅收回推着箱子的手，拾起那张照片，盯着熟悉的笔迹，迟迟不愿翻到正面来。

她顺势坐到了地上，有气无力地靠着床边，眼泪无声地流了下来。

"白梅，你这是为了什么呀？你是不是真的疯了？"小鱼儿的声音从她心灵深处，歇斯底里地喊了出来。带着深深的责备，带着痛心疾首的愤怒。

照片是怎么再次滑到地上的，她不知道。她突然恨死了自己，双手扯着头发，似乎想把自己撕成碎片，扔在风中，随风飘散，从此人间再无白梅此人。

原来，天塌下来就是这种感觉。她眼前一片模糊，自己亲手布置的房间，前一时刻还有些满意，这会儿却变得阴森鬼魅。感觉四面八方有无数双手向她伸了过来，揪扯着她的心，揪扯着她的灵魂。恍惚间，她看见自己血淋淋地躺在地上。

"我这是死了吗？"她想，躺在地上的白梅，或许就该死吧，自作孽不可活？

如果留在重庆，这一切会不会出现？还会不会让父母如此为她操心？不留在重庆也就罢了，那么多的人追求，哪一个的条件不比他高宏好呢？高宏是不是工人倒不要紧，条件不好也不要紧，人长得帅也是次要的，关键有一颗真心。白梅啊，这就是你想要的真心吗？

天渐渐黑了，屋子里的灯光亮得更加鬼魅，照在白梅那惨白的脸上，和死人没什么区别。什么时候直接躺在了地上，她一点也不知道。

八点多钟，高宏回来了。推开门，人还没进屋就喊了一声"梅"，没见回应，又边喊边往里走。快走到帘子门那里，就看到白梅躺在地上，双目紧闭。他手忙脚乱跑过去，一边喊一边把白梅抱起来。

"梅，白梅，你这是怎么了？"他也坐在地上，左手抱着白梅，右手掐着她的人中。急切而颤抖的声音，带着哭腔。

白梅听见有人在喊她，可是，那声音好远好远，像是从天外飘来。她不知道自己现在在哪里，眼前一片茫然。只一个劲地说着"高宏，我在这里，带我回家。别让我爸爸妈妈知道……"却根本发不出声音。

好久，她突然觉得上嘴唇好痛，一脚踩空，不知从什么地方摔了下来。

"梅，你醒了？"看着白梅慢慢睁开眼睛，高宏赶紧问道。

白梅看看他，想说什么，却没有说出来，眼睛又疲惫地闭上了。

高宏把床上的皮箱往里推了推，把她抱到床上，垫好枕头，以为她又昏过去了，伸手又去掐她人中。

"哦，好痛。"高宏的手才碰到，白梅已呻吟出来。

白梅再次睁开眼睛，看着高宏，他脸上有泪痕，眼里还有泪在往外溢。

"宏，你，你怎么了？"白梅很费力地伸出右手，想抹去他脸上的泪。可是，就在快碰到高宏的脸时，她似乎想起了什么，伸出去的手突然停了下来，僵在半空。眼睛死死盯住高宏，眼泪如泉水一般，汩汩涌出，流向耳朵，浸入枕巾。

"怎么了？梅，你这到底是怎么了？"高宏急得不行。

白梅什么也不说，只是盯着他。

高宏不知如何是好，伸手要去抱她。

白梅放下伸出的手，闭上眼睛，然后翻过身去，不再看高宏。

高宏一连问了好几个"怎么啦？""怎么回事？"也没有得到回应。他叹了口气，就顺势坐在床边。刚坐下，无意间看到白梅刚躺过的地方，有一样白色的东西。他捡起来一看，心中顿时明了。

"好家伙，定是为这个生气。"这下他反而心中有底了。

他随手把照片扔在白梅的脚头，起来洗了把脸。放毛巾时，才注意到，白梅把整个屋子收拾得干干净净，还贴了画。买回来的菜，还放在桌子旁边。

"好家伙，准是累坏了，又生气，那小身体不晕才怪。"想着这些，心里有些隐隐作痛。

他准备做饭。锅里的米饭还够一顿，就开始摘菜、洗菜。一边干活，一边想着怎么给白梅解释。半小时后，他煮了半锅素白菜汤，炒了一个麻辣豆腐。

"梅，你现在身子好受点了不？"高宏当时没有急着解释，想让她先缓一缓，等她身子舒服点了再说。

白梅不吭声，也没做出任何反应。

"我知道你没睡着，你若感觉身子好些了，就转过身来，我有话跟你说。"

白梅还是没动。

"梅，我知道你为什么生气了。傻瓜，再怎么生气，也不能拿自己身子开玩笑啊，这样折腾，你这小身板经得起吗？"

白梅还是没反应。

"我知道你在听，你生气，不就是为了那张照片吗？"

听他提到照片，白梅心中的无名火按捺不住了。"你既然有人，为什么还要招惹我？我们算怎么回事？欺负人吗？"说着又是梨花带雨，泪人儿一个。

"我哪里有人了？那是以前的事，那时我还不认识你。"情急之下，高宏也不按事先想好的说了，直接说出重点。

以前的事？若真是这样，还真不好怪他了。啊，白白生了一场气？白梅心里一抽，嘴上却说："谁知道你们是什么情况，你们是不是还好着？"

"想什么呢？从认识你，除了上班就是和你在一起，你难道感觉不出来？"

是啊，认识他以来，也没见他去哪里。天地良心，他对自己也是好的，甚至结婚后，比结婚前还好。心里想着这些，却还是感觉不太痛快。"那你给我说说，她是谁？你们怎么认识的？发展到什么程度？又怎么分的手？"

好家伙，一下子问这么多，让人怎么回答？高宏腹诽，却是一笑："好，你起来吃点饭，吃完我告诉你。"说着，伸出左手，放到白梅的头下，顺势把白梅扶了起来。

白梅下了床，头还是晕。要不是高宏扶着，刚想站起来，又要摔在地上了。这时，她才想起，她中午就没吃饭。

炉子里的烟煤已过了烟劲，燃得正旺。虽然天气有些凉，屋里却很暖和。菜在炉面上，也还热着。

白梅吃了小半碗，就再吃不下了。

高宏吃了两碗。事实上，知道白梅如此在乎他，他很高兴，大有想喝两杯的冲动。不过，他忍住了，他得照顾白梅的情绪。

收拾好盘子、碗筷，他没立刻去洗。而是坐回白梅身边，拉过她一只手放在自己的膝盖上，回忆起他的那段往事。

高宏刚到五星煤矿不久，有一天，一位姓李的老师傅带着他和另外几个年轻人，在小机厂旁边回收一个架子。架子斜倚着矸石山，下方是车队。早先老井产出的原煤，就是从这里流入地面大煤仓。

架子很高，有二十多米，由工字钢焊接而成，需要割断后才能回收。在当时的机电工区，李师傅的电焊、气割水平没人能比。他亲自爬到架子上，拉着割枪蹲在上面，把需要割的地方一一割断。原本措施上有规定，最高的架子，割到最后两处时，操作人员要退到旁边的架子上，确认安全后再继续。可是，也不知他怎么就忘记了。年轻人们都站在地面上的安全位置，等着他割断后再回收。没想到，突然一声巨响，架子掉下来时，他人也一起下来了，直接滚到了煤仓里，几十米高，当时都以为完了。

"你给我说这些……"白梅觉得他当说的没说。

"你别急嘛，和这些有关。"高宏明白她的心思，赶紧打断并稳住她。

人送到矿务局中心医院，一番抢救后，就接着送到了省城，住进了省医学院。

这种重伤，矿上都要派人去护理，至少两人。一般情况，哪个工区出的工伤，就由哪个工区出人护理。机电工区派了他和一位姓徐的老工人，到了省城，一住就是三个多月。三个月后的一天，李师傅因医治无效，还是去世了，他们才回到矿上。

就是那段时间，在省医学院，待烦了，有时两人换着出去走走，或买东西什么的。离医学院不远的地方，住着一些当地农民。说是农民，毕竟是在省城附近，看上去都比较富裕，多数人家都是两层的小楼房。

他们经常出出进进，那里的人们都看熟悉了。有一家，两个大姑娘都长得很漂亮。姐姐叫孙小丽，妹妹叫孙小雨。

孙小丽正好是高宏一位朋友的女朋友。起先高宏并不知道，就是在那里照顾病号时，一次，他朋友去了她家，他出去时碰上了。他的朋友叫胡启刚，是莲城钢铁公司的职工。高宏带白梅回家，在鹰岭医院门口曾碰见过。

他们都没想到会在那种地方遇见。胡启刚做了介绍，大家也就认识了。他们拉着高宏，在她家吃了顿饭。但没想到，在高宏和徐师傅快要回莲都时，两姐妹到医学院找到高宏，让高宏去她家一趟，说胡启刚也在。

那天，高宏去了之后，刚进她们家，打了个招呼，胡启刚和孙小丽就找借口出去了，把高宏和孙小雨留在了一间屋子里。

那种情况，真的很尴尬。头一次遇到这样的情况，就算明白她是什么意思，高宏也真不知该怎么办，甚至还有些紧张。

高宏就那样坐着，一句话也没说。他想，他的脸一定红得不像样子。可是孙小雨不一样，或许在省城习惯了，比较放得开。她一开始笑眯眯地盯着他看，没多大会儿，就站起来，走到他身边，一下抱住他，说很喜欢他。事情太突然，他整个人都懵了。

他回到莲都后，她让胡启刚带信给他，还给他织了一条围巾。后来他想，就他这样的条件，人家不嫌弃就很好了，便答应相处看看。

"那你们……"想象着两人亲密的画面，白梅心里又是一痛。

"没有，真没有。"高宏知道白梅想问什么，赶紧明确回答，"她是想，她说，你若喜欢我的话，就把一切都带走吧！但我怎么会那样？一方面我们关系并没发展到那个地步；另一方面，我也担心，真要那样了，到时候，若自己保证不了跟她在一起，又怎么办？"

"真的？"白梅死死盯着高宏的眼睛，想从那双深邃又黑白分明的眼眸里找到些什么蛛丝马迹。可是，她终究什么也没看出来。她还想再问，"那么，你爱她吗？"可她忍住了，她怕问出后，他和她都再也没有退路。

这事就这么过去了，但白梅的心里还是有了阴影。她总觉得，孙小雨都送上门了，高宏真就会无动于衷？那张照片，高宏那天扔在她脚头，她后来整理床铺时，拿起来看了。背面那三个字——"我和你"，在一颗绘得比较漂亮的红心内，依然很刺眼。翻过正面，孙小雨确实长得漂亮，有点像当时正当红的演员张瑜。高宏坐在一张木椅上，孙小雨两手抚着他的肩站在右后方。高宏脖子上的白围巾，应该就是孙小雨织的那个了。白梅哪里想到，自己托付了终身的人，会有这样的过去。而她自己，在排着长队的追求者中，从来就没对谁如此动过心。高宏是第一个，也是唯一的一个。想到这里，眼泪又下来了。她也不知为什么，她是真的很在意高宏与别的女人有什么，哪怕是一点点。

后来很长一段时间，她都始终不信高宏与孙小雨只是相处那么简单，尤其是省城的女孩子，思想本来就比较开放。但她有什么办法，每次只能安慰自己，说那时高宏还不认识自己，自己不该干涉他的过去。高宏什么都好，就这事，常常如一块铅饼，坠着她的心，堪堪地有些无可奈何。

有时她又在想，她与高宏的婚姻，或许就是天意。

行政科那么多床，不可能哪张床都有楔形小铁块断吧，偏偏她白梅领到的就是断了。断了要找人焊就找人焊吧，可找到的李小二师傅有急事要忙下井，偏偏就要等他高宏来。他高宏来了，焊床就焊床吧，焊好不就完了吗？偏偏后来还有这么多牵扯。

还有更稀奇的，白梅与高宏办结婚证时，就在她去成都学习回来的那个月。他们也不太清楚程序，到居委会一打听，开个证明，带着身份证到当地派出所，走到就办成了。因为这事，半个月后的计划生育大会上，计生办主任还点名批评了机电工区，说这白梅，也不知有什么后台，没有通过她们就把结婚证办下来了。

这事，还是有一次白梅到于丽萍办公室领劳保时，听于丽萍说的。各工区办事员，均是计生网员。那个计生会，于丽萍参加了。

白梅听她一说，大为不解。"嗨，什么后台，别人不知道，于姐你是知道的，我白梅真有这样的条件，怕都不是现在这个样子了。我哪里知道要经过哪里啊？还不是听说要居委会出证明，就先去了居委会。结果人家把证明开给我，还好心教我怎么去办。我知道什么呀？"

"是哦。"于丽萍说，"就是你们办得太顺利了。你不知道，有些人为了办个结婚证，腿都跑成麻秆，到最后还是得出点血才成。我们办的时候，就是这样。"

"哦……明白了。"

"你们这事，计生办已挂上号。你们要有点心理准备，怕是办准生证时不会这么顺利了。"

"我们又不急，到时候看情况吧，不是说船到桥头自然直吗？"

可是真没想到，就在他们婚礼半年后，高宏拿着结婚证去到计生办时，奇妙的事又发生了。主任不在，新调来不久的一位工作人员认真核定后，很顺利又把准生证办了。

唉，这世间的事，不好说，不好说啊！似乎有一种神秘的力量，早已安排好一切，似乎他们俩就是为彼此而来。

一晃，又到年底了。

两个月前，矿上开始执行房改政策。职工不再分配福利房，凡符合要求的房屋，都要以购买方式入住。矿上又在公路边，车队的斜对面开挖地基，要建两栋五层高的大楼。

这一消息出来，虽然手里没有几文钱，白梅却看到了希望。她觉得花钱买，比走后门找房好得多。后门她和高宏是走不了，买房嘛，买不起贵的，就买便宜点的。买不起新房，旧房也行，哪怕一室一厅，只要有厨房和卫生间就好。

这两年，他们住在老井区，厕所要走出二楼后，再左转约二十米。就是白梅第一次从老井绕路，到了运输大楼楼头，对直走时走错的那个地方。自从他们住进这里，整栋楼的人都知道，无论春秋冬夏，晚上只要看到高宏站在厕所外面，白梅就一定在上厕所。白梅常和高宏说的一句笑话就是："住在这里，上个厕所都瞒不了人。"

矿上让职工先登记，九字楼、医务所后面和新大楼，都属于可买区域。已经住着的，自己又有购买意向的话，可优先考虑。不想买的，或者买了更好的，腾出来后，其他人都可买。

新大楼最贵，要一次性交够五千二百块，等房子建好交工后，再实行多退少补。白梅和高宏商量着，手里根本没钱，新大楼就不考虑，找·处旧房即可。高宏在工人岗位，上班时间，丁是丁卯是卯，走不开。白梅的工作时间灵活一些，她便抽空去寻。医务所后面有一套，就在于丽萍家那栋楼的三楼。但是那栋楼后面是一处落差很大的洼地，楼就切着高坎边缘起来，看上去悬吊吊的，很吓人，恐高者根本窗户边都不敢站。白梅暂时定下，若还有别的，再说。

后来，她又在九字楼看中一套，大小和之前那套差不多，只是年岁久些，布局也没之前的好。但这个位置，虽然楼后是大山，可楼与大山的距离有几十米，前后左右都比较平。考虑再三，她还是订了这套。这屋子里原来的人家，买的还是九字楼的房，但换了一套大的，半个月后就搬了。

白梅请人把整套屋子刷白，还刷出了地脚线。就在她准备到集隆坡买些电线，买个吸顶灯来安上时，出现了一个转机。

虽说已立春，但天还是很冷。这天，十一点许，忙完手中要事的一群人，都跑到安装队办公室去烤火。围着炉子，不免会谈点东，说点西。有人提起买房子的事，相互问，你买不买，他买不买；你买哪里，他买哪里。当听到白梅说在九字楼订了一套，尚永良师傅接过话，不气不笑地看着她说：

"小白梅，要买就买新房子。"

白梅一听，想着他给自己开玩笑，先是笑着问他：

"尚师，你要买新房子？"

"是啊，我都登记了，在后面那一栋。"

白梅"哦"了一声，哈哈一笑，接着说：

"尚师，买新房子的话，你借钱给我？"话赶话地，白梅也是给他开个玩笑，"你敢借，我就敢买。"没想到，下一秒，他的回答，把在座所有人的眼睛都惊大了。

第十一章

∙ ∙ ∙ ∙ ∙ ∙ ∙

"好。"他居然答应了，毫不犹豫。

"真的？"白梅有些不相信自己的耳朵，还没从认为他开玩笑的意识中回过神来，哈哈一笑，扑闪着大眼睛又追问一回。

"真的。"他的样子，还真不像开玩笑。

"好，尚师，那就借我三千。"白梅是真的有些吃惊了，这下已是七八分认真，依然笑盈盈地说。

"三千就三千，一会我拿存折去取给你。"

这是什么情况？这玩笑开成真的了。白梅不知说什么好，惊讶之余，只是一个劲地说着"谢谢"。

下午一上班，尚师傅真的就把三千块送到白梅办公室，白梅说给他打个借条，他却丢下一句"不用，我相信小白梅的为人"，转身就走了。

白梅真没想到，是人都说很"兔"（脾气怪，不好说话）的尚永良，不仅主动开口借钱给她，还这么快就从银行取了现金给她送来，银行可是在市区啊！拿着这些钱，她百感交集。果然，对人对事，道听途说都不一定可信。

既然有了这笔钱，那就买新房子。白梅把钱收好，开始考虑怎么筹满五千二百块。她当时和陈师傅说借三千，心里却也有个万一借成的小码码。原本打算买旧房时，她就筹了一些。九字楼那套是一千八百多，将近一千九百元的样子。几个月前，她、于丽萍及几个岗位工，一共七个人，搞了一个"来汇"。所谓来汇，就是每个月，每人拿出一百元，这个月由一个人接，下月由另一个人接，依此类推，轮流转。这样，要做点什么事时，也就方便些。恰好这个月到第二轮，白梅第一个接，她手里就有了七百。接着，高宏从他父亲那里借了七百，白梅找赵工借了六百。陈师傅真要借给她的话，改成买新房子也差不多了。

现在，离五千二百元还差两百元，还得想想办法。怎么办呢？眉头一皱，她又计上心来。她居然想到，要从许树坤书记那里借学习费。

工区每周二、周五要组织一次学习，给广大职工传达安全法律法规以及各岗位安全操作注意事项，传达国家大政方针、政策等。无故不按时参加学习者，每次罚款五元，以作惩戒。这笔学习费专款专用，比如：每隔一段时间，买些牙膏、牙刷、香皂之类的，适当的时候，利用职工学习时间组织安全知识问答，答对的就给个小奖品。

打定主意，她就跑到了书记办公室。

许书记听她一说，笑了笑道："这样吧，小白梅，我个人借给你二百。学习费咱不能动，这是大家的钱，只能专款专用。"

白梅的脸一下子红了。许书记这么一说，她也觉得自己有些唐突。

接过许书记递来的两百块，她连声说着"谢谢"。这"谢谢"，不仅因为许书记个人借钱给她，还有许书记的那番话，让她一下子有了些感悟。同时，仁老师的话又在耳边响起。做任何事，都要三思而后行，不能想当然。她这么大大咧咧地跑去找书记借学习费，确实太欠考虑。

钱，终于凑齐了。

她回到家全部收到一起，然后就到房产部门去登记，确定买新房。从房产办出来，她直接往机电工区走，正好要经过新大楼。想象着自己将要住到这里，想想心里都美。于是，她忍不住停下脚步，站在路边看了很久。

新大楼，虽然每套都不到五十平方米，但不用说，是全矿比较好的楼房了。矿领导那栋楼，套内面积都不小，矿领导们大概舍不得放弃大房子，来住这个小的。但她刚去登记时，看到好多科长、副科长都登记了。要不是有买房政策，要住这样的房子，她白梅想都不敢想。

面对着刚刚打好基础的施工现场，她的脑海里居然已浮现出整栋楼房的样子。她登记的是前面一栋，靠着公路。后面一栋，虽然比较清静，但因地势矮过前面，整栋楼只能依势而建，相对前面一栋，矮下两层楼的高度，她不喜欢。

房子订了，钱也交了。这时，她的心思已转到那五千一百元的债务上。

她和高宏的工资，积攒下来的，买厨柜、桌子等，基本就花光了。接下来，要怎么还上呢？两个人的工资加起来，一月也就两百多。他们打算一月至少要抽出一百，这样也要好几年才能还清。

天空下着毛毛细雨，她虽撑了一把伞，衣服上还是飘了不少，小水珠亮晶晶的。回过神来时，还真感觉有些冷。

继续往办公室走，她又想起白倩和她一起数钱的画面。白倩已来五星煤矿三个月了。白梅一直想着，自己成家后，要赶紧帮帮她。于是在矿上的手套厂给她找了一份工作，织线手套。手套厂里，有织手套的设备，会操作设备就可以织。但是，从设备上下来的手套，还需人工把每个指头缝合。白倩很快就学会了，还经常带些手套回家缝。只可惜好景不长，没过多久，手套厂就关闭了。白倩一方面不想让姐姐太为难，另一方面是老家一个还不错的男孩有心与她相处，她最终还是回去了。

这天，看着白梅拿了很多钱，白倩瞪着大大的眼睛，然后悄悄在白梅耳边说："姐姐，我从来没见过这么多钱。"

何止是白倩，白梅也从来没有见过这么多。想到这里，本来已数好的，为了让白倩高兴高兴，她一笑，轻轻说道：

"倩，来，帮姐姐数数，五千二，看对不对？"

"好呀！"白倩高高兴兴地接过那摞钱，放在床上，一沓一沓地数着，眼睛越来越亮。

白梅在旁边看着，心里也美滋滋的。转而又在心里责怪起自己来：白梅啊白梅，你就这么不长记性？

在重庆煤校，第二次到矿上实习，返校的火车上，一班同学都在说说笑笑，快下车时，白梅才发现自己的包不见了。而在自己放包的那个位置，有一个包与她的很相似，里面装的却是蛇皮袋子。

白梅的包里，除了自己的衣服、用品外，还有她凑了好久才凑够钱买来的毛线。她织的毛衣，都快分袖子了，毛衣针还在上面。她在车上就忍不住哭了，回到寝室，还哭了几回。

突然想起这事，她是怪自己不接受教训。因为前段时间，他们的家里被人偷了，撬开后窗的钢筋入室盗窃。

她有个铁灰色带暗花的小包，中间的隔层上了拉链，公公给的七百块就放在这个隔层里。包的内壁，还有一个带拉链的内包，她父亲来时给了三百块，就在那里。包里，还随便放着几十块。盗贼没有放过打开包就能看到的几十块，又把内壁里的三百拿了去，连桌上一分两分的半袋硬币都没放过。还好，大概贼也慌张，没注意到小包隔层里的七百，不然后来他们也买不成厨柜和写字台了。

"唉，那时也没想到会买房子，不然还买这些干什么？"想到这里，她又扫了一眼橱柜、桌子、写字台和那当作隔墙的布帘。

被偷的事，他们向矿上公安科报了案。半个月后，因为其他案子，把此案牵扯了出来。就是那个姓赖的，以前与高宏同寝室，搬出去时就有些不悦。他找了个女朋友，是高宏他们隔壁最边上那家的姑娘。高宏的父亲来给钱，白梅的父亲来给钱，白梅和高宏都说不要，大概推的推，让的让，竟被隔壁听了去。案子虽然破了，钱却已被花光，一分都没有追回来。

"姐姐，对的，五千二。"白倩的声音把她拉了回来时，她还在叹息。

回到办公室，进门时，正好看到尚师傅从书记办公室出来。

"尚师，我去登记新房子了，谢谢你！"

"小白梅，还这么客气？"

"真心话，太感谢你了。不然，我们压根就不敢想买新房的事。"

"这点事，不用放在心上，不要有心理负担，要不我还过意不去了。"

"好嘛。谢谢！"

机电工区下辖的，有安装队、运转队、供电队、小机厂、溜子队等。各有各的路数，每个队或者班组都有自己的职责范围。比如：安装队负责设备及管路安装、回收等工作。运转队负责主通风机、主井绞车、压风机、锅炉、矿灯房。供电队负责电气设备的安装、架空线路的维护，以及变电所。小机厂负责设备修理、零部件加工。溜子队主要负责井下皮带运输机、刮板运输机的维护和管理。

刮板运输机，俗称溜子，溜子队便是由此而命名。尚师傅是溜子队队长，经常有工作上的事情要到工区沟通。各队的队长，虽是工人岗位，但都纳入工区管理人员统一管理。因此，班前会，各队队长都要参加。既可以就本队工作情况，提出需要工区解决的问题，也要领下工区交代的任务，然后回到队里做具体安排。

尚师傅走后，白梅走进自己的办公室，她的心还有些激动。

"尚师傅，谢谢你！"她的心里不断地回荡着这个声音，她那颗沉入万丈深渊的心感动着。

这一年，大概是老天感觉到了白梅的许多苦楚，忍不住要给她加点甜了。

两个多月来，白梅一直沉浸在购买新房的喜悦中。上班下班，都会不自觉地朝着新楼的方向看看，似乎那一天天拔地而起的新楼，就是她的全部希望。她却怎么也没想到，更大的惊喜还在后头。

这天，白梅和往常一样，去各机房例行检查。每个月她都会到各机房检查几次。检查的内容，除了设备是否正常运转外，还涵盖各种记录是否齐全，设备标签、牌板有无缺损，灭火器、沙箱、沙袋是否符合要求，绝缘用具是否完好、合格等。

很奇怪，她从绞车房出来，才走了几步，就被一股生菜油味逗得想吐。菜油味是从天轮下路边那家飘出来的，那是一个烙锅店。烙锅属于莲都的特色小吃，主要是烙洋芋和臭豆腐，还随季节带有小瓜、芹菜或韭菜等。可以烙的食材很多，鸡鸭鱼肉，鲜蔬嫩韭，无一不可。有道是，天下食材一锅烙，这并不夸张。矿上很多人都会到那里去吃，白梅也和同事们去吃过多次，感觉挺好。

今天怎么会这样？白梅不明就里地回到办公室，还是很难受。似乎那些生菜油的味道硬是赖上她了，竟然追着她到了办公室。

她看了一下手腕上的表，已十一点半，便起身回家。一路还是不舒服，老是想吐，还出了一身毛毛汗。怎么回事？平时也都是这么吃的，不会是吃出什么问题，要生病了？

想着想着，已走进老井运输大楼。还没下完楼梯，一股烧洋芋的味道扑鼻而来，像是知道她的辛苦，特意跑来安慰她似的。突然间，她觉得，这就是世上最好的美味。她有些情不自禁，贪婪地吸收着。

走近了，判定这美味来自对门家。她有进去讨吃一二的想法，但最终还是忍住了。回到家里，用最快的速度捅开火，放进几个洋芋，噼噼啪啪爆烧一阵，捞出来就开吃。好香！她把烧熟的部分啃完，又放进火里继续烧。反复折腾，几个洋芋全吃完后，整个人都舒坦了，也不想吐了。

"嗨，又不饿，怎么像个饿死鬼一样？"坐下来后，自己都觉得好笑。

稍做休息，她准备做饭等高宏。把米淘在铝锅里，放在炉子上后，开始洗腊肉。腊肉是春节前，高宏与白梅办公室的一位同事一起熏制的。

熏腊肉是老家的习惯，也是莲都人的习惯。每年冬至过后，农村养猪的人家，就开始杀猪。不在农村的，有的也会买些新鲜肉回来，把肉分成块状，每块重几斤到十几斤，具体大小依各人喜好而定。用白酒先抹一遍，然后将拌着花椒的盐，大把大把地抓起来糊上去。一块一块糊匀后，装进大盆，或是沙缸等容器，然后封闭起来，一般一周后可入味。再搭个架子，取出腌制好的肉，摆放或挂在架子上，离地面的高度，以架子下的柴火不会烧着肉为佳。柴火一般用松树的比较好，有松香味。有的还加些橘子皮在火里，让肉的香味更加具体。

腊肉是莲都美食之一。一般人家，只要有些办法，就算平时吃不上，多少都会准备一些来过年。

这年的春节前，猪肉四块五一斤。高宏和白梅买了两百多块钱的新鲜肉来制作腊肉。熏的时候，两家人合伙。两家男人从一大早开始，一直熏到晚上十点左右，黄澄澄的腊肉就成了。想吃的时候，取一小块，用热水洗干净后，切成二三指宽的薄片，装进盘子里，上锅直接蒸熟即可；也可配上折耳根、木耳或芹菜等，加点干辣椒段及其他佐料，进行炒制；还可以做成腊肉豆米火锅等。腊肉的吃法很多，无论怎么做，它独有的香味都特别诱人。

白梅把腊肉洗好，切成片，这时饭已煮好。她换上炒菜锅，添了些水，把腊肉放进锅里，准备直接做成腊肉火锅。可是，当锅内水开，腊肉浓浓的味道外溢时，她又傻眼了。她最喜欢的腊肉，这会儿闻起来怎么又想翻江倒海了？怪了！

她想跑到外面缓缓，便上了二楼，向楼头水管那里走去。

站在垭口上，不说能看清五星煤矿的全貌，但大部分已在眼里。

飘带般的公路，于两山之间，在大垭口突然扭一下腰，进入五星煤矿地界时，大概也是入乡随俗吧，缓缓地沿着它右边的山体绕着下来。到底后，像一束光，一路向前。

五星煤矿群山环抱。如果说，公路远去的方向，是条长长的峡谷，那么，五星煤矿所在之地算得上是这条峡谷的头部。只是这头部有些调皮，西面的山全是黄土，它并没有怎么去碰。而东面多为岩石结构，偏偏被它碰出个大漩涡。似乎这比公路略高一些的大漩涡，就是它为五星煤矿的新井口专门准备的。

除了老井这一片，从办公楼到新井口，从新井口到九字楼。包括九字楼沿公路往上，离大垭口不远的油库片区。白梅都看得清清楚楚。高宏从矿灯房门口过来，她也看见了。

"怎么站在这里？迎接我？"高宏走到跟前，打趣道。

"不是，我……"

"怎么了？"高宏发现她的脸色有些苍白。

"走，先回家。"她没有正面回答。

回到屋里，刚刚在外面平息下去的五脏六腑，又开始不安分了。她只得对高宏说：

"你快洗洗手，吃饭吧！我刚烧洋芋吃了，先睡会儿。"

"是哪里不舒服？"

"说不上来，好好的，就是闻着这腊肉味就想……"想着高宏要吃饭，她没把"吐"字说出。话锋一转："呀，你快吃饭，吃完我再给你说。"

"不行，你这样，我怎么吃得下？"

"我也不知怎么回事，就是闻着这腊肉味就想吐。还有先前，办公室旁边的烙锅店，闻到生菜油的味道也是这样。"看高宏有些急了，白梅只好实话实说。

"走，去医务所。"说着就把白梅扶了起来，不容分说，给她披上外衣，穿上鞋。"能走不？我背你吧！"

"呀，哪里就这么娇气了？不闻着这些气味就没事，我能走。"

到了医务所，值班的刘香凌一听，笑得前仰后合。

刘香凌是采煤工区区长的爱人。和白梅一起分到五星煤矿的还有个男生，那个男生就在采煤工区。刘香凌两口子，曾经还想撮合白梅和那个男生。可最终也没对白梅说，大概是高宏抢在前头了吧！这事，多年后，白梅才听于丽萍说起。

刘香凌和于丽萍认了干亲家，她女儿叫于丽萍干妈。在于丽萍家，白梅和她见过多次，她们早就熟悉。所以，她这么笑，也不用考虑白梅生不生气，笑得白梅和高宏莫名其妙。

"两个笨蛋，"笑够了才勉强刹住车，"你们要当爸爸妈妈了。"

白梅和高宏几乎同时"啊"了出来。随后都脸红着，不好意思地笑了。

"你上次的那个什么时候来的？"刘香凌问白梅。

"上个月，嗯……还要上一个月，月初。我一直不正常，经常推后。"白梅先是一愣，随即反应过来，脸红红地回忆道。

"今天都十二号了，那就是两个多月了。"刘香凌说，"没事，怀孕了，有些味道不适应，是正常的。"

"刘大姐，那要注意些什么？"高宏压抑着激动的心情问。

"饮食上注意营养，多吃些蔬菜水果。有什么不舒服时，到医务所来看，不要自己乱吃药。最重要的是要开开心心的。"说着还向高宏做个鬼脸，"你不能惹她生气。"

"不会惹她生气，刘大姐放心。"高宏也笑了。

这一年，他们家的腊肉，除了送给别人的，都成了高宏的专利。那么好的腊肉，扔了可惜，不扔白梅闻着又难受。高宏隔三岔五地吃，煮腊肉的汤倒掉不少。高宏不只是过足了腊肉瘾，简直就吃得够够的了。

水果，白梅倒是喜欢。西瓜刚上市的时候，有一天，她特别想吃。那种想法，都到了吃不着就想哭的地步。高宏跑到菜场买了一大个，十一斤。从一端削去一小块皮，见瓤后，拿个不锈钢小勺给她舀着吃，居然一中午吃得只剩下不到四分之一。

怀孕的人，真是和平常不一样，白梅自己都觉得不可思议。不仅想吃的就要吃到，不想吃的见都不想见，闻也不想闻，人还小气了，稍有委屈就想哭。所以，多年以后，白梅一直有个习惯：对怀孕的人特别关照。路边让路，车上让座，只要能做的，她决不含糊。

于丽萍家也买了新房子，和白梅一栋楼。

白梅办公室有个同事叫杜洪安，就是和高宏一起熏腊肉的那位。杜洪安的爱人罗羽是土建队的技术主管。新大楼的施工，罗羽自然要进行技术监督，所以比较了解情况。白梅去看房时，她就告诉白梅，一单元二楼的三间，是施工人员做出来当办公室的，是样品房，各方面都做得好，建议她买。她听了罗羽的建议。

白梅怀孕六个月了，还不是太明显。那天，和于丽萍一起去订沙发，穿一件黑底印花的宽松短袖，一条弹性很好的黑色健美裤。于丽萍还和她开玩笑说：

"小白梅，看你真不像怀孕六个月的人。"

"真的？不会吧？"

"真的。"接着又诡异地笑了笑，"哦，突然想到一件事，那时赵诚对你那么好，你们怎么没擦出点火花？"

"于姐，你胡说什么？"白梅有些不好意思，"你这思维跳跃也太大了吧！"

"嗯，大概也是被高宏搞了个措手不及。"于丽萍还在笑。

"你想多了。"赵诚确实对她很好，但压根就没说这方面的事。这种事情，本身也要讲缘分的。

后来上了拉煤车，师傅还问白梅有没有对象，没有的话，给她介绍一个。晚饭后，白梅和高宏说起此事，两人都笑了。随后，高宏却迸出一句惊人之语。

第十二章

"噫，我的媳妇，谁也抢不走。"高宏看着白梅调皮的表情，他才不上当。

"呵，这么自信？"

"那当然。"

"为什么？"

"这还用问？你对我好呗！"高宏有些得意。

白梅：……

"这小家伙，来得还真是时候，新房子快建好了，他也来了。"高宏把头靠近白梅的肚子，做出听的样子，"儿子，你要乖乖的哈，别惹你妈妈生气。"说完，有些得意地看着白梅笑。

"喊，你怎么就知道是儿子，不是女儿了？"

"不知道啊，儿子好，女儿也好。反正又不知道是儿子还是女儿，我想喊儿子就喊儿子，想喊女儿就喊女儿。"

"啊，你耍赖。"

高宏一把搂住她，很温柔地说："好，不和你闹了，洗洗睡吧！辛苦你了，宝贝儿。"

生命真是奇妙！

那个小人儿在白梅的肚子里，拳打脚踢。像个勤勤恳恳的开拓者，大概他不断长大，所处的小天地也需要不断扩大。每打出一拳，踢出一脚，白梅的肚子都会变大一些。进入第七个月以来，白梅明显感觉到自己的肚子每天都在变大。

这一年，在五星煤矿有八个孩子出生。从农历正月开始，隔不了多长时间，就有一个新生命让人们津津乐道。白梅是这年年初怀上的，预产期要到农历九月。所以，她的孩子，也是这些孩子中最小的。

白梅怀孩子的样子，跟别人不同。那些人，有的六七个月还在吐，只能吃青菜。有的到六七个月时，路都走不动了，多数时间都躺在床上。她却除了不愿闻着生菜油和腊肉味外，其他都还好。人家都满脸孕斑，她脸上的皮肤反而更加光洁，白里透红。往办公室一坐，别人隔着办公桌，根本看不出她是怀孕的样子。走路时还利利索索，从后面看着只是显得胖了一些。

都说女孩打扮娘，看她的样子，很多人都说怀的是女孩，就连在医务所工作的刘香凌也这么说。白梅不懂这些，大家都这么说，她也就默认了。于是，她准备了小花衣服，反穿衣，还亲手织了几件小毛衣，开裆小毛裤等，几乎是按女孩子准备的。没想到后来，好多衣物都用不上，最终送人了。

七月下旬，新楼已竣工，并交付使用。买了新房子的人家，已陆续拿到钥匙，有的已搬了进去。房子不用装修，交房前，每一间都抹好水泥地坪，刮好瓷粉，安好白炽灯。需要安装地板砖的人家，提前联系，出点工时费，也有师傅给安装。白梅因与罗羽熟悉，罗羽自己家的房子弄什么时，都问她要不要一起弄。

砌墙的时候，高宏用四厘米宽的角铁，在卫生间上方预设了水箱位置。安装便池时，她没要统一的那个蹲式，而是换成了比较时新的坐便器。抹地坪的时候，他们已提前买了谷黄色带暗纹的地板砖，请师傅把客厅安上。厨房、卫生间的墙，都贴上白色瓷砖。客厅、卧室、阳台的墙根，都贴了黑底起花的地脚线。灯线用的是白色平行线和白色线卡，拉线开关全换成了墙壁开关。客厅的天花板中央，安了一个天女散花式的吸顶灯。门，最外面一道，用油漆刷成了天蓝色，室内都是淡淡的太阳色。所有需要提前准备和安装的东西，包括防盗铁门，白梅和高宏都按照他们自己的思路提前做好了。

由于买的是施工方用来当办公室的样品房，钥匙要到最后才能拿到。施工方的办公室，要什么时候才能交付呢？白梅到房产办去问，只说施工方的东西还没搬走，再等等，也没个准信。一等又是十来天，还是这样。白梅觉得好生奇怪，施工方为何不搬？她想到罗羽一定知道些什么。不问还好，一问她真是有些生气了。原米，矿上还欠着施工方一些款，施工方就想占着这三套房作为筹码。

白梅觉得，两个大人都无所谓，可孩子不能在新房子建成的情况下，还出生在那间白天不开灯就伸手不见五指的旧屋里。老井那地方，住两年了，没有买房时，没指望，也就不去想。这房子买了后，它不一样了。白梅每天都盼着能早点住进新房子，离开那个曾经让父亲伤痛过的地方。

可是，她哪能想到会有这样的事？订好的沙发、转角柜、六开柜、大床、梳妆台等，都到时间了，该怎么办呢？虽然白梅后来和老板说好，晚一个星期左右去拉，但这样下去，别说一个星期，怕是两个月、三个月也不一定能拿到钥匙。

这天下午，白梅和高宏一起去把家具拉了回来，直接拉到新楼门口。施工方作为办公用的这三套房子，白梅家这套和隔壁是作为库房，白梅他们对门的，才是正式办公室。白梅也不去找房产办，她挺着个大肚子走进了施工方办公室。

"您好！麻烦您帮忙开一下对面的门，好吗？我们买了对面的房子，订的家具到时间了，老板催着拉回来，现在已拉到外面公路边。"白梅对办公桌前的男子客客气气地说。

那人迟疑着，白梅没来之前，公路边那些家具他已看到，只是没想到与他们还没交的这三套房有关。

这时正好有人来找他说事，他看了看白梅，也没说什么，就转向来人。白梅站在那里，等他们说完，又对他说："麻烦你们帮帮忙！我们这家具都拉回来了，让我们先把家具搬进去。"

那人若有所思，又略顿了一下，才从桌箱里拿出一把钥匙，给白梅开了门。

进门后，里面只有几块长木板，白梅什么都明白了。

白梅对那人说了"谢谢"后，请他把那几块长木板搬了出去。她还没空欣赏自己的新房子，而是赶紧走到靠公路边的窗前，打开窗子，笑盈盈地喊了一声在公路边看着家具的高宏。

高宏顺着声音看去。他在心里说："好家伙，已进了咱新房子。"

到集隆坡拉家具之前，高宏和几个同事说了，请他们两小时之后来帮忙把家具搬进屋。这时，那些人都到了。

这些家具，都是白梅和高宏拉着钢卷尺，按房子结构，一一量好尺寸去定做的。家具都以暗红为底，分布着黑色细水纹。

高宏第一趟就带回了扫帚、拖把，将放家具的位置都打扫干净，家具们进屋后，便各就各位。

客厅里，沙发是三个一组合，摆在进门的右边。靠厨房那个角落留出的，正好是冰箱位置。沙发前是一张条形茶几，四角磨圆。转角柜是组合的，顺着进小卧室那面墙，转角到厨房门边。转角处柜面较宽，那里就放电视机。

家具全搬进屋后，帮忙的人走了，高宏准备改天再请他们吃饭，今天实在不方便。他又把鞋架在门后放好。旁边不远处，四张铁灰色为底，暗起玫瑰花纹的皮面软椅，先摆起，又一张一张挪开，最后还是摆着。

然后，牵着白梅的手，走向大卧室。

一米五宽、带左右床头柜的席梦思，头靠门对面的墙摆在中间位置。高宏坐在床尾试了试，瞬间笑成了一朵花。右边靠墙是组合式六开柜。窗子那边，深红色的落地窗帘，如同一片大大的花瓣从天花板垂下。床头处，鱼形支撑板的梳妆台，背面与墙角构成等腰三角形。白梅走过去坐在小圆凳上，她看见镜中的自己，眼角带笑。

"咱们不走了。"回到客厅，坐在沙发上，看着这心心念念的新家，白梅对高宏说。

"那我去买把锁，把门锁换了？"高宏先是一愣，随即笑着说。

白梅点了点头，也会心地笑了。

"好，这样，让他们来找我们，比我们去求他们好。"

事就这样成了。

这时，高宏那两个很要好的老乡，都回了北方老家。方国立是因为在老家找到一份工作，王喜荣是在五星煤矿订了婚之后，带着媳妇一起回家的，听说第二年生了一个女儿。

第二天，他们拿着自己的钥匙开门进来，高宏又请了几个同事，从老井那个值不了几个钱的家里，把两张铁床、厨柜、桌子和写字台等搬进了新家。

两张铁床面对面安排在小卧室，写字台放在窗前。

从厨房开门进去，阳台的顶端正好能放厨柜。占了大半壁的玻璃窗，大大方方任由光线射了进来。长长的花架上，花盆里的君子兰、天竺葵、仙人掌、吊钟等，都是白梅提前养在办公室的，这时搬来，正长势喜人。

厨房里，回风炉像一张八仙桌。窗前的操作台是建房的统一设计，比较合理。左边低处是液化气炉的位置，炉子上方安了抽油烟机。下面隔了一层放碗和盘子，底下放液化气瓶。右边高处可切菜，下面隔层放锅，底下放小坛子之类的。最右边的墙角，还有个洗碗池。

"宏，咱们的结婚照，就挂在这里吧！"张罗得差不多后，白梅拉着高宏进了大卧室，指着床对面的墙上方中间位置说。

"好。"高宏点头应了，立马行动。

白梅穿着洁白的婚纱，犹如仙子下凡一般。高宏深蓝色的西装，笔笔挺挺。白皙的脸上，两道剑眉下，一双炯炯有神的眼睛，似乎会说话。好看的鼻子下面，那片胡子妥帖得能惹徒丹青高手叹息。简直就是一幅绝美画卷，让人见了就移不开眼球。

和高宏亲手布置的这个家，白梅比较满意。

"白梅，听说你家把锁换了？"将近两个月后，房产办的人找来了。也就是这个时候，剩下的两间样品房，房主才拿到钥匙。

找来的，就是曾经安排白梅住公路边临时房的那位。白梅下班，刚到楼前的路口，他正好站在那里，好像是特意在等白梅。他要白梅把钥匙交给他，那意思，白梅他们住进新房子，没经过他们。

白梅心里一股无名火直往上冲，但她生生压住了，还是笑盈盈地说："师傅，这话我就不明白了。我三番五次到你们那里去找钥匙，你们总让再等等。当然，我知道你们有你们的难处。既然是这样，我们自己来想办法，这不光是解决了我们自己的问题，不是也解决了你们的难处吗？两栋楼，这家那家的钥匙都能拿到，那么多人家都搬进去了，同样是交钱买的房子呢！"白梅叫他师傅，是因那人是房产办的一般工作人员，实在也不好用其他称呼。在五星煤矿，对工人，以及其他一些没有什么职务，不好称呼的工作人员，出于礼貌，都以某某师傅相称。

"白梅，不管怎么说，你把锁换了，要把钥匙给我们，由我们按规定发给你。"那人还是坚持要让白梅交钥匙。

　　"哈哈……师傅，我原本都给你们减少麻烦了，若是再交给你们，我再去找你们领钥匙？这，就算不是我疯了，至少也给你们添麻烦了啊！"白梅知道他的意思，忍不住笑了。白梅当然也清楚，钥匙发放有一定的程序，还要做好相关登记。只是，若换了别人来，她自是没什么说的。偏偏是他来，因为他，她住进了公路边的鬼魅之屋。从那时起就给她造成心理阴影，她才会把自己封闭起来。于她而言，那简直就是她噩梦的开始，叫她如何释怀？

　　"白梅，你……"

　　"师傅，我现在再把钥匙交给你们，不太好吧？我们已经搬家了，什么东西都搬进去了，人也住在里面了，难不成还把钥匙给你们，让你们帮我看家？"他的话还没说完，白梅就抢过话头，微笑着连珠式地说了一通，然后转身向家里走去。

　　高宏下班后，白梅说起这事，高宏嘴一撇，说：

　　"哼，这些人。"

　　"唉，这年头，办什么事都难。"

　　"对了，老井那房子，隔壁家还想要呢！"

　　"喊，隔壁家？说起来，他家确实也难，一家六七口人就住那么一间屋，也不知怎么住的。他家要是仁义点，不给他家还给谁家？可是，你看，自从知道他家女婿偷了我们之后，他家那个做法，一天甩脸甩嘴的，好像错的还是我们。不给他，就给对门杨师傅家。"

　　"是呢，杨师傅家，大人小孩对我们都好。"

　　"人家，就是对其他人，也不讨嫌。"

　　"嗯，就给杨师傅家吧！"

　　"嗯，这回，杨师傅家是高兴了。本来他家两个正间带一个楼梯间，虽然也是五六口人，但还算不错。再加上我们那一大间，也算宽松了，好多套房还没这么宽。"

　　"是啊，隔壁家不知要怎么眼红了。"

　　"不管，也是他家自找的。"

"哈哈……"高宏突然大笑。

"笑什么？"白梅一愣。

"我们两个，居然还可以把那房子想给谁就给谁，你不觉得好笑？"

"是哈，分房本来是房产办的事。可是我们那个房子，也不是他们分的。当初找他们要房，腿跑弯了都没用。"说到这里，两人对视了一下，谁都不说话了，都想起了那次从某领导家门口"逃跑"的尴尬。

"没权没势的人，不送点礼，哪个理你？找房这么大的事，一般的礼，你自己觉得都承受不了了，人家还根本看不上。何况，提着猪头，也没那么容易找到庙进。"

"是啊，所以说，那房子是我们自己找的，我们再给别人，也没什么说不过去的。那个，又不在可卖范围。实际上，这两年，我们住在那里，水电队查电炉还去了几次，他们房产办谁去过？或许那些房子，都住着谁，他们也不是很清楚。"

进入农历九月，白梅的预产期已到了。本来怀孕满八个月后，就可以请产假，但白梅没请这么早，她坚持上班，直到预产期来临，才住到鹰岭医院公公婆婆的家里待产。鹰岭医院，大哥与妇产科的医生们都熟悉。

婆婆回老家了，就公公自己在家。白梅住过去后，大哥大嫂也时不时会上来看看。

"小白梅，走，跟我上街去，买些布和棉花，给孩子制个小被子。"这天，天气晴朗，九点多钟，太阳温和地照耀着大地，照耀着人间万物。公公说着，拿起一件外衣，边穿边往外走。

"好。"白梅本来已准备了一些衣物，但小被子却还没有，也正想这两天去做。公公这么一说，正合她心意。

鹰岭这个片区，由煤矿、洗煤厂和医院组成，属于莲城矿务局管辖。片区内还有子弟校，高宏就是在这里上的初中。医院大门外的公路，是这个片区的主要通道，也是这个片区逢周日赶场的地方。路两边都是门面，日常用品、服装等都有，这段公路也就成了这个片区的主街。

白梅和公公走出医院，往右十多米，就有一家卖布的商店。白梅选了一段浅绿为底，起白色小棱形图案的，作为小被子外套。选了一段深蓝为底，起黄色"米"字、"T"字及红太阳相间的,一段红底被白线条分成小棱形的,准备做两个大片,平时包裹孩子用。白梅去结账时,公公不让。

一位男性老人,这些事本不该他管,而他却主动提出,即便只是做小被子,白梅已很感动。

买好布和棉花,送到一家缝纫店,三天后就可以取到成品,这下白梅心安了。

一周后,大哥大嫂上来,告诉公公,要他做好准备,两天后出发,到山东泰安疗养。老实本分的公公放心不下白梅,说他不去。

"你看,这么好的机会,多少人想要还没有,又不让你自己花钱。怎么不去?"

公公看着自己的大儿子,心里也不知如何是好。想了半天,最终还是不情不愿地答应了。

想着两天后就要出发,他又上街给白梅买了一把面条,十五个鸡蛋。高宏的弟弟还要上学,他又时不时要往老家寄钱,身边确实也不宽余,白梅知道。所以,看他这么做,白梅发自内心不忍。

"老爹,你放心去疗养,机会难得。不要担心我,我有钱用的,我会照顾好自己。吃的用的,现在我还能去买,我去买不了时,高宏来了去买就行。"

公公去疗养后,这个家就剩白梅一个人。高宏一有空,就会来看她。

预产期超了二十天,多次检查,孩子都没入盆。白梅也感觉不到什么动静,一点痛感都没有。从B超里,医生们知道孩子比较大,考虑到超预产期时间太长,怕胎盘营养供不上,到时候会影响胎儿健康,最终建议白梅先用催产素,若还不能顺产,就只能剖腹了。

两天后的那个下午,天上阴沉沉的,像是被谁得罪了,生着闷气的人脸。妇产科病房,白梅已打完一大瓶催产素点滴,肚子有微微的下坠感,孩子却仍然高高的,丝毫没有下移。几经查验和考虑,医生们决定:剖腹。

医生把高宏叫去,关于手术过程中所有可能发生的情况,都一一给他交代了,并让他考虑好后签字。

不知道还好,知道这些,高宏的大脑陡然间就不灵光了。他绕着医院的球场,一圈一圈地走。大哥大嫂虽在医院,但这样的事,他们不可能给高宏做主，也不会给高宏做主。

也不知绕着球场转了多少圈后，高宏走到白梅的病床前：

"梅，医生让我去签字。"

"那就签啊！"白梅反倒没什么压力，在她看来，肚子里这个小家伙，无论如何都要取出来。不能顺产，挨一刀也无所谓。事情总要有办法解决才行，她很想得开。

看着她想都不想，毫不犹豫就这么回答自己，高宏的心里很不是滋味。医生交代的那些，他不能告诉白梅。保大人、保孩子、或母子都无法保住的情况，他什么都不想见到。转过头，差点没忍住那男儿不轻弹的泪水。出了妇产科，他又继续一圈一圈地绕着球场转。

第十三章

· · · · · · · ·

"我去签字了哈。"在球场又转了无数圈后，高宏再次走到白梅的床前，"医生等着呢"。

"签啊！"白梅还是很轻松的样子。但是，她注意到，高宏那瘦削的脸上，眼窝又深陷了不少。

第二天，天空飘着牛毛细雨。莲都的天气，这种时候都有些冷，要穿毛衣。上午，医生们开始忙碌，有些需要提前一两天准备的事宜，早已办妥。一切就绪，下午两点多钟，白梅进了手术室。

高大、宽阔的屋子，手术台不动声色地出现在中央位置。穿着白大褂的医生们围了上来，引导着白梅，头向哪一边，两手怎么放，两脚怎么放。医生们各自忙着，又不失统一的样子，仿佛一朵开在风中的白莲花，每一位医生就是一个花瓣，随微风而轻轻舞动。白梅就躺在那花蕊中间，两眼望着白茫茫的天花板。

"你家是哪里的？""是当地的吗？"右边有一个声音传来，并不遥远。那声音柔柔的，却能直抵人心，似乎还有催眠效果。白梅微笑着，一一应答。

这时，左边有医生让她侧身，背对过去。

突然腰部刺痛了一下，有人在给她打针。白梅想，这大概就是传说中的打麻药吧！白梅不轻易生病，打麻药这种情况只是听说过，或从书上、电视上看到过。从记事起，一般感冒、拉肚子等的小病小灾，她基本不用吃药，两三天也就好了。比较严重的，除了初中时的一次车祸，躺了不到一周外，就是在重庆煤校时，为了忙毕业设计，加班加点累得差点晕了过去。到校医务所输液时，医生说了她一句："不要拿自己的生命开玩笑。"

不要拿自己的生命开玩笑，说得好。然而，有的时候，却是生命在给自己开玩笑啊！比如现在的自己，哪里还有选择的余地，是生是死，都必须面对这场手术，不是吗？

有一个瞬间，她感觉自己的双手被捆住了。下一秒，两脚也被捆住了。她想象着，这个时候的自己，看上去一定像个怪物。这个怪物，已经被一群天使彻底制服。

她继续想着：我若就这样死了，高宏那么年轻，必定还会找别的女人。孩子呢？他会好好抚养吗？以他现在的心，他会的。可是有了别的女人后，会对孩子怎么样？他会变吗？一定会的，即便他不想，怕是很多时候也由不得他了。

孩子，我若不在了，小小的你，怎么办呢？唉……

不过，你也别怕。你爸爸真的顾不上你了，还有你奶奶。你奶奶虽然在遥远的老家，妈妈也没见过，但是听说她最疼孩子。到时候，她一定会拼尽全力来护你周全。

"哦，痛。"白梅一边有一句没一句地答着医生的问话，一边断断续续地胡思乱想。突然感觉好像有刀在肚子上划了一下，白梅喊了一声。听到有医生说，"再等一等。"

孩子，对不起！我若不在了，请你好好活下去。到读书的时候，一定要好好学习，将来考上大学，有个稳定的工作，日子才会好过一些。你一定要好好做人，妈妈不求你怎么轰轰烈烈，但无论什么情况下，都要活得光明磊落。人来到这世上，修个好名声不容易。而不好的名声，它就像长了脚一样，会自己到处跑。孩子，你一定要好好的。

孩子，我若不在了，不只放不下你，还有你的外公外婆。妈妈对不起他们，他们把妈妈扶持出来，妈妈还没报答他们呢！尽管妈妈过得并不如意，几乎从到了五星煤矿，就把自己封杀了，但是妈妈希望你外公外婆高兴。就算做不到像以往那样，让他们以你妈妈为自豪和骄傲，至少也要为他们实实在在地做点什么才好。可惜，我不一定有机会了。孩子，无论有什么风风雨雨，请你好好长大，以后不仅好好照顾自己，也请帮妈妈照顾好外公外婆。还有，好好孝顺你的爷爷奶奶。

都说母子连心，妈妈想的这些，孩子，你感受到了吗？

苍天啊，求你保佑我的孩子，平平安安……

想到这里，白梅感觉自己好累。这会儿，天花板犹如浩瀚的天空，无边无际。她好像飘在空中，周围什么都没有，什么都抓不住。天好冷，她感觉自己在剧烈地颤抖。可是，似乎有什么热乎乎的东西，淌过她的大腿、小腿……

"安……安……"是孩子啼哭声，还拐着弯呢！这声音好远好远，似乎来自天外，却很洪亮。

"是个儿子。"

"好大哦！"

"……"

好多人在说话，这些声音太远太远，她听着一点都不真实。但她明白，孩子出来了。

"我的孩子，出世了。"孩子平安出世就好，她自己无所谓，就顺其自然吧。没有人注意到白梅复杂的表情，凝结着的眉心，伴着不易察觉的微笑舒展开来，又凝结着。

渐渐地，她到底在哪里，她不知道了。只是很想看看孩子，却怎么也看不见。"我的孩子，你在哪里？"找啊，找啊，找得一点力气都没有了，她还是没找到。

白梅醒过来的时候，风中的白莲花依然包围着她。不同的是，这朵白莲花像是刚刚经历了一场暴风雨，每一个花瓣都有掩饰不住的疲惫。有些花瓣上，还带着晶莹的水珠。

"小高，你进来，把她抱下去。"有医生向着门外呼喊。

"哦，来了。"高宏应了一声，人已到跟前，大概是三步并作两步进来的。

他左手放到白梅的腿弯下，右手伸到背部，把她从手术台上抱下来。白梅渐渐有了意识，她回头看了一眼手术台，白莲花已不见，取而代之的是一朵巨型的大红花。以手术台为中心，向周围绽放出去，成了这偌大屋子里的主角。她突然想到，老家过年时的杀猪现场，也没有这么夸张。

高宏把她放在一个担架上，出了手术室的门，穿过一个通道，往妇产科走时，白梅看见自己被抬着，前后各一人，大哥也走在旁边。

到了病房，高宏把她抱到床上，白莲花的花瓣们也来了。花瓣们，有的帮她把输液瓶挂在架子上，旁边还有一袋红红的血液。有的给她整理导尿管，有的给她打针。

忙了一阵后，突然有一个高分贝的声音，从护士长口中发出，直接冲向隔壁床的老太太。老太太是当地人，八十多岁，精神很好，她的孙媳妇刚刚诞下一个女儿。

高宏他们家住在医院，多年来，他最清楚，病人进了手术室，医生、护士若不慌不忙，病人就没事。可是看到孩子出来后，医生、护士们忙出忙进，他心里就在打鼓。所以，护士把孩子抱出手术室，他只看了一眼，就任她抱到病房。他一直守候在手术室门外，没有人知道他有多焦急。又是两个多小时的等待，于他而言，相当于经历了几个世纪。

老太太看着护士把孩子放下就走了，没人管，她便将孩子抱在怀里。这下，护士长一看到就急了。原来，新生儿不可直着抱起，要让他睡，头还不能高过身体，这样才便于孩子把体内的脏东西吐出。听护士长这么一吼，白梅也吓了一跳。但她知道老人是出于好心，只不过农村老人不懂这些。

医生、护士们忙得差不多后，有些走了。也是这个时候，白梅才感觉到自己鼻子上有个罩子。她伸手摸了摸，有管子。一歪头，又看到床边那个子弹式的氧气罐，和矿上用作气割的氧气罐一样。脑子里似乎终于反应过来了，鼻子上的是氧气罩。她想，大概是做好准备，万一她不行了，好采取什么措施吧。她哪里知道，孩子出来后，因为大出血，医生们忙乎了两个多小时，才把她从死神那里抢回来。

等医生、护士们全部走了，白梅看了一眼躺在自己身边的小东西，胖乎乎的。她从此有孩子了，好神奇！孩子的名字，一个月前，她就和高宏商量好的，叫洵洵。

"梅，你知道吗？这小家伙，护士垫一张尿布，光溜溜把他放在秤上一称，九斤，秤还高高的。"高宏坐在床边，先看看孩子，又看着白梅说。

白梅两眼看着高宏，微微一笑，什么也没说。那眼泪，突然就像决堤的海水，没来由地只管往外冲。她像个受了太多委屈的孩子，在至亲之人面前，终于找到了发泄的出口。一阵抽泣后，如洪水咆哮般，白梅竟然放声大哭起来，直哭得高宏的心尖都在颤抖。但高宏知道，她心里憋不住了，劝也无济于事，便什么都不说，只是含泪望着她，任她哭出来。

隔壁床的老太太劝道："幺，不要哭了，怕你眼睛遭不住，以后落下病根。"

老太太的孙子也来到病房有一会儿了，他玩笑似的说："你哭什么？是不是哭没有生个女儿？还是哭没有生双胞胎？"

说来也怪，这些日子新出生的，都是女孩，就洵洵一个儿子。

其他病房的一些家属听到哭声，也都来劝，可谁劝都没用。

白梅哭了两个多小时，哭累了，才睡着了。

因为做了手术，在排气前，不能吃东西，也不能喝水，高宏就时不时用棉签蘸水给她润唇。怕她睡着后动着打点滴的针头，高宏搬个椅子坐在床前一直守着，三天三夜没合眼。到第四天上午，高宏盼星星盼月亮，终于盼来了白梅排气的那一刻，他高兴极了，恨不得手舞足蹈。于是，立马回家煮鸡蛋。

他洗了六个鸡蛋放进锅里煮着，然后坐在沙发上等。困极了的人，不知不觉就睡着了。等他侄子上来找什么锅，看见满屋的烟，把他叫醒时，鸡蛋有一半已成了黑炭。他只好重新煮，这回不敢坐了，硬是直接站着等到煮熟。

一周后，白梅出院了。鹰岭医院离五星煤矿有二十多公里，都是碎石路，很多地段坑洼不平。为了不震着伤口，白梅还是决定满月后再回五星煤矿。

"让小媛去帮帮小白梅吧！"收到高宏的电报，知道白梅已生了孩子，高宏要上班，白父对白母说。

"要得。"白母也一直挂着自己的大姑娘。

白家三姑娘叫白小媛，比白梅小七岁。白梅高三那年，父母由于特殊原因无法照料家里，家里由白倩撑着，困难到了极点。没有煤炭，煮猪食，做饭，白倩都只能砍柴来烧。五块钱的学费，白倩杀了自己也没办法。刚上到四年级的白小媛，就这么辍学了。白梅知道白小媛辍学后，哭了好几次，可那时她也毫无办法。

收到岳父大人的电报，高宏就去把白小媛接来，当天直接送到鹰岭医院父亲家里。

高宏的父亲家里，除了厨房那个烟煤炉子外，高宏还给他们做了一个回风炉。白梅教白小媛怎么点燃回风炉，怎么做饭。白小媛在家，有二姐做，她基本没做过饭，都是直门直路做些其他家务活。这天，回风炉又灭了。白小媛劈了一些柴，却怎么都点不燃。没办法，白梅又撑着下床，和她一起弄。木材刚放进去时，烟子一个劲儿往外冒，熏得两姐妹那眼泪，和大哭一场差不多。白梅也曾听老人们说过，月子里落下的病根，很难恢复。果然，多年以后，白梅的眼睛，只要遇着烟子，哪怕是别人抽烟飘出的丝丝缕缕，都受不了，眼泪一准会跑出来。

星期六，高宏来了。他抱着一只漂亮的大白鹅，还带了一位女生。他们刚一进门，白梅就大吃一惊。

那女生，白梅差点没认出来。五年前，她在重庆煤校读二年级时，一年级的新生里，老乡中还有一位女生，叫叶华颖。白梅真没想到，自己在这个清净得常常只有两姐妹说说话的地方，居然还有一位高宏以外的人来看望她，更没想到会是叶华颖。

当年叶华颖进校后，不久她和白梅就认识了。白梅待她非常好，把她当妹妹，她也把白梅当姐姐。一别五年，没想到会以这种方式见面，尤其是在白梅最需要的时候，白梅好激动。

"华颖，你分到哪了？怎么找到我的？"

"我在枝格矿务局的一个选煤厂，这次是到这里来出差。你们分配时，听说你到了莲城矿务局，却不知具体在哪里。我到枝格后，才打听到你在五星煤矿。趁着这次出差，就找到你们矿上，找到了你们家高宏。"

"小妹，你费心了，谢谢！"从见到叶华颖，白梅眼里就一直含着泪。

叶华颖拿出六十块钱，白梅怎么推都不行，只好收下。因为是出差，也不敢多耽搁。吃过饭，她要走，高宏送她到莲都市中心转车，自己又回单位上班了。

白梅生产后身体虚弱，高宏想给她补补身子。可是买了鹅以后，又听人说，不能补得太急，起码要在生产后二十天左右，不然白梅的身子吃不消。

鹅是活物，暂时不能杀，还要吃东西，高宏就买了一些苞谷米一起带来。

这下有事做了，鹅不能老关着，不然到时候，不死也不知会瘦成啥样。白梅让妹妹把鹅放到楼后的草坝里，注意看着点就行。白小媛每天早上放出去，晚上逮回来。鹅在外面也不会走太远，白梅时不时透过窗子看去，差不多都在视线之内。

一周后，这天下午，白梅躺在床上，正蒙蒙眬眬的，忽然听到白小媛喊她，睁开眼睛一看，白小媛已哭得梨花带雨。

"怎么了，小媛？"

"姐姐，鹅不见了。"白小媛一边抹泪一边说。

"不见了？你去找过了，没找到？"白梅看看白小媛，又本能的透过窗玻璃搜索了一番，哪里还有大白鹅的影子。

"可能遭人家偷了。"白小媛还在哭。

"别哭了，丢了就算了。"白梅心里也很难过，二十五块钱啊，她一月的工资也就一百来块，也买不了几只鹅。可是，丢都丢了，再难过又能如何？

高宏再来时，知道鹅被人偷了，也觉得可惜。他想再去买，白梅不让。

"那么贵，别买了。再说，油腻的东西，我也吃不了。"

"是呢，高哥，你上次买来的猪脚，姐姐都没吃几坨。每回吃的时候，都让我装两碗开水，她把肉在一个碗里涮一遍，又在另外一个碗里涮一遍才吃。以前那只鸡也是这样，吃的时候都涮了两遍。她就没吃好多，差不多都叫我吃了。"白小媛接过话说。

"梅，这可怎么办？你还是要勉强吃点，要吃些有营养的东西，你身体才好恢复。不光生孩子，别忘了你还经历了大手术。"高宏心疼地说。

"我知道，但实在吃不下也无法。或许满月后就能吃了，到时候你再买。"白梅看着他的眼睛，认真地说。

"好。"高宏只好作罢，声音柔得能拧下水来。

一个月子，白梅半只鸡都没吃到，猪脚也只吃了几口，鸡蛋也就吃了十多个。大部分时间，她只想吃素菜，吃些清淡的东西。

好不容易熬到满月了，这天，阳光明媚，天高气爽。蓝蓝的天空，几朵白云自由自在地飘着。虽然已到农历的十月底，太阳照在身上，还是暖暖的。

十点左右，白梅把生孩子前特意铰成的短发梳了梳，在棉毛裤外套一条较宽松的健美裤，穿着一件自己亲手织成的圆领红毛衣，就往外面跑。

"好久没出门，我都快要长出菌子了。"沐浴着温暖的阳光，吹着微微的清风，她感觉自己像一只在笼中待了很久的鸟儿，好长时间没有这么自由自在了。

于她看来，她不只是重新回到宽广的天地之间，更是一次重生。出院后，高宏告诉过她。生孩子那天，她下午两点钟进的产房，四点过十多分，孩子出世。而她，因为大出血，医生们抢救了两个多小时，六点多才抢救过来。

难怪，她还以为那氧气罩，是做好准备，万一不行时好派上用场。原来，它已执行了使命，已经帮她战胜了死神。

想到这些，白梅又一次感到生命的脆弱。她的孩子，几乎是她用生命换来的，她必然会用全部的心血，好好培养他。

不知不觉，在外面走了大约半小时。毕竟身体还是虚弱，她回过神来，便感觉有些累。同时，脖子经风一吹，那种凉飕飕的感觉，还是受不了，只好赶紧往回走。

回到五星煤矿后，半年的产假，还有三个多月。白小媛还是帮忙带带孩子，做做饭。

回来的这些天，每天都有人来探望。这天，区长的侄女和于丽萍，以及于丽萍的妹妹都来了。区长的侄女说："这屋里收拾得干干净净的，真好！"

于丽萍的妹妹从床头拿起一块干净的尿布，放到鼻子边闻闻，说："哟，一点尿味都没有。"大家都看着她，哈哈大笑。随即，白梅笑了笑说，"每次洗干净后，都用开水烫过的。"

因为来看望的人多，小衣服、奶粉等，收了一堆礼物。高宏和白梅一商量，还是要办个满月酒，时间定在一周后的星期六下午，至少要请这些来看望过的人们吃顿饭。

邻居们都来看过孩子，得知要办满月酒，便问："是订在馆子里，还是自己做？"若是自己做，他们都来帮忙。

白梅："想订在馆子里，自己做太麻烦。"

邻居："自己做省点钱，也好吃。怕什么麻烦？"

邻居还给她出了许多主意。白梅一听，这样也好。

于是高宏请了梁世龙来掌厨。梁世龙是机电工区井下变电所的一名工人，烧得一手好菜。

酒席的前一天，帮忙的人们就忙开了。酒席这一天，这个单元一楼二楼的邻居家都摆了桌子，十分热闹。桌子上十六个菜，有鸡有鱼，有整蹄髈，就是猪腿根肉肉的那一段。不算太丰盛，但在五星煤矿来说，也还过得去。

帮忙的人们都很贴心，高宏和白梅都很感动，很感激。所以，事后又专门请大家吃了一顿饭。还特意买了一条烟，去感谢梁世龙师傅。他怎么都不收，高宏就说，他要不收的话，以后有什么事都不好再请他了，他才勉强收下。

白梅的父母是满月酒的前一天到的。这一次，看着白梅家里什么都妥妥帖帖，连卧室的地板都用暗红色的油漆漆过，收拾得干干净净，白父很高兴。这位一方的"说嘴角角"，终于放下了那颗不安了很久的心。

看着这个漂亮的小家，白母当然也很高兴，她觉得她的大姑娘这么能干，这才是她家大姑娘应该有的样子。

可是，在了解到白梅生孩子时受的苦，两位老人又心痛得不行。

"儿，受这么大的伤形，苦了你了。"白父老眼含泪地说。

"儿……"白母想说什么，话没出口，就哽咽得说不出来。把白梅抱在怀里，眼泪止不住地流。

"爸，妈，别难过，都过去了，我这不是好好的吗？"白梅像只受伤的鸟儿，窝在母亲翅膀下，把翻涌的泪意使劲压了下去，然后抬起头来，笑盈盈地说。

白母因为晕车厉害，闻着弥漫在空中的烟煤气味更受不了。当晚没吃几口饭，到第二天还是难过。所以，两天后，白梅的父母就回去了。白小媛很想家，白梅就让她和父母一起走。

　　是的，莲都盛产烟煤，五星煤矿及当地农村，烧烟煤的人家很多。白梅到五星煤矿的开头两三天，大清早就起来跑步。可是每天跑回来，洗脸都会染黑毛巾，甚至擤出的鼻涕都是黑的，只得硬生生中断坚持了八年的晨跑习惯。

　　白梅心里很不是滋味，她十分自责。想着自己过得让父母操碎心，好不容易好转了，这样的环境，却想多留父母住些日子都不能。不然，她正休产假，有时间陪父母。房子也规整了，虽然小些，但父母住多久，都好安排。

　　白梅又一次失落了。这个曾经让父母骄傲和自豪多年的大姑娘，那颗沉入万丈深渊的心，又蒙上了一层难以溶化的冰霜。

第十四章

● ● ● ● ● ● ●

"高宏，有你的电报。"洵洵满三个月后，春节刚过几天。这日，高宏正在机电工区院内焊管子，突然听到从外面进来的许书记喊他。

"哦，谢谢书记！"

得知母亲从老家回来，带着舅舅的孩子和大哥的小儿子。晚上，高宏提前到了火车站，把他们直接接到自己家里。随后，高宏的父亲、大哥大嫂、弟弟也先后来到。

这些年，从大哥大嫂的嘴里，白梅听过无数关于婆婆的事。她的性格、处事风格等，随便都有几箩筐。总的来说就是婆婆很厉害。

"别看你脾气好，咱母亲要是来了，到时候也有你好受的。"这话并非出自大嫂的口，而是大哥亲自对白梅说的，不止一次。

大哥大嫂给她说婆婆的同时，高宏也和她说过不少家里以前的事。两下里，自然有很多对不上的东西。兼听则明，白梅当然不会随意相信一面之词。可是，无风不起浪。俗话说得好，没有那个钉钉，也挂不上那个瓶瓶。

谁说的她都不完全信，她也有她的思考。并不是说他们说的不是事实，只是站在他们的角度，有些事和站在旁观者的角度，肯定不一样。

可是，或许先入为主吧，有些话听多了，在她心里还是留下了较深的印象。白梅觉得，无论如何，自己还是应该有些心理准备才好。

现在，婆婆已来到眼前，大哥大嫂的话自然回荡在心间。或多或少，对白梅还是有些影响。她在心里说："别怕，尽量注意，不要惹老人家生气就好。"

婆婆进门，她正在小卧室哄孩子。知道婆婆要来，大卧室今晚就留出来让她老人家好好休息。

"妈，一路上，您辛苦了！"她把孩子哄好，走到客厅，高宏已给大家沏了茶。白梅小心翼翼地走到坐在沙发上的婆婆跟前，笑盈盈地招呼着，随手从茶几上端起茶壶，恭恭敬敬往婆婆面前的杯子里续。借此机会，她的眼睛在老人的脸上扫了一下，不由得心里一惊。

婆婆虽不算太瘦，却不像大哥说的那样又白又胖。相反，沧桑的老脸，黑黄黑黄的，大概和她自己经常侍弄的土地颜色差不多。嘴角和下唇都有疮疤，就像好几只小蜜蜂停在那里。坐了几天几夜的火车，人也显得很疲惫。

不用想，婆婆在老家定是吃了不少苦。看着眼前的婆婆，就这么一瞬间，白梅有些心疼了，大哥大嫂说过的那些话早已被她抛到九霄云外。

而婆婆，乍一见到素未谋面的儿媳，先是愣了一下，"妈"这个称呼，她一时还没反应过来。老家对母亲的称呼是"娘"，发出来的声音，还是"俩"变成第二声的调调。她一面伸出手来接茶，一面用那双饱经沧桑的眼睛打量着白梅，过了一小会儿，才说道：

"小白梅，俺们家对不起你！你结婚，你公公和我都不在场。你生孩子，俺不在身边，你老公公还在这个时候走开了……"

"妈，不要这么说，我们是一家人，没事的。"听婆婆这么一说，看着婆婆满脸的歉意，白梅的心里更不是滋味。不过她也没多想，她要赶快弄好菜，让大家吃饭，尤其是婆婆和那两个小孩子。

大哥的小儿子七岁，舅舅的孩子四岁。带着这么两个小人儿从北到南，坐那么长时间的火车，婆婆在路上哪里会轻松？再说，白梅也听高宏说过，婆婆很节俭。两个小人儿，她不会亏待，但她自己，一定舍不得吃什么，顶多是用自己带着的干粮充充饥，喝点水。这会儿，一定很饿了。

白梅给她添过茶后，一听婆婆说出"对不起"，就赶紧笑盈盈地找机会接过话来。她接着给公公杯子里添了一些，又给其他人都添了茶后，就到厨房忙开了。

菜已提前准备好，七八个菜，蒸的煮的凉的都已就绪。只有三个需要炒，很快就出锅。

白梅知道，北方人不能吃辣椒。她和高宏刚认识的时候，高宏就一点辣椒都不会吃。莲都最有名的羊肉粉，一般人辣椒必不可少，高宏却一点都不敢放。吃烙锅，也不要辣椒，就只要盐、味精和花椒面。只是这些年，和白梅生活在一起后，慢慢才不怕辣了。

白梅准备的菜都清淡，只有炒菜里放了点没有辣气的青椒片。那些青椒片，由一个青椒切成，一个盘里放几片。切片之前，白梅先切了一小点，亲自尝着毫无辣味，才放心使用。在白梅看来，也只是放个意思。

开饭了，菜都摆在茶几上。没上酒，是高宏的意思。白梅把电饭锅直接端到转角柜上，又把碗和筷子拿过来，一一给大家盛饭。先端给公公婆婆，再端给两个小人儿，然后是其他人。

给大家都盛好饭后，她也坐了下来。高宏和她，都在招呼着大家，不时给老人拈块鸡肉、腊肉等。刚吃几口，她用眼睛的余光看了看婆婆，不看不要紧，这一看，她在心里说："坏了！"

婆婆满头大汗。汗还不住地往外涌，从额头、从耳边往下，那张老脸上的沟沟壑壑，似乎都忙不过来了。白梅一惊，把碗一放，跑到洗手间拿来一张白白净净的新毛巾，给婆婆递了过去。这时大家才注意到，老人汗如雨下的样子。

"妈，对不起！对不起！"听白梅这么满含歉意地说，连高宏都才反应过来。他母亲爱流汗，他知道。

"我没想到放那个辣椒，辣着您了。我还先尝过，觉得不辣才放的呢！对不起！"

"没事，是有点辣。不要紧，我吃饭也好出汗。你别往心里去，没事儿。"看着白梅自责的样子，老人一边揩汗一边说，还有些过意不去。本来她想忍着不说的，没想到被白梅看到。

白梅又端来一杯茶递给婆婆，让她淡一下那个辣味。

公公原本也吃不了辣，但在莲都待的时间长，慢慢也能吃一些了。再说，自从白梅与高宏认识后，回去基本是白梅做菜，白梅也会时不时像今天这样，放一些自己觉得没辣味的辣椒。公公早已习惯了，有时还会主动放辣一些。大哥大嫂和弟弟更不用说，早就离不开辣了。所以这会儿看着老人被辣住，大家都还觉得没吃出辣味。多年以后，这件事还一直在白梅心里耿耿于怀，愧疚不已。她满心想好好做顿饭招待第一次见面的婆婆，却把婆婆辣着了。唉，还是考虑欠周。

高宏的弟弟高远已结婚，但弟媳没来。高远也考了技校，在技校里认识一位大昇煤矿的女孩，她父亲是矿上的总工程师。两人相恋了，毕业后，女孩的父亲帮了些忙，高远也和女孩分到了大昇煤矿。参加工作半年的样子，他们就结婚了。

从大昇煤矿到五星煤矿，走公路约四十分钟，走铁路也就半小时的样子。

这些日子，高宏对弟弟有些不悦。母亲回来，他上来得晚，可以理解，毕竟要走那么远的路，大巴车收得早，晚了路上没车。但他没把媳妇带来就不对，毕竟老人从那么遥远的地方赶来。还有一件让高宏不好理解的事，白梅生了孩子之后，他在车队门前遇到高远两口子，不知是到五星煤矿来办什么事。他给弟弟说，"你二嫂生了，生了个男孩。"

高远"哦"了一声就走了，好像二哥的事，与他毫不相干。不说到医院看望，多余的话都没有一句。孩子三个月了，这还是第一次到高宏家里来。两年后，他们生了一个女儿，白梅去医院看时，高宏心里还有些不畅：

"你生孩子时，他们都不来看看，你去干啥？"

"你别生气了，一码归一码。你是二哥，不能和他们计较。"

知道弟媳出院后，要去鹰岭医院坐月子，由婆婆照顾，白梅还许诺，两周后到鹰岭医院看她。后来听婆婆说，两周时间，弟媳天天念着，盼着白梅去。白梅如约而至，进门就听到孩子哭得很让人揪心。白梅断定，孩子必然有哪里痛或者不舒服。她接过孩子，脖颈、腋窝、手腕等，凡是有可能焐着的地方，都察看了。最后，发现小屁股没洗干净，都很臭了。白梅赶紧让他们打来温水，小心翼翼地给孩子擦洗，然后扑上爽身粉。大概要舒服一些了，孩子不再哭。白梅这才反应过来，婆婆就没带过女孩儿，大概也没想到带女孩要比男孩更细致。

吃过饭，大哥大嫂一直不说话。高宏的母亲看着他俩装憨，也不客气了。

"小进，孩子我给你们领来了，这就交给你们了啊！"说着，让坐在身边的小孙子站起来，到他爸爸妈妈那边去。大哥大嫂看着婆婆，还是没说什么，但表情明显已不好看。瑞瑞怯怯地走向父母身边，眼睛却看看这个，看看那个，像是要求助的样子。看得白梅，心都揪了起来。

孩子绕过茶几，快走到坐在离门不远处的父母身边时，不知是绊着什么，歪了一下，差点没摔倒。这时却突然发生了一件事，大家都始料不及，白梅更是百思不得其解。大嫂，瑞瑞的母亲，抬脚就给瑞瑞踢了过去。孩子倒在地上，哭了起来，白梅赶紧跑过去，一边把瑞瑞扶起，拉个凳子给他坐在他父母跟前，一边说："大嫂，你踢他干什么？"这话说出来了，白梅才后知后觉：呀，大嫂踢的哪里是孩子？分明就是在踢婆婆，还踢了她白梅。

婆婆在这个时候回来，不仅不再照顾他们的孩子，还把孩子领到这里来了，他们正在犯难。而婆婆的到来，从她的话里，白梅也听出来，与自己生孩子有关。白梅生孩子时，婆婆没有照顾到，她现在来，就是想帮忙看洵洵。这"看"，按北方老家的习惯，不仅仅是看望的意思，还有看顾、照顾之意。

婆婆眼睛一虚，又发话了。

"小进，你看，我这把孩子给你领来，还错了？"

"你看，我哪里说话了？"大哥一听母亲如此说，慌忙回了一句。

这么一闹，洵洵醒了，白梅赶紧跑进了小卧室。白梅在屋里哄着孩子，听着外面断断续续的对话。

"在老家待得好好的，您怎么不提前说一声，就把孩子领到这来了。这回，您让我怎么办？"大哥的声音中明显带着不满。

"小进，说话也得讲良心吧！我回去这几年，带着孩子，你一共就寄过五十块钱，什么叫在老家待得好好的？"听婆婆这么一说，白梅的心猛烈地跳了几下，她在心里说：

好个大哥，不是说月月给老家寄去五十元吗？怎么几年才五十元？白梅吐了一口气，想起了大哥大嫂说过的许多话。

"咱母亲有福，在老家过得好。她会做豆腐，卖的钱都自己留着，别看她住在舅舅家，不会给舅舅的。我月月给她寄五十，她有钱用，过得一白二胖的。"

"咱母亲厉害着呢，她才不会吃谁的亏。小白梅，别看你脾气好，到时候你就知道了……"

可怜天下父母心！这次婆婆为什么会下这么大的决心，一个不识字的老人，从那么远的地方，领着两个这么小的孩子来到这里，白梅心里似乎有些明白了。

可她心里还是有个疑问？婆婆真的是为洵洵而来？若真是为了来看洵洵，那为什么不在洵洵出生之前来？白梅这样想着，却又听到婆婆说：

"小进，小白梅生孩子，俺给你拍电报，说要来照顾她，叫你让祥祥妈回去看着瑞瑞，你连一个字都不回，怨我？"

"哦！"白梅自顾自地点了点头，在心里说："原来是这样。"

外面气氛越来越不好，说着说着，大嫂的声音也参与进来。白梅不好说什么，索性就陪孩子待在小卧室。

白梅认为，大哥自然有他的难处，但他是理亏的。大嫂没有工作，暂时回家带带孩子又怎么样？这边，祥祥的吃住都在爷爷那里，也没有什么不放心的。看样子，不是把婆婆逼急了，她也不会出此下策。

吵着吵着，大嫂放声哭开了。那意思，就是怪婆婆把孩子领来，不管了。大哥也说出了横话，怪老人让他们生这个小儿子，不生不就没事了？

公公一直没作声，这时突然发话，白梅不看也想象得出，他老人家已气成什么样子。"小进，你只知道怪你妈，你自己是怎么做的？你做得很好吗？"公公的声音听起来很气愤。

"吵什么呢？有话不会好好说？搞得乌烟瘴气的，左邻右舍听着好听？你们不在意，我还在意呢！"瞪了瞪大哥大嫂，一直冷眼旁观的高宏忍不住了，语气不容分辩。

吵声渐渐收住，时间已是深夜十二点过。

高宏安排大家休息。两位老人、大哥和弟弟都和衣横躺在大床上，像北方老家睡大炕那样。大嫂睡小卧室门边那张铁床，高宏睡沙发。

没多大会儿，大家都睡着了，只有白梅毫无睡意。

听着满屋的鼾声，她在心里想，一家人相处，要都像打鼾这样统一，该有多好。

还有个事，在她心里蹦来蹦去，蹦得她无法平静。

这事，大哥进门就给高宏说了。高宏和白梅一说，她就同意了。大哥想把瑞瑞留在高宏他们这里，并把户口上到他们家，还说每月拿二十块生活费。白梅觉得，自家人，该帮忙的就尽量去帮，不用他们出什么生活费。可是，后来婆婆与大哥大嫂的理论中，知道婆婆在老家的苦，以及大哥大嫂对婆婆的态度，高宏不愿意了。就在他发话制止吵声之后，跑到白梅跟前说：

"不管了，让他们自己想办法去。对老人都是这个态度，以后瑞瑞在这里，有个什么不顺意的，还不知会怎么样呢！"

白梅说："不用管那些，孩子是无辜的，先把孩子安顿下来。至于以后他们会怎么样，随他们去，问心无愧就好。"

"不行，有些事你不了解。别说了，你只记住我的话，不管。"白梅还想说什么，高宏手一摆，止住了她的话。

其实，高宏心里还装着一件事。母亲提到的电报之事，他早就知道。白梅在月子里，他买鹅那次，楼下的小伙子告诉他了。电报是从后窗下捡到的，字迹已不太清晰，只是勉强能辨认。他当时很气愤，但考虑到白梅刚受这么大的伤，不愿让她难过，就没告诉她。

白梅这会儿心里很矛盾。高宏的话有道理，她何尝不明白。但是孩子可怜，她不忍心不管，想硬硬留下，又估计不了以后的状况。确实，大哥大嫂今晚太让她刮目相看。婆婆帮他们把大儿子祥祥带到九岁，之后孩子吃住都一直跟着爷爷。如今，帮他们把小儿子又带到了七岁。按理说，他们应该想着怎么报答老人，就算有困难，也不该都是埋怨。

就这样，在帮与不帮之间，白梅折腾到半夜，才慢慢睡去。

几天后，白梅想带着孩子去看看公公婆婆，并决定在那里住一个星期。丑媳妇总要见公婆，她想去和婆婆相处一些日子，增进彼此的了解。她觉得，一家人，就应该有一家人的样子，要和睦相处才好。

一个北方婆婆，一个南方媳妇，在语言还不是完全相通的情况下，就这么住在了一个屋檐下。

第一天、第二天，婆婆、媳妇都客客气气。只要孩子睡着，白梅就帮着婆婆做些家务。这个家，这些年，只要白梅在，都是她做菜。但现在婆婆刚回来，她不能像以前那样，想怎么做就怎么做。她很谦虚，跟着婆婆学包饺子，学擀面皮。婆婆手巧，做得又快又好，白梅时不时夸赞着，婆婆嘴里不说，眼角却带着笑意。

这个世上，不同的区域有着不同的生活习惯。有些地方，即便一山或一水之隔，也是有差异的。南北生活习惯的差异，更不用说，那可不是一星半点，有着天壤之别呢，这也是白梅特意要来与婆婆相处的主要原因。

第三天早晨，婆婆用豆奶粉泡饼干给洵洵吃。这三天以来，洵洵这样吃，已是第四顿。白梅心里想着，这些东西只是方便，其实根本没什么营养，孩子还小，总这样吃也不是那么回事。可是，怎么办呢？说了，婆婆会不会不高兴？她又不愿意见到婆婆不高兴。但是，如果不说，怕是明天、后天，孩子还要这样吃。

白梅理解婆婆，她觉得，在婆婆看来，或许这些就是好的。毕竟在老家生活这么多年，农村的日子本就不会好到哪里去。何况，这么多年，婆婆一个人带着高宏弟兄三个，又要种庄稼，自然是吃尽苦头的。

说实在的，如果有办法，她都不会让孩子拖累老人。苦了大半辈子，白梅觉得公公婆婆都该享享清福了。就算没有能力让他们过上更好的日子，至少也不能让他们因为自己太累。

想了很久，白梅还是和婆婆说了。她想，婆婆那么爱孩子，为孩子的事，应该不会太生气。

"妈，我想说个事，您先答应我，不生气，好吗？"白梅笑盈盈地。

"什么事儿啊？"婆婆一惊，抬起头来问道。

"您不生气哈。"白梅又道。

"说吧。"婆婆有些着急，笑容里带着猜测。

"嗯，其实，饼干、豆奶粉这些东西，没有什么营养。洵洵还小，偶尔吃点可以，吃多了不太好。"白梅看着婆婆充满智慧的眼睛，语气十分柔和。

婆婆一愣，脸有些红了。两眼盯着白梅，笑容依然在，但笑容后面烟云起伏。几秒钟后，"嗯"了一声，到后窗前拎起菜篮子，转身向外走去。经过白梅身边时，头也不回。

白梅立在原地，心想："婆婆果然生气了。"但她不后悔，依然笑着，她有办法让婆婆不生气。

不到一个小时，婆婆拎着篮子，带着释然的笑意回来。哦，老人家不生气了，太好了。

"妈，回来了。"笑盈盈地迎上去，白梅像什么事都没发生过一样，很自然地接过篮子。然后把卤猪头肉放在菜板上，拿出芹菜就开始摘叶子。

却没想到，刚摘了几片，婆婆放下揩汗的手巾，转过身来，就从上衣口袋里摸出一双尼龙袜递给她："我看你脚上的袜子有个洞，给你买了一双。特意买颜色新鲜的，年轻人穿着好看，你别嫌啊！"

"谢谢妈！"白梅笑盈盈地看着婆婆，眼里有东西想涌出来，她竭力控制着。愣了一会儿，她接过袜子，说什么呢？万语千言，化作一句"谢谢"。

她低下头，看着左脚背上那个豆子般大小的破洞。那是前些日子，在家里点回风炉时，木柴烧开后炸出火花烫成的。她原本没在意，这么个小洞，没什么。如果就此扔了，也怪可惜。可是，此时，她觉得这个破洞意义非凡。它哪里是破坏了自己的袜子，它正在沟通着自己与婆婆的心灵呢！人世间的有些事，就是这样，似乎冥冥之中自有安排。

后面的日子，她们相处得很愉快。

产假结束后，白梅上班了。上班之前，她带着孩子回了一趟老家，在父母那里住了一个星期。白父考虑白梅上班后，不方便带孩子，还是让白小媛来帮忙。

孩子满月后，渐渐地，白梅不再厌恶那些油腻的食物，考虑着要哺孩子，她也特意多吃些。所以奶水很多，孩子经常吃不完。

只是奶水虽然多，却很清，质量不是太好，大概食物的营养都被白梅自己吸收了。所以，孩子半岁后，白梅就开始给他吃米粉糊糊，加奶粉等。岁月如梭，一恍孩子已经九个月，白梅决定给他断奶。

孩子断奶，最好是避开母亲。白梅和高宏商量，就把孩子送到他奶奶那里。他奶奶当然高兴，早就说了，只要高宏和白梅舍得，她愿意帮他们带到上高中。

第十五章

· · · · · · · ·

这是一个星期六。农历七月，在别的地方，大多都热得受不了，可是莲都不同，纵然比其他时候热些，气温再高也就二十七八度，上三十度的日子少之又少。这天，天气特别好。五星煤矿周围的山上，满眼都是绿油油的苞谷林。山顶的灌木丛，像是大山们的军帽，把大山们装点得像一个个军中汉子。阳光和煦，照得山山水水都格外的美。可是，白梅却无心观赏。已经二十天没见孩子，她很想念。

"别忍了，走，我们去看看。现在八点过，火车九点过到大昇站，来得及。"高宏看白梅这些天，吃不下睡不好的，也心疼。

"好。"白梅迟疑了一下，还是决定去看看孩子。

这趟火车，从与邻市相接的野马乡开出，到大昇站稍一停顿后，从五星煤矿身边，一猫腰，一低头，穿过大垭口下的山腹，一路向省城而去。因为是慢车，每个小站都停靠。离鹰岭煤矿两公里左右时，也有个站。白梅和高宏就在此处下车，然后转电三轮，十分钟左右到鹰岭医院。球场坝，洵洵的爷爷抱着他，正在往家的方向走。

"大大……"相隔十来米时，高宏从后面喊他父亲。

"哦，你们来了！"老人回过头，见是高宏和白梅，笑着说。

"洵洵……"走近后，白梅给老人打过招呼，转头对着孩子喊了一声，声音里有不易察觉的颤抖。

小小的人儿看看妈妈，看看爸爸，然后又把视线锁定在妈妈脸上。先是不笑不气，也不吱声，接着，两行眼泪无声落下。约莫两三分钟后，才"哇"的一声哭出来，同时一下扑到妈妈怀里。

白梅的心都快碎了。抱着孩子，她把头埋在孩子小小的肩头，忍了又忍的泪水，已是无法控制。

几分钟后，白梅调整好心情，抱着孩子进了屋。

在老人那里住了一宿，第二天下午，计算着火车时间，趁洵洵睡着时，白梅含着眼泪，同高宏返矿了。

自从洵洵到他奶奶家去后，白小媛没什么事，白梅便给她找了一份工作。

这些年，当地兴起了很多私人小煤窑。白梅的同事，也就是罗羽的爱人杜洪安，他也同别人合伙开了一个。白梅和他一说，很爽快就同意了。

他对白梅印象非常好，很关心白梅，甚至比办公室其他人都要关心。冬天，没事时，大家都会跑到于丽萍办公室去烤火。近来，凡白梅在，他都会在。并且，话里话外，行为举止，偶尔也会含蓄地流露出，只要看见白梅，他就很高兴。独自在外多年的白梅，反应本来就比较敏捷，怎么会感觉不到？但他人很实在，不是那种奸猾之人，不会做出什么出格的事，这一点，白梅当时还是有把握的。当然，白梅也会在话里话外，言行举止上，含蓄地告诫他，自己绝非那种轻薄之类。

白梅的品性，他当然知道，他绝不会轻易亵渎。他愿意为白梅做任何事，只要白梅高兴。

白小媛到他的小煤窑后，他非常关心。不管任何人，开个过分的玩笑，他都不答应。所以，煤窑上的那些人，对白小媛也不敢动什么歪心思。

白小媛负责做饭，包括买菜。煤窑上的管理人员，从老板到办事人员，十来个人，都在食堂吃。开始时，白小媛几次都做得不是太好，他就教她。白梅也从买菜、算账、做菜等，都细细地教了妹妹。很快，白小媛不仅买菜会挑选，做菜也得体，他还时不时夸赞她。

不知不觉，洵洵已和爷爷奶奶待了半年。

这天，高宏和白梅又来到鹰岭医院。

鹰岭医院有很多高大的树，槐树、榕树、梧桐等，种类不少。球场边上、楼前、路边，随处可见带状花池。花池里，有的以青草为底色，分布着月季、桂花、木槿花等。有的是一排排低矮的绿化专用小树，剪得整整齐齐。整个医院的绿化，都做得很好。

吃过饭，高宏和白梅带着孩子出去玩。这次，高宏带了相机，他想给洵淘拍些照片。高宏把相机外套挂在淘淘的脖子上，淘淘很乐意。一起在球场，以及球场旁边的小花园，玩得很开心，拍得也很开心。

白梅生产后，还有些虚胖，也有些怕风。尤其是脖子，风一吹，就凉得有些受不了，但她还是忍着。这么久没见孩子，她想好好陪陪孩子。

高宏给白梅拍照时，淘淘就站在一边拿着相机外壳玩，或看那些花花草草。高宏举着相机，白梅正比着动作。忽然，白梅的视线一扫，看见淘淘坐在花池边上，两手扶着相机外壳，放在小膝盖上。带着遮阳帽的小脑袋稍稍歪着，双眉凝结，眼睛似看向远方，又似什么都没看，若有所思的样子。

白梅不禁吃了一惊，这小小的人儿，在想什么？还穿着开裆裤呢，就会思考了？心好像被什么东西撞了一下。她走过去，抱起孩子，盯着孩子看了很久。

第二天上午，白梅又带着淘淘出去玩。走到楼后时，淘淘突然说：

"我要要许，我要要许……"

"啊，要水？"白梅以为他要喝水。

"要许，我要要许……"淘淘有些急了。

"要水，那我们回去。"白梅说。

"要许，要许，我要要许……"淘淘不往回走，急得开始跺脚。

"要水就回去啊，这里哪有水？"白梅也有些急了，心想，这孩子，怎么这样？

"要许，要许，我要要许……"淘淘急得哭了起来，脚跺得更加使劲。

"走啊，回家去，这哪有水？"白梅也有些不耐烦了，声音大了起来。

"要许，我要要许，我要要许……"淘淘哭得更厉害，还是跺着脚，这回手还捏着裤裆。

"啊，要屙尿，是不是？"白梅这才恍惚大悟，孩子是说要尿水，一种愧疚感油然而生。

"嗯……"孩子已哭伤了心，抽搭着。

白梅带他去了公共厕所，心里莫名痛楚。

半年，孩子已学了一口北方话，有些白梅居然听不懂。

吃过中午饭，一家人都在电视机那屋看电视。二十一寸的黑白电视机中，《地道战》声情并茂。八仙桌的两边，皮面单人沙发上，洵洵的爷爷奶奶神情专注，不时端起茶杯啜一口。高宏和白梅坐在旁边，两个小马扎近在咫尺。偶然间，洵洵走到他奶奶身边，小手在奶奶脸上抹出一小块白色。

"你给奶奶抹了什么？"白梅问。

洵洵只是笑，没说话。他奶奶笑了笑，伸手指指电视机旁边的墙壁说："给俺擦粉呢！"

白梅这才发现，墙壁上已抠出一个小坑。洵洵是抠了墙壁的白灰，抹在他奶奶脸上。爷爷奶奶都很疼爱小孙子，哪里舍得责怪，还很开心地笑了。

当着公公婆婆的面，白梅不好怎么样，只说：

"洵儿，奶奶是老人，不能这样。"

"不碍的。"婆婆说。

白梅不好再说什么，又把视线移到电视上。眼睛盯着电视，心却开始隐隐担忧，何况她已两次听到过孩子会骂人。他爷爷奶奶还说，夜里两三点，他要去球场，他爷爷就会背着他去球场逛逛。那张八仙桌是用来吃饭的，但他想站上去时，爷爷奶奶也会抱他站上去，尽他高兴。

爷爷奶奶疼爱孙子，白梅不是不知道。老人带大哥的两个孩子，带洵洵，都是一样地疼爱。但是想到这些，白梅的担心与日俱增。她害怕孩子再大，养成一些不太好的习惯不好改。

于是，孩子在他爷爷奶奶处待了十个月后，她还是狠了一下心，把孩子接到自己的身边。

但是，问题又来了。

工区不许带孩子上班。事实上，就算让带着孩子上班，白梅也不能。她的工作性质，不光坐在办公室绘图、整理资料等，还要跑现场，给职工上课，参加矿上的一些会议、活动等。

而白小媛，在那煤窑上，已经干得很顺手，不可能再叫她回来带洵洵。白小媛已经像长开了的花朵，她也该有她自己的人生了，不能耽误了她。

考虑再三，白梅决定把孩子送幼儿园。

幼儿园与他们住的那栋楼相邻，还都在公路的同一侧。幼儿园占地面积不宽，也就五百平米左右。进大门后，是一块空旷的娱乐场地。边上安装着单双杠、吊椅、小滑车等。靠白梅家那边，一栋三拐角的三层楼房立在围墙边。三楼作为老年活动中心，一二楼均为幼儿园所用。

这一天，白梅抱着洵洵进了幼儿园。进去时，洵洵不吭一声。但当白梅要离开时，他就不干，他要跟着白梅走。白梅很耐心地告诉他，自己不能带他上班，人家不允许。要他乖乖在幼儿园，一下班她就会来接他。

幼儿园的阿姨给他拿了个玩具，拉个木椅给他坐着，哄着他玩。

孩子第一天上幼儿园，会很不习惯。白梅上班都老想着，于是中途抽空到幼儿园围墙外，远远看了一次，孩子依然坐在那椅子上，没哭，像在等她的样子，白梅是含着眼泪离开的。

下午下班后，白梅去接孩子，他还是坐在那张椅子上。见到妈妈，没哭，但眼里含着泪。

后来几天，白梅到班上就抓紧工作。稍能抽空，就去陪孩子在幼儿园玩那些玩具，钻山洞、梭滑车，她想让孩子高高兴兴地融入这个小天地。

可是，一周后的一天，洵洵看着白梅一切收拾妥帖后，就要带他去幼儿园了。他实在不想去，就一把抱住白梅。

"妈妈，我不想上幼儿园。"后面一句是哭着说出来的，眼睛盯着白梅的眼睛，充满哀求之意。

洵洵走路比较晚，大约一岁半时走得都还不是太稳。但他九个月就会说话，说得很清楚。

他这么一说，白梅的心顿时有被撕裂的感觉，差点又没忍住眼泪。她蹲下身来，两手扶着洵洵的小肩膀。

"洵儿，你听妈妈说。妈妈上班的地方，不许带着小孩子上班。如果妈妈不听话，带着你去上班了，妈妈就会下岗。下岗就是妈妈没有工作了，没有工作，就只能天天在家里。不上班，人家就不发钱给妈妈。那样，你爸爸一个人的工资，就只够吃饭，想给你买玩具、买好吃的，就都没有钱买了。"

洵洵一直盯着妈妈的眼睛，认真地听着。

"好嘛！那我去上幼儿园。"听妈妈说了这么一通后，他改变主意了。

白梅牵着他的小手，进了幼儿园后，他把小手从白梅的手中抽出，屁颠屁颠地往办公室跑去。

白梅以为他要去找什么，或是找小朋友，就站在原地，看他出来是什么情况。可站了几分钟，还是没见出来。白梅有些诧异，就跟了进去，刚走到楼门边，遇着煮饭的老阿姨。老阿姨看见白梅，用手一指说：

"淘淘在那个办公室哭，我问他怎么跑到那里，问他哭什么，他说，不让妈妈看到他哭。"

"老天，不到两岁的孩子，居然说出这样的话。"白梅的心都要碎了，她走到那个办公室，把孩子抱起来。"淘儿好乖，淘儿这么乖，妈妈就放心了。妈妈保证，一下班就来接你。"

淘淘点了点头，白梅放下他，和阿姨们打了招呼，就走出了幼儿园。走出幼儿园，她跑回家好好哭了一场，然后才收拾起心情，又去上班了。

时间的长河流淌到香港回归祖国的这一年，六月三十日午夜至七月一日凌晨，中英两国政府香港政权交接仪式在香港举行，宣告中国政府对香港恢复行使主权。中华人民共和国香港特别行政区成立。这一年，对于白梅来说，也是不寻常的一年。就在六月十八日那天，一个庄严的日子，白梅举起右手，面对党旗宣誓，她已经光荣地加入了中国共产党。

在计划经济向市场经济转化的过程中，莲城矿务局迎来了一次严峻的挑战。这一年，很多矿都连续几个月发不起工资。五星煤矿已四个月没发工资了，但白梅家还好，她养了不少鸡。恰在这个时候，鸡们长大了，鸡笼都装不下，便一周杀一只。

柳华的老婆，名叫谢仲云。她把机电工区办公楼旁边那家烙锅店盘了过来，前面靠路边的一间由她侄女卖烙锅洋芋。后面一间，弄个用钢筋加工的大鸡笼。几个月前，她买小鸡仔时，约了白梅，白梅一时兴起，也买了一些。没想到在这发不起工资的时候，小鸡仔已长成了大鸡，解了他们的燃眉之急。

这一次，白梅他们一家，倒是不至于断粮。尽管比以往更紧张，连买肉都不敢想，但这二三十只鸡，却让他们油荤富足。

周六，高宏要加班，白梅带着孩子去看他爷爷奶奶。几年来，都是这样，高宏没时间，她就自己带着孩子去。还是坐着绿皮慢速火车，早上九点从大昇站上车，十一点过在鹰岭站下车，转电三轮到鹰岭医院。每一次，要么带着自己做的甜酒、糟辣椒或其他，要么就买点什么吃的，总之，从来不会空手。

这一次，白梅带的是一只七八斤重的母鸡。婆婆一看鸡毛发亮，鸡冠虽小却红润，长得很健康，就把它放进鸡笼养起来。

和以往一样，白梅住一晚上，第二天下午回矿。

"梅，谢谢你！我高宏也不知祖上积了什么德，会找到你这么好的媳妇。"高宏下班已是晚上八点多钟，他这么说，白梅知道他的意思。

"一家人，不要说这些。"有缘成为一家人，本就应该珍惜。白梅觉得自己不过尽力而为，也只做了些微不足道的事。对老人，怎么尽力都是应该的。只可惜生活习惯不同，她做不到完全适应老人们的习惯。不然接他们过来，在一起好好孝敬。

"梅，你已经做得很好了。"说句不怕得罪人的话，别说我们家，老人的三个儿媳妇中，只有你，什么事都贴心贴意为老人着想。就是整个医院，也没有哪家的儿媳妇有你想得这么周到，做得这么贴心。我们家有你，真是祖坟上冒青烟了。高宏很认真地看着白梅，说到后面，眼里还闪着泪光。

"别这么说，这都是应该的。他们是你的父母，也就是我的父母。"

"对不起！梅。"听了白梅的话，高宏忽然有些哽咽地说。

"怎么了？好好的，说什么对不起？"白梅有些诧异。

"我欠你的太多了。别的不说，连婚礼都没给你一个像样的。"

"说什么呢？形式并不重要，有你一颗真心足矣。"白梅仰着头，样子十分温柔。

接下来，两人都默默地看着对方，都不说话了。

"对了，梅，我想和你说个事。"

"对了，宏，我问你个事。"

一刻多钟后，两人几乎同时说出，然后都愣了。

"你先说。"顿了一会儿，两人一开口，又撞在了一起，这回都哈哈大笑起来。

后来，白梅双眼诡秘地一眯，"说吧，什么事？"

"还是你先说吧，女士优先。"高宏说着，调皮地做了个"请"的姿势。

然后两眼微虚，若有所思，猜测白梅是不是要给他下什么套。

他们走到一起后，白梅经常会突发奇想，出其不意地逗高宏玩儿。高宏起先都没想到，好几次都是结果出来，他才明白。次数多了，他也会警惕，甚至有时还会"以其人之道还治其人之身"。这会儿白梅这么一说，他便开始提防了。

"哈哈……"白梅一看他这样子，笑得前仰后合。故意老不说出，吊吊他的胃口。

"我说了哈？"

"说吧。"

"我真说了哦？"

"说嘛。明知道人越想知道，还越吊人胃口。梅，你坏透了。"说着伸出双手，就要去挠白梅的痒痒。

白梅轻盈地一转身，绕过茶几跑开了，眼泪都笑出来。

嬉闹了一阵，白梅两手捂着肚子，说：

"好了，不逗你了。"

"说吧！"

"哎，我很好奇，一般来说，谈恋爱时都会好好表现，为什么那时你对我没现在好？"白梅似笑非笑地盯着高宏的眼睛。

"嗨，我说什么稀奇的事儿呢，这还不简单？"一听不是给他下套，高宏暗暗松了一口气，"嘿嘿"一笑，"现在我们是一家人，那时谁知道你会是谁家的人啊？"

"啊？你这什么逻辑？"白梅有些诧异，不过，心里还是挺甜的。结婚后，高宏不仅对她比婚前好，还越来越好了。接着，问高宏要说什么。

这时，高宏清了清嗓子后，一本正经地说：

"这事，说来有些对不起你，我说了，你不要生气哈！"

看他如此严肃，白梅的心也提了起来，不知会是什么样的事情。但无论如何，该来的总会来，躲不开就只有面对。白梅快速翻涌了一下思绪，说：

"没事，你说吧！"

"对不起！梅。上次咱母亲提到的电报，就在我买鹅回去那次，楼下的唐旭告诉我了。他在他家后窗下捡到，风吹日晒的，字都不太清楚了。当时想着你受了那么大的伤，不想让你难过，就没和你说。"

"嗨，我说什么事呢，都过去了，算了。"当时婆婆提到，白梅就有类似的猜测，所以这会儿高宏说出，她也不吃惊。

五星煤矿，相对其他矿来说，总体还稍微好些。听说，其他矿，发不起工资时间较长的，有的七八个月，有的差不多一年。不少人家，靠到菜场捡烂菜叶度日。

白梅心想，幸好前两三年效益好，把买房子借的钱还清了。不然，现在这个样子，能保住生活都不错，哪里还挤得出钱来还债。这一刻，她又想起了一年前的一件事。

机电工区院内，一辆大卡车开了进来，车厢后面的挡板已被打开。五六个工人支起三脚架，挂好手动葫芦，正把车上的一大盘钢丝绳吊下车。白梅站在技术室门口，倚着栏杆看这些人操作，不时提醒一下注意安全。

"白梅，发材料奖了，来把你的领了。"于丽萍从技术室门口经过时，对白梅说。

"好。"白梅应了一声，转身和于丽萍一起走。这是第二季度的材料奖，于丽萍一说，白梅就明白。

这时还没有其他人来，于丽萍就把白梅喊进她的办公室。白梅打开她递过来的奖金表，又接过她手中的笔。找到自己名字，准备签字时，却吃了一惊。

"于姐，这个……"

"这是工资科改的，没有办法，我又重新做表。"于丽萍知道白梅要说什么，赶快解释了一句。

"为什么？"原本四百二十元的奖金，现在变成九十六元了，白梅不解地问。

"这事有些复杂，不止一个人嫉妒你。"

奖金分配后，徐阳找到工区领导，说他应该和白梅一样多。领导们说白梅是工程技术人员、助理工程师，井下地面的活都干，按井下干部标准分配。没想到，于丽萍把表送到工资科，廖武进审核时，怎么都不批。

徐阳是组织科徐科长的儿子，由工人转为干部也就半年多，彼时调到机电工区任团支部书记。白梅有些惊讶，但他心想，这事徐科长定然不知。不然，就算要把徐阳的奖金加高，应该也不会拿白梅来做比。

至于廖武进为什么不给批，白梅想起当年徐科长给她特批探亲假时的情形。她想不明白，这材料奖的事，和那性质一样吗？

白梅心里不悦，却还是认真听于丽萍说。廖武进还把区长、书记说了一番，说他们一碗水没端平，手心手背不一样。他拿白梅的奖金说事，其实只是一根导火索。徐阳盯白梅的奖金，他正好借题发挥。他的真实目的，是认为工区对白梅好，对廖丛秋不好。一年后，还连白梅入党的事，都盯上了。

廖丛秋参加工作还不到一年，也在技术室。她是廖武进的女儿，当年并没考取学校，是莲城矿务局特别"内培"时，她父亲为她找了门路，才进了省城煤校。参加工作时，赵工同样安排过她绘图，她最基本的东西都不清楚。后来，就不再安排她做有技术含量的事。不到一年，她已闹出不少绯闻，早成了人们茶余饭后的谈资。之后，就去了水电队。

白梅冷哼了一声，他也不想想他女儿是个什么样的人。

"你也别太难过，工区领导对你还是好的，只是这种事，他们也没办法。最后只好改成这样，才批了下来。"

一点不难过是不可能的。但是，难过也只是对自己雪上加霜而已。白梅确实也没什么办法，只能自我安慰。于她而言，从公路边那个宿舍开始，一个外来者的命运就不言而喻了。何况，这些年遇到的事儿也不少。所以，什么样的现象，她都不觉得稀奇。来到这个地方，似乎这一切都会发生，以后还指不定会遇到什么幺蛾子呢。

人心难测！嫉妒她的，又何止一个徐阳，一个廖丛秋？

第十六章

· · · · · · · ·

　　白小媛依然在杜洪安的煤窑上，业务很熟悉，他依然很关心她。自从去年出了那件事后，白梅反复叮嘱，小媛也不再走路回家了。

　　去年十月，一天晚上，按平时的情况，白小媛七点半左右就该到家，可是白梅左等右等都不见。有些焦急的白梅站在阳台上的窗前，望着她应该来到的方向。高宏又还没下班，安装队的活，加班加点是常有的事。

　　八点过十多分，开门声传来，白梅急忙跑到客厅。

　　"小媛，今天怎么这么晚？"刚一问出，白梅就发觉不对。白小媛脸色苍白，人也显得很慌张，扎成马尾的头发有些乱，还沾着几星苞谷草絮。一种不祥之感，顿时弥漫在白梅的心间。

　　"这是怎么了？小媛。"白梅听到自己的声音在颤抖。

　　"姐姐……"姐姐二字一出口，白小媛早已泣不成声，眼泪像断了线的珍珠，只管往下滚。

　　白梅心疼地扶她坐到沙发上，给她倒了一杯水。

　　"喝点水，慢慢说，告诉姐姐，这是怎么回事？"白梅努力让自己镇定。

　　几分钟后，白小媛缓得差不多了，才告诉白梅。

　　白小媛和姐姐一样，有一双漂亮的大眼睛，立体的五官，看上去很精致。自从到了煤窑上，就有几个小伙子一直追求她，但她谁也没答应。其中有一个缠得最凶，而让她没想到的是，今晚她走铁路回来，那人居然跟踪了她。就在大昇站与五星煤矿之间，走过大桥时，那人突然上前，一把揽住她。铁路边有一堆干苞谷草，他把她拉到了那里。白小媛如何抗得过，一时间，绝望如一根勒着脖子的细绳，她喊天天不应，叫地地不灵。但她还是拼命地挣扎着，用尽吃奶的力气。就在千钧一发的紧要关头，一束光突然闪过，有人喊道："干什么的？"那畜生落荒而逃。后来，白小媛才知道，喊话的是一位铁路巡查人员。

"谢天谢地！"白梅扭得紧紧的心终于松开了，她轻轻拍着白小媛，"媛，姐一直给你说过，让你晚上不要走路，现在面包车很方便，一块钱就坐上来了，不要心疼那一块钱，怕的就是这样。以后你一定要记住，不敢再冒险了哈！"这时，穿过五星煤矿的这条公路，大巴车已经没有跑了。有些私人的中巴车还在，又增加了不少七座的小面包车，被称之为"面的"。

白小媛点了点头，身子依然还在颤抖。

这事，白梅至今都不敢告诉父母。父亲上个月刚做了一个大手术，她更不想让父母再多一份担忧。父亲因胃下垂、胃扩张、胃溃疡、十二指肠溃疡、幽门梗阻等，他的胃被切除了三分之二。父亲手术期间，白小媛没有去，不是她不想去，是白梅不想让她丢了那份工作。所有的事情，白梅去承担就好，何况还有高宏。想到高宏尽心尽力护理着病中的父亲，医院里从医生、护士到病人，都无比羡慕的情景，白梅心里暖暖的。白小媛虽然人没到，但白梅用来为父亲治病的钱，基本上是白小媛挣的。说基本上，是因为白小媛每月的工资，不管是多少，白梅都会给她补成个整数存起来。不满一百，就补成一百；一百以上不满两百，就补成两百。虽然白梅是借用她的，但毕竟是她的心血帮了大忙。

这些日子，白梅只想尽快把小媛的钱还上。

第二年，下岗分流的事，传了很长时间后，都说矿上很快就要执行。走到哪里，都会听到这个话题。人们的脸上，不安的表情随处可见，似乎都在等待着一次命运的冲击。

这天是星期二，职工们都到工区集中学习。下午，矿灯房的班长也来了。矿灯房的班长，已不是张素莲。很多人都在传说，张素莲家那辆中巴车是借高利贷买的，专门在五星煤矿的这条公路上跑。钱是挣了一些，但都是帮别人挣。这不，被那些放高利贷的逼得都不敢上班了，已躲出去一年多，谁也不知她躲到了哪里。她走后，就是肖芳接任班长。

这时，钟师傅、常师傅都已退休，重新调入的两人业务基本熟练。

开始学习之前，通常大家都会你一言，我一语，说些有的没的。可今天不一样，今天的话题都集中在一个问题上——下岗分流。

"听说矿灯房大班只留两人？"坐在肖芳旁边的那位问她。

"是哦。唉，留下是好，但工作太累，一个人要干以前两个或三个人的活。"肖芳叹了口气说。

"唉，能留下，或是分流到其他地方，累是累点，还算好。就算工资不增加，生活上也没这么愁。要是下岗了，怎么办？"旁边的人也叹了口气。

"能不能留，也由不得自己。别说我们工人，干部们也一样。"

"嗯，听说技术室的八个干部，要下一半。两个女的，只留一个，怕是白梅也要下了。"

大家正说着，白梅手里拿着一沓岗位工应知应会资料走了进来。今天书记不在，外出开会去了。一般书记不在时，大多数时间，都是白梅主持学习。

她走进来时，正好听到肖芳的最后一句。她也没说什么，本来嘛，下岗分流的事，这些日子已闹得沸沸扬扬，白梅她又不是第一次听到这样的话。于她而言，真要下岗，又有什么办法？但有一点，管他下不下岗，在岗一天，就坚守好一天的岗位。反正她不会去找谁通融，何况，这年头，找谁都不好找。一想到找人就要送礼，当年路总那句"小白梅也学会了？"又如一支利箭，穿过耳膜刺进心里。尤其是那笑容，简直就是涂在利箭上的烈性毒药。还有那次从某领导家门口"逃离"的狼狈画面，都能扎死个人的心。人们都想着她比陈素英来得晚，她下岗很正常。

这天晚饭后，电视上正播放着与下岗分流有关的节目，沙发上的白梅恨不能跳进去问个明白，下岗后怎么办？

"梅，如果你真下岗，也别难过，这么多人，又不是针对你一人。"窝在一旁的高宏，像是与她心灵相通。

"嗯，只是辛苦你了。"白梅笑得有些苦涩。那样，这个家的用度基本就只能靠高宏。孩子还小，她该怎么办呢？白梅又陷入了沉思。

"没事，我是男人，辛苦点怕什么？"高宏剑眉轻扬，想让白梅宽心一些。"还好，买这房子借的钱，都已还清，不然压力就更大了。"

白梅点了点头，说："是呢！"

能住进这房子，真要感谢人家尚师傅。要不是他这么慷慨相助，就当时的情况，打死高宏和白梅也买不起。

说来也奇，他们买了房子以后，那时白梅的工资虽然只有一百来块，奖金却多。安全奖、达标奖、防洪奖等，少则几十、多则一二百甚至三四百，一月总要发几次。原计划并与尚师傅讲好三年内还清，没想到半年就全还了。购房预交的五千二百块，后来多退少补时，退回了一千四百多，加一些，就还了书记、公公和赵工的。

而尚师傅的大恩，更是永远刻在了他们心里。尚师傅那张三千的存折，存期三年，借给他们时，已存了两年多，只差十个月，三年期利息，满打满算二百七十块就能到手。这样一来，利息都打水漂了。还钱时，白梅要把损失的利息加上，可尚师傅怎么都不收，最后是看白梅实在不肯，才象征性收了五十。

七月中旬，下岗分流的结果出来后，机电工区技术室的人员，都是分流，没有下岗或待岗。白梅依然留在机电工区，这让很多人都感到惊讶。赵工退休，祝平傲调到机电工区任技术主管。朱大新去了运输工区，接任祝平傲原来的工作。陈素英去了教育科。杜洪安停薪留职，专心去办他的小煤矿。史耀忠提了副区长，分管安装队。其他人，也各有去处。

祝平傲分管供电和小机厂，岳广林分管安装和溜子队，从运输工区调来的何黔泰分管运转队大班及井下部分。白梅分管运转队地面各机房，所有技术资料，还兼任机电工区工会主席。

身后总有一双眼睛盯着的感觉，依然困惑着白梅，她却也无法，只能由它去。

这时，几年来一直在白梅心里滚来滚去的那个想法，又海市蜃楼般浮现在脑海，而且越来越强烈了。可现在的情况，她还没有办法。

一个月后，一天晚上。

"对了，明天晚上于姐请吃饭，让我给你说，一起去。"白梅和高宏正说着闲话，突然想起这事，对高宏说，"她父母来了。"

"我啊，说实话，真不想去，看着那朱大新就烦。"高宏说，"看吧，下班早的话就去。"

"嗯，有些事心里有数就行。就看在于姐的面上吧，她对我们一直都很好。"

"梅，你太善良，有些人，有些事，不要只看表面，还是要多留点心。你说于姐对你好，你帮她带了七八个月的孩子，你想想，哪里能请到比你更好的免费保姆？"高宏若有所思地说。

"嗨！不用这么计较。后面她还主动要和我结拜成姐妹，别说她还这么对我，就是差点儿，低头不见还抬头见。"白梅笑了笑说。

于丽萍和白梅认识一段时间后，知道白梅在学校结拜了两个姐姐，很是羡慕。那时就有了想和白梅结拜的念头，却苦于不好开口。直到白梅从成都学习回来，她怎么都要给白梅接风。那天吃完饭后，就把这事说了。白梅当时很惊讶，她从来没想过这个问题。以她们相处的情况，与当初重庆煤校的三姐妹还是不同的。但是，于丽萍都主动说了，白梅就算不想高攀，也不好拒绝。

"我只是提醒一下，很多事你比我想得周到，你心里有数就好。"见白梅似乎不以为然，高宏也不再继续这个话题。

"好，明晚，我就不做菜了，冰箱里还有些鸡肉和白菜，你若下班晚了，就在家热热吃吧！反正小媛要在煤窑上吃了才回来，你自己又吃不了多少。"

"嗯，好。"回应白梅之后，他又说："你这个结拜姐姐，和你学校那两个结拜姐姐就不一样了。"

"这是自然。"白梅说，"在学校，别说结拜姐妹，就是一般的同学之间，感情都很单纯。"

高宏的言外之意，白梅不是不知道。其实，她心里还有更糟糕的事没和高宏说，她不想让他心太累。

"当然，想追求女同学的除外。哈哈……"白梅又云淡风轻地补充道。

"这倒也是。"高宏点了点头，接着像是想起什么似的，"哦，不对吧，也有女同学追求男同学吧！"

"哈哈，有有有，只是比较少。多数女生，还是比较传统。我们班，大多数女生都不和男生说话。我们三姐妹，相对来说，和男生处得还不错。所以，不少女同学，想知道男生们的什么事，都会跑来问我们。"

"一直听你说起结拜的三姐妹，你们三个是怎么想起来，要结拜呢？"

高宏很好奇。

"哦，这个说来，真是太巧了。"

"怎么个巧法？"

"一进校，我们三个就坐在一起，都是第一排。这样，自然出出进进都会碰面，一段时间下来就比较熟悉了。之后，一起走的时间就比较多。有一个周末，我们一起到市中心去玩。在大街上看到有验血的，一时心血来潮，三个都验了。等化验单出来后，你猜怎么着？三个人血型相同不说，居然血小板还一样多。这样的概率，在人群中怕是特意找都不太好找呢，你说巧不巧？"白梅有些得意地看着高宏。

高宏听后"啧啧"不已，也觉得真是巧之又巧。随即又有些质疑，"会不会只是单子上换了个名字？"

"当时我也这么怀疑过，可仔细看时，除了这两项，其他数据都不同。再说，生洵儿时，你也知道，我确实是B型血。"

第二天，高宏下班的时间比白梅晚了没多大会儿，两人带着孩子，去了于丽萍家。一起吃过饭后，又和两位老人说了会儿话，快十点才回到家。

高宏抱着洵洵，白梅伸手拉开防盗门的插销后，又拿钥匙开门。门打开，白梅一只脚刚踏进屋，就感觉不对。

白小媛整个人缩在沙发里，身子还有些颤抖。

"小媛，你怎么了？"白梅鞋都来不及换，三步并作两步跑到白小媛跟前一看，急死个人了。白小媛神情呆滞，头发凌乱，满脸泪痕。白梅心紧了又紧，该不会又出现上次的事吧？

"你这是怎么了？小媛，出什么事了？"白梅心疼地轻声问道。

白小媛慢慢抬起头来，看着姐姐，看着看着，一声哭了出来，声音不大，却能撕心裂肺。

"小媛，你别吓姐姐啊！你快告诉姐姐，这到底是怎么了？"白梅的声音颤抖着，心里有什么东西七上八下地乱扯。

过了几分钟，小媛哭声稍敛，抽泣着对白梅说："姐姐，你们去哪里了？刚才朱大新来我们家了，他想欺负我。"说着，又忍不住哭了起来。

"老天……这个该死的畜生……"白梅紧紧抱着白小媛，正火冒三丈，眼睛余光突然看到高宏往外走，再定睛一看，好家伙，手里提着菜刀。

白梅马上反应过来，就在高宏一只脚踏出门的瞬间，她猛然放开白小媛，跑去一把拉住高宏，也顾不得防盗铁门了，直接顺手把木门推去关上。然后两眼盯着高宏，用不容抗拒的口气说："这样不行，你好好想想，嗯？"

"你别管，我去两菜刀把他砍了，太欺负人了。"高宏气得不行，脸都气得铁青。

"不行，你砍了他，不抵命？现在是法制社会，你不能冲动。这么说吧，他不值得你用自己的命去拼，他这么造作，早晚有一天会有报应的。"白梅说着，手还在高宏的胸前往下给他顺气，她知道高宏气坏了。白梅又劝了劝，高宏慢慢缓过来，深深叹了口气后，回到茶几前，在椅子上坐下。"小媛，"好像突然想起什么似的，他又指着转角柜上，"这菜刀刚才是你拿过来的？"

"是的，高哥，我想砍死他。他看见我从厨房拿着菜刀出来，慌忙爬起来就往外跑。"小媛抽泣着说完，又泪流满面。

"爬起来？从哪里爬起来？"白梅倒吸一口凉气。

"地上。他一进来就拉我，把我吓得不知怎么办，后来一急，我两只手用力一推，他就倒在地上了。他喝醉了，没多大力气。但是，真是吓死我了。"说着又哭了。

"别哭了，小媛。对不起！姐姐没想到会这样。这畜生吃完饭，谁也没注意到他是什么时候出门的。就算看到他出门，也不会想到他会来我们家。"好悬！白梅被吓得不轻，但也暗暗松了口气，接着又想起来什么，轻声说："你没想到他会这样吧？要不也不会开门放他进来。我跟你说过很多次，你一个人在家时，谁敲门都不开，我们回家，我们是有钥匙的。"

"姐姐，你说的我都记住了，不是我开门让他进来。我回来打开门，换好拖鞋后，回手关门时，关不动才看到他站在门边，他一下子就挤进来了。"

"畜生，真是个混蛋。"高宏咬牙切齿，从茶几上端起刚泡好的茶狠狠地喝了一口，恨不能把那畜生也生吞下去。

第二天，白梅出门刚走上公路，就碰到于丽萍。

"妹妹——"于丽萍笑眯眯地喊了一声。

白梅看着她，知道她不会知道昨晚的事，心里涌出一阵悲哀：姐啊，你能干，事事都想得做得圆满周到，却跟这么个畜生生活在一起，够你受的。

"怎么了？"看着白梅脸上虽在微笑，却心事重重，于丽萍很惊讶。

"姐，昨晚去你家吃饭，吃到贵饭了。"白梅想了想，还是把昨晚的事给她说了一遍。自从两人结拜为姐妹后，白梅基本都叫她"姐"。

"这个畜生。"于丽萍无可奈何地骂了一句，眼里已噙满泪水。

可不是个畜生？这些年，她都记不清有多少人来找过她，向她诉说被这畜生骚扰的事了。她仰天长叹，有口难言。嫁了这么个东西，这些年过得如此窝囊，能怪谁呢？要怪也只能怪自己有眼无珠。当年只想着他好歹是个干部，助理工程师，没想到……

两人各怀心事，就这么默默地走到办公室，谁也没再说一句话。

进了办公室，白梅先给自己泡了一杯茶。茶叶被开水冲得翻来覆去的样子，正如她此刻的心情，波澜不定。有件事在她心里已压了几天，压得她喘气都艰难，没想到昨晚又出了这样的事。"于丽萍啊于丽萍，难道，难道我们上辈子有什么扯不清？"这么一想，她摇摇头，又赶快把思绪拉了回来。"工作第一，其他的事先放放，下班回家后再想。"这是她暂时抛开烦恼的万能秘方，无论什么样的烦心事，只要一投入工作，她就能抛之于九霄云外。好像她生命的主题除了工作，就是工作。

第十七章

· · · · · · · ·

梗在白梅心里的事，其实早先还有一件，只要想起，她的心就会疼到极点。那件事，与她的父母有关。

两年前，父母特意来看望她。

电磁炉普及，烟煤就不怎么吃香了。冬天取暖，也是用电的多。

"妈，现在烧烟煤的人家少了，您感觉还呛得厉害不？"白梅问母亲。

"嗯，有是有点，不介意了。"母亲说。

母亲已觉得不像几年前那样，呛得人受不了。高宏和白梅执意要留两位老人多住些时日，带着他们到处走走看看。

没想到，一周后外公去世，弟弟从老家打来电话，要父母赶紧回家。电话打到于丽萍家，是一位男人接听的，却没有告诉白梅和高宏。那时，白梅他们家还没有安装电话，想着和于丽萍关系好，就把她家电话号码留给了老家，于丽萍也很乐意。白梅哪里会想到，竟出了这样的状况。

那天，恰恰是星期天，白梅和高宏带着父母、孩子到集隆坡去玩。白梅一直想买个影碟机，可以播放光盘，唱卡拉OK的那种。买了之后，他们又走进一家专门出售光盘的小店，想买一些唱歌的光盘和教育类的动画片。这家店也就十平方米左右，卷帘门收到门顶，室内三面墙壁均层层叠叠摆满光盘。似乎走进去，影碟上那些各种各样的画面就会浮现出来。

白梅拿过两张塑料凳子，让父母坐在一边休息。父亲把洵洵揽在怀里，她就和高宏一起挑选光盘。他们选了一些单张的，都是歌曲；两盒套装的动画片，一盒是《西游记》，一盒是《沉香救母》。正付款时，突然听得"哎哟"一声，同时伴有东西落地的响动。白梅扭头一看，母亲正捂着脑后，她马上反应过来，一边跑过去一边问，"妈，砸到你的头了？"她把母亲的手拿开，见后脑上方比铜钱大的一块地方红了，还起了个小包。而那盒闯了祸的套装光盘，却好端端地"蹲"在地上。

"妈，您觉得怎么样？痛得厉害不？走，去医院看看。"白梅有些焦急。

"没事，痛是有点痛，歇一下就好了，不用去医院。"母亲又伸手揉了揉痛处。

店老板也赶紧走了过来，心里发着怵，不知白梅他们会和他怎么理论，要怎么赔偿。他做生意多年，各种各样的顾客，看着其他人经历的、自己经历的都多。有些很讲理，有些很难缠。心里正七上八下时，听白梅的母亲这么说，一颗心才从嗓子眼归了原位。

白梅他们谁也没有提到要老板怎么样，而是接着付了钱，拿好东西就走。却听到老板喊了一句："等一下！"

回过头一看，他正从墙角的纸箱里拿出一板酸奶，说要给孩子。白梅怎么都不要，可他哪里肯，只好收下了。

又过了一周，父母回到家，白梅打电话去问一路上的安全情况时，才得知外公已安葬一周了。

左等右等，不见回电话，也不见父母回家，刚满十六岁的弟弟，急得欲哭无泪。眼看就要到外公上山的日子，还是没有父母回来的音讯。情急之下，弟弟背了一些苞谷，走到十多里外街上的酒厂去卖。街上赶场是逢六，每月六号、十六号、二十六号才是赶场天。只有赶场天，背到街上去的东西才会有人买。不是赶场天，弟弟只得去找酒厂求人家，并且价位低一点卖了。然后买了花圈、床单、香蜡纸烛等，自己一个人背着，翻过一山又一山，走了二十来里到外婆家去下祭。

母亲没见到她父亲最后一面，一生遗憾。一听说就哭得死去活来，一病不起。在床上躺了一个多月，本来就劳碌得很单薄的身体，一下子变得更是皮包骨头。后来她总说，那盒光盘好端端的，会掉下来砸到她，就是给她带信，可是她却识不破。她觉得对不起自己的父亲，心里万分难过。白梅更是愧疚，更觉得对不起母亲，对不起一直把她当宝贝的外公。高宏就是因为这事，对朱大新恨之入骨，对于丽萍也有些想法。于是，他对白梅说：

"咱们安电话吧，就是不吃不喝，价钱再贵也要安，别心疼那点钱了。这么大的事，耽误成这样，太让人寒心。"

　　这件事，是白梅刻骨铭心的痛。然而，尽管如此，她还是和以往遇到的一些事一样，觉得于丽萍有这么个混蛋丈夫，也够可悲的。她同情于丽萍，也不怪于丽萍，还是一如既往对于丽萍好。她本来就很讲义气，在于丽萍与她结为姐妹后，更是如此。

　　一个月后，高宏和白梅备了一桌较为丰盛的菜肴，请了于丽萍一家、柳华一家、史耀忠一家，还有防爆班班长何仁方一家。这两年，谢长云和于丽萍来往密切，很多时候她们都要叫上白梅。就这样，时不时在这家聚一下、那家聚一下的。

　　高宏和白梅准备得很认真，大家都说不错。只有史耀忠的媳妇，自始至终没说一句好。而且，在别人说好时，她的嘴角总会不屑地咧一下，白梅都看在了眼里。史耀忠的眼睛总忍不住看向白梅，但碍于他老婆的神威，只得在夹菜或举杯时，若无其事地完成自己的心愿。

　　这样的聚会，居然都没听到朱大新说出一句半句关于白梅老家来电话的事。

　　还有更让她万万没想到，上周陈素英给她说的那些事，于丽萍竟会如此。

　　那天下午，白梅去教育科给新工人办上岗证。新工人必须经过培训，考试合格，取得上岗证后，方可持证上岗。

　　陈素英到教育科后，正好分管办证这一块。白梅把新工人名单、照片、考试卷等相关资料交给她，她给白梅泡了杯茶。办完后，白梅一边和陈素英说着闲话，一边把上岗证收拾好，装进一个档案袋。快装好时，陈素英突然问道：

　　"技术室现在人少了，你比较忙吧？"

　　"嗯，就那样了，每天都是从早忙到晚。"

　　"来，坐会儿。"陈素英把刚才白梅提交的资料收好，一边给白梅的茶杯续水，一边示意她坐。

　　一个办公室待过，虽不是特别亲近，但两人处得还算不错。不在一起上班了，好久不见，白梅当然也想和她说说话。

　　白梅坐下后，陈素英就坐在她对面。两人说了一会儿闲话，陈素英端起茶杯喝了一口，看着白梅，话题突然一转，问道：

"你这么忙，还在帮于丽萍做事情吗？"

"这两年太忙，只是偶尔帮帮她了，真是顾不过来。"白梅说着，还有点过意不去的样子。

"白梅，你太善良了。我们一个办公室那么长时间，你做的，不止我，我们很多人都看在眼里。但是，你全心全意对待的人，未必会全心全意对待你。"说着，两眼盯着白梅。

白梅眉心一紧，知道陈素英话中有话，却又有些莫名其妙，这话不知该如何接，只是不太自然地笑了笑。

陈素英看她那样，定然不知自己说的是指什么，也怕她误会，便接着说：

"别的不说，你给于丽萍带了那么久的孩子，就算是保姆，也该有些情分。可是，你知道她怎么说你吗？"

"啊？"脑袋"轰"的一下，白梅简直不敢相信自己的耳朵，"她，她怎么说……说我？"

陈素英便把想告知白梅的都说了一番。接着，又很认真地补充道："你知道，我这人一向不愿管闲事，这些话，若是说别人也就算了，可是说你，我真为你不值。你为她付出那么多，无论如何，她也不该这样，我是真看不下去。"

确实，陈素英向来不愿管闲事。这一点，白梅很清楚。但白梅也知道，她眼里从来都揉不得沙子。

"陈姐，谢谢你！十分感谢！唉……我太笨了！你要不说，我怕是这辈子都会被蒙在鼓里。被人卖了，还傻乎乎地帮人数钱，说的就是我了。若是别人这样，倒还无所谓，偏偏是她……"

"你不是笨，是太实在、太善良。于丽萍与你不同，她是玩社会的，江湖中人。"陈素英的话，又如淙淙流水萦绕在她耳边。

陈素英并不是搬弄是非之人，她说的，有些是白梅认为只有白梅和于丽萍才知道的事；有些是白梅去成都时发生的，在白梅看来，别说陈素英，就是于丽萍也不该知道。可是，陈素英说的都对上号了。

于姐，于丽萍，你就是这样对待一个贴心贴意帮你的人吗？白梅心里痛。朱大新那个样就算了，可是怎么连她于丽萍也这样？难道真的应了那句话，"不是一家人，不进一家门"？

"于丽萍说，她家这两年都不太顺，是因为你去了她家，给她家带去晦气了。她说你和高宏早就不清不楚，去她家她又不好说。"

"你在成都学习时，殷露给她写了一封信。她说，殷露告诉她，殷露偷看了高宏写给你的信，说那信里写得不堪入目。"

"她说，她太忙，没办法才让你帮忙带着靖靖，实际上她很不放心。所以有一次，你们还住在老井时，你刚带着靖靖走到矿灯房门口，她就追上去，说要带靖靖去刘香凌家，其实是不想让你带了。"

"你去成都学习之前，她说看你走路的样子，是和高宏在一起了，朱大新说不可能。她就说敢和朱大新打赌，朱大新说她神经病。"

"她说……"

"玩社会的""江湖中人"？没错，细细想来，陈素英说的都没错。

白梅越想心中越不是滋味。殷露偷看高宏写给她的信，虽说殷露胡扯了信的内容，但偷看是事实。白梅带着靖靖走到矿灯房门口，于丽萍追上，说要带靖靖去刘香凌家，也是事实。这些，她于丽萍不说，陈素英又如何得知？

白梅无语问苍天。这些话，若是别人说，她于丽萍都该帮白梅辩一辩，如何还出自她的尊口？哈哈……

心里嘀咕着，然后发出一阵大笑。是在笑于丽萍吗？白梅却觉得更像是在笑自己，她是气笑了。

是啊，多么讽刺！多么可笑！

煤校的两个结拜姐姐，那是心与心相互认同。白梅真是想不明白，她同样贴心贴意地对待，为什么就如此天差地别？甚至她对于丽萍的付出，又何止是对两个姐姐的千倍万倍。人与人之间，怎么如此不同？

"太过分了，把我白梅当什么人了？"

这天，想起陈素英说的那些话，她那颗本已沉入万丈深渊的心，似乎又掉进了三冬里的冰窖，凉得透透的。

人有时很奇怪，越是被铺天盖地的委屈压得喘不过气，越会拼命地挣扎，想努力寻找哪怕一丝出口。

白梅挣扎着，心里那个滚来滚去的想法再次浮出。像云海里的山峰，从茫茫白雾中慢慢清晰起来。

"你那颗心沉了这么多年，真的要一直沉下去吗？没有人能救你，真正能救你的，只有你自己。"这声音似乎来自远古洪荒，听起来没有一点真实感，可它分明是小鱼儿发出来的，白梅听得清清楚楚。

"怎么办呢？"白梅沉思了很久后，在心里对自己说："试试吧，不试也没办法知道自己行不行。"再不有所行动，她真怕自己要被活活憋死。

星期六她去了集隆坡。自从实行"双休日"后，星期六不上半天班了，周末休息两天。沿着大街和小巷，慢慢走，慢慢看，就像要寻找什么人似的。踩着那双提篮式的半高跟皮鞋，累得脚疼腿软。走了将近两小时，还是没找到她要找的地方。但是，她自己也说不清楚为什么，就算累得不行，还是不想放弃。

这时，她正站在一家经营糖烟酒的店门口。老板是一位五十岁左右的男子，刚有人买了东西离开，他走到门口，在右手边的一个蓝色塑料凳上坐下。白梅迟疑了一会儿，还是走了过去：

"叔，您好！请问一下，市教委在哪个地方？"

男子抬头看了看她，一副"你不识字？"的表情，"市教委？那不是？那么大块牌子，你没看到？"

"哦，谢谢！"白梅顺着他手指的方向看去，果然一块大牌子竖在大铁门的左侧，白底黑字写着"莲都市教育委员会"。真是踏破铁鞋无觅处，得来全不费功夫。白梅脸一红，也顾不得男子的质问了。连声道谢后，就往市教委门前走去。

市教委星期六不上班，白梅只是想利用周末休息时间，先找好地方。

半个月后，她请假去了市教委。经过一番咨询，选定法律专业，决定参加自学考试。她已问清楚，全部考试合格后，可拿到大专毕业证。虽说不像普通高考的大专文凭那么过硬，总比没有的好吧！

白梅第一次报了三门，结果全部合格。考试，她对自己很有信心。第二次报考时，课程有所变动，增加了两门。她想，要多考两门了，还得加把油。她又报了三门，结果还是全部合格。可到第三次报考时，课程又有了变动。如此，她突然觉得不能这样耗下去。于是，把专业改成了会计。

这天下午忙完工作后，办公室就白梅一人，她拿出《会计原理》来学习。正学到兴头上，于丽萍的声音突然在背后响起。她是什么时候进来的，白梅竟然毫不知情。

"白梅，看什么书呢？"于丽萍早已看到了书上刷黑的小标题，分明与会计有关。说话间，也不等白梅做出反应，伸手就翻过了书的封面。不看还好，这一看，她的心顿时就起了波澜。

于丽萍技校毕业后，就一直不甘心在工人岗位。白梅后来才听陈素英说，为了进办公室，她可使尽了浑身解数。也因此，她在陈素英的心中，留下了一个"不同寻常"的印象。

从技校分配到矿上的学生，矿上都要安排统一培训，学完入矿须知以及基本安全知识后，再按照所学专业，分配到相应部门。部门还要根据岗位进行具体培训，从操作方法到各种安全注意事项，考试合格取得上岗证方可正式上岗。

于丽萍被分到机电工区，当时还有其他几个人，赵工安排陈素英给他们培训。培训之前，要先定岗位，以便有针对性地授课。一开始，工区分配于丽萍到矿灯房。走到矿灯房门口，她就哭，死活不进去，她说怕接触硫酸。后来分到主通风机房，还是一到门口就哭，说很害怕。再到其他机房，还是这样，把带她去的陈素英搞得晕头转向。赵工知道后，为了避免一些事端，就留她在办公室帮忙。这回她开心了，那颗八面玲珑心，无论对谁，都用恰到好处的笑脸相迎。她帮忙的岗位，以办事员为主。帮着帮着，原来的办事员就调去了其他岗位，她成了正角儿。作为工人，到了办事员岗位，如果自己可以选择，谁又愿意调到别处去呢？

于丽萍到了办事员岗位，工区领导的一应事务，只要她能想到的，都会主动去做。谁家婚丧嫁娶，谁家老老小小的生日等，她必定备好礼物到场。同样，因为工作上要与矿机关的工资科、财务科、工会等部门打交道，这些部门的领导，她更是毫不含糊。这其中，转为干部的想法，无时无刻不提醒她，各种场合必须应酬到位。而转干，文凭是必须的，这个在她还没走上办事员岗位时就想过，只是一直苦于没有门路。这下，看到白梅的书，封面上赫然写着"自学考试"的字样，她眼前一亮，计上心来。

"自学考试啊，白梅，厉害厉害。"

"哎，你考过几科了？我听说，只要全部课程都学完，就可拿到毕业证，是不是这样？"她用期待的眼光盯着白梅。

"是，全部课程都考合格，就可拿到毕业证。"白梅若有所思地盯着她看了一会儿，捡了后面的问题作答，同时也明白了她的心思，索性就问道："于姐，你这么感兴趣，该不是也想考吧？"无意中，白梅已把对于丽萍的称呼变了回去。

"想，当然想。"她不仅毫不避讳，还顺势问了白梅怎么报名，怎么学习，什么时候考试等？

白梅给她说了后，很快她也买了一套会计专业的资料。

这世上，很多事情的发生，或者很多现象的产生，都不会只是孤立的。所谓水涨船高，或者说魔高一尺，道高一丈，大概是个永恒的话题。

自学考试这一现象出现后，不仅各种各样的教材相继问世，各种各样的培训机构也随之而生。考过法律专业的课程，白梅已知道一些培训机构。认真比较了一番后，决定选择莲都师范学校培训点。这个培训点，师资队伍均由莲都师范学校的老师组成，利用周末上课。相对其他培训点来说，可谓师资实力雄厚。

听白梅一说，于丽萍当即就很高兴，觉得有老师教，比自己学好得多。这一点，她和白梅达成了共识。

报了培训班后，每周周末，两人从家门口一起坐车。这时，面的车已很方便。站在路边，几分钟就能见到一辆。

师范学校的位置，如果与集隆坡、火车站连线的话，它正好在一百度左右的钝角顶点。

学校教学楼以白色为主色调。有学生宿舍，有操场、篮球场，厕所是长长的两层楼房。上午的课结束后，白梅和于丽萍去上厕所。两人一边讨论着老师讲过的课程，一边往前走。习惯性地，男左女右，朝着那个"女"字就直接走了进去。于丽萍在前,白梅稍后。室内,一溜格子间,白梅不知怎么就想起了钢琴的键面。

于丽萍提了一下肩上的小包带子,右脚刚踏上蹲位台,白梅突然"啊"了一声,吓得她转头一看,本能地跟着白梅往外跑。两人跑出十几米远后,不约而同回头看,刚才她俩都看到的有个男生,从另一道门跑了出来,脚步慌张,大概也被吓得不轻。

一阵沉默之后,两人相互看了一眼,突然哈哈大笑,原来一楼是男厕,二楼才是女厕。这事,多年以后,她俩想起来,都还觉得又好笑又脸红。

白梅和于丽萍都报了三门即将考试的科目参加培训。老师们讲得确实好,但每一科要讲的内容都比较多,老师几乎是拉着大家跑。课堂上必须集中精力,不然,稍不留意,就找不着北了。

"于姐,我有个想法,咱们找个复印机把要背的内容都复印下来吧!"上了两次课后,在回家的车上,白梅突然和于丽萍说。

"复印?"于丽萍有些疑惑地看着白梅。

"对,准确地说,是缩印,缩成四分之一。"白梅很肯定地说。

"四分之一?"于丽萍用手比画着A4纸四分之一的大小,更加疑惑地看着白梅。随即眼睛一亮,扫视一下周围的人后,附到白梅耳边嘀咕了一句。

"啊?你想什么呢?"白梅大吃一惊,因为是在车上就努力忍住大笑,只使劲摇了摇头。

第十八章

· · · · · · · · ·

那天晚上，白梅和于丽萍到了一个办公室便开始复印资料，把三门课要背的内容都复印了下来，一式两份，每一份分别订成三个小册子。

白梅几次想起于丽萍在她耳边嘀咕的话，总是忍不住地笑。

"于姐，你怎么就想到我要缩印资料，是为作弊？"

"你说呢？缩印成这么小，谁会不往那方面想？"

"你很有经验啊？"白梅诡异地对她眨了一下眼。

"胡说八道，我以为你有经验呢！"说着自己也觉得好笑。

"什么经验啊？靠作弊，那不是等死吗？那还学个什么呀？再说了，你以为印个小册子就能作弊？还这么厚。别这么低估监考老师好吧？"

白梅是想缩印成小册子，方便随身携带。比如走路、如厕，心里想着，哪里不记得就拿出看一下。她多年来就一直用这个办法，解决了很多背诵问题，但她没有和于丽萍说那么多。自从知道于丽萍对她当面一套背后一套后，她心里除了悲哀，自然还有疏离。

一月的紧张培训结束后，离考试也只差十多天了。白梅白天忙工作，一有空闲就抓紧学习。晚上，没有一天不熬到深夜两三点。

考试成绩下来，白梅三门都过了，于丽萍也只挂了一门。很不错了，毕竟能过两门，也是不容易的事。

可是，第二次报考时，会计专业的课程到底还是变化了，又有新增科目。唉，后面怎么变还不知道呢，白梅又一次挫败了。

实行公务员考试时，她也想过去试一试。想象着成为公务员后的另一番情景，着实让人向往。只可惜单位不同意，结果开不出证明，还是只能作罢。

白梅感觉自己就像一只进入玻璃瓶的苍蝇，撞了这么多次，还是没有找到真正的出口。想着想着，过去的一些事，又浮现在眼前。

祝平傲对机电运输技术方面掌握得十分娴熟，在运输工区那么些年，虽说是技术主管，可谓有些屈才了，或许也因比较有才华。他生性孤傲，略显清高。白梅听于丽萍说过，他早先就在机电工区。因为是老乡，还教过于丽萍写字。

祝平傲写得一手好字，于丽萍说，他经常用一张纸写下一些字，让于丽萍照着写，那时他们都还是单身。白梅隐约觉得，于丽萍语气中透出了一些对他的仰慕。至于他们为什么没走到一起，缘分吧，白梅比较相信缘分。再说了，祝平傲的妻子张维丽，高大倒是没什么，长得还真比于丽萍好看。

不过，这两个人，都让白梅大开眼界。

于丽萍逢人说人话，逢鬼说鬼话的那一套，就把白梅蒙得团团转。没想到张维丽又给她整了一出空穴来风，让她猝不及防，令人寒心。

矿上下岗分流后，技术室人员少了，白梅整天忙得脚不沾地，晚上加班加点自然也成了常态。祝平傲是个一心扑在工作上的人，白天跑现场，一些大型策划、方案、设计等都得晚上加班。如此，机电工区技术室灯火通明，早已不是什么稀罕事。矿上领导巡视，工人们上下班，都知道白梅在加班。从技术室门口过，只要看到赵工原来的办公室亮着，也知道必定是祝平傲在里面加班。

有一段时间，白梅正在制作一个大牌板。牌板长二点五米，宽一点五米，已经安装在技术室进门左面的墙上。白梅要刻一些字贴上去，做成机电工区组织机构图。这是质量标准化要求中，必须具备的内容，以前是画在图纸上，镶在木镜框中悬挂。一方面因内容有变，需要重新制作；另一方面，白梅觉得原先那样不好看，她要按自己的设计，重新制作。

白梅到医务室找了一把手术刀，几叶手术刀片。又到专门制作广告的店面，按事先设计好的模式，打印出全部内容的文字。然后，像艺术家似的，用剪刀把字剪下来，放在稍大一些的红色发光纸上，在字的边缘以外用订书针固定，用手术刀一个一个把字刻出来。为了避免散架，关键部位就留了一些多余的部分连着笔画，最后再去除。发光纸刻好后，因为太滑，直接贴到牌板上，不好操作，也没有立体感。白梅就用浅蓝色的吹塑纸，按设计尺寸裁成一个个小长方块，用深蓝色发光纸剪成细长条镶上边，把用发光纸刻好的字，在背面涂上白乳胶，小心翼翼地一个一个贴上去。最后，再把这些贴好字的长方块安放到牌板上。长方块之间的线条，也统一用深蓝色发光纸剪裁而成，附在等宽的浅蓝色吹塑纸上。

整个牌板做好后，仿佛一件精美的艺术品。白梅站在一米开外仔细端详，心里十分满意。

这个季度达标检查那天，公司机电部的领导，以及从各矿抽调的检查者，二十余人浩浩荡荡地来了，白梅和工区领导们一起到大门外迎接。五六辆小车开到工业广场停好后，人们一起向机电工区楼上走去。区长柳华、书记许树坤与机电部领导走在前，白梅走在最后面。

区长办公室在办事员的隔壁，一行人上楼后，前面的已到门口，忽听得有人惊呼：

"哦，这做得太好了！"

于是，都停住了脚步。众人回头一望，见几个人正看向技术室，有的人已走进去，便也退了回来。这一退不要紧，当看到"机电工区组织机构图"时，都不自觉地发出一声惊叹。

"这，做得很好嘛！"

"这怎么做的？"

"做这么个牌板，要费不少工夫吧！"

……

大家七嘴八舌地说着。

这时部长也来到跟前，点了点头说："做得好！是谁做的？"

许书记笑了笑，看向旁边的柳华，意思让他来说，许书记一向很维护区长的面子。

柳华听到大家说好，也听出了部长的肯定，心里本来就有些得意，当然明白许书记的意思。他便说道："这个啊，是白梅加班加点，一个多月努力的结果。每一个字，都是用手术刀刻出来的。也只有她能做这绣花的工夫，换成我们这些大老爷们，笨手笨脚的，根本没办法。"说着，也满意地笑了。

走在后面的人，本能地停下后，见前面动了，又慢慢往前走，根本不知道前面发生了什么。白梅跟在后面，走上楼时，见大家都集中到技术室，心里也没多想。而当她走过值班室，快到技术室门口时，却听到柳华那浑厚的声音，从黑压压的人群里飘了出来，最后那几句都听得很清楚。她心里原本想着这一项不被扣分就好，牌板做成这个样子，只是她自己想做得好看点，没想过会得到什么表扬。如此，她心里当然高兴，制作牌板的过程再辛苦也值了。

只是，想着那件事，她看了一眼站在柳华旁边的祝平傲，心里忍不住抽了抽。

就在她制作牌板期间，一天晚上，八点左右的样子，技术室的两根日光灯管都亮着。白梅手持一柄手术刀，坐在办公桌前，不像主刀医生，倒像个雕刻家的样子。她正聚精会神，一刀一刀细细地刻着字，突然有人推开门，同时一个声音在门边响起，吓了她一跳。若是她收刀慢些，怕是那个安装队的"安"字就废了。

"哟，忙得很啊！"白梅抬起头时，张维丽说话间，人已走到白梅对面的办公桌前。

"张姐，这么晚了，你还来这里啊？祝工不在。"那天晚上，祝平傲没来加班，白梅以为她来找祝平傲，便笑盈盈地随口说道。

"他经常加班，我来看哈，听说有人经常陪他。"张维丽不温不火地说。

白梅左手按着字模，右手拿着手术刀，以为她知道祝平傲不在，就会走。便低头看了一眼刚才停刀的位置，准备继续。没想到来人不但没走，还说出这样的话。思维慢了半拍后，白梅又抬起头来，看着张维丽，若有所思地说："啊？你说的是他办公室吗？我经常在这加班，好像没见有谁啊！"

白梅心想，大概她也是被廖丛秋的事吓怕了吧！不过，祝平傲那么傲气，不可能啊，不可能。

"哟，这年头的人，哪个说得清楚，听说天天都一起加班。"

"嗯？"白梅这时都还没注意到张维丽的阴阳怪调，她的心思还在刻字上。她按着字模的左手有些发酸，又低头看了看，稍微做了一下调整。心里正奇怪，这人怎么还不走，她要忙着刻字，哪有闲工夫扯这些有的没的。便随口答了一句："不会吧，没见过有谁来。"说完这话，她才突然一个激灵："啊？天天都一起加班？你这绕了半天，不会说的是我吧？"

白梅盯着她的眼睛，她也不回避。

"哈，还真是说我？谁给你说的？嘿……我这还帮你想半天，没想到矛头还是对准我来的？"呵，还真是躺着都中枪，白梅哭笑不得。

张维丽：……

"张姐，你听谁说的，能告诉我吗？"白梅吐了一口浊气，尽量心平气和。

"哪个说的，我不可能告诉你。"张维丽依旧阴阳怪调。

"哈，哈哈，哈哈哈哈……"白梅笑了，是大笑。她确实觉得可笑，这都哪跟哪啊？这么一笑，她倒归于平静了。

接下来张维丽说什么，白梅也懒得听。抢过话头，像说着别人的故事："张姐，我能理解你的心情。我这么跟你说吧，我白梅讨厌这么无耻的行为，更讨厌这么无耻的人。"她的声音不大，却字字千钧。"我不管你听谁胡说，你也该想想，我白梅会不会做那种无耻的事，可以不听风就是雨吗？当真这机电工区，有个某人那么不要脸面，就谁都和她一样？换位思考一下，今晚若是别的人，用你这样的方式，莫名其妙来质问你，你又如何？"

这时，张维丽抢了一句："我不是那样的人。"

"哈哈，你不是那样的人，谁又该是那样的人？我该吗？笑话！"白梅没有让她说下去，果断地再次抢过话头，把要说的噼里啪啦都甩了出去。

"还天天在一起加班？我在我自己办公室加班，我招谁惹谁了？我这忙得都忙不过来，没时间来扯这些乱七八糟的。还有，请你听清楚：我有我的家庭，我的家庭很幸福，我很珍惜。呵，对了，不是你认为好的，别人也会认为有多好。何况，我白梅就没心思去折腾那些无聊透顶的事。"

说完，低下头就刻起字来，不再说一句话。张维丽再说什么，她都置若罔闻。说了一会儿，张维丽只得无趣地走了。

达标检查后的第三天，有几个单位组织人来向白梅学习，搞得白梅还有些不好意思。

这年年终评先进时，机电工区干部就两个名额。评选会上，柳华直接提了白梅的名。

"十分感谢柳区长的认可，还是考虑别人吧，干部名额本来就少。我的工作都是我应该做的，不用考虑我。"白梅急忙说。

"不行，好几次了，你总是推让，这次必须有你。"柳华的语气不容分辩。

也因为如此，白梅自己也感觉到，嫉妒她的人越来越眼红了，甚至她到矿上开个会，都会被议论半天，总想到她又得了什么好处。

其实，白梅真不想和谁去争什么。于她而言，这些都不是什么了不起的，她那颗沉了又沉的心，这些浮名薄利何以救赎？

不过，尽管想放弃自学考试，那个在她心里滚来滚去的想法，还是没有消停。

折腾几年后，时间已到了二〇〇三年。去年十一月，因资源已近枯竭，五星煤矿获批准政策性破产。这时的莲城矿务局，已于前年年底更改为莲城矿业有限公司。公司内政策性破产的单位，五星煤矿已是第三家。重组后的五星煤矿，由大昇煤矿托管。自此，五星煤矿便相当于大昇煤矿的一个井区。

五星煤矿政策性破产，资产要重新评估，人员要重新安置。从工人到干部，可以选择一次性买断，也可以选择留下来。

工会就在器材科斜对面。"L"型的两层楼，怀抱着的空阔处，被高高的玻璃墙封闭成大厅，大门开向公路侧。矿上在工会大厅设了一个点，专门负责买断工龄咨询和办理。

"宏，我今天去算了一下，我按十四年工龄计算，总共就一万二千多一点。"这天晚饭后，白梅一边收拾碗筷，一边对高宏说。

"哦，那我的也没多少，我工龄只比你多一年。"高宏拿着扫把，在茶几旁一边扫一边答道。

"是了，想想再说吧，就这点钱，买断后也做不了什么。现在的物价，我们两个人的加起来，开个小卖店都不够本。"白梅轻轻叹了一口气。

高宏扫完地，坐到沙发上，端起茶杯喝了一口，"好，看看再说。你也别太发愁，买断也好，留下也好，都不是我们一家，实在不行，就随大流吧！"

这些天，何去何从，白梅确实发愁。近年来，地方小煤矿如雨后春笋般崛起。小煤矿用人几乎一个萝卜一个坑，就算照顾什么七大姑八大姨，也不会太离谱。成本比较低，利润相对就要高些。利润高，员工工资就高，少说也是国企的两三倍，高的达八九倍、十倍不止。再加上市场因素，几年间，莲城矿业公司这个庞大的国有企业被冲得入不敷出，发放员工工资都十分困难。

面对这样的情况，是去是留，又何止白梅一家难以抉择。

刚上几年班的小年轻人们，但凡有些门路的，都潇潇洒洒全身而退。更有来到矿上，处处受排挤，一直不得意的，毅然决然买断，离开之际愤愤地发誓："从今以后，厕尿都不朝着五星煤矿的方向。"

年龄达到内退的，也没什么想头。虽然内退工资，扣除五金前就只有一千多，毕竟到了正退年龄后，可以正式办理退休。

最难决策的，就是白梅他们家这种情况。若是买断，重新在外面找工作，一家人很难找到同一处，孩子也要跟着奔波。

五星煤矿因为规模不大，很多人都熟悉几个工种。比如高宏，在技校学的是铆焊专业，电焊是老本行。分到安装队，设备安装、管道安装自不必说，而运转队设备检修、溜子队的刮板输送机维护等，都是哪里有需要就到哪里。所以，凡属机电范围的工作，他基本拿得下来。五星煤矿的工人，尤其是机电专业的，在外面的小煤矿特别欢迎。

白梅虽为女性，作为管理人员，多年的积累，技术上、管理上，都不含糊。这些年，莲城矿业公司很多人去了地方小煤矿。因此，地方小煤矿也有不少人知道白梅。

到小煤矿找工作，对白梅和高宏来说，只要愿意，那都不是事。关键大人还好，怎么吃苦都无所谓，他们就是不想让孩子跟着奔波。两人再三商量，反复斟酌，到六月最后考虑期限时，最终还是决定留了下来。

当然，留下来要面对的困难，他们也必须有心理准备。高宏在工人岗位，会稍微单纯一些。无论干什么，每天都是具体活，干完就了事。白梅却不同，原本技术室除了她，都是男人。男人们平时就很无可奈何，都有怀才不遇的情绪。这个时候，都不想再委曲求全了，一咬牙，一次性买断了，哪怕买断所得微乎其微。

这样一来，整个机电技术室就只剩下白梅了。整个矿上，目前各项工作都围绕着破产重组而开展。矿上的会议，只要与机电有关，白梅都得参加。公司来人，检查或是要什么资料，白梅都要参与接待和提供。国有资产清查，省国资委、市国资委，以及公司、大昇煤矿相关人员等，凡要机电方面的资料，都得找白梅。早先七八个人的活，一下子落在一个人身上，就算平时，也要忙得分不清东西南北。

在这种特殊情况下，白梅除了加班加点，还是加班加点。除了配合各方面来人的清查工作，井下地面的日常工作还得顾及。

这天上午，白梅找出一本技术用笺，这是她设计好后，送到公司印刷厂印制回来的。笺纸白底红线，呈横格状，顶部有"五星煤矿机电技术用笺"字样。白梅从办公桌左上角的复写纸盒中，取出五张复写纸，揭起一页笺纸，放上一张，依次把复写纸放好后，要写一份"回撤井下刮板运输机的措施"，一式六份。她拿起圆珠笔，将事先打了草稿并已修改完善的措施抄写在笺纸上。

写到第三页快接近中间位置时，一个身影闪进了办公室，她没有抬头，但眼睛的余光看到了。

第十九章

· · · · · · · ·

白梅抬起头时，正好与一双稚嫩的眼睛相遇。那双大大的眼睛，清澈明亮，长长的睫毛，颇像两扇鸟儿的翅膀。对方没有说话，手里端着一个铝质饭盒，就是医务所装药的一种盒子。白梅也没说话，看着眼前个子与自己肩头差不多高的人儿，有什么东西想从她的眼里冲出，她使劲忍着。而对面那个人的脸上，已从眼里往下流出两条小溪。

"妈妈，我都几天没见你了。"几分钟后，孩子先开了口。

白梅放下手中的笔，一把将孩子搂在怀里。

"对不起！对不起！对不起……"也不知道说了多少个"对不起"后，她才发现，自己终究还是没有忍住两行酸楚的泪水。

"妈妈，我给你炒的鸡蛋饭，好香，你快吃。"孩子在白梅的怀里，忍着哭腔，细声细气地说。

白梅的儿子，这时还不到九岁。白梅想着自己忙，怕有时候顾不过来，就在两个月前教会孩子煮面条、炒鸡蛋饭、炒怪噜饭。这些日子，白梅忙不过来时，孩子就自己做这些吃食。而有一天，家里什么吃的都没了，孩子饿得没办法，就用水拌辣椒面来吃，结果辣到走投无路。这事，多年后白梅才知道。

是啊，几天没见了。白梅这些天没日没夜地忙，实在累得受不了，就趴在办公桌上眯一会儿。还不敢睡得时间太长，每次也就十多二十分钟，因为她心里时刻记着要完成的工作。每天早上，总是用一张笺纸，把一天要做的工作写下来，然后完成一项勾一项。

白梅使劲忍了忍，把那些还想往外冲的泪水都硬憋回去后，放开儿子。

"好！"

她打开饭盒，黄澄澄的炒鸡蛋混着白米饭，一张不锈钢小勺躺在上面。

仿佛精美的印花丝绸，托着一件贵重的首饰。在白梅眼里，那分明是一幅简单到不能再简单的画，一个字：美。她静静地看了一会儿，不忍去碰。良久，她拿起小勺，舀了一口缓缓送进嘴里。对面那双稚嫩的眼睛跟着小勺看到她的嘴上，满怀期待，希望她尝出满意的味道。

"香，好香！"当白梅的嘴里进出这些字眼时，那双稚嫩的眼睛笑了。

其实，孩子忘记放盐了，但白梅却真的觉得很香，原汁原味不掺杂任何悬念的香。这是她这辈子吃得最美的味道，让她刻骨铭心。这是孩子的心意，不到九岁的孩子。毕竟是在办公室，白梅不敢再流泪，也不愿再影响孩子的心情。

"你吃了没有？"她微笑着。

"没有。"淘淘只想给妈妈送饭，压根没想到自己要吃。

"那你快吃吧！"白梅把饭盒递给孩子，又表扬了孩子一番。

"好。"果然，得到表扬的孩子开开心心地吃了起来，吃得很香，很香。

五星煤矿清仓核资期间，白梅连续熬了十几个通宵。不熬通宵时，也要到深夜两三点。书记周远成看在眼里，记在心里。所以，他特意给工区值班人员交代："只要白梅晚上在办公室加班，你们都要注意，不能有无关人员来打扰她。另外，无论她什么时候回去，你们都要亲自把她送到家。"

澳门回归那年，许书记年底退休，周远成从销售部门调入机电工区，任党支部书记。他到机电工区时，恰逢机电工区职工代表大会即将召开。次月，看着白梅一手策划、安排，整理材料，有条有理，会议圆满成功并得到上级表扬，他便对白梅的工作能力十分认可。

三个多月加班加点，马不停蹄，破产重组工作终于接近尾声。而这三个多月，白梅足足瘦了十七斤。走路都有些飘飘然了，远处的山在晃，近处的房屋在晃，一切都在晃。

这天下午，白梅想在家好好睡一觉。突然放松下来，她才感觉到整个身子仿佛都要散架了。胡乱吃点东西，刚走到卧室门口，高宏便气喘吁吁地从外面进来。

"梅，我给你买了一些阿胶，是东阿阿胶。这段日子，可把你忙坏了，得补补身子。"

白梅看了看他，心里暖暖的，千言万语，就汇成一个"好"字。

五星煤矿重组后，原来的办公楼区域和水电队人马，均划归社区，所有家属区均由社区管理。医务所已于两年前划归公司总医院，相当于总医院在五星煤矿的一个分点。五星煤矿自身的区域，也就只是原来的井口范围了。

六大工区仍在。其实，工区还是原来的工区，只是增设了材料组。原来的器材科已并到大昇煤矿。

处在井区中心位置的调度室那层楼，重新改造、装修，地上铺了土黄色的地板砖，墙壁刮了磁粉。瓦斯监测室，室内用玻璃梭拉门隔成里外两间。外间较小，只有一个装资料的铁柜子。里间，换了拖鞋进门后，左墙边齐齐摆着的三台电脑，都带着各种线路。那些线路，如同人体神经能把各处痛觉传到大脑一般。电脑屏幕上的数据不停地变化着，若井下哪个点的瓦斯超限了，相应的数据就会变红，同时发出"嘀、嘀、嘀……"的报警声。门的这面还有一台电脑，旁边是一台针式打印机。瓦斯监测室二十四小时有人值班，实行"三八制"。

调度室，主任在外间办公，调度员在里间值班。调度台与各工区、井下各点电话相通。调度员也二十四小时值班，实行"三八制"。

会议室比较大。天花板吊了顶，成排有序地镶嵌着日光灯管。屋子中央设置了椭圆形的会议桌，四周还有一排会议专用的条桌，都是暗红色压木的。

综合办公室同样用带着梭拉门的玻璃墙隔成里外两间。里间存资料，外间办公。

这栋楼的旁边，早先的巷修工区办公室，重新粉刷后，布置成五星煤矿领导办公室。巷修工区，已搬到采掘楼。

麻雀虽小，五脏俱全。

部门、机构设置好，人员当然不可能不调整，何况买断、内退了不少人。

原来的矿领导调的调、退的退，留下的就只有机电副总向永茂。因为降为井区，属大昇煤矿托管，自然也不能再设置矿长、总工程师之类的领导，只能从矿级副职往下安排。井区负责人相当于大昇煤矿副矿长，分管五星煤矿。算是井区井长吧，还因此被戏称为"黑猫警长"，与当时比较流行的动画片主角挂上了钩。设置了井区总支部书记，负责抓全井区的党建工作。往下就是两位副总，一位分管生产和通风，另一位，机电副总职位不变。

各工区人员当然也有变动。机电工区，原来的区长柳华调任社区主任。现在的区长，由周远成书记兼任。原来供电队队长、运转队队长、安装队队长均提为副区长，各队队长都另行做了安排。

史耀忠调到运输工区任区长。他觉得，离他谋划已久的目标又近了一步。但是，有一件事让他很揪心，白梅，这么多年，他还是无法走近她。

机电技术室，从大昇煤矿调来一位任技术主管，名叫魏明军。对于机电工区来说，原班管理人员，包括各队队长，都不是第一次见魏明军。如今的班子中，不少人知道他。

清仓核资工作还没正式开始前，大昇煤矿组织了一行三十余人的队伍，各专业都有，浩浩荡荡来到五星煤矿，想先做一些基本的了解。魏明军当时作为机电专业的一员，来到机电工区。在一些趾高气扬的人们当中，他又显得更加趾高气扬。这一部分人当时给机电工区原管理班子的印象，就像八国联军侵略中国的感觉，而他却是最显眼的一个。这会儿，把他调来，要与这个班子融合，说实话，大家心里或多或少都有些涟漪。白梅倒不是太在意，于她而言，她只需干好自己的本职工作就好。

魏明军分管井下，地面基本由白梅负责。白梅一如既往地忙着。这个时候，白梅的主要精力已转移到现场管理上，技术资料只能在这些工作之余抽空处理。除了各机房、小机厂，偶尔也到电机修理班去看看。电机修理，她在学校校办工厂实习时，还亲手用漆包线绕过线圈，并将线圈嵌入电机内槽，即所谓的"下线"。

电机修理室，如今是陈连虎负责。陈连虎是莲城当地人，因车祸导致右脚有些跛。他与高宏同年从技校分配到五星煤矿，当时的工人技师文家跃，看到他聪明伶俐，腿脚又有些不便，便收他为徒。文家跃是修理电机的一把好手，在全矿都是响当当的。只是脾气有些古怪，或者说有些清高。他当时已五十有余，几年后便退休了。不过，这几年间，他带陈连虎很用心。他退休后，陈连虎基本能独当一面。如今，经过这么些年的锻炼，又大有长进，现在还带了两个徒弟。

大约有才之人都有个性吧！陈连虎也继承了他师傅的清高，一般人他都瞧不上眼。白梅也不管这些，不耻下问，笑盈盈地虚心向工人师傅们学习，是她一贯的作风。俗话说，伸手不打笑脸人。她到哪里都笑盈盈地，大多数人对她印象都很好。而她心里清楚，陈连虎却不是这样，在他心里，根本瞧不上白梅。他总觉得，一介女流，哪有什么真本事？尤其在煤矿。可白梅不计较这些，同样该说什么就说什么，该安排的还是正常安排。

机电工区日常的技术活，白梅都会提前考虑，并认真去做。矿上临时安排的一些活，工区安排，或魏明军安排，她也默默地完成。

一个季度一次的达标检查即将到来，白梅准备着所有资料。井上下供电系统图、供水系统图、通信系统图、井下排水系统图、井下电气设备布置图、通风机反风系统图、压风系统图等，只要有变动，都得及时更换。现在，五星煤矿已由大昇煤矿托管，即便各系统没有变动，图纸上标题栏的单位名称和领导签名也得更改。这就意味着，所有机房、调度室悬挂的相关图牌板，技术室存档的相关资料，都要重新绘制和整理。

白梅加班加点地忙，一批一批画出底图，又用透明的描图纸描好，然后从技术主管、区长到矿长，挨个请他们签字。签完字，再到技术科晒成蓝图。一式五份，一份工区留存，一份挂到现场，一份备用，若大昇煤矿或公司机电部要时，方便提交。另两份交技术科，由技术科留存，或往公司上报。

已顺利做了几批，地面机房、井下各硐室的，大部分都已更换。剩下的六张系统图，时间有点紧，白梅想直接在图纸上上墨。

这天，白梅突然想到一个问题。

连日来，好几个人和她说了魏明军到处侃天的事。白梅原本不在意，魏明军是技术主管，他怎么干她都不管，也管不着，她只要干好自己的工作就好。可是，魏明军的侃天居然和她有关，这就有趣了。魏明军说，机电技术室的事，一般用不着他出手，只有白梅处理不了的，他才出面。这话听起来没错，一点问题都没有。但是，从他来到技术室，白梅还没看到他做过什么，这不能不引起白梅的好奇。

技术室现在已没有那个大通间。打开了办事员原来办公室中间的门，与早先赵工的那间办公室相通。魏明军在里面一间办公，白梅在外面一间。办事员已搬到原水电队办公室。

白梅拿着一张写了六种系统图名称的笺纸，走到里间，向魏明军汇报：

"魏工，所有机房硐室的图牌板都换得差不多了，现在只差这六张图。"接着，将手中的笺纸放到他面前，说：

"时间有点紧，描了再晒是来不及了，我想直接在图纸上上墨，先做出一份迎检，后面再补。哦，对了，我怕是忙不过来，井下供电系统图就请你画，其他的我画就行。"时间确实紧，白梅只能加班加点地干。只是她原本也没想让魏明军画，不知怎么，她今天还是想让他画一张，以前的赵工、祝平傲都画的。

"好。"魏明军大概也不好推辞，爽快地答应了。

三天后，正好大昇煤矿矿长和机电矿长都来到五星煤矿，为第二天的达标检查做一些安排。白梅便想借此机会找他们签字，白梅的五张图纸昨晚全部完成。矿领导上来，一般不会停留很长时间，白梅怕他们走了，卷好图纸就往门外走。出了门，才突然想起还有魏明军画的那张。

"魏工，你的图纸画完没，快拿来我去找领导签字。"白梅有些着急，便站在门外，朝着里面喊。

"好，画完了的。"魏明军回答时，人已走出来，把卷好的图纸递给白梅。

白梅做的资料领导们一向都很认可，区长、机电副总自是放心的。到了机电矿长那里，也顺利地一一签了。待打开魏明军画的那张时，机电矿长还没发话，白梅就惊呆了。看着那些应圆不圆的图形，白梅的心一下就提到了嗓子眼。她在心里狠狠地责备着自己：为什么不提前打开看看？果不其然，机电矿长那脸已冷得快要结冰，视线移到标题栏的落款处时，把笔一放，就开吼：

"魏明军，这画的是什么？"吐了一口浊气，大概想到当事人不在，稍缓了缓，又接着说："白梅，今天是你拿来，要是他自己或别人拿来的，我就把这图纸撕碎了。"

白梅的脸红了又红，心都快跳出来了，赶紧说：

"张矿长，对不起！我回去改好再来请您签。"

"这不怪你，他一个技术主管，居然画成这样，哼！"张矿长真是气不打一处来。

白梅回来后，都不知道该怎么说。说实话，她真是没想到。她很后悔自己太粗心，居然没提前打开看一下。她想自己悄悄改了算了，但又觉得不好。魏明军要是不把这些粗枝大叶的习惯改了，以后指不定还会出什么问题。她想了想，图自己可以画，但还是要让他知道。

"魏工，你这图，张矿长没签字，要改。"白梅心有余悸地走进里间，很平和地对魏明军说。

"呵，还怎么改？"两手一抱，魏明军没好气地说："爱签不签。"

"啊？"白梅直接愣在原地。

屋子里的空气似乎凝滞了，白梅惊讶、无语，同时也看到了桌上那枚金属垫圈。

垫圈是垫在被连接件与螺母之间的一种零件，既可保护被连接件的表面不受螺母擦伤，也可分散螺母对被连接件的压力。一般为扁平形的金属环，有弹簧式垫圈和平垫圈之分。弹簧式垫圈，相当于弹簧的一个螺旋。平垫圈好似铜钱那样，只是内孔依然呈圆形。

魏明军桌上那枚金属垫圈就是平垫圈，内圆外圆都染上了墨色。白梅马上明白，这枚垫圈，已充当过魏明军的画圆工具。

足足半分钟过后，白梅轻轻叹了口气，缓步向外走。走到自己办公桌前，她摇了摇头，然后在图板上铺开一张雪白的图纸，把那张井下供电系统图重新画了。

一段时间以来，无论技术活，还是其他业务方面，魏明军的水平，白梅已是了然。他高压电方面很娴熟，而其他方面，几乎都是空白。作为煤矿的机电技术主管，白梅为他捏着一把汗。接下来的工作，白梅除了向他汇报外，无论有什么困难，都自己默默地去完成。

机电工区的各项规章制度，包括上墙制作成牌板的，还是手写版。现在，矿上已有电脑，白梅想着，全给它换成电脑版才好。于是她找到机电副总向永茂，请向总联系，到通风工区监测室打印。

白梅在成都学习过，打字是会打的，也知道五笔输入法。只是，学成归来后，一直没摸过电脑，打字速度实在是慢得不行。于是她把五笔输入法要领写在一张纸上，随身带着，吃饭、走路、如厕时，都在想，想不起来就拿出看一看。当然，电脑键盘也必须印在脑海，每一个键的位置和所属字根，都得熟悉。这些，一周后，基本做到。可打字还需要手上功夫，速度不仅需要大脑指挥，还需要手指灵活。

还好，在成都学习时她就特意练习过盲打。不在电脑前时，一有空就想象着练习，到了电脑前，就把想象中练习的和实际结合起来，力求事半功倍。几天后，打字速度上来不少。可是，就在《机电工区各种规章制度》即将打完的那个晚上，突然停电了，她这才想起，近两天打出的内容，似乎都没有保存。"唉，白梅啊，你这么顾头不顾尾，干脆笨死算了。"一时间竟没忍住，自己生起自己的气来。

再次来电也就两分钟不到，果然重新开机打开文档时，所有内容又回到了两天前的位置。有什么办法呢？只能老老实实重打了。不过，这时的速度，加上一股惩罚自己的劲头，一晚上就补了回来。

白梅白天在工区忙着正常的工作，晚上就到监测室加班打字。一个月后，《机电工区各种规章制度》《机电工区各岗位责任制》《机电工区各岗位操作规程》厚厚的三大本，分别装订成册，归档管理。

时间静静地流淌，不知不觉又过了一年。这时，市场上有一种计算机用具，叫"U盘"。它小得不盈一握，却能把许多文件从一台计算机上装进去，又在另一台计算机上打开，实现了转载文件的功能。所以，需要上墙的规章制度，白梅用U盘拷贝，到专门做广告牌的小店，按照所需尺寸做成了牌板。这在质量达标检查中，又为机电专业的资料、牌板部分赢得了不少筹码。事实上，自从白梅接手资料管理，机电专业达标检查中，资料、牌板方面，不仅得分较高，还时有亮点。

这天，天气晴朗，天空蓝得如倒过来的大海。班前会后，白梅正在整理昨天收来的防爆开关资料，打算编号归档时，周远成来到她办公室门口：

"白梅，你来一下。"说完，径直往他办公室去了。

"哎，好的。"白梅一边答应，一边放下手中资料跟了过去。

周远成的办公室，后窗浅绿暗花的窗帘垂在两侧。窗前的两张写字台，背靠背地并列着。两张墨绿色的三连位皮沙发，以茶几为中，对称地靠着左右墙壁。两个长沙发的两端，均有一个单人沙发。实际上，是两套沙发，一边一套。周书记坐在左边的长沙发上。茶几上，他的专用茶杯，茶烟袅袅。

"周书记。"白梅进门就打招呼。

"坐，坐。"周远成一边说，一边抬手示意。

"周书记，有什么事吗？"白梅在右侧的长沙发上坐下后，看着周书记问道。

"魏明军调走了。"周书记说着，把一份红头文件递给白梅。

"啊？"白梅接过文件一看，原本大大的眼睛，睁得更大了。

第二十章

．．．．．．．．

白梅手中的红头文件，不是五星煤矿下的。周书记的表情，醒目的"大昇煤矿"，都在提醒她认真去看。而文件标题中"关于白梅职务任免"的字眼，一个一个跃入白梅的眼帘后，白梅的脑海几乎要空白了。

机电这么大的工区，技术主管由一介女流来担任，这在五星煤矿历史上，还是首例。白梅一向默默地工作，却从来没想过，自己有一天会来挑技术主管的大梁，一时有些不知所措。

这么多年的工程技术生涯，白梅很清楚技术主管意味着什么。

煤矿环境特殊，作为机电工区技术主管，一个男人尚不能马虎。从高、低压供电，到各种设备的安装、维护、零配件的加工等，根本没有离开技术就能做到的，而这些技术性的工作，又无一不以安全为前提。说实话道行浅了，根本无法胜任。魏明军的离开，并不是偶然，白梅一点也不感到奇怪。机电专业这么庞大的系统，高压电再怎么熟悉，也无法代表其他工作就没问题。

看到这份文件，白梅并没有获得名分的欣喜，也没有什么荣誉的感觉，而是第一时间感受到肩上责任的分量。

"这是把我当男人用了吗？"她心里想着。她向来习惯服从组织和领导的安排，即便不够合理的情况，也总是先想办法去做，遇到实际困难了，再做定夺。

这一次，矿上做出这样的决定，也不知领导们下了多大的决心。而且，刚才书记的眼神，不仅有希望、有鼓励，还有肯定。领导这么信任自己，自己还有什么理由退缩？"努力吧！白梅。你本就不缺男儿之志，做一次男儿又如何？"回到自己办公室，她沉思了很久，便对自己如是说。

"宏，我有个消息要告诉你。不是坏消息，但也绝对算不上好消息。"

晚上，白梅做好晚饭，高宏回到家后，她对高宏说。

"什么事？"高宏脱口问道，接着又说，"不是坏消息就好。"似乎在安慰白梅，又似乎先稳住自己的情绪。

白梅把接到任职文件的事儿，一五一十地说了后，高宏说，"好事儿啊，这怎么不是好消息？"说着，不容分说，把白梅抱起来就地转了一圈。

"别闹，快放我下来。"

白梅站稳后，一双大眼睛盯着高宏说道：

"你想想，这么大摊事儿，我只是一个女生。虽说一路走来，井下的活没少干，采掘工作面供电设计、井下各种设备安装方案和设计都做过，但那些只是具体工作。而技术主管，那是要全盘考虑的，地面不存在什么问题，关键是井下。"

"嗨，看把你紧张的，什么大不了的事，井下部分不还有我吗？你就说吧，要我当你的眼睛，还是你的……"高宏把白梅放下后，两手扶住她的肩膀，眼睛盯着她，认认真真地听她说。当白梅说出自己的心结时，他如释重负。

可他话还没说完，就被白梅给截断了。白梅说：

"我知道，我知道这些对你来说，不是问题。可是你有你的分内工作，哪有那么方便，随时都能帮我？"

"嗨，这你就不用管了，山人自有妙计。"白梅升任技术主管，还专门在文件里规定了一条，白梅的定额工资拿区长的百分之七十。说实话，高宏是真的为她高兴。

而白梅在说出高宏不方便随时帮他后，一下子弹出一个想法：对啊，要如何才能让高宏名正言顺地帮自己呢？

多年来，他从没放松过学习。不仅积累了丰富的现场经验，还悟出了很多有利于日常工作的技巧。对于看图、制图，他在学校时制图课就学得扎实，自然也不是问题。实际上，他只是不具备基本条件。如果有个大专文凭，现在这样的工作环境，说不定会有用武之地。说实在的，他来任这个技术主管，可是比自己强得太多。

"想什么呢，想得这么投入？"看着白梅又陷入沉思，高宏问道。

"哦，没什么。"白梅暂时还不想把自己一念之间的想法告诉高宏。

"好，别担心，我会尽力帮你的。你不是常说，办法总比困难多吗？"高宏说。

"好，吃饭吧！"白梅没再多说什么。

经过几番折腾，白梅觉得自己工作太忙，自学考试不是最佳选择。后来，她还是下定决心，参加了成人高考。就在去年，以优异的成绩考上了省教育学院，以函授方式专本连读。每年两次面授，入学时间就在今年三月。

入学时，有将近一个月的面授时间。白梅要把能想到的工作都赶在前面，不然到时自己无法脱身。她不想误了学习的机会。

眼下，除了日常工作正常开展外，有一项紧要的工作迫在眉睫。按质量标准化要求，井下必须安装防水门。

而这防水门，市场上买不到。要根据井下现场条件和具体尺寸，按相关要求进行设计，绘出成套加工图后，送到公司机厂加工。

白梅到公司机厂找到相关部门领导，借阅了一套类似图纸以做参考。然后亲自到井下测量好门框，计算出门扇及其各部位零配件尺寸。

劳动法出台后，井下再没有女同志的工作岗位，曾经的"三八"采煤队早已成为历史和传说。莲城矿业公司其他矿的女技术员，也以此为契机，不再牵扯井下事宜。然而，由于管理需要，白梅还得了解现场情况。

对于白梅来说，历届矿领导，从矿长到各部门主要负责人，不知有多少人对她说过"要是"。

几任矿长说过："白梅，你要是男的，我就让你分管生产。"分管生产，从一个矿长口里说出，不是第一副矿长职位又是什么？

管生产的副矿长说："白梅，你要是男的，我就让你全面负责机电的管理。"全面负责机电的管理，从一个管生产的副矿长口里说出，不是分管机电的副矿长职位又是什么？

机电矿长说："白梅，你要是男的，我就让你来具体负责机电工作。"具体负责机电工作，从一个机电矿长口里说出，不是分管机电的副总工程师职位又是什么？

还有技术科科长、计划科科长、机电工区区长等，也不知多少人说过：

"白梅，你要是男的，我就让你怎么怎么……"的话。

所以，白梅不从事井下具体劳动，但去看看现场，去搜集一些资料、数据，甚至去现场指挥一下，就如同到现场体验生活一般。白梅本来从一开始一颗心沉入万丈深渊后，就习惯并不在乎什么苦和累。相反，她还常常故意把自己安排得忙忙碌碌，哪怕困苦不堪也在所不惜。下个井对她来说，又算得了什么呢？

白梅把防水门的门框、门扇部件图画好后，又把相应的零件图、部件图一一画出来。白天一边画图，一边还要处理其他杂事。晚上，每晚都要加班到凌晨两点左右。一个月后，一整套图纸，大小六十多张，全部完成。可是图完成了，她的眼睛也伤着了。好好的眼睛，硬是弄得一丈之外看人，脸都是一片模糊。

图纸一次性通过审核，送到公司机厂加工了。

三月，春光明媚。桃花有的谢了春红，已在孕育子嗣；有的还在夭夭灼灼地，绽放着青春的光彩。鸟儿们欢快地歌唱，清风阵阵吹来，好不惬意。环保意识加强后，五星煤矿建了污水处理站，那条与公路并肩同行的长长河流，重新变回了原有的清澈，如同出井后刚洗过澡的煤矿小伙子。

白梅背着一个大大的牛仔包。包里，衣服、洗漱用品，一应俱全，她要到省教育学院读书去了。虽然只是短短不到一个月的面授，于她而言，足以激动好一阵子。她从小就喜欢读书。小时候，不懂读书有什么用，但每次得一百分，得第一名，老师、家长、同学们的夸奖和赞叹，总会让她莫名地开心。所以，那时，她读书不为什么，就是为了考一百分，为了得第一名。现在想来，那感觉都还很真切。想着想着，自己都笑了。

车来了，她上了一辆面的。说来也怪，突然间，她觉得，这五星煤矿也没有那么不堪了。从禁止乱砍滥伐后，天然林长得越来越好。退耕还林后，坡上都种植了经果树。那青青的山头，在蓝天白云的映衬下，如诗如画。那山头往下，都已成了经果林，处处蕴藏着当地老百姓们的希望。车到大垭口，回首之间，五星煤矿的全貌尽在眼底。一种难以名状的情愫，从心底悠悠漫延开来。

面的车在火车站前停下，白梅两天前已买好火车票，这会儿径直走到候车室，找到相应进站口后，从一排排的候车椅中，随意找个空位，安心坐下候车。

自成都学习回来，一晃十多年就过去了。这些年，乘坐的火车都是从大昇站到鹰岭站的慢车。如此到候车室候车，要走出莲都，去到另一个城市，还真有一种久违的感觉。到了省城，到了教育学院，白梅就像一只在笼中关得太久的鸟儿一样，猛然出笼，虽然还有些不太适应，却感到心如天地宽，豁然开朗，简直有重新回到人间的感觉。

她在心里责怪自己，为什么不早点参加成人高考？或许，早些参加成人高考，自己也会早些释然，不至于将自己一封杀就是十四年。

是的，从住进公路边那个临时房之日起，白梅就将自己尘封起来了。十四年，每天接触的，都是工作上公事公办必须打交道的领导、同事或工人们。总之，就是在五星煤矿那个小小的世界里，机械地重复着上班、下班。她的心力，几乎倾注于疯狂的工作中，也因此在很多人眼里，她就是个"工作狂"。

十四年啊！人生有多少个十四年！

学员宿舍里的上下床，白梅感觉很亲切，她选了进门左侧靠窗的一处，睡在上床。在重庆煤校时，她也睡过上床。

也不知为什么，走进教室，她就莫名的兴奋，居然想像歌唱者练习喊嗓那样高喊几声，但她忍住了。

开课了，于她而言，就像打开了一条神秘的通道。或者说，就像被波浪推到沙滩上的鱼，快要喘不过气时，突然回到了救命的水中。而此时，史耀忠坐在安装队的办公室，懒懒地靠着椅子后背，眼睛盯着面前的茶烟袅袅，心里却一个镜头接一个镜头都是白梅。几天不见，他的心好乱，"这个女人，难道真是我的克星？"

那些课程，无论是《大学语文》《大学英语》《高等数学》等公共科目，还是《计算机原理》《计算机编程》等专业课，白梅都如饥似渴，学得不亦乐乎。她就如一块海绵，全力地吸收着这些课程的养分。一周下来，从班主任到各科科任老师，都注意到了她，都对她充满好感。有个什么重要通知，要安排什么事，都直接找她。于是，班主任提名让她当班长，全班一致举手通过。

她也乐于帮助同学们，无论是谁，学习或生活中遇到问题，她都会耐心给予解答和帮助。考前复习时，她也会给大家提一些知识点。就这样，同学们都很喜欢她。班上不论任何事，班主任只要告知她，她必定安排得妥妥帖帖。后来班主任很自豪地说，他带这届学员，比以往任何一届都轻松，因为有个好班长。其他科任老师，也都与班主任说起过白梅的好，这些，是五年后，毕业之前，班主任告知白梅的。

二十多天的函授学习，转眼就结束了。但回到矿上后，白梅已不再封闭自己。除了一如既往地认真工作外，她还会静下来看看书。她和新认识的老师、同学们都保持着联系。除了学习内容外，还会谈论一些生活方面、人生观之类的东西。

白梅到教育学院学的是计算机专业，恰好这时，矿上给各工区都配置了一台计算机。机电工区的计算机就配在技术室，白梅的办公室。从此，白梅白天工作，晚上就利用计算机学习。从练习打字，到使用各种办公软件。在教育学院学过的，她就复习以求熟练。没学过的，如CAD绘图软件等，就慢慢反复琢磨。除此之外，电子邮箱、QQ等软件的使用，也学会了。

只是她没想到，第二年四月的第一天，她的工作毫无预兆地来了一次大变动。

有人的地方就有江湖，有江湖的地方，大概都不会缺少溜须拍马者。史耀忠有事没事都往领导堆里钻，终究还是有受用的时候。

这不，矿上把机电工区和运输工区的区长、技术员对调。史耀忠和廖丛秋到了机电工区，周远成和白梅到了运输工区。运输工区只负责原煤和矸石的运输，管理范围，主要也就是机车、矿车、轨道，以及井上下机车充电硐室和一台一点二米的绞车，还有几个溜煤漏斗等。说实话，技术含量，与机电工区没法比，可谓小巫见大巫。

史耀忠心心念念想把持机电工区，更想让白梅知道他的厉害，还真费了一番心思。他知道白梅的资料做得好，机电工区的资料一向在全公司都是有名的。矿上早晨的调度会刚刚宣布他们对调，他便立即安排人把机电的资料柜全部贴上封条。后来，还直接用断线钳剪掉了那些挂锁。

周远成很恼火，白梅不想火上浇油，表现得倒很镇定。

"周书记，随他去吧，不值得计较。是的，机电的资料，我全弄好的，他们可以吃我的老本一段时间，也可以按照我的模式，持续下去。如果能这样，咱们从大局考虑，对全矿来说，也是好事。就怕他们做不到，我估计最多两个季度后，问题就会暴露出来。毕竟机电不同运输，有很多东西，不是那么好拿下来的。"

"我倒没什么，只是委屈你了。辛辛苦苦做好的资料，如果按正规程序交，交就是了，你也不会为难他们。可是他们用这样的方式，是真有些气人。"

"没关系的，我们不必在意。"

说着这话，白梅突然觉得，这事史耀忠闹这么一出，似乎把周书记和自己变成一根绳上的蚂蚱了。而周书记刚才的一番话，同自己此时的态度，似乎都证实了这一点。想到这里，白梅笑了，她接着道："说难听点，就当平白无故被狗咬了一口。唉，被狗咬了，怎么办呢？不可能去咬狗吧！"

听白梅这么一说，周远成也笑了。的确，从省教育学院回来，白梅变了。

但他们都清楚，被狗咬后的痛是什么滋味。

白梅在机电工区，不仅自己办公室，牌板、文件夹挂得整整齐齐，其他办公室，就连值班室也一样。而走进运输工区技术室，一个大通间，进门右侧的办公桌上乱七八糟，电脑和这些乱七八糟的文件、纸张等，都蒙了一层灰。左侧的墙壁上，几块手写的牌板，破损的破损，缺角的缺角。看样子是多年前留下的，还有祝平傲的笔迹。

牌板下吊着几个蓝皮的文件夹，蒙了一层灰不说，居然还有只剩一半的，有撕了几页的。文件夹下方是一套墨绿色的皮沙发，和机电工区的一样。

两个资料柜里，东塞一坨，西塞一摞，都是些各岗位要用的空白记录本，哪里有什么资料。

事已至此，白梅也懒得多想。干吧，不然达标检查一到，拿什么出来迎检？

白梅先把墙上乱七八糟的牌板、文件夹取下来，把办公桌上无用的东西扔掉，彻底打扫一遍卫生。

全部打扫完后，白梅累得浑身疲软。一屁股坐在办公桌前，机电技术室资料柜上的封条，又赫然出现在眼前，接着是断线钳夹断锁头的声音。强盗！强盗！白梅听到有个声音愤愤地从她心里发出。

其实，夹断锁头，比夹断白梅的骨头还要痛，侮辱呢！有什么东西在白梅的心上乱扯，似乎在流血。

白梅挣扎着，长长叹了一口气后，打开电脑。

桌面有QQ图标，她点击后，输入自己的账号和密码，登录成功。她的好友不多，将近五十人，几乎是省教育学院的老师和同学。眼下，这样的心情，和同学怎么说，不说，又聊些什么呢？还是算了吧。正当她把鼠标箭头移到退出位置时，突然心生一念：唉，管他呢，乱加个好友聊聊，不行再删了就是。

就这样，自学会QQ聊天，从不主动加人的白梅，这时主动加了一位好友，这也是她平生主动加的唯一一位QQ好友。

对方通过了，聊什么呢？她在思考时，对方已发来一个微笑的表情，她赶紧回了个微笑的表情。对方又发了个握手的表情，她赶紧又回了个握手的表情。就这样，来回七八个表情后，对方发来一句话：

"你好！你加人，只会发表情吗？"

"啊？你不也只发表情吗？"白梅打了这一串字，并在后面附上一个捂着嘴笑的表情，发了出去。

于是，对方发了"哈哈哈"三个字，后面附了三个开心大笑的表情。

这下，白梅也笑了。这一笑，心中也好受多了。

"白梅，不要拿别人的错误来惩罚自己，不然，不就雪上加霜了吗？"她心里有个声音这么说，那是小鱼儿的声音。

"好吧，我知道怎么做了。"白梅回复了小鱼儿。

"加油！你行的。"小鱼儿补充道。

"好，多谢！多谢我心中的小鱼儿！哈哈，多谢我自己！对了，还要多谢刚刚那位QQ好友！"白梅在心里说出这话时，嘴角微微向上，形成了一个好看的弧度。

第二十一章

· · · · · · · · · · ·

一通聊天，一阵心灵对话后，白梅如释重负。站起身来，转了转脖子，动了动腰腿，似乎又重新注入了新的活力。

她把资料柜里的记录本全部抱出来，整理归类，整整齐齐码在一个柜里，写上标签。另一个柜子就腾出来，准备装资料。

运输的资料，少说也应该有百余种，这里却什么都没有，白梅当然知道是什么原因。两个工区人员对调，本就是史耀忠折腾出来的，史耀忠和廖丛秋有备而来，他们想做什么，自然都不奇怪，不然他们怎么会第一时间想到封机电的资料。

不过，这也难不倒白梅。她曾帮矿档案室整理过技术档案，关于运输部分，那里有什么她都知道。她先到矿档案室把运输所有档案复制一份，用统一的档案袋，统一编号归档。然后又到现场、各岗位找出一些安装资料和说明书等，还有早先祝平傲制作到各岗位的图牌板，又归整了一些。至于井上下运输系统图，机车行车图等，从技术部门的相关资料中，结合现场实际和相关要求，白梅自己就能绘制出来。

连接矿车的插销、三环等的试验资料，白梅分批将实物送到公司机厂试验后，都有试验报告。机车制动距离的试验、人车试验等，白梅立了计划，编写好试验方案和安全技术措施，向周远成汇报，周远成再请示矿上，征得同意后，按规定进行试验。试验结束，白梅写出试验报告，经相关领导审批后，上报和归档保存。

图牌板对于白梅来说，更不是什么大问题了，她只是要争分夺秒，赶在这个季度达标检查之前做好。那天，当最后一个牌版，"电机车行驶路线图"快结束时，白梅站在凳子上，加了几根附有发光纸的线条，看上去很是美观。这时天快亮了，白梅又熬了一个通宵。上早班的工人到工区开班前会，从窗外看到白梅还在工作，一群人便七嘴八舌地议论起来。

"哟，不简单！"

"这才是真正做事的。"

"这才像个办公室的样子。"

……

白梅只是想着赶紧把工作做好，没曾想竟得到他们好评。

紧赶慢赶，忙乎两个多月后，运输的资料终于都有了些样子。近三百个档案袋，白梅依旧编写了总目录。每个档案袋里依旧有卷内目录，条理清晰，查找方便。

公司对机电、运输的达标检查，每次都同时进行。那天，在机电运输集中会议之后，周远成、宋贵廷陪着检查运输工区的井下部分，白梅陪着检查运输工区地面部分和资料。当负责检查运输资料的人员，到了运输技术室，便发出一声感叹：

"哦，这办公室变样了，好！"

在看到墙上的牌板时，嘴角上扬，就给了一通表扬："白梅就是白梅，这牌板做得好。"

"哦！领导过奖了，多谢领导鼓励！"检查人员如此夸奖，白梅是真的有些不好意思，不过心里还是有些小开心。

接下来，无论检查人员要看什么资料，她都能拿出来，并在检查人员的询问中对答如流。她能明显感觉到，检查人员比较满意。

检查结束，在总结会上，那位检查人员在汇报运输工区资料检查情况时，还专门提出表扬，他说：

"这一次，运输工区资料做得很不错，牌板做得漂亮，归档的资料也比较齐全，管理还比较规范。在全局来说，都是比较好的。"

他这一汇报，白梅悄悄扫了在场的人员一眼，她看见周远成微笑着，机电副总工程师向永茂微笑着。不出白梅所料，史耀忠那张脸红一阵白一阵，笑是笑了，却比哭还难看。因为机电的资料，在检查时，检查人员都知道是白梅做的，他们早已熟悉白梅的风格。而运输工区，在此之前，资料上，从没获得过任何表扬，相反，批评倒是不少。之前，运输工区的资料都是他的师妹廖丛秋负责。

木秀于林，风必摧之。

一天，白梅请向总签完措施，从调度室出来，打算从篮球场这边回办公室。对，是篮球场。五星煤矿重组后，新的领导班子把调度室与矿灯房之间，面对运输工区办公室的那块场地，打造成了篮球场。

白梅刚走进篮球场，就看见一伙人，有十多个，在靠运输办公室那边，站的站、蹲的蹲，似乎围着看什么。白梅走近了，才发现蹲在那里的，是陈连虎和他的两个徒弟，或站或蹲在周围的其他人，有的是想看热闹，有的是想趁机学点功夫。

陈连虎右手拿着画线笔，左手拿着丁字尺，正在一张八毫米厚的铁板上比画，旁边还摆着一片三角板。三角板前面，是一张加工图。哦，这是要加工漏矸石的老虎嘴（漏斗）了。白梅当然知道，因为那张加工图就是她前几天亲手绘成的。

绘那张图之前，她换上工作服，戴上安全帽，通知矸石山绞车停止运行后，对老虎嘴进行测量。她先把上口长和宽、上半部分的深度，以及中部收口处的轮廓，都准确测量了，然后又跑到漏斗下面，测量老虎嘴出口及其他尺寸，以及出口与轨道上矿车中心线的相对位置。然后回到办公室，正式绘出加工图。

五星煤矿重组后的第二年，电机修理班归运输工区管理，陈连虎一班人马自然也归了运输工区。说是一班人马，其实也就是他和他的两个徒弟。

白梅走过来，有几个人就看向她。陈连虎感觉到大家都往这边看，他也抬起头来。不看还好，这一看是白梅走过来，他便心生一计，拖着那只不太方便的腿，歪了一下，站起来对白梅说：

"白梅，图上这个尺寸，在铁板上我画不出来，请你帮忙画一下嘛！"

那是老虎嘴上半部分的一个面，梯形，但两腰不等。难度是有些，但对陈连虎来说，根本不是问题。他之所以要请白梅来画，可不仅仅是想试试白梅的水平，白梅哪里就不清楚了？

"呵，陈师傅，这点事对别人可能会不容易，对你来说，还会有问题吗？你这分明是要考考我啊？"白梅微微一笑，不咸不淡地说。

"不敢，不敢，是真的画不出来，请你帮帮忙。"听白梅说出了他的心思，脸有些红。

白梅意味深长地看了他一眼，蹲下去，把手中的文件往铁板边上一放。她拿过丁字尺，把丁字尺头部在铁板原边上卡好，用三角板一边与丁字尺靠紧，滑到底边中心线位置，沿三角板的另一边画出一条线，这条线正好与他已画出的梯形顶边线垂直。再用丁字尺竖过来对准刚画出的线条，以其与梯形顶边的交点为起点，满足梯形高度后，找到其与底边的交点，再以这个点为准，保证与顶边平行的情况下，画出梯形的底边线。

然后根据顶边与底边中心之距，定好顶边长度，最后分别连接顶边与底边两侧的顶点，整块不等腰梯形就出来了。整个过程，不到两分钟。画线如行云流水，白梅没有一丁点迟疑，似乎这图形就在她心中，只需掏出来摆在那里即可。所有线条，还以最不浪费材料为前提。她可是仁老师的得意门生，画图本来就是她的强项，这点事儿如何能难倒她。

"哟！哦哟！"看热闹的，想学习的，唏嘘不已。

"好了，陈师傅，割吧！"白梅又是一个微笑，说完，拿起文件起身走了。

"好。"陈连虎答应了一声，心中那个悔啊，就不该想着为难这个人。

过了不多久，白梅就从别人嘴里听到他说的，"白梅有两把刷子"。

2007年4月，中国成功发射第一颗北斗二号导航卫星，正式开始独立自主建设我国第二代卫星导航系统。这年，井区盖了一栋三层的新办公楼。位置就在工业广场大门右侧，主井口斜对面，原来支护科办公室拆除后，重新打基础，重新修建。新办公楼前面和左右，都贴了白色的长方形小瓷砖，后面刷成白色。整栋楼，就像煤海里冒出的一朵白莲，清新明丽。

一楼用作矿灯房。随着省城矿灯厂的技术改进，矿灯已不再用硫酸，而是像充电式的手电筒那样，充上电即可。电瓶也小了许多，工作人员和使用者，不仅不用再防着硫酸的危害，提上提下也方便许多。

况且由于每台矿灯都可以上锁，矿灯房也不用太多人值班，每班只需一人。矿灯及架子的修理，不再设置专门队伍，而是划归运转队负责。

二楼设置了瓦斯监测室、调度室、调度主任办公室、材料组办公室，还有矿领导值班时的休息室。三楼有矿综合办公室、会议室、财务室，以及教育组等。

调度室依然挂着供电系统图、通风系统图等重要图纸。白梅已听好几人说过，郑矿长对她赞赏有加。他很多次走到悬挂于调度室的全矿供电系统图前，都不禁赞叹：这白梅一个女同志，这图绘得这样好，许多男同志都赶不上，也不知她是怎么做到的。

郑矿长名叫郑玉良，半年前调入大昇煤矿，是大昇煤矿矿长。郑矿长格局比较大，工作时严肃，平常十分随和。

供电系统图，属于机电工区。是的，这时，白梅又回到了机电工区。

她是怎么回到机电工区的呢？

白梅和周远成到了运输，两个多月后的第二季度达标检查就打了一个漂亮仗，不仅得到公司和矿领导好评，在全局其他矿也传开了去。为此，史耀忠心里很不是滋味，决心在第三季度抢个上风。可是，机电工区不仅范围大，现场涉及面广，技术含量也高得多。说实在的，用工人师傅们的话来说，没有两把刷子，还真是搞不定。

白梅的估计没有错。就在第三季度达标检查时，机电工区那边，问题就暴露出来了。单就供电系统来说，随着采掘工作面的推进，一个季度，怎么可能没有变化？供电系统变化了，供电系统图自然要跟上步伐，有变动的地方，都得更新。可廖丛秋倒好，直接把上个季度的改与日期就打印出来了。这还不算，大概怕向总看出端倪，还模仿签上了他的名字。

这次可惹大麻烦了。当着众人的面，史耀忠被训斥得那张脸红一阵白一阵的。向总也被批评了，虽然批评者给他留了一定的情面，语气不似说史耀忠那么严厉，毕竟还是很噎人。

而运输工区，不是说就完全没有问题，只不过所存在的，都是些历史遗留问题，不是运输工区独自可以解决的。这些矿上知道，公司也知道。但凡能做的，无论现场还是资料，运输工区都尽力去做了。所以，这次达标总结会上，运输依然受到表扬。

回办公室的路上，周远成轻叹一声，似乎出了一口浊气，然后对白梅说："白梅，还真被你说中了。"

白梅没有立即回应，也轻轻地叹了口气。

周远成是何等聪明的人，立刻就察觉到白梅另有所虑。但他没有说穿，只是平静地问道：

"怎么？他们出了问题，你烦恼什么？"

白梅沉默了一会儿，走出几步后，看了看周远成，微微一笑，说道：

"是啊，我烦恼什么呢？"说着，两人都笑了。但两人都知道，这样一来，白梅迟早还得离开运输工区。

"来运输，也基本走上正轨了。说实话，尽管我闲不住，总有自己找事做的习惯，还是比机电不知要轻松多少倍。若要我离开，我还真是不那么愿意了。"

她这一说，周远成也叹了口气。接着斩钉截铁地说：

"不去。他们不是很能吗？就让他们能去。"

"嗯，如果征求我的意见，我定不会同意。不过，若是矿领导硬性安排……"

白梅想说，"还是得服从"，但她没有说出来，这时他们已走到办公室门口。当然，尽管她没说出，周远成也明白。

周远成也是北方人。他的父辈也是支援三线建设来到莲都的。他因俊美的长相和身材，被称为五星煤矿第一美男。他在工作中从不轻易发脾气，总是笑容可掬，但眼里绝对揉不得沙子。

哪个领导不喜欢能干的职工呢？除非他别有私心。周远成本就惜才，对于像白梅这样任劳任怨、兢兢业业工作的人，他恨不得给她创造最好的工作条件，让她每天都开开心心地工作。如今，真要让白梅离开运输工区，如果由他做主，他哪里肯放？

可是有些事情明摆着就是那个走向。作为工区主要领导，关键时刻还得以大局为重。纵然有一千个不愿意，也要服从矿上的安排。

果然两个月后，宋贵廷到钱家粉馆吃早餐，就带回来一个大家都不想听到的消息：史耀忠想让白梅回机电。看白梅只是一笑，他问：

"哦？小白梅，看样子，你早就知道了？"

"嗯。"白梅点了点头。

他又看了看周远成，周远成也只是笑了笑。

宋贵廷本是精明人，大概也明白了怎么回事。说实话，白梅的工作，他也看在眼里，比起之前的廖丛秋，不知要强多少倍。或者说，廖丛秋和白梅，根本就没有可比性。如果他也有发言权的话，他是一万个不愿意让白梅回去。自从周远成和白梅来到运输工区，运输工区领导班子已相处得十分和谐。尽管个别人和史耀忠关系好，也不得不承认。

经过这些日子的相处，宋贵廷觉得周远成和白梅都是不错的人，光明磊落，很好相处。他打心里，很希望这个班子不要这么快就变动。尤其是周远成和白梅以这样的方式来到运输工区，周远成和白梅不知道，但他和运输工区其他管理人员都清楚，他也为他们感到不平。

"白梅，不去，管他们咋个说，就是不去。是他们的工作没做好，与你有什么关系？"说这话时，他真有些生气。

白梅笑了笑，便顺着他的意思说道："嗯，不去。我就在运输工区，哪都不去。"

白梅这样一说，虽然都知道有些事，有时候总会身不由己，但大家都只是笑。

又过了一个月，白梅去找向总签字时，向总对她说：

"白梅，机电的技术工作上不去，资料一团糟，怎么办？"

向总一向比较随和，白梅和他也有时开玩笑，只是玩笑都很有分寸。对于白梅来说，本来这就是预料之中的事，但由向总亲口说出，白梅便意识到，这事是有些急了。但白梅怎么可能这么轻而易举就往里钻，她度量再大，也不可能这么快就好了伤疤忘了疼。她笑了笑，说：

"向总，这事怎么要和我说呢？我现在是在运输工区呢！"

"我知道，他们确实做得太过分，但是从大局出发，你可不可以帮帮忙？"向总柔和的语气中，带着些许恳求。

说实话，白梅最怕这种方式，尤其是一个机电副总工程师，五星煤矿的机电老大。但白梅还是委婉绕过了，她说：

"向总，感谢您一直以来对我的认可和鼓励，也感谢您对我的爱护！但是，机电的事我管不了，如果是运输的，我会尽心尽力去做，决不会给您添任何麻烦，请您放心！"说完，笑着转身走了。

而这个时候，史耀忠已在很多场合说过，想让白梅回机电的事。他才不觉得自己当时多么过分，仿佛天是老大，他就是老二，没他办不成的事。那时，不仅搞个突然袭击，第一时间用那种侮辱性的方式封了资料柜，剪了资料柜的锁。更要命的是，他们居然还因为资料的事，在调度会上以十分恶劣的态度，公然污蔑白梅。

机电工区资料比较多，若不是白梅清晰地编写出各种目录，根本不便查找。目录就是一大本，即便按目录查找，不熟悉的人也要费一番功夫。

白梅还清楚地记得，就在两个工区人员对调后大约一个月的样子，廖丛秋说《大型设备检测报告》找不到，史耀忠在调度会上当着众人的面，直接说是白梅搞的鬼，是白梅给藏起来了，要白梅交出来。

本来就窝着火的白梅，打人的冲动都有了，她真想站起来，走过去先给史耀忠一个耳光，然后再作分辩。但理智告诉她，这不是解决问题的最佳方式，她深吸了一口气，然后不卑不亢，微笑着，轻言细语地说道：

"请问史区长，你留给我时间搞鬼了吗？你第一时间封了资料柜，那些威风凛凛的封条，难道还管不住那些资料吗？还是说，我也和你一样，有未卜先知的能力？"

其实，白梅的心里已明白，他们找得根本就不认真。这检测报告，每次达标必不可少。白梅甚至放在哪个柜子，哪个档案盒的哪个位置，都记得清清楚楚。白梅此时要是说出来，无论他们派谁去找，准保分分钟就能找出。可是，这个时候，白梅才懒得就这么便宜了他们。

史耀忠被问得哑口无言，白梅的话也暴露了他不光彩的手段。但在这么多人的面前，他还得挣扎挣扎，不然他的面子往哪里放？

第二十二章

· · · · · · · · · ·

"啪"的一声，史耀忠猛一拍桌子，同时站起身来，恶狠狠地说："不管你怎么说，这报告你必须交出来，别以为狡辩就能蒙混过关。"

这时，坐在白梅旁边的周远成实在忍不住了，两手已握紧拳头，就要站起。白梅见势，赶紧轻轻摇了摇头，并用眼神劝住了他。可向总那里就不一样了，不光没人劝，他的火也冒得使他忍无可忍。他猛然一拍桌子，声音比史耀忠拍的还要响，然后愤愤地站起身，指着史耀忠：

"史区长，你这样对待一个女生，不觉得很过分吗？你好好想想吧，别说她不一定有错，就是她真做错了什么，一向兢兢业业工作的人，为什么会这样做，你作为一个领导，难道就不该反思反思？"

本来向总对机电运输人员对调的事，就觉得史耀忠做得太过分。这事，当时他这个分管机电运输的机电副总工程师，也被蒙在鼓里，一无所知。那天会上宣布时，他也大吃一惊。后来又得知，周远成和白梅事先毫不知情，事情全是史耀忠折腾出来的。对此，他本就窝着一把火，这下可算找到火山口了。

听了史耀忠的问题和看到白梅的回应，矿领导大概也听出了一些端倪，一时不好裁决，恰好向总发火了，会议就此暂停。

史耀忠顶了几句，毕竟对方是领导，也意识到再吵下去不好，便想收场，准备回工区。这时，白梅站了起来，走上前拦住：

"既然史区长已明说，报告是我藏起来了，那这事我们就先弄个明白。向总、史区长、周区长，我们现在一起到机电工区，我知道报告在哪里。"

"好，好！"看着白梅说得这么硬气，向总和周远成都同意，并连连说"好"。

史耀忠却得意了，哼，还是乖乖交出来了吧！

"就按白梅说的办。"五星煤矿负责人一听，这才是解决问题的根本所在，也发话了，还让技术科科长、调度室主任一起去。

一行人走到机电工区，白梅走在前面，直接进了技术室。

"打开。"她没有看廖丛秋，也没有看史耀忠，指着进门的第一个资料柜，如同向机器人发出命令一般。那声音不高，却好像是用锤子敲出来似的，让人无法抗拒。

连目录都不用看，她直接伸手从第二排靠右的地方取出一个资料盒，在厚厚的一沓资料中，直接抽出编号为六十八的卷宗。大家不用翻看内容，封面上的"大型设备检测报告"字样，以及落款日期"二○○五年三月"，就已说明问题。

白梅不再说什么，只是把报告向在场的人一一展示，然后往资料柜里一扔，转身就往门外走。

周远成见状，冷呵了一声，也走了。

身后传来史耀忠责怪廖丛秋的声音。向总不再发火，而是和风细雨说了史耀忠几句，但句句分量十足，史耀忠也算是好好喝了一壶。

这世间的事本来就没有不透风的墙。史耀忠的无理取闹，很快在矿上传得沸沸扬扬，就连大昇煤矿的领导们也有所耳闻。本来在领导们心目中印象就不错的白梅，这下更有很多人暗暗为之叫好。

然而史耀忠更是因此怀恨在心，钱家粉馆，不时传来他歪曲事实的声音。什么白梅背后捣他的鬼，白梅见不得廖丛秋，还说白梅很傲气等。

钱家粉馆在锅炉房旁边，专门经营蹄花粉。室内除了简易操作台外，摆着两张圆桌，剩下的空间就只够侧身而过。虽然只是用水泥砖垒建的临时房，最初用牛毛毡盖顶，后改用石棉瓦，再后来用彩钢瓦，面积也不过十多平方米，生意却称得上红红火火。每天早晨来来往往的人都比较多，不少人排着队去吃。

久而久之许多事都会从那里传开去，许多事也会从那里传进当事人的耳朵。

史耀忠胡说八道的一些话，白梅自然也会知道。但她很多时候都当风吹过，以至于一些不相干的人都为她动着恻隐之心。有个看澡堂的职工，就曾愤愤然地说："白梅姐，你脾气真好。要是我的话，早都不知气成什么样了。"

人们投向白梅的目光是复杂的。有不平，有同情，有佩服，当然也有幸灾乐祸。

真金不怕火炼！运输的技术工作一如既往开展，一如既往时有领导表扬。

白梅原本态度谦和，在做好自己本职工作的同时，对工人们也好。来到运输，技术工作，岗位巡查，岗位工技能培训，上岗证办理，周二周五组织安全、政治学习等，和在机电工区一样，随时都在与工人们打交道。没过多久，大家渐渐了解她后，都觉得她不拿架子，对她印象都比较好。

她到运输的第二年，十月的一天大昇煤矿教育科下了个文件，是关于工人技术等级考试的。工人技术等级分初级、中级和高级。考试通过后，都要颁发相应证书。并且，高级工每月有一百五十块钱的津贴，中级工每月有一百块。

白梅看到文件后，就在班前会、学习日通知大家，说这是件好事，大家争取尽量去参加考试，她会尽量帮助大家。

那时的煤矿工人有一个不争的事实，普遍文化不高，还有一字不识，连自己名字都画不像的。让他们多背十斤二十斤，可能还不是问题，要让他们写几个字的话，他们会觉得很要命。听到考试，不少人如临大敌，那表情比叫上刀山下火海还要难看。

这也是没办法的事，白梅纵然想帮他们，一时半会儿也为他们补不了知识的空白。最终只能是尽量动员，只要识字，不管写得好不好，能画得让人认得出，都鼓励他们参加。结果有十多个人愿意试试。实际上，这十多个人，相对来说，也就是运输工区工人中有点文化的了。

白梅直接给他们报了高级，有一个自己觉得没把握，怎么都只愿报中级，白梅便依了他。报名确定后，白梅专门给这些人认真做了考前辅导和模拟考试。正式考试的前一天，她还叮嘱他们考试时不要慌，拿到卷子，把会做的先做了，然后再回头去做那些不会做的。对于不会做的，都不要留空白。若是填空题，就按题目意思，把自己能想到的最合适的答案填上；选择题，不管有无把握，都选一个自己最看中的，把序号填入括号里；问答题，看清楚题后，无论如何，都要按自己的工作经验，写上一些自己认为比较合适的表述。这样，有可能会增加一些分值。

结果运输工区十一人通过了考试，十人取得了高级工资格，一人取得中级工资格。后来大昇煤矿下发的聘用文件中，这十一人均榜上有名。白梅看了一下，五星煤矿总共得了二十八人，运输工区的十一人差不多占了一半。机电工区通过的那八人，除了高宏之外，都是白梅给高宏说后，高宏告知他们的。不然，机电工区根本没人管这事。

这些年外面的小煤矿充满诱惑。无论工人还是管理人员，心里都一样起起伏伏。莲城矿业公司，每个矿跑到私人小煤矿的人都多。五星煤矿破产后，一次性买断的那些人，有点技术的，有点能力的，都到了小煤矿。有的还当了管理人员，有的拿高工资，有的拿年薪。所以，小煤矿流传着一位老板的话：

"我们要感谢莲城矿务局，感谢莲城矿务局给我们培养了这么多人才！"因此，在白梅动员大家参加等级考试时，有些人正谋划着要去小煤矿，犹豫之下没有参加。后来好几个和白梅说，十分后悔，说当时若考了，到小煤矿找工作，也会得到另眼相看。

白梅只能和他们说，以后还有机会，下次还可以参加。而两年后，公司再次举行工人等级考试时，白梅已回到了机电工区。这时，运输有几个人还来找她，请她做考前辅导。她很忙，但还是专门安排了时间，为这些见证她挣扎于荆棘丛，并给过她鼓励的人们进行了辅导。后来，这些人都成了高级工，工资表上也月月多了一百五十块。多年后，这些人都还很感激她。

白梅回到机电工区，是二〇〇七年十月。看到事态发展得越来越糟，向永茂亲自跑到运输工区找过白梅几次，起初是请白梅帮忙，白梅不好直接拒绝，但也委婉表示了不愿意。后来，向永茂说："白梅，你回到机电工区，就算是帮我的忙了。"

白梅不是那种无情无义的人，对于向总，她其实一向心存感激。向总这么一说，她先是一惊，接着，心中那道墙便垮塌了。

"唉，好吧！"向总的面子，她还是要给。

乌金姑娘
WU JIN GU NIANG

事实上，向总能来和她商量，并说请他帮忙，已是对她最大的尊重。不然，作为领导直接硬性安排，她又能如何？

一周后，大昇煤矿专门为此下了红头文件，白梅调入机电工区担任技术主管。

这回人员没有对调。如果按正常情况，白梅去了机电工区，廖丛秋便要回到运输工区。但白梅在同意回机电之前，提了两个请求：第一，运输工区技术员不再由廖丛秋担任，白梅推荐了她的徒弟武秀军。她好不容易把运输技术档案建起来，技术方面的各项工作也都理顺了，不能让廖丛秋再来搞得乱七八糟。如果武秀军在工作上有什么不清楚的地方，她愿意随时给予帮助。第二，机电的范围比较广，她回机电后，肯定忙不过来，请向总安排一个人给她帮忙，而这个人，她希望是高宏，高宏的工作能力，大家都有目共睹。

就这样廖丛秋去了洗衣机房。

武秀军是白梅在运输工区收的徒弟。他原是一名电机车司机，但是很好学。他不知是从什么地方知道白梅在读函授，就来向白梅咨询，他也想参加成人高考，读个大专。正好这个时候，公司与省城一所大学联合，要在技校开办大专班，拟为各矿培养一些管理人才。白梅看过文件，这个班可以先去读，到成人高考时，考过就行。武秀军咨询时，白梅除了给他讲了成人高考的相关事宜，还把这个信息告诉了他，并建议他报读这个班。

武秀军听了白梅的建议，不仅报了这个班，当年还通过成人高考，取得了这个班的录取通知书，因此入围矿上的重点培养对象。如此一来，在工人岗位干了多年的武秀军，就算一只脚已踏上管理岗位了。他十分高兴，对白梅百般感激。在他看来，是白梅改变了他的人生。而白梅呢？她一向敬重谦虚好学者，武秀军如此谦虚好学，又有感恩之心，也算是有德之人了，她心中当然欢喜。于是就决定教他一些东西，培养培养他。于是，师徒关系就这么建立起来了。

白梅回到机电工区后，两年前弄得清清楚楚的资料，好多都被廖丛秋改得乱七八糟。比如供电系统的整定值，比如供电、环保报表，比如井下电气设备布置图等。白梅又重新全部梳理了一遍，两个多月后才有些样子。这时，绘图已不再是手工，都是在电脑上安装好CAD绘图软件，用电脑绘制。这样绘出的图，既美观，效率也高。这一次，机电质量达标检查时，向总有底气了。总结会上听到久违的表扬，向总笑了。史耀忠也笑了，但笑得很不真实。

再说机电工区，这回可是有一段佳话了。白梅以地面为主，井下部分多是高宏在跑。白梅想亲自到井下看看现场时，高宏就陪着她。技术室已被称为夫妻办公室。

"梅，谢谢你！"这天晚饭后，高宏对白梅说。这个谢意，他是发自内心的。他必须说出来，心里才会畅快。虽不算正式技术员，但能在技术员的岗位工作，也总算有个用武之地，也算不枉费这些年的积累和所学，高宏心里高兴。

"嗨，谢什么呀？你本来早就有这个实力，只不过被一纸文凭拦住罢了。说起来，我只不过比你多个文凭，要论现场经验，我可是差远了。这些年，我这个技术主管，可没有少给你添麻烦。别人都说我工作干得好，有谁知道，我若没有你这个坚实的后盾，那些井下的工程，做什么设计、什么方案的，我哪里就能那么顺利。说起来，若真要谢，还得我谢谢你才对。"

"我们是夫妻，帮你做点那些小事，算得了什么？"

"小事？对你来说，你觉得是小事，而对于我，那可是卡脖子的关键。"白梅说，"我一个女人，无法随时随地下井，每每下去，都必须有人陪着，还得是可靠的人，这本身对我的工作就是一种束缚。而你，恰恰常常是我的及时雨。或者说，无形中给了我一双翅膀。井下那些我无法抵达的地方，你都能让我了如指掌。不然，我白梅再有通天的本事，又能如何？"

"辛苦你了！"

"你比我更辛苦，很多苦，还都是为了我。这些年，委屈你了。"

"说起来，这事还得感谢人家向总。"

听白梅这么一说，高宏也点了点头，往事一下子如幻灯片般出现在眼前。

来到五星煤矿，曾在学校任过班长，一向赢得老师们好评的他，也曾有过梦想，也曾有过雄心壮志。他想，不管到什么工作岗位，他都会尽职尽责，好好工作。不求轰轰烈烈，不求出类拔萃，但至少不虚度光阴，让自己少些遗憾。然而，理想和现实哪里就那么好契合，它们之间的距离，小则咫尺难越，大则天涯杳邈。

到了矿上，渣皮混混随处可见。到食堂打饭，一不留神，碗里就多了一个两个烟头。走在路上，突然就会从哪里冒出一伙人，拦住去路，说看你走路的样子不顺眼，或者穿的衣服不顺眼，或是其他各种不顺眼，莫名其妙被揍一顿。甚至晚上睡在寝室，人在梦乡，门却突然被撞开，一伙人提着砍刀就冲了进来，任谁也会吓得魂飞魄散。

高宏亲眼看到很多人受过这样的折磨，他早先一个寝室的，也有半夜突然被一伙人拉出去揍个半死的。而他自己，是他大哥送他来报到后，通过一个老乡，特意与矿上一个比较蛮横的家伙打过招呼，让他不要找高宏的麻烦，并帮忙照顾照顾。就算这样，高宏也没少遇到麻烦。而且，同寝室的人被找麻烦，见他安然无恙时，总会怀疑他与那些混混有什么勾当，真是跳进黄河都洗不清。

他努力克服各种困难，只想好好工作。可是树欲静而风不止。半年后，治安有所好转，按说可以稍微安下心来了，这时偏偏工作上却出了问题。

唉，有时候，人长得帅了也不见得是什么好事。到这个时候，他才真正体会到传说中潘安的诸多无奈。当时刚提为副区长的柳华，他有个侄女，也刚从技校分到五星煤矿，在服务公司上班。柳华身材魁梧，五官端正，可谓一表人才。而他的侄女，偏偏长了一双三角眼，虽是双眼皮，却是两边往下吊。有些偏大的嘴巴，嘴角向下。看上去，就像谁都欠她钱的样子。

柳华要为她物色对象，看中了高宏。高宏的麻烦就这么来了。

也许在柳华看来，高宏遇到他侄女，是高攀了。而高宏，就算没有太高要求，他也有自己的观点。这样一个人推到他面前，他怎么着都不喜欢。答应吧，工作上自然会得到一些照拂，或许还会顺风顺水。可是，一想到天天要面对一个自己不喜欢的人，这日子怎么过？真要那样，这一生不就完了吗？没有一个和谐的家庭，哪里又会有什么好的心情工作？不答应吧，自己就在柳华手下工作，从此怕是要暗无天日了，还谈什么理想，什么雄心壮志？

看似摆在自己面前的有两条路，而两条路，可以说，哪一条都是致命的"死路"。最终，他把心一横，反正两条路都走不出头，那就果断拒绝，爱怎么着就怎么着吧！

从那时起，凡安装队重活、苦活、难活，都少不了高宏。凡安装队的活出了纰漏，只要能沾点边，高宏都跑不了。无论干什么，他总是最出力不讨好的那个。这种情况，在白梅参加工作，认识高宏后，还亲眼见过好多次。直到高宏与白梅结婚，才有所好转。

成了家，白梅也很清楚他们所处的环境。除了做好自己的本职工作，也根本不会有什么其他幻想。她和高宏不说对现实屈服，也差不多算是认命了。

直到五星煤矿重组后，白梅机敏地嗅到了一些和以前的不同。有这样的感觉，是从一次办理工会会费返还开始的。职工都是工会会员，每年都要缴纳一定的会费。矿上不对个人，都是由各工区统一收好后再上交到矿工会，矿工会每年都会按比例返还一定数额给交费单位。多年来，五星煤矿执行的都是返还百分之十，至少白梅经手过的这许多年，都是这样。而这一次，白梅把机电工区会费交上去后，返还的却是百分之五十。

"返还百分之五十？这，你没写错吧？"白梅很惊讶，便把返还单据递到收费人员面前，再次确认。

"对的，就是百分之五十。"工作人员看都不看单子，随口答道。

白梅的心跳都加快了，怎么会是这样？她又问了一句："大昇煤矿一直执行的，都是返回百分之五十吗？"

"是啊，有什么问题吗？"

"哦，没有，我只是想问清楚，谢谢你！"

百分之十，百分之五十，五倍之别啊！

回到办公室，她把这事和周远成一说，周远成破天荒地骂出了一句。

第二十三章

"那群混蛋，也太黑了。"

周远成来到机电工区，白梅还是第一次听到他骂人。

白梅说："要不是破产重组，咱们哪里会知道还有这么一出。"

白梅真没想到，女职工的劳保用品，卫生纸质量比以前好，还增加了前所未有的卫生巾。职工培训的讲课费、各种奖项，以前没有的都有了，有的还比以前多。

明明还是那些场地，明明还是那些工作。种种新的迹象，却让白梅感觉自己像是处在一个新的环境。这个环境，在一点一点激活她的心，也让她一点一点燃起了新的希望。

五星煤矿重组后的当年，她下定决心参加成人高考。如果说以前几番自考，只是一种不甘，只为圆个大学梦的话，现在她肯定还考虑了一些别的因素。她还希望高宏也去参加成人高考，至少读个大专。想是这么想，但高宏的工作性质与她不同，早已心灰意冷如他，一下子还是转不过这个弯来。所以，这一年的成人高考，高宏没有参加。

2005年初，改造井下排水系统，机电工区成立了专门小组，由高宏带队。结果，不仅如期完成安装任务，还一次性验收成功。从水泵房的环形管到上一级水泵房的排水管路，近三百米。直径二十五寸的管道，从法兰盘的焊接、弯头制作到管路安装，都很到位。

这事向总很满意。有一次，他正好在白梅的办公室，高宏为排水系统管路安装工程的结算去找他签字，他表扬了高宏，同时说了一句，"有些事该考虑的，还是要考虑。大专，该读的还是要读。"

白梅一听，就明白了。回家后，便劝高宏。

后来高宏报了当时公司与省城一所大学联合在技校开办的大专班，也就是武秀军报的那个。高宏也在当年通过了成人高考，取得了这个班的录取通知书，成了矿上的重点培养对象。

白梅很感激向总，若没有大专在读这个事儿为前提，恐怕向总想让高宏到机电技术室给白梅帮忙，也有些为难。

"是啊，很感谢向总！更感谢我亲爱的宝贝！"高宏说着，就想把白梅拥入怀里。

孩子在写作业。白梅往小卧室看了一眼，随即用眼神止住了高宏。

在现场摸爬滚打十多年的高宏，进入技术室后，为了尽快适应新的工作性质，每天总是争分夺秒地学习。

一开始，他不想给白梅添麻烦，也多少有些碍于面子，很多东西都想自己琢磨。不过，他这点心思，又怎么瞒得了白梅？于他而言，这些年白梅的工作，他都耳濡目染，比较了解，很多东西早就知道是怎么回事。何况他在技校，和别人不一样。进入技校的，大多是公司那些读不好书、考不上大学的子弟，在这里度过三年后，便可在矿上谋个工作。高宏则一向是好学生，就是进了技校，他也从没放松过学习。他还有个阅读的好习惯，从小时候读的小人书到长大后读的中外名著，随便都有几大箩筐。

白梅了解他，也很在意他的面子和尊严。所以，虽然是指点他一些东西，也不带指点的口吻，常常是在商量和征求意见中解决问题。比如，白梅想让高宏学习供电系统整定计算。她找出一套自己之前做好的资料，并在电脑上调出相应电子版后，对高宏说：

"宏，这是我一个月前做的供电系统整定计算，现在供电系统有变化了，整定计算的数据要改过来，我今天有别的事要忙，这个由你来做，好不好？"

供电系统图，高宏是会画的，图上标出的整定值，他也明白，但整定计算，还是头一次。他迟疑了一下，还是点头答应道：

"好，我先做，不清楚的地方，再请教我的老师。"

从进入技术室，他就说白梅是他老师。这些年白梅虚心向工人师傅们学习的状况，他很清楚。在学习方面，他也和她一样，认为身边人的优点都值得自己学习。何况，白梅还是他的妻子。他想，别人愿意怎么说，就让他们说去，自己又不是为了别人而活。所以，当他遇到问题时，向白梅请教，倒也没有什么不自然的。

于是，半年不到，技术室的工作，他基本能上手了。

他还管着大倾角皮带机。

大倾角皮带机，是主井用来把原煤从井下运输到地面的皮带运输机，因井筒倾角比较大，所以又叫大倾角皮带运输机。

五星煤矿的大倾角皮带机，安装于2001年。皮带机是专门到厂家订制的，安装时，厂家亲自到现场全程指导，高宏全程在场。

对于白梅来说，大倾角皮带机的安装，定中线、安装架子、上皮带都不是什么大问题，她在意的是皮带接头硫化技术。

以往的普通皮带运输机，皮带都是凡布与胶合成，接头采用的是皮带打扣技术。就像给衣物装上拉链一样，将皮带接头切割整齐，拉到一起，用专用皮带打扣机打上皮带扣。不同的只是衣物的拉链是可活动的，皮带扣打上后则是固定的。

大倾角皮带机是厂家专门针对大倾角运输而设计，不仅要考虑架子强度，皮带的强度、防滑、防跑偏等各项指标也必须考虑。大倾角皮带机所使用的皮带，是钢丝绳芯皮带。皮带里面的钢丝绳直径多少、根数多少、排列间距等，都有专门的技术要求。这样的皮带接头不可能像普通皮带那样用皮带打扣机打扣，而要采用一种新的皮带接头工艺——钢丝绳芯皮带接头硫化工艺。

五星煤矿的大倾角皮带机全长二百多米，所用皮带将近就有五百米。就算二百多米一个接头，也有两个。钢丝绳芯皮带比普通皮带重得多，若在地面进行硫化，接长了，拉下井很不容易。于是，就决定在井筒里选两个合适的点，搭起硫化平台，按硫化工艺进行。当然，因为硫化机属于通电发热设备，用于井下必须事先做好安全防范措施。技术措施由白梅编写，并通过层层审批，直到矿长签字后，才正式生效。

施工严格按照安全技术措施要求，防灭火用的沙袋、灭火器、水管等灭火设施均齐全准备到现场，并有专人负责看守和必要时进行使用。虽然主井属进风井筒，依然按规定安排了瓦斯检查员随时监测着瓦斯，安全检查员随时监督安全。每一位参与施工的人员，都落实责任到位。

在皮带机尾那天，白梅在井下待了八个多小时。钢丝绳芯皮带做接头，必须先在接头处剥出一段钢丝绳。剥钢丝绳时，白梅拿着锋利的美工刀，和工人们一起，在厂家指导下，一点一点地把钢丝绳剥出来，又一点一点地剔除钢丝绳上附着的胶，还不能伤着钢丝绳。她觉得这个时候的自己，很像一位骨科医生。钢丝绳芯皮带的钢丝绳，不正是皮带的骨头吗？皮带若没有这样的骨头，它便不叫钢丝绳芯皮带，它也无法承担大倾角皮带机把原煤从井下运到地面的艰巨任务。白梅突然觉得，大倾角皮带机就是五星煤矿一条血性十足的汉子。安装大倾角皮带机，五星煤矿是莲城矿业公司的第一家。这条汉子的形象，从某种意义上来说，不仅代表着五星煤矿的形象，甚至制约着五星煤矿的命运。

　　皮带里的钢丝绳剥出后，在硫化平台上，依次铺上面胶、胶芯的硫化机中，两个皮带端头的钢丝绳要进行长短交错搭接，并刷上事先准备好的胶浆，再依次覆盖芯胶、面胶，确保钢丝绳准确置入皮带最中间一层。然后盖上硫化机盖板，进行加热。加热温度也有严格控制范围，高了低了都会影响接头质量。加热到一定温度，保持一定时间后，才能断电。断电后，还得完全冷却才能拆除硫化设备。

　　硫化工序不算复杂，但需要时间，一个接头做下来，从头到尾要十多个小时。那天，白梅是在盖上硫化机盖板进行加热后离开的。

　　高宏本来对普通皮带机就很了解，无论安装、维护，都不是问题。大倾角皮带机，虽然皮带有所不同，架子形式也不一样，但基本运行原理还是有相似之处的。厂家来指导的是北方人，是他的老乡。相处中倍感亲切，学起来更便捷。从机械到电控，他都很快掌握了。于是，自然也就成了管理大倾角皮带机的主力人员。破产重组后，他便成了主要负责人。

　　也不知是不是冥冥之中的安排。说起大倾角皮带机，他总会想到一件心酸的往事。

　　一天太阳从山那边升起，和煦的朝阳给五星煤矿披上一层嫩嫩的、金闪闪的纱衣。鸟儿们早已从睡梦中醒来，叽叽喳喳地开启了一天的生活。七点半的样子，白梅没在办公室，高宏刚走进机电工区院内，就听到有人在走廊上喊他。他抬头一看，是大倾角皮带司机顾家义。顾家义已换好下井工作服，安全帽上稳固着矿灯的灯头。没等他应声，顾家义便说：

"大倾角皮带机尾的交接班记录本写完了，我拿来交给白梅，还要领新的。"

高宏帮他收下写完的记录本，但新的要白梅回来才拿得到。高宏让他等一会儿，可是十分钟过去了，白梅还是没有回来。他对高宏说：

"我等不了了，新的记录本，请你下井时带一本下去。"说完，就往井口方向走。

刚刚吃完晚饭，高宏正准备洗碗，电话来了，是柳华打来的，说顾家义出事了，让白梅赶紧到工区。这时，原来的区长退休，柳华已升为主管区长。

真是天有不测风云，人有旦夕祸福。上午顾家义去找白梅时，白梅到机房巡查去了，回来才听高宏说。没想到，转眼的工夫，便是这样的境况。从柳华的语气中，白梅想，可能人已经没有了。白梅赶到工区时，工区管理人员几乎到了。看着大家的表情，不用问她也知道是怎么回事。柳华在调度室，这个时候，矿上已组织人到了井下。传出的信息，让人惊心动魄。

操作规程中明确要求：司机清扫浮煤浮矸，必须在停机状态下进行，皮带机运行中，严禁身体任何部位靠近。

但是顾家义大意了，现场迹象表明，他清扫机尾架下的浮煤时，皮带机正处在运行中。不然，他也不会凭空被卷入机尾那两个相对运转的滚筒之间。

天空下起了毛毛细雨，这注定是一个伤心的夜晚。白梅与设备组的谢永信走到顾家义家门口时，那低矮的红砖房，顶上的油毛毡，犹如黑夜中的黑夜，直让人有些透不过气来。他们从矿灯房前面，绕到小机厂背后，经过矸石山老运输大楼后面，一路走来，一路思索，该怎么向顾家义的家属开这个口，才能把她听到噩耗后的打击降到最小。想了很多种方法，可是到了门口，眼睁睁看着顾家义的妻子从外面水龙头处洗好菜、进了屋，还是有些不知所措。他们在外面站了好一会儿，又商量了好一会儿，最终还是硬着头皮敲响了那扇门。

这个时候，是顾家义平时该下班的时候。他的妻子已煮好米饭，正在把白菜扭断放入电磁炉上的锅中。

因为是与女人说话，谢永信让白梅先开口，他再补充。

进了门，顾家义的妻子很客气，找凳子让他们坐。窄窄的屋里，安了一张大约一米三宽的床后，剩下的空间，被桌子占了一些，白梅和谢永信进去，似乎就填满了。

"不用客气！"白梅努力挤出一些笑容，她自己看不见，但她想，那笑容一定僵硬得很难看。

顾家义的妻子接着扭完菜后，擦了擦手。

看见一个小炒锅里，沸腾着一些排骨，放入白菜后，清清爽爽。白梅无话找话："还没吃饭啊？"

对方回答道："做好了，等他回来一起吃。"

一瞬间，白梅感觉泪水冲击着眼脸。她暗暗咬住嘴唇，拼命把泪意压回去。就是他们谁都没有说话的这个瞬间，顾家义的妻子似乎感觉到有什么不对。突然问道：

"你们是来检查什么的吧？"

白梅摇了摇头，没说话。谢永信说了两个字："不是。"

"那是哪样事呢？"她有些疑惑。

白梅听见自己说："是顾家义，顾家义他出工伤了。"

白梅大概还是怕她着急，只说是出工伤。

"人在哪里，他现在人在哪里？"

白梅看见，这个女人的脸色"唰"的一下变了。焦急、担忧、痛楚，一下子浮现出来，她问出的声音在颤抖。

白梅顾不上其他的了，随口便说："你先别太着急，人还在井下，有人下去了，这个时候应该快上来了。"

女人立即把电磁炉关上，和白梅他们一起向机电工区走去。

他们先到会议室，等了一会儿，女人感觉不对，便着急起来，开始哭。后来白梅把她扶到区长办公室，那里有沙发。白梅带着四五个女生，一直陪着她。因为遇难者的惨状不堪目睹，后来矿领导的意思，还是不让她见了，见了也看不出个什么，只能让悲伤者更加悲伤。

天快亮时，事情处理得差不多了。载着遇难者的大板车向殡仪馆驶去，她家亲属来把她带走，白梅才稍稍松了一口气。

后来，大倾角皮带机尾的那个记录本，确实是高宏下去检查时，带了去的。

时间在高宏的工作和学习中，如一股清泉静静流淌。转眼间，他已从那个大专班毕业，取得了大专文凭，武秀军也是。矿上下了红头文件，正式将他们聘任为技术员。

也是这个时候，五星煤矿的管理人员发生了一次大变动。

向永茂辞职，到地方当上了煤老板。史耀忠由大昇煤矿聘为机电副总工程师，待遇在科级与副总级之间，负责五星煤矿的机电系统管理。总负责的矿长、分管生产的副总工程师均从大昇煤矿调来。周远成调到矿直管的材料组担任组长，属于机关正科级。新提任的机电工区区长，是原供电队队长，破产重组后升为副区长的李志忠，也是史耀忠的死党。新提任的运输工区区长夏远同，也是他在运输工区时提的副区长。他还让廖丛秋回到了技术员岗位，到了运输工区。武秀军调到机电。

李志忠上任后，依然对史耀忠唯命是从。不过，对白梅，他不关照，倒也没有刻意为难。

白梅的同事们出去后，可谓如鱼得水，没有一个不拿高薪的。后来，他们还多次给白梅介绍工作，但白梅还是没有动心。

可是没过多久，这家离婚、那家离婚的消息，就传得沸沸扬扬。白梅办公室原来的男同事中就有两三家，这着实让白梅暗暗吃惊。曾经与她办公桌相邻的杜洪安，言行中是多么的瞧不起搞外遇的人，可如今，他还是因别的女人，真的和他老婆罗羽离了婚。罗羽曾经还给他创造了开办小煤矿的条件。

白梅的心更加坚定了，不仅自己不再考虑出去，就连高宏，她也不愿意让他出去了。

小煤矿的高薪诱惑，高宏当然也不可能无动于衷。就在他攻读大专的第二年，他请过一段时间的假，到小煤矿去体验过。标准的单身宿舍，配置了洗手间，用品一应俱全，如同住招待所一般。吃饭还不花钱，比五星煤矿翻了几倍的工资，到手基本就可原封不动带回家。那些日子，他是开心的。当然，结婚后就与家人从没分开过的他，同时也感觉到离开家后对家人的浓浓思念。还有一种恐慌，是那种怕自己把持不住的恐慌。

白梅不愿意让他放弃五星煤矿的工作，看到白梅的态度如此坚决时，他也在激烈地进行着思想斗争。"你若放弃五星煤矿的工作，那就相当于放弃了这个家。"白梅的话总会萦绕在他耳际。

他的选择是艰难的。特别是后来经人介绍，到一处小煤矿帮忙指导安装了一台大倾角皮带运输机，那个矿的总工程师十分满意，便想把他留下。总工程师是老板的女婿，开着车把他带到集隆坡，车上谈、饭桌上谈，诚心诚意地，辗转一天，就为了让他能留在他们矿上。

他想请高宏给他们管理运输这一块。给高宏开出的条件是去当机电副矿长，分管机电、运输，大倾角皮带机当然是主要的。年薪十二万，提成按产量计算，每产出一吨原煤，提成一块钱。这个矿，每月产量两万吨左右。这样，高宏如果愿意，底薪加提成，每月的薪水可以达到三万块左右，效益好时，可能还要多一些。这个数字，是他在五星煤矿没休息日没周末的情况下，所得工资的几十倍。说不诱人，鬼都不信。高宏考虑再三，很感激，最终还是很委婉地谢绝了。

高宏很爱自己的家庭。在外面的这段时间，他已深有感触。他相信那些因男人在外有外遇而离婚的家庭，很多男人一开始并不愿意，但时间一长，在这样到处都充满诱惑的年代，又有多少浮躁的心能抵挡得住。他自己，在外面才几个月时间，就已多次经历过老板、同事请到娱乐场所的情况。他想，若是长期处在那样的环境，怕是他也没法保证，万一由不得他的时候，怎么办？

半年后，他还是决定回到五星煤矿。

第二十四章

小煤矿遍地开花，必定要大量用人，弄得工资不高还不能正常发放的国有煤矿人心惶惶。小煤矿的老板们，总会以各种各样的方式大显神通。挖人自不必说，实在挖不了人的，也会通过各种渠道，找到国有煤矿在职的技术人员，做一些具体的工作。供电系统，是所有煤矿必不可少的。来找白梅做设计、绘制供电系统图的人，那些年总是不断。

但是，白梅不是都接了下来，因为她的工作很忙，很多时候都要加班，她要把工作放在第一位。她只能有选择性地接了一些，利用人们进入梦乡的时间，埋头苦干。

那时，每月工资三四百元，在五星煤矿还算是比较高的。而她给小煤矿绘制一张供电系统图，少说也是两三千。有时，只教一教小煤矿的工人们填写一两种日常记录，老板也会给个两千三千。

后来，有几家小煤矿还来找她，要她挂名，每月一万左右起底，再加提成。

要说白梅一点不动心，那肯定是假的。不过，或许是职业习惯吧，工作也好，生活中遇到什么情况也好，白梅做事一向会先考虑后果。一个周末，没有事先告知对方，她去了一家煤矿。看到电脑中和办公室的相关图文资料时，印象还不错。待她到井口和绞车房看了之后，什么也没说，回来后，便谢绝了那位老板的好意。

绝对不盲目去做没有原则的事情，这是白梅多年来的人生信条。她总认为，钱不是万能的。这世上，有很多东西，再多的钱也买不到。作为煤矿，安全必须放在首位。一味追求利益最大化，如果生命都无法保障，再多的钱又有什么意义？这并不是能不能承担风险的问题，而不是所有的风险都值得承担。

高宏知道这事也很赞同白梅的做法。于他，一方面，他不愿意白梅太辛苦。另一方面，他对金钱也不会盲目崇拜。这也是他最终决定与白梅共同经营好自己的小家，认认真真做好本职工作的原因。

高宏被聘为技术员三年后，顺利晋升为助理工程师。

后来，大倾角皮带机又从原来的一六〇〇水平往下延伸，直到一三九〇水平。这样，原来二百多米的皮带机，摇身一变，从一条小龙长成了大龙，长达八百多米。

高宏依然管理着大倾角皮带机，延伸后的管理难度要大得多。在人员少的情况下，他把值班司机搭配好，与他们打成一片，不仅把大倾角皮带司机应知应会教给他们，还让他们掌握了硫化皮带接头的一些技巧。在煤矿，特别是机电工区，能学到一些技术，有一些真正的本领，谁会不愿意呢？真心换真心，大家心存感激，对工作都比较负责。

大倾角皮带机延伸改造后，入井方向的右侧，靠着井筒壁的台阶，依然保存，并进行了修缮和维护，更便于行走了。同时，根据井筒条件，在原有大倾角皮带机路段，也就是井口到一六〇〇水平，加装了架空乘人装置（俗称猴车）。往下的路段，因井筒条件限制，只能满足大倾角皮带机的延伸。人行道，由此转到一条两百米左右的平巷，到原来的一六八九绞车房处，继续乘猴车往下，可达一三九〇水平。

原来的一六八九绞车房，安了一台绞车，绞车滚筒直径为一点六米。那时的斜井人车，是根据巷道倾斜度专门设计的。车辆在斜井轨道上行驶时，人坐在车上，依然保持着同行走时那样与水平地面垂直的姿态。车上，最前面是司机驾驶座，后面有五排，每排可坐两人，两侧均可上下。人入座，扣好两侧的防护链。一切稳妥后，人车司机发信号到一六八九绞车房，由绞车司机开动绞车，通过直径二十一点五毫米的钢丝绳，牵引人车运行。

白梅参加工作时，从第一次下井体验，到后来的工作需要，她都记不清坐过多少次。她在运输工区时，还指挥过人车的脱钩等试验。

白梅回到机电工区的那年，斜井人车就淘汰了，改成了猴车。猴车，即架空乘人装置，其架子是安装在巷道上方，由一组一组的托绳轮托住专用钢丝绳，在平行于巷道斜坡的一个平面上，循环往复。钢丝绳上每隔五米安装一个吊椅。每个吊椅由一根带卡钳抱绳器的吊杆与钢丝绳连接。吊杆下方，设置了带脚踏板的座位。人坐上去，双手握住吊杆，双脚踩在踏板上，面朝前方，即可到达沿途任何位置。因速度不快，随时可上可下。由于人坐上去后，那姿势就像猴子吊在横出的树枝上一样，故被称之为猴车。

猴车的整个安装过程，高宏全程参加。

多年后，提起猴车，高宏都还清楚记得安装的情景。

厂家来了，来指导安装猴车。机电工区班前会上，史耀忠点了安装队两个人，然后对高宏说：

"高宏，你带着这两个人，去定猴车位置，要准确定出中线、起点、终点和每组托轮的安装位置，安全科、技术科和地测部门会安排人配合，你具体负责。"

高宏一行三人到了现场，与其他单位来配合的三位及绞车司机碰面后，他认真地把要点交代清楚后，停下绞车，开始工作。

起点，也就是机头，定在绞车房前的平台上方。终点，也就是机尾，定在巷道底端，一三九〇水平。

第三天下午，全部位置确定。之后，还是高宏带着安装队的一伙人安装。当然，厂家的人，也现场跟着，打眼由掘进工按要求施工。驱动轮、托绳轮、压绳轮、迂回轮安好后，挂上钢丝绳，经张紧装置拉紧，由驱动装置输出动力带动驱动轮和钢丝绳，这样，钢丝绳就如一个被拉长的绳环，在巷道上方运行。面对下行方向，钢丝绳成左上右下之势。

高宏做事一向不会拖泥带水，要做就一鼓作气。每天都累得疲惫不堪，而且还要顾着大倾角皮带机。每天入井时，他都会顺势巡查一遍大倾角皮带机上段，观察一下整机运行状态。并叮嘱专门巡回检查的人员，要认真巡查。隔三岔五，他还会在下班后，从猴车巷与主井筒连接的巷道，串到大倾角皮带机中部或机尾去看看。

猴车投入使用一个多月后，一天他去巡查，确认猴车运行正常，他便从猴车道底部的联络巷，去了大倾角皮带机尾。察看过后，运行上没大的问题，就是皮带稍有跑偏。他发出停机信号，让皮带机停止下来，拿起工具，带着机尾司机调皮带。皮带调得差不多时，他把左手撑在机尾滚筒上，想再次确认皮带是否调好。

这时他撑在滚筒上的左手，突然一阵剧痛，就像有谁用锤子狠劲敲了一锤那样。眼看着就红肿起来，有些血正在往外浸。他忍着痛，缩回手，抬头往巷道顶上看去，又让司机站在安全位置，用铲把斜着捅了捅，他怀疑是上面掉下的矸石砸中了他。可是，既没有看出什么松动的迹象，也没捅出什么反应。煤炭里混着一些矸石，他也不知是哪一块砸中了他。

几天后，司机们的一个说法，传进了他的耳朵。说他的手被砸中，是那个死去的司机在提醒他，即使停机状态下，也不要把手放在上面，怕万一机头司机误操作时，伤着他。这话传得，还真有些神乎其神了。当高宏告诉白梅时，她安慰他说：

"别听他们胡扯！"

说是这么说，她自己心里却莫名其妙不安起来。

接下来，连续几天，这事就像个调皮捣蛋鬼一般，总在她心里蹦来蹦去，就是不肯消停。于是，她想起了高宏这两年的遭遇。

那个司机出事时，高宏的病刚好不久，上班还不到两个月。事实上，直到安装猴车，虽然他病好一年多了，但身体还是没有完全恢复。

是的，一年前高宏病了。

那是一个周末，中午的太阳明晃晃的。他从技校那个大专班学习回来，一进门，看到白梅煮好的甜酒，一下喝了两碗。甜酒，是莲城的特色小吃之一，用糯米酿制而成。舀上半碗放入半锅水里煮开，加点白糖便可直接喝。还可以煮糯米面团成的小丸子、煮荷包鸡蛋等，吃法很多。

高宏很喜欢，以往也这样喝过。可是，这一天下午白梅上班后，他就觉得肚子隐隐作痛。他的胃不是太好，以为是胃痛，吃了一些治胃痛的药后，去床上睡了。原想着睡一会儿，药起作用后会好。哪知，半小时过去了还是痛，一小时过去了还是痛，甚至白梅下班回来，他还是在痛，而且一点减轻的迹象都没有。

"快起来去医院，趁现在还早，路上有车。"一看这情形，白梅开始着急。

可他却说："没事，吃了药会好的。"他又吃了一次治胃痛的药。

看着他吃了药，白梅也抱着会好的希望，于是去厨房做饭。等做好饭，叫他起来时，他哪里吃得下？白梅又熬了点白米粥，他勉强喝了半碗。他还是很痛，白梅又催着上医院，可他就是不肯。白梅知道他心疼钱，便说有医疗保险，自己花不了多少钱。身体第一，就是自己花钱，花多少也该去把病治好。没有好身体，留再多的钱，又有什么意义？

说了半天，他还是硬撑着，他以为像以往胃痛那样，忍一忍就过去了。可是，这次却怎么忍都是痛，不减轻不说，似乎还加重了。后来，他忍不住了，直接像一匹马那样，在地上打起滚来。白梅也不和他商量，跑到公路边，焦急地来回踱着步，希望有一辆救命的车赶快驶过来。她打定主意，只要有车，管它什么车，她都会给拦下。可是五分钟过去了，没有车；十分钟过去了，也没有车，二十分钟过去了，还是没有车。她急了，跑回家拨通调度室的电话，直接问了一个给矿领导开小车的司机号码，然后毫不犹豫地打过去。这时她才注意到，已是凌晨一点多，这么晚了，路上哪里还会有车。

那位小车司机叫梁贵华，性格有些古怪，在很多人的眼中，属于不好说话的主。白梅同他如果说还算熟悉，那也只是因为白梅多次坐过他的车。他开的是一辆吉普，白梅到公司或大昇煤矿办事，坐过很多次。

梁贵华从梦乡被惊醒，不仅马上答应，还很快就把车开到白梅家门口。看到白梅扶着高宏，高宏已站都站不住，挪步子更是艰难，他便下了车，几步跑上前去，蹲下身就把高宏背了起来，快步往车边走去。

梁贵华多次送过工伤到医院，这方面很有经验。车到半路时，他对白梅说：

"现在太晚，去公司总医院的话，急救中心做不了什么检查，就是输点液，先止痛，我们还是直接去市医院，花点钱就花点，市医院可以做B超。"

"好"，白梅听了他的建议。

果然到了市医院，医生看了病人情况后，马上推去做B超。

B超结果要天亮后，医生上班时间才能拿到。梁贵华又建议去公司总医院，他说：

"用药、输液，还是去总医院急救中心吧，我们的医保只能在公司范围内使用。"

于是，他又开车把白梅和高宏送到总医院急救中心，高宏输上液后，白梅才想起让他赶紧回去休息。白梅千恩万谢，他却反复说着"应该的，不用客气"，还给白梅交代了一些注意事项，然后才离开。

一瓶药水输了过后，白梅以为高宏应该要好些了。没想到，这时他反而又更痛。一时间，那汗水，就像刚刚沐浴出来，还没来得及擦去水分一样，一滴一滴从发尖滴落，从额头滚下。

白梅急得找到医生，医生却说：

"尽量忍着点吧，哌替啶是万不得已才用，打多了不好，他进来时已打了一针。"

听了医生的话，白梅也犹豫了。她看了看痛得满头大汗的高宏，高宏也轻轻摇了摇头。

夜已进入深深之处。那些路灯，无声地发着自己的光和热，努力把黑暗撕开，大概是想让疼痛者看到一线希望吧！

就在白梅望着窗外出神之际，寂静的夜空突然被一阵嘈杂的声音划破。几分钟后，一个满身带血的年轻男子，被十多个人拥着进来。受伤男子头上裹着纱布，显然已经过包扎，血止住了。

从男子那些亲属七嘴八舌的谈话中，白梅听出男子是被人打伤的，她唏嘘不已。

高宏还是痛得受不了，实在忍不住时，还是会喊出声来。他又在翻来覆去，比一条处在烙锅里的鱼还要煎熬。

"这个哥痛得这么厉害，是哪里痛？"男子的亲属中，一个四十来岁，看上去朴朴素素的妇女走过来好心问道。

"胃痛，痛了很长时间了，到这里已输了一瓶液，还是不见好转。"白梅说着，眼眶就湿了。

"哟，是胃痛啊，火车站前面三岔路那个王医生看得好得很。好多人的胃病，都是他医好的。"妇女这么说时，他们一起来的人群中，有几个也连忙附和。

白梅一听有些动心。她只想尽快治好高宏的病，在她看来，医术好不好，不在医院大不大。大医院固然设备设施齐全，但外面的医生，水平也不一定会差到哪里。对此，她有过切身体会。

淘淘一岁多的时候，有一次拉肚子，在他们家对门的诊所没看好，她就抱到矿上的医务所去，还是不见好转。没有办法，她只能背着孩子去了公司总医院。到了儿科，医生听她说明情况，又对孩子做了一番检查后，给了一句：去办理住院手续，先交三千。

先交三千。那时白梅、高宏的工资，每月就一百多。还清买房的所有欠债后，根本没有什么积蓄。白梅出门时，把家里全部的钱收拢，也只有一千零几块。这可怎么办才好？折腾了一番，孩子什么药也没用上，白梅心急如焚。可她还是只能先背着孩子回到矿上，又把从矿医务所开出的药给孩子喂了一次。那些明显是治拉肚子的药，吃了总比没吃更有希望。只有这样，她才稍稍放心，用接下来的时间筹钱，准备带孩子去住院。

就在她一筹莫展之际，机电工区库房管理员听说后，就告诉她，火车站往五星煤矿大约五百米的公路边，有一家黄氏诊所，儿科很厉害，药也不贵。他的孩子在那里看过病，效果很好。

仿佛遇到了救星，白梅赶紧背着孩子去找黄氏诊所。结果，三天的针剂和口服药开下来，一共只花七块五。针剂没打完，药片没吃完，孩子的病就完全好了。

所以，这次高宏胃痛，听人这么一说，白梅马上收拾好，带着高宏走出去，叫了一辆出租车，就连夜赶到王医生诊所。

给高宏做了一番检查，结合白梅的讲述，王医生当时就怀疑是急性胰腺炎。王医生六十多岁，可看上去像五十出头的样子。他开了方子，护士给高宏输上液，又让白梅打来开水，给高宏吃药。不久后，高宏似乎勉强能忍住了。

天边泛起鱼肚白时，白梅对高宏说：

"我回去看看淘儿。"她指着输液瓶，"这药水如果没了，你按下铃，护士会过来。要是护士忙，不能及时过来，你记得先把输液管关一下。"

明知道高宏对这些都很清楚，白梅还是忍不住交代一番，才急急地往家赶。

到了家门口，刚爬了几级楼梯，抬头时，光线还不太分明的楼道转弯处，一个人影突然出现在眼前，把白梅吓了一大跳。

"妈，我爸爸呢？"淘淘站在门边，看到妈妈回来，却没见爸爸，心里不知想到哪里去了。

"哦，你爸爸在医院，我回来看看你。"说完，看到孩子满脸的泪，白梅才一下子反应过来，这孩子，大概以为他爸爸已经……

白梅从昨晚到现在一直强忍着的泪，这一刻被孩子点着了。进屋后，赶紧收住，她不想让淘淘受到太大的影响。

"淘儿，你怎么站在外面？早上这么凉，你又穿这么少。"白梅先洗了把脸，一边准备弄吃的，一边问。

"昨晚上你们走了，我等半天你们都没有回来，我就想出去看看，不注意把门关上了，没带钥匙。"

"啊，天哪！那你在外面站了一晚上？"白梅的心疼到了极点。

"站了好久好久，我太冷了，又饿，就去了羊肉粉馆。我吃了一碗羊肉粉，跟老板说，我妈妈会来付钱。"

白梅眼睛一亮，"哦，淘儿你真棒，还能想到这样的办法。"说着，把淘淘搂在怀里，亲了亲他的额头。

"妈妈，那你记得去付钱哈。"

"好，我一会儿就去。"

五星煤矿有很多羊肉粉馆，离白梅家最近，也就五十米左右的那家，味道也不错，他们一家去吃过多次，比较熟悉。

淘淘上学后，白梅到了羊肉粉馆。老板和老板娘说，他们四点多钟开门，没过多久，淘淘就来了，把他们吓一跳。他们怎么也想不出，淘淘为什么这个时候会来。问了淘淘才知道，是他把自己关在门外了，他们就让淘淘在馆子里，等天亮再回家。

"感谢你们，太感谢了！"白梅付了钱，谢过之后，又匆匆往王医生诊所赶。

九点多钟，白梅从市医院取回B超单子，王医生一看，当时就认定为急性胰腺炎。

这下，白梅的心更悬起来了。陈素英的妹夫得过这个病，在总医院外科动了手术，住院一个多月，花了将近二十万。

二十万，这么多钱，她该如何去筹？

第二十五章

· · · · · · · · · · ·

想到借钱，白梅心里又忆起好心的尚永良师傅。要不是他帮忙，白梅他们想住新房子，只能是做梦。

关于高宏的病，既然已知道病情，接下来就是钱的问题。不是有人说，钱能解决的问题都不是问题吗？人命关天，无论多难，就是砸锅卖铁，白梅也必须把高宏治好。

王医生告诉她，他会尽量想办法，在他这里能少花些钱。白梅听从了王医生的建议。可是三天来，虽然高宏总体上没那么痛，中间还是有一回，因痛得无法忍受又打了派替啶。

第三天中午，王医生对白梅说："姑娘，你爱人这病，我能治，但毕竟我们是小诊所，设备和药物都没法和大医院比。我建议你们转到总医院去……"

"啊，这，我们就是从那个地方跑来的，那晚我们先去了急救中心。"白梅一听，有些急了，一时不知如何是好。

"姑娘，你先别急，你听我说，不用再去急救中心。"王医生明白她的心思，笑了笑，"这个病，若去急救中心，正常情况下，都会安排到外科。外科做手术，少说也要十多万。但我认识内三科一位姓秦的医生，她是内三科副主任，对胰腺炎很有研究，她是中药治疗。我们以前是同事，关系都不错。若是我介绍你们过去，她定会悉心治理，费用也会少得多，估计三万左右就差不多了。"

听王医生这么一说，白梅似乎又看见一缕曙光。

找到秦主任后，果然一说，她就知道是怎么回事。

高宏住进了内三科，白梅请假照顾他。除了每天回家一趟，给孩子做饭，交代孩子安心上学外，白梅几乎都守在高宏的病床前。

住进内三科的第一天，安顿下来后，白梅就和管床医生说好，凡是与交钱有关的事，都请他们不要当着病人的面说，她会全力配合好医生。

接下来的日子，白蛋白、加贝酯等自费好药，都是白梅到外面的药店去买。医院要交钱时，医生会把白梅喊到病房外去说。一千、八百、三千、两千，交进去不过管个三五天。

还好，有大病统筹，分担了一大部分，大约三分之二吧！最终结算下来，现金只花了八千多。

胰腺炎治理期间，不允许进食，喝水都不行。不知是用中药的原因，还是这病治理起来，本该如此。看着高宏一天天瘦下去，白梅只能干着急。可是为了治病，只得忍。高宏饿得不行，有时闻着外面飘来他最喜欢的臭豆腐味道，或者其他食物香味，他馋得不仅想流口水，想流眼泪的心都有。可是没有办法，医生特别交代过，要好了才能吃。

这样一来，每天输进身体的药水，喝进肚里的中药，就成了他生命的支撑。因为不能喝水，难以下咽的中药，却成了他每天最盼望的东西，他把中药当水喝。

不过，虽然饮食上受着苦，病情却一天天好转，没有出现过之前那种要命的剧痛。白梅和高宏都暗自高兴，不用手术，也少了挨一刀的苦头。

二十多天后，医生通知，可以出院了。白梅特意跑到集隆坡，给高宏买了一身新衣服，从头到脚，从里到外，让高宏新崭崭地穿着出院。

回到家，几天后白梅和高宏说起了一个梦。那个梦，发生在高宏生病的头一天晚上。

"你还记得吗？内三科门口岔路那个地方，那里有很多竹子。我跟你说过，那地方我好熟悉，但我从来没去过，你住进内三科那天是第一次到那里。"白梅大大的眼睛看着高宏。

"记得，对，你说过。"高宏答到。

白梅便讲到她梦见过那个地方。在梦里，不知为什么，她从肚脐眼处，把自己的肠子拉了出来，却毫无疼痛之感。肠子上，附着一坨一坨的白色油脂，大小不一，有很多。拉着拉着，她发现那肠子是分岔的，除了手里拿着的，后面拉出的分成了三根。如果从分岔处提起来，就像开着繁花却被人摘

217

去叶子的桂枝。白梅把它们团成一个圆球，有双手五指张开合抱那么大。那些油脂，把白梅的手弄得油腻腻的，她便随手扔了。扔出后，她才发现自己站在一处林荫小道，有很多竹子。前面有条路从右边斜着过来，与她所站的小道接头后，再以大约三十度的夹角向左而去。她把肠子扔在左侧的竹林边上，离夹角顶点不到两米的地方。而这个位置，恰恰和内三科门口的路径一模一样。

"这梦怎么解呢？"高宏听了白梅的讲述后，问道。

"我也不知道，但是很巧。那肠子一根拉出，分了三岔。你生病了，我们在四个地方花了钱。我扔的肠子，油腻腻的，会不会预示着要扔钱？而扔肠子的地方，内三科门口，是不是也暗合了你的病最终在内三科治好，内三科是我们最后花大钱的地方？"也不知为什么？白梅自己都不知道，怎么就会如此联想。

"巧合吧，你也别胡思乱想。我生病这段时间，你辛苦了！"高宏知道，自己生病，把白梅折腾坏了。她不仅要照顾自己，还要照顾孩子，两头跑着，不光是人累，心更累。白梅的心有多累，高宏是知道的。医生每次把白梅叫出去，回来时，白梅都哭过。尽管白梅进来就面带微笑，装出若无其事的样子，但是这么多年的夫妻了，怎么瞒得过高宏？不过高宏没有说穿，他想让白梅认为他不知道，白梅的心里会稍微好受点儿。

而现在，这才隔多长时间，高宏的手又被矸石砸成这个样子。

白梅工作上的风波，高宏生病的事，细细想来，这两年，都不怎么顺利。向来不迷信的白梅，一下子有些思绪不宁了。

"宏，我们买房子吧，在市里面买一套，好不好？"有一天晚上，睡觉前，白梅对高宏说。

"怎么突然想到在市里买房子？是不是看到很多人在买，有些心慌了？"高宏先是一愣，转而问道。

"换个环境。"白梅深深看了高宏一眼，心平气和地说。

"我们这个也是新房子，住得好好的……"

"不想住这里了，想换个地方。"高宏话还没说完，白梅就给截断了，意味深长地看着高宏。

"可是，咱们现在的情况，哪有那么多钱？即便按揭，首付也要好几万。"高宏迟疑着。

"嗯，不过，办法总比困难多。"白梅七分坚定，三分俏皮地微笑着。

"好吧，只是这样一来，又要过一段苦日子了。"高宏一想着要借钱，脑海里最先冒出的，就是一个字：苦。

"没事，咱们过的苦日子还少吗？不也过来了？先苦了，才能更好地品出后面的甜。"白梅说着，嘴角向上勾了一个好看的弧度。

这些年，市中心城区建起了新世纪广场。继凤山大街之后，市中心城区第二条横贯东西的主干道南环路，经过六年的修建，已全线通车。市里规划了几个开发区。主城区的中心，已从集隆坡转到新世纪广场。广场以东，水景花园已开工建设。

一开始，房价还只是每平方米三百来块，几年过后，已涨到一千多。2006年涨幅已很惊人。年初还是一千三百块左右的房价，三个月后，白梅去看房时，已涨到一千六百多。

白梅跑了几个点，最终在一个凤凰展翅的地方，看中了一套，三室两厅两卫，前后还分别带个大阳台。如果说一眼万年太夸张的话，一见钟情还是说得过去的。

这个小区的房，无论什么户型，也不分订购秩序，都要先交两万定金。

当时，开发商为了提高炒作热度，想出了一个排队订购的办法：前两百名，总体优惠五千。白梅和高宏一起去排队，他们排在前五十名，不仅得到优惠，还选到了自己事先看中的户型。

首付六万三千块。定房协议中规定，十八天内交清首付金额。否则，两万元定金不予退还。

从高宏生病出院后，家里总共积攒的，不过就是两万块。白梅之所以铁了心要买房，有她不想说出来的重要原因。

十八天内还要凑足四万三千块，加上订金，才够首付。白梅思索着。

谢仲云是柳华的老婆，她经常来机电工区，与大家都很熟悉。她起初在行政科上班，上一天休息一天。有什么事找到白梅，白梅再忙，也会想办法帮她。她的孩子去到办公室，白梅也带得好，孩子一去就会找白梅，很喜欢白梅。总的来说，她们相处还算不错。

后来，谢仲云承包了澡堂，进了些香皂、毛巾等日用品来卖，熟人们自然都会照顾她的生意。白梅作为车间工会主席，节假日都要组织活动，从她那里买了不少。

她家三年前就买房搬到市区了。她曾多次劝白梅买房，说搬过去好在一起玩。还说，如果钱不够，差多少，她就帮白梅补多少。每一次都说得很真诚，白梅十分感激，于是说道，只要决定买房，到时候定会第一个去麻烦她。

订了房，白梅反复思考后还是先去找了谢仲云。

这时，谢仲云已退休，在集隆坡批发市场开了个批发店，生意很好。白梅搞活动时，还多次专门去照顾过她的生意。

这天，白梅走进她的批发店时，她刚把一个进货的小老板打发走。远远看到白梅，她就笑眯眯地喊："小白梅，这回要些什么。"

当白梅委婉地说出已订了房，要麻烦她支持一下时，她脸上的笑容渐渐消失。随即轻叹一声，说出一堆没有办法的理由，白梅一听，就知道没戏了。

"哦，没关系。"白梅笑了笑，"本来怕你忙，都不好来打扰你。只是，想到你以前多次劝我买房……你的一番好意，我一直记在心里。谢谢你！谢姐。"

白梅没有把那句话说出来，"你说，差多少我都帮你补上"。

白梅向来对人对事，做不到的，决不会经易答应。答应的事情，就一定要做到，不管有多难。如果有特殊原因，也不会不了了之，一定会给出一个交代。遇到这样的情况，要说心里一点想法都没有，骗谁呢？连自己都骗不过。但是白梅不怪她，因为这世上，谁也没有一定要帮助谁的义务，谁也没有一定能得到谁帮助的权力。

但是，房子已定了，白梅不可能让那两万块血汗钱就这么打了水漂。这回，她不想那么草率了。经过一番考虑，她找了周远成，高宏找了他一个很实在的朋友，都不同程度帮了忙。

难办的事情需要时间，时间却一分一秒也不愿意等人。十七天转眼就过去了，明天就是首付期限的最后一天，可到了今天中午，四万三，还足足差一万。

"唉——"两点多钟，白梅若有所思地坐在办公室的沙发上，长长地叹了一口气。郝颖走进来时，正好听见，便问道：

"怎么了？叹哪样气？"

重组后的五星煤矿，办事员每年都要在工区之间轮换几次。据说，是为了避免办事员在一个单位时间太长，会与主管领导联合起来，做出经济上不该做的事。郝颖就是刚换到运输工区的办事员，她与白梅，早先在机电工区就认识。

"哦，"白梅说："郝姐，还没注意，你什么时候进来的？"

"哈哈，看你像丢了魂似的，我什么时候进来都不知道，怎么回事？"郝颖笑着问道。

"唉，我订的那个房子，明天是交首付的最后一天，到现在还差一万……"白梅随口回应了她。可没想到，白梅话还没说完，她就接过了话头：

"嗨，不早说，从我这拿嘛！哦，我的要到银行取。走，去我表妹那里先给你拿一万，我随后取了给她就是。"

她把白梅带到一个诊所，她表妹有事出去了，两个小护士在忙着。她把其中一个叫来，给她说了几句后，拉开一个抽屉，数了一万交给白梅。也不等一下她的表妹，又带着白梅离开。

犹如一场梦，整个过程，没有任何插曲。郝颖就像一位天使，白梅就这样机械地跟着她，毫不费力地实现了一个心愿。

这世间，有些事、有些人，总是让人无法预料。你觉得一定能帮你的人，到最后，或许只能让你彻底失望；你想都没想过的人，往往会在关键之时向你伸出援助之手。白梅两次买房，何其惊人的相似。

上一次，是人都说不好讲话的尚永良，舍着银行利息帮了白梅。这一次，郝颖的帮助，一样出乎白梅预料。郝颖，在五星煤矿，也有不少人背后说她不好讲话。还有，那个有着救命之恩的梁贵华。

白梅在心里想着，思考着。突然觉得，很多人、很多事眼睛看到的，耳朵听到的，都不一定是真的。

也就是从那个时候起，白梅对人对事的认识，有了一次质的飞跃。夸夸其谈者，她根本不在意。花言巧语者，她闻若未闻。虚张声势者，虽然咫尺却远过天涯。言而无信者，不足为朋也。尤其那种动不动就承诺如何如何的人，白梅更是嗤之以鼻。轻诺必寡信，这其中之深意，她已从切身体会中得到感悟。

晚上，吃完饭后，高宏突然想起白梅下午打电话的事，问白梅：

"梅，你之前在电话中说，六万三凑够数了，具体回家再给我说。难道，这里面还有什么事吗？"

白梅把到今天下午还差一万元才够首付，以及郝颖怎么借钱给她的事，详详细细地说了一遍。高宏听了之后，禁不住发出感慨：

"咱们这一路，遇到的人，真是什么人都有。故意整我们的不少，帮助我们的也不少。往往还在最关键的时候，遇见想不到的贵人。老天对我们真是不错了，咱们好好过，不能辜负老天的美意。最主要的，是不能辜负帮助过我们的人。"

"是啊，说到这些，我生淘儿时，来看我的那个小妹——叶华颖，后来，我通过很多渠道，都找不到联系方式，怕是要留下一生的遗憾了。"说着，白梅眼圈红了，高宏也不知说什么好，就把她静静地揽在怀里。

淘淘小学毕业时，白梅让他参加矿中的招生考试，结果，他以优异的成绩被录取了。

矿中是矿务局创办的中学，依山而建，翠拥芳环，所处位置离矿务局办公大楼约两百米。

矿务局后面，围墙外的山边，嗅觉敏锐的当地人，在那里盖了一溜楼房，专门用来出租给离学校较远，而又望子成龙的家长们。

为了让孩子少些奔波之苦，白梅也在这里租了一进的两间屋。这样，她便每天早出晚归，说是给孩子做饭，其实差不多就以这里为家了。从这里到五星煤矿，全程走路，需要将近一个小时。若走到火车站就坐上车的话，半小时可到，但往往等车费时间。

因为要开班前会，白梅最晚六点半就得出门。其他时间还好，到了冬天，这个点天还没亮。每个冬天，总有一些冰冻的日子。这个时候，寸步难行，在白梅的脚下体现得淋漓尽致。尤其是二〇〇八年的冬天，有一个多月的时间，大地似乎被冻睡着了，仿佛忘记了回暖。

山舞银蛇，人履冰霜。

有一回，高宏牵着白梅的手，出了门，就躬着个腰，想尽量缩短眼睛与地面的距离，借着冰雪的微光，一步一滑地走着。走过公司门口，一处坡度较大的路段，突然有声音从后面传来，"呀——""嗽——"

他们稳了稳脚步，回头一看，一个黑影已摔倒在地，正从斜坡上方快速向他们滑来。高宏想都没想，放开白梅的手，赶紧去扶那人，白梅也赶紧走出可能会被冲倒的范围。这下好了，白梅摔倒，她还很快爬了起来。而高宏去扶人，扶起又摔，摔了又扶，连他也带摔了好几次，要多滑稽就有多滑稽。滑倒的是一位中年女士，他们和她都不认识，可一时间，三个人都笑开了。

也就从那次起，白梅的左膝盖就开始疼痛，成了她的养生病之一。

夏天的一个下午，太阳快落山前，还斜斜地照射着人间。走过楼影丛丛的公司家属区，在刚要拐进公司办公大楼后的小巷时，有人在那里打米花。白梅也要了一份，白梅把从米花机里出来的米花筒，趁热还软和时一圈一圈的盘起来，盘出了一些好看的造型，然后放进塑料袋，高高兴兴地提着回到了出租屋。

放下手中袋子，白梅先把米淘好，装进电饭锅，按亮煮饭键。然后拉开饮水机下方的柜门，取出一个一次性杯子，接了半杯凉水。直起腰，刚把杯子递到嘴边，视线落到饮水机上方时，三魂七魄一下子全出壳了。

第二十六章

· · · · · · · · · ·

淘淘离家出走了。

纸条上写着："爸爸妈妈，我对不起你们，请不要找我。"

白梅把门一关，从出租屋地带往外，时跑时走，东张西望。大概人们说的"打落魂"，应该就是这个样子吧！

每一栋楼的前前后后，每一条小路，每一个巷子，学校、厕所、火车站、客车站……所有淘淘平时去过的地方，有可能去到的地方，白梅能想到的地方都找过了，可是哪里都没有淘淘的影子。

强忍着翻涌得拼命欲出的泪水，走到腿软，走到头晕，白梅已无计可施。可是她不能停下来，孩子出走的原因，一个个推测在她脑海里翻滚。孩子可能出现的危险，无数场景在她的眼前此起彼伏。

天已经黑了，她又一次回到出租屋，希望孩子已经回来。外面一间没有，跑到里间，里间没有，就打开后门，看不见就喊。起初是用眼睛到处搜索，这时换用嘴巴呼唤。一步一个踉跄，一句句被泪水湿透的声音，在夜空中回荡，撞着了房东，撞着了左邻右舍。于是三个五个、八个十个、十多个人，都来帮着找、帮着喊。十多只手电筒像天上掉下来的星星，在夜空中低矮地飘来飘去。

高宏今日值班，白梅不愿让他着急，先前没有告诉他。可是到了现在，人都还没找到，这如何是好？筋疲力尽的白梅再次离开出租屋，到了进入这个区域的入口处，有一条小路可上后山，以往白梅同孩子上去过。这会儿，白梅顺着蒿草丛生、荆棘交错的小径，一边喊，一边拼命往上爬。手电筒掉了，她摸着黑也不停下。

"淘儿，淘——儿——"

几百米高的大山，五六十度的斜坡，一跟斗、一扑爬地爬着喊着、喊着爬着。

快到山顶时，白梅实在没力气了。她不想停下来，可是这会儿却由不得她。瘫坐在草丛中，一种从未有过的恐慌，从四面八方席卷而来。

"洵儿啊，你到底在哪儿呢？你这不是要了我的命吗？"她的命，若是找不到洵洵，她这条命还要来做什么？

一下午，一晚上的找寻中，她的心里，一直担惊受怕。怕洵洵遇到坏人，被带到不可告人的地方，怕洵洵被坏人逼着做坏事……

这些年，孩子被偷、被拐卖的事，时有发生。那些对孩子五花八门的折磨，白梅也听过不少。

这会儿，所有与这些坏传闻相关的镜头像幻灯片似的，一个个汇集到她的脑海。装不下了，她的头要炸裂了。

无可奈何之际，她决定不下山了，就在那里与青山做伴算了。可转念一想，还是不行，不能就这么放弃。

"老天啊，无论如何，你要帮帮我，帮帮我。请你告诉我的洵儿，他不回来，我就一直找下去，活要见人，死要见尸。呜——呜——"

白梅终于忍不住，放声大哭。哭得撕心裂肺，哭得地动山摇。

山下，帮忙找寻的人们到处喊过后，也没有什么其他办法。而这时，又开始担心白梅。于是，对着漫无边际的夜空，长一声短一声地喊着：

"白梅，快下来。"

"白梅，下来再想办法。"

"白梅……"

白梅感动着，答应着。可她答应的声音，这会儿，连自己都听不见。她不记得自己是怎样拖着疲惫不堪的身子，摔了多少跤，多少次滑过荆棘丛生的斜坡，多少次抓住那些齐肩或高过自己的蒿草、荆棘，下山时才免于滚得太远。腿脚早已东一处西一处地被划破，两手也血迹斑斑，可是，这些比起她心上的痛楚来，又算得了什么？

夜已深，帮忙的人们无计可施，对白梅做了一番安慰后，都回去休息了。

瘫软在沙发上的白梅，这时还是拨通了高宏的电话。

"喂——"

"……"

高宏的声音从电话那头传了过来，悲伤中的白梅又有些犹豫了。可是高宏的脾气，白梅很清楚，电话打通了，若什么都不说，他会更着急。这不，电话那头的声音，已有些按捺不住了：

"说话啊，什么事？"

白梅先将手机放远一些，把哭泣逼回心里，深深吸了一口气，慢慢吐出后才说：

"淘儿，淘儿他离家出走了……"

对，是手机。这时，白梅已有手机。翻着盖的红色手机，握在她的手里，送到她的耳边，衬得她原本白皙却折腾得十分憔悴的面颊，浑如暴风雨后，托着一片红叶，还残留着雨水的一朵百合，摇曳在风中。

"啊……"这回轮到高宏不说话了，不过仅仅几秒钟过后，他问道："什么时候的事？"声音里已透着掩饰不住的焦急。

"下午。"白梅说。这时，高宏又从白梅的声音中，听出了悲苦。他不再追问，只说：

"你别着急，我请个假，马上回来。"说完，也不管白梅还要说什么，便挂了电话。

高宏又把能想到的地方都找了一遍，天快亮时才回到出租屋。执手相看泪眼，无语凝咽。到了这个时候，他们已没有别的办法，只能等着。

最终淘儿回到出租屋是天亮过后。一个上初三的孩子，原本该是活蹦乱跳的，这会儿，却像霜打过的茄子，蔫到刺心。

"回来就好，回来就好。"高宏和白梅没有追问什么，淘儿愿意说的，早晚他会说。

淘儿睡着后，看着眼睛红肿得像两个桃子的白梅，高宏小声说：

"你今天别上班了，我帮你请个假，在家好好休息一天。"他又接着说：

"快六点半了，我得赶快回单位。昨天下午，周家在矿办公楼的楼梯上泼了很多大粪，从一楼到三楼，到处脏兮兮的，今天领导们肯定都窝着火。"

周家是当地人。五星煤矿征用过他家的土地，也不知当初是怎么商定的，他家每年都会找矿上要补偿。

与当地人家打交道，这是莲城矿务局每个矿都要面临的问题。一言不合，一些当地村民就会堵在井口或是大门口等。只是没想到，这一次周家竟然如此。

白梅醒来时，手机上的时间已跳到十一点。这是一个星期天，洵洵还睡着。白梅看了看孩子，脸上还带着泪痕，还很疲惫的样子。这是有多委屈？

白梅把饭做好，还是没去叫洵洵，等他睡吧！

白梅心里很愧疚。这些年忙于工作，与孩子沟通太少。不知不觉都成半大小子了，是该有他自己的想法了。想起最近一次带他出去玩，白梅自己都吓一跳，居然是三年前的事了。

"梅，你大姐说要来莲都，明天下午到。"三年前，八月的一天，下午六点多钟，高宏一进门就对白梅说，他接到了周紫瑶的电话。那时白梅还没手机，他们家只高宏有，一款二手摩托罗拉，翻盖型，铁灰色的外壳。看上去，很像一只敛着翅膀的小鸟。

周紫瑶是带着女儿来的。选了一个星期天，白梅带着洵洵，他们四人去了莲都动物园。看到老虎、猴子、大蟒蛇，孩子们都很开心，两个大人也很惬意。

"时间太快，转眼间，我们的孩子都长大了。"坐在长椅上休息时，周紫瑶感慨道。

"是呢，你还好，身材没什么变化。你看我，都胖成什么样了，和当初简直判若两人。"白梅生了孩子后就有些胖，很长时间才恢复。不知怎么回事，这两年又胖了。

"三妹，你后来遇到过郭小婉和聂梦秋没有？"周紫瑶问。

"前两年见过郭小婉一次，她也在莲城矿务局，当时已是副科长。"白梅回忆道："听她说，聂梦秋出来工作还不到一年，就去了上海，嫁了一个做皮鞋的老板。"

"那个谁，赵雪松和你还联系没，我感觉那时他是喜欢你的，你应该也不讨厌他。"

"怎么说呢？缘分吧！就是相处得还可以，却谁也没说过感情方面的事。

毕业了，也就这样了。"白梅微笑着，若有所思地把被风拂到额前的一缕头发别到耳后，"没有开始也不存在结束。"

"唉，那时，都怕毕业后相隔太远，不现实，很多人只得忍痛割爱。"周紫瑶轻轻叹了口气。

"其实，那时只要我愿意，是可以留在重庆的。但是很奇怪，似乎找不到非要留在重庆的理由。所以，仁老师问我想不想留重庆时，我一口就回绝了，一点余地都没留。"

"啊？"周紫瑶像听到什么惊天大秘密似的，一下子站了起来，"那么好的机会，怎么就这么轻易放弃了，好可惜！你知不知道，当时好多人打破头去争重庆名额？"

"知道。"白梅说，在毕业的前几天，一个星期六的早晨，八点半的样子，她带着自己精心挑选的礼物去了仁老师家。

校园里的绿化非常好，一年四季，就算不开花时，也到处绿油油的。捧着一盆制作精美，已经成熟的水晶葡萄，仿佛刚从这附近哪棵树上摘下来似的，白梅很满意。

仁老师听见敲门声，开门一看是白梅，乐了。

"哦，是白梅呀！快进来，咋个还买礼物了？留着这些钱，回去的路上买点儿吃的，多好。"

看着白梅笑盈盈地递过来的葡萄，仁老师说着，眼里充满疼惜和爱怜。

七月正是很热的时候，尽管空气很好，即便是早上，热度还是让人有些招架不住。仁老师就叫上白梅，一起躺在她家铺着凉席的大床上，让吊在天花板上的电扇一直吹着。如同母亲嘱咐一个即将出嫁的女儿，仁老师给白梅讲了许多走出学校后要注意的事情。比如，工作要认认真真，就如画一张图，不能有半点马虎；比如与人交往，要如何注意分寸；有人到跟前说别人是非时，该如何应对等。

讲到中午，起来做饭吃了，又躺着继续，直到晚饭时才起来。吃完晚饭，白梅出门时，在门边仁老师还在嘱咐，一长一少，两双眼睛都含着泪。

"好可惜！仁老师这样的关系，很多人求都求不来。他爱人是学校的教导主任，只要愿意帮你，就一定有办法。唉，太可惜了！"

"也没什么，你看二姐，本就是重庆人，还不是放弃了重庆的名额，跑到内江那么远的地方去了？"

　　"她和你不一样，她是因为实习的时候，爱上了那里的一位技术员。"周紫瑶哈哈一笑，"难不成你也是爱上莲城的谁了？当时大会宣布你到枝格，不是莲城，看你哭成那样，仿佛死的心都有了。"

　　"爱什么啊？枝格和莲城，我那时都从来没到过，根本不知哪是哪。只是听老乡们说，莲城交通方便些，回我老家可以不转车。"白梅看了看两个玩滑车的孩子，转过头来，"那时在重庆，一个学期才能回一趟家，回一趟还要转好多次车，三两天时间根本不行。实在是太想父母，就只想到来这里，方便多回去看看父母。有点什么事时，也能尽快赶到。"

　　"哦，那你后悔过吗？"

　　"后悔什么？事实上，来到这里，这些年回家看父母，相对重庆来说，真的比较方便，我很知足了。"

　　周紫瑶还是一脸的可惜。当年，余晓霜为了一个人离开重庆，她已感到十分震撼，没想到，白梅这里还有这样让人不可思议的经历。果然是人各有志，有些东西在有些人眼里，或许是天下至宝，但在另一些人的眼里，根本算不得什么。

　　"妈，对不起！"这是洵洵醒来的第一句话。

　　"洵儿，对不起！妈对不起你！妈一天只知拼命地工作，没顾及你的感受。对不起！"说着，两行泪又从白梅那双大眼睛里滚了出来。

　　洵洵伸手给白梅擦了眼泪，说道：

　　"妈，别哭，我就是想着你才回来的。"

　　白梅的眼泪流得更多了，但她马上又想着控制自己，不能让孩子再伤心。她深深地吸了一口气，然后慢慢呼出。

　　这些日子，白梅正忙着装修房子，本来就累得筋疲力尽的身体，这下更显疲惫。

　　在市区买的新房子，今年已是第三个年头。年初交工的房子，白梅是半年前拿到钥匙的。经过对几家装修公司和零散装修队伍进行比较，白梅最终决定用零散装修队。这样，所有材料都是自己买，从材料质量到材料价格，自己都可把关。不太清楚的地方，就问她在网上结识的大哥张晓毅。

张晓毅，就是她调到运输工区那天，主动加的那位QQ好友。张晓毅是江苏省一家大型房地产开发公司的总工程师，为人正派，幽默风趣。在与白梅的交往中，深感白梅优秀，所以很珍惜这份来之不易的兄妹情分。白梅有什么难解的心结，和他说了，他总有法子让白梅化解或释然。

在五星煤矿买的房子，装修比较简单，却很清爽。只是当时买的那套带水纹的暗红色家具，白梅觉得，总体上还是显得有些过于沉重，或者说，有些老气横秋。这一次，她要换一下风格。以白色为主，无论家具还是窗帘、地板，都不要太暗。

白梅认真构思后，心中便有了一个框架。

这一天她准备了钢卷尺、钢板尺，要把室内各部位的尺寸大致量出来，好计算各种材料的需用数量，并确定家具订制方案。

客厅里，地上有些乱七八糟的东西。除了电线线头、塑料袋外，还有两个矿泉水瓶。白梅把杂物收到垃圾袋里，就在她捡起矿泉水瓶时，突然发现有一根长长的"头发丝"。她站起身来仔细查看，这根"头发丝"竟然在客厅中部，形成了一个不太平滑的大圈，直径较大处，居然超过两米。

这下，白梅的心无法平静了。楼下那家，还没有装修。物业是开发商带进来的，为了避免一些干扰，她只以想看看自家屋里的水是否漏到楼下为由，请他们开了楼下那家的门。在物业工作人员的陪同下，确认卫生间没有漏水后，她很认真地察看了客厅的天花板。她最不想看到的东西，还是看到了。那根"头发丝"的位置，和在她家看到的差不多。虽然若隐若现，没有在她家看到的明显，还是能看得出来。

"哥，你在线吗？"白梅登录QQ后，给张晓毅发了信息。

"咚咚"如敲门声一般，对方很快回复：妹妹，我在。

"哦，我有事想请教哥哥，这会儿有空吗？"

"当然可以，我说过，我的好妹妹，二十四小时，什么时候都可以给哥哥发信息的。"

"哥，不开玩笑，我说正事。"

"好，说吧！"感觉到白梅有些着急，张晓毅不再逗她。

白梅把那"头发丝"的事详细说了一遍后，张晓毅让她开视频。白梅把摄像头对准"头发丝"，让画面尽量清晰。

　　张晓毅看完后，结合白梅的描述和白梅传过去的示意图，认为这是不该出现的裂缝。她建议白梅找开发商处理，并给出一些方案，供白梅届时参考选用，或作为与开发商的谈资。

　　果然，张晓毅临时给白梅灌输的一些房屋建筑知识，在白梅与开发商负责人的谈话中，一次次引起对方的惊讶。

　　几轮谈判下来，开发商最终决定安排人处理那根"头发丝"。用錾子以裂缝为中，向其两侧分别扩展一米左右，剔去一定厚度的水泥，接近原来浇灌进去的钢筋后，把直径十六毫米的钢筋一端弯个小钩，扣住那些钢筋，铺成网状，并焊接牢固后再用水泥灰浆抹平。这是白梅参照张晓毅提供的方案，与开发商协商后的决定。同时，因此事给白梅带来的困扰和占用的时间，白梅按张晓毅的建议，向开发商提出一定的经济补偿。白梅不在乎多少，只想要开发商一个态度，最终开发商开出五千块的筹码，白梅也就不再追究了。

　　2009年国庆节那天，白梅一家搬进了新房。

　　莲都的市区，经过几年的开发，已经换了模样。原来的主干道已由双车道改为六车道，新增的两条主干道，从一开始就以六车道的气势，与之共同挺起莲都这座城市的脊梁。集隆坡也出落得成熟并富有新意。主干道所经之地，一个个漂亮小区，如雨后春笋般崛起。

　　白梅一家所在的小区，那是凤凰展翅的地方，小区就是凤凰翅膀上的一颗明珠。蓝天下，高楼丛丛，楼与楼之间，一条条绸带旁绿茵如毯。四季风光，交替着步伐。花开不断，树欲参天，莲池里的鱼儿优哉游哉。鸟儿们欢欢喜喜，白梅一家也欢欢喜喜。这花园式的小区，每个院落都有一个好听的名字。紫藤苑、紫荆苑、紫竹苑……这些紫气氤氲的名字，常常在轻云淡霭中，让人误以为走进哪位神仙的府邸。

　　"哦，值得了！值得了！"白梅的母亲笑成了一朵花。

　　"哦，比五星煤矿那套好多了。"白倩为姐姐高兴。

　　"你这屋子，采光好，布局也好。"小姑父点着头说。

"是啊，小白梅她自己会设计，这装修也漂亮，好清爽！"在有多年教师生涯的小姑姑眼里，白梅总是能干的。

这一天，白梅和高宏备了乔迁喜宴，亲朋好友们都来了。亲人们七嘴八舌地点评着新家。白梅着一身紫白渐变，又生出一些花朵的短袖连衣裙，裙摆和袖口都带着荷叶边，很飘逸。她像一只蝴蝶，翩飞在人群中，热情地招待着大家。

宴席设在一家名叫满堂红的酒店里。宾朋满座，祝贺声声。台上，穿着彝族盛装的姑娘小伙们载歌载舞；台下，来自四面八方的宾客们觥筹交错。一张张笑脸，在歌舞的节拍中，享受着美食，不时心满意足地点点头。

母亲说："真好！"

母亲已有好多年没到过莲都。上一次到来，因为白梅家里没有电话，错过了外公去世的消息，别说见最后一面，连外公的安葬事宜也一并错过了，母亲伤心了很久。那时，莲都还没有这么繁华，购物最集中的地方就是集隆坡。

改革开放以来，整个莲都市乘着改革开放和西部大开发的春风，逐渐展开翅膀，城区变得越来越美。莲都的变化实在是太大了，可以说是翻天覆地，开发区购物的地方比比皆是。与母亲上次来看到的，宛如两个天地。

市里变了，五星煤矿也变了。

五星煤矿位于莲都市凤山区境内，一个叫段家湾村的地方。

这些年，公司不断发展、壮大，五星煤矿作为老区的一个矿，在发展中识大体，顾大局，也有着惊人的变化。

从原来庞杂的机构中，变得简单，不附带任何多余成分。职工人数，从白梅参加工作时全矿三千多人，经过一岗多能、减人提效等一系列举措，到破产重组后，也就七百人左右。

当年，五星煤矿三千多人，尽管机关干部可以穿着自己认为好看的衣服。却无论如何，男人的西装、夹克也不过那些款式；女人的衣裙，也没有什么新颖的样式。工人们，则是一码色的工作服。

而这样的五星煤矿，在周边农村人的眼里，已是很好很好的了。

若是从某个大山皱褶里，串到山后面去，大山深处，没有公路的地方，大多都是低矮的草房、土坯房。人们的穿着也很寒酸，偶尔有个五星煤矿穿着光鲜的什么人走进去，必定会吸引着无数双羡慕的眼睛。

而十九年后的今天，五星煤矿已从原来的独立经营核算变成由大昇煤矿托管。

五星煤矿虽然房屋上的变化不大，只是井口修了一栋新的办公楼。但体制上已大变了，除了井口那一团，其余部分，都已划了出去。如：子弟校归了地方管理，医务所归总医院，原来的机关、后勤等，都划归社区。

当年，五星煤矿周边的农民算是不错的。毕竟离市区较近，尽管老瓦房比较多，还有土墙石墙的，顶着牛毛毡、石棉瓦的，也时可见到。但是一眼看去，还有不少打着水泥板顶的平房，散落在村村寨寨之间。

白梅与当地农民打交道的，虽然不是太多，但十几二十家还是有的。近的与机电办公楼咫尺之隔，远的也不过半公里、一公里。好几年，白梅熏腊肉，他们都帮过忙。他们让白梅把新鲜肉腌制好，待他们家架起柴火时，就帮白梅一起熏。

早些年，他们家的房子，有瓦房，有平房。但平房大多都是一层两进或三进，两层楼的不多。如今，这些房屋早已悄悄变了，不说两层三层，五层楼的洋房都有了。美丽的外观，精致的装修，大门还很气派。

穿越其中的公路也变了，由以往的碎石路，变成了水泥硬化路。

就是大山后面那些皱褶里，从人们的穿着到住房，都早已今非昔比。

五星煤矿变了，白梅自己也变了。

当年，白梅还是一个不谙世事的小姑娘，如今已是小伙子的妈妈。十九年，沧海桑田，什么都在变。

城市还在不断向两翼扩展，这座年轻的城市，要不了几年，还会有更大的变化。火车站到大垭口的公路已在扩修，以开工定边界的情况看来，正是按六车道的模式修筑。

第二十七章

白梅参加工作的第十九个年头，年底，她终于晋升为工程师。

"白梅，白工程师，恭喜恭喜！"周远成从钱家粉馆出来，在变电所门口碰见白梅，远远地，就笑着给白梅打招呼，引得过路的人们都看向白梅。路人多是心里羡慕和赞叹，还有一些小声嘀咕的。

"白工程师，厉害！"

"她那么能干，该得。"

……

听着周远成的话音，白梅想，他一定是看到文件了。矿上文件，以前都是以纸质的形式下发到各单位。有了网络之后，提倡无纸化办公，文件都通过电脑发到各单位邮箱。

"该得。"路人的话，让她感慨万端。其实，这是她之前想都不敢想的事。

破产重组前的五星煤矿，从学校分配来的大中专生，只要工作认真负责，考核过关，从实习技术员转为正式技术员，再由技术员升级为助理工程师，只要没有原则性问题，都是顺理成章的事。然而，到了工程师一级，要晋升上去，可以说，比登天还难。白梅知道这种情况后，就从来没想过，自己这一生还会有能晋聘上工程师的一天。

技术员、助理工程师，都是初级职称，属于一般干部。工程师是中级职称，在矿上按中层干部管理。一般来说，高中生考大学，有实力就可以。而在五星煤矿这个地方，助理工程师想晋升到工程师，也不知为什么，再有实力也不行。

从白梅参加工作到五星煤矿重组，就两个人成功升级。一个是技术科的，一个就是当时还在运输工区的祝平傲。白梅前面的大哥大姐们，都不是工作不出色，工作出色的人很多，比如杜洪安、岳广林，比如罗羽，可是他们都无法越过这道坎。祝平傲的技术水平，全矿干部职工有目共睹，可人们都说，仅凭实力的话，他那工程师的资格，压根就不会成真。所以，破产重组时，他们才头也不回地走了。

白梅晋升为助理工程师后，就不再有任何期盼。已经沉入万丈深渊的心，更不会去考虑这些如星星、月亮一样够不着的东西。她一向就认为，自己必然是助理工程师干到退休。

这世间的事说来也怪。似乎没有绝对的好事，也没有绝对的坏事。五星煤矿破产重组后，白梅在找领导签字以及与大昇煤矿一些业务相关部门接触中，渐渐有了异样的感觉。

有一次，她从大昇煤矿办公楼走出来，一辆黑色的小轿车停在了她的面前。她以为自己挡着人家的车，赶紧退了几步。没想到副驾驶的窗玻璃慢慢降下后，有个人伸出头来：

"白梅，你是回五星煤矿吗？上车吧！"

她听到声音时，心里一下震惊了。这不是大昇煤矿的生产矿长吗？岳矿长居然停下车来，主动跟她这个名不见经传的小人物打招呼，还让她坐他的车？太出人意料了。

白梅不过是在他组织排全矿生产计划时参加过两次，别说记不住名字，见了面不认识都很正常。

也不怪白梅震惊，她工作了十多年，印象中，领导们都在天上，凡夫俗子在人间仰着头跟他们打招呼，有的能用鼻孔哼出个回应，那就是很好的了。

岳矿长这一举动，让她一时有些回不过味来。白梅的认知开始有些动摇。后来，不论在哪里见到，岳矿长都是如此。再后来，她发现，不仅岳矿长，大昇煤矿的领导们对她都很客气。类似岳矿长停车主动和她打招呼的情况，其他领导也一样。

大昇煤矿规模比较大，各工区、矿调度室都在井口附近，井口与机关办公楼相距大约半公里。白梅常到大昇煤矿找领导签字，有时是图纸，有时是安全技术措施，有时是采掘工作面的供电设计，有时是其他重大工程的施工方案。这些，都需要机电矿长、总工程师和主管矿长签字。领导们有时在矿调度室，有时在机关办公楼。起先，白梅到了大昇煤矿，先去办公室找，找不着再到矿调度室。后来，车到办公楼前停下后，她首先会到保卫处问问领导在不在办公室，然后再决定往哪个方向走。逢着领导们开会时，她就在会议室门口等着。

再后来，她觉得这样不是办法，有时候一耗一上午或一下午就过去了。于是，有一次，领导们都在矿调度室，白梅请他们签完字后，又很有礼貌的试着问了一下，以后可不可以先打他们的电话。

"可以。"郑矿长想都没想就说。在场的其他领导，也都点了点头。

第二天，五星煤矿调度会开始之前，张匀东告诉各工区技术主管，郑矿长说了，凡五星煤矿到大昇煤矿找领导签字，特许开会时也可以直接走进去。当然，每当遇着领导们开会时，白梅走进会议室，脚步总是轻得基本听不出声音。

再有就是工会会费返还的事情，让白梅很震惊。

一段时间后，白梅感觉，重组后的五星煤矿领导们，也有着大昇煤矿的领导们风范。他们，都对她的工作予以肯定。要知道，在煤矿，男同志才是主力，女同志在大多数人眼里根本不值一提。至少重组之前的五星煤矿，给白梅的感觉就是这样。

而当大昇煤矿组织科通知白梅晋升工程师的相关事宜时，白梅还是不敢相信。但是，工作人员给她交代得十分认真和详细，她的眼前一下子透出了一抹亮光，一抹撞击着心灵的亮光。

她很认真地准备资料，文字部分改了又改，图纸部分选了又选，直到自己满意为止。各种证书复印时，她才发现，这些年，每年都有两三本荣誉证书。先进工作者、技术标兵、十佳杰出女工、技术能手等，居然有一大摞。

白梅把晋升工程师的资料，装订成厚厚的一册。沉甸甸的分量饱含着她这些年来的酸甜和苦辣。

听周远成这么一说，她如何能不激动？之所以表现得很镇定，那是这些年磨砺出来的坚韧，使她早已学会喜怒皆不形于色。

回到办公室，她从邮箱里找出文件，把文件下载到电脑，备份到U盘。

那天晚上，她做了一桌子好菜，高宏喝了两杯。

"来，先送你一个礼物。"高宏有些高兴，吃饭前，他边说边把白梅拉到大卧室，弄得白梅都有点蒙了。

"什么……"结果白梅才一开口，后面的话就被他用嘴唇堵了回去。白梅羞得满脸通红，"别疯了，孩子在外面呢！"

这时，白梅突然想到高宏第一次送她礼物的样子，笑着问道：

"哎，你第一次送我礼物，送双手套，有什么讲究吗？"

高宏的脸一下子红了，"那时也不知送什么合适，想来想去就买了双手套，"他放开白梅，俏皮地在白梅耳边说了句，"当时也不知能不能套住你。"然后，开门就跑出去了。

这一晚，她很兴奋，她失眠了。她想了很多很多，想着想着，泪水就下来了。

从进入五星煤矿起，她仿佛遭遇催眠术一般，把自己封印了。五星煤矿重组后，她终于在某一个瞬间，被一束光叫醒。当年，她参加了成人高考。第二年，她进了省教育学院，专本连读，并得到了重生。甚至到后来，就在她毕业的这年，曾经连梦都不曾敢做的工程师职称，还居然成了真。

在省教育学院，她就想，老天对她如此的好，应该好好珍惜。往后的日子，不能再浪费时间。学业完成后，再学点什么吧！她告诉自己："白梅啊，虽然工作很忙，但你的能量，不该仅够工作消耗，应该还有点别的什么。"

重生后的日子里，那束光一直在她的前方。她发现自己变得更加坚强了，隐隐约约觉得，前方还会有一些美好在等待着她。

去年的第一次面授期间，她学会了一样新的东西——玩博客。在离学院不远的一条街边，一家网吧里，同学教她注册、登录了中国博客网。翻看了一些人的博客，读了一些文字后，她也学着别人的样子，在自己的博客主页，写下了第一条博客记录：

"人，不该以任何借口颓废。"

字数不多，却给了自己满满的动力。这是她从那些自我封杀的日子里，感悟到的痛和希望。

从那以后，她隔三岔五便会去博客上溜达一圈，有感觉时，就随意写上几句。渐渐地，她喜欢上博客。认识了一些博友后，她觉得，那一方天地，有着很多精彩，好像能看到更大的世界。从那些文字里可以看出，不少人知识渊博，底蕴雄厚。总有一些句子，让人眼前一亮，甚至心会颤抖。可惜，半年之后，中国博客网关闭了，据说是国际金融风暴的原因。这个博客网关闭，她很失落，如同一位贴心好友平白无故离开了自己。

之后，她还是不甘心，总会时不时上去看看，心里暗暗希望不经意间，博客又恢复了正常。可是，终究没有等到她期望的结果。

十月的一天，虽已进入冬季，一大早就阳光明媚，让人总有一种温暖的感觉。十点的样子，白梅从变电所巡查刚回到办公室，端着杯子喝水时，心里又想起了她的博客。这时，手机就响了起来。

"喂，你好！请问是哪位？"白梅接通手机，左手拿着放到耳边，右手端着杯子喝了一口后说。

"喂，你好！白梅，我是郑晓明。"对方先是沉默了一下，然后，似乎做了个深呼吸才说。

郑晓明，"轰"，这个名字就如一计惊雷，不偏不倚击中了白梅的神经。她有几秒钟的大脑空白，待恢复正常后，才赶紧问道：

"你现在在哪儿？"

"凤凰大酒店。"

"好，我马上过来。"

十分钟后，白梅从旋转玻璃门走进凤凰大酒店时，郑晓明已等在大厅。

"来到莲城，不吃这里的羊肉，就算不得来过。"说话间，白梅叫了一辆出租车，把郑晓明带到一家生意比较火爆的羊汤锅店。

黄焖羊肉上桌时，高宏正好进来。白梅自己不会喝酒，上了出租车就给高宏发了信息，要他来陪郑晓明喝两杯。时过境迁，郑晓明已是他们矿分管通风的总工程师，早已成家，儿子快小学毕业了。大家都不再年少，一切都已能坦然面对。

酒过三五巡，白梅以茶代酒，一举杯，问郑晓明：

"后来，你去过重庆煤校没有？"

"没有，你去过？"郑晓明呷了一口酒说。

"我去过，二十周年同学聚会时。"白梅说，重庆成为直辖市后，变化太大了。整个城市都换了面貌，昔日挡住阳光的浅灰色云层早已不知去向。天变高了，变蓝了，云也变白了。重庆煤校也变了许多，昔日女生院的位置，已变成成排的楼房。公交车上，也没见当年踩脚后被骂的情景。一切都在变，快速火车可从莲都直接坐到重庆，只八个小时左右，不仅不用转车，还比当年快了很多。

说到这里，白梅心想，若是当年留下，当年存在的问题，此时应该也算不上什么大问题了。

白梅又想起了她的仁老师。同学二十年聚会时，她问了很多人，都不知道仁老师具体在哪里，她终究是抱憾而归。她在心里千万次告诉自己，仁老师这么好，好人一定会有好报的。仁老师虽已年近七十，相信身体还很棒，她的仁老师一定会好好的。

郑晓明离开后，给白梅又打了个电话，他说看到白梅日子过得这么滋润，他放心了，也发自内心为白梅高兴，希望白梅永远幸福快乐。白梅也真切地为他祝福，希望他好好经营自己的家庭，永远幸福快乐。

第二年年初，一天晚上，白梅又点开自己的博客主页，依然不可正常使用，还是只能查看一些好友留言。胡乱地翻看着，突然在一位好友的留言栏里看到一句话：

"网易博客、新浪博客、搜狐博客都不错。"

恍如突然发现了武陵源似的，她马上从"百度"搜索出来，三个博客网站都注册了。然后，在网易博客浏览起来。看着看着，几首由四个句子组成的诗，把她的眼球牢牢地吸引住了。一时间，儿时的记忆如洪水般汹涌而来。父亲为盖新房的人家上梁时的"四句"，父亲为寨子里家家户户写的那些对联，争先恐后浮现在脑海里。还有那些婚丧嫁娶场景中，先生或长者们口中念叨的说辞，也巴巴地往外冒。

时间已过深夜十二点，白梅却毫无困意。她把鼠标挪回到自己的博客主页，进入写文章的编辑框，噼里啪啦敲出了四句："多少痴情多少泪，憔悴容颜为了谁？君若有日能知晓，肝肠寸断亦凄美。"

敲完之后，取个标题名为"思念"，再学着人家冠上个"七绝"。然后，又检查了一遍，确认无错别字后，提交了。别说，尽管是"为赋新词强说愁"，她心里还有些许得意，竟无声地笑了。仿佛是对那些她刚刚浏览过的诗作者们说，"四句嘛，你们会写，我也会。"

那时，她哪里知道，七绝有七绝的要求，根本不是随便写上四个句子就成的。她甚至连平仄都不知为何物，更不要说韵脚、意境之类了。

几天之后，有很多人来跟帖评论，有的说"写得好"，有的说"不错"，有的送花，有的跷大拇指，基本是不得罪人的做派。唯有一位老师这样说道："七绝有四种格式，你这个，哪一种都不符合。"

"哦？七绝还有四种格式啊？"白梅本以为，"四句"里每句有七个字，人们便把它叫作"七绝"。她哪里知道七绝的什么四种格式，这下可真是闹大笑话了。一向自尊心特别强的白梅，这下还怎么坐得住？既然七绝有四种格式，就必须把它弄清楚。马上"百度"，找出七绝的概念及其四种格式，认真研读起来。不看不知道，一看她便大笑起来，笑得满眼是泪。

三天后，不仅弄清楚了七绝的四种格式，弄清楚了平仄和用韵，还发现了每种格式中的规律，以及四种格式的区别和联系。

接下来，一首首"七绝"上传到博客后，再也没有出现过格律问题。尽管每一首的意境都还比较弱，却赢来了很多鼓励，每天都有很多唱和者。

白梅又看到别人博客上的帖子，标题上，除了冠"七绝"之外，还有"七律""五绝"和"五律"。她又如法炮制。懂了"平仄"和韵律的她，这回就没那么费劲了。这些，都只不过是"平"与"仄"的排列组合罢了，而且，都一样有规律可循。

几种格律诗都弄清楚后，古风她就算弄明白了。随后，还注意到"沁园春""浣溪沙""水调歌头"等词牌名，凡她不清楚的，就上"百度"。

后来，还怕自己百度有误，又跑到书店翻阅了很多相关书籍。在确认无误后，她的笑，简直比阳光还灿烂。白天抓紧时间工作，晚上就一头扎进博客的海洋，真像一条小鱼儿，肆意地徜徉着。从那时起，凌晨两点前，她都舍不得睡。

一个月后，有位老师来到白梅的博客，在她的一首藏头诗下留言，邀请她到他的博客圈做管理员。当时的网易，不仅可以注册个人博客，还可以创建博客圈子。白梅受邀的是一个文学圈子，以诗词为主。

刚刚迷上诗词创作的白梅，在圈子里一出现，名字之后就缀着"管理员"的字样，这让她心里有些抑制不住的激动。她得更加努力，不辜负圈主的知遇之恩才行。每天晚上，一边管理圈子，一边抓紧时间学习。两个月后，她被升为圈主，圈子全权交给她管理，原圈主只保留为圈子创始人。

于是，她对整个圈子重新规划，成立了四十多人的管理团队。从栏目管理的分工，到作品点评，以及加入圈子的成员管理等，都做了细致的安排。圈子以诗词为主，兼顾现代诗歌、散文和小说。一时间，作品成百上千地涌现出来，让人眼前一亮的好作品，每天都能见到。每天两名管理员值班，至少每人要工作两个小时，才能完成当日作品点评及其他管理内容。都是无偿服务，大家却非常开心。

很快，圈子在整个网易引起了很多人的关注。

圈子还设置了诗词、对联唱和区，每天都热热闹闹。

工作了一天，到了晚上，人们都快进入梦乡，白梅便展开翅膀，从煤矿的世界遨游到文字的海洋。不仅乐此不疲，还有不断接受洗礼的感觉。在文学世界里，她的内心不断得到了充实，她的灵魂不断得到了滋养。

白梅的心都要飞起来了，很快，她的博客上就有了不少诗词。每天的唱和、留言都很多，同样很热闹。每天来加好友的，几十上百不等，很多人以能成为她的博客好友为荣。其中有一位，名叫罗心莲，是湖北籍博友。成了她的博客好友后，非常开心，不仅在她博客上很活跃，在圈子里也很活跃。于是，白梅把她升级为管理员，让她加入了管理团队。

也许是缘分吧，整个圈子里，管理团队非常和谐。罗心莲对圈子管理的出色表现，更是得到了白梅的肯定，很快白梅又把她升级为首席管理员。

2011年，也就是上海世博会的第二年，紫荆花开的时节，罗心莲向白梅发出邀请，邀请她一起到香港旅游。罗心莲的姐夫与深圳、香港的一些公司有生意上的往来，票是他送给罗心莲的。两张票，可去四个人，四天三夜的套餐。罗心莲带着她的妹妹，从湖北出发，直达深圳。白梅从莲都出发，到省城上机，飞到相约的地方。

白梅到了相约的具体位置——梅林海关，掏出手机，准备打个电话，把具体位置告诉罗心莲，手机却没有电了。罗心莲从她深圳的大姐家往梅林海关赶，大约只差五百米左右时，她的手机也没电了。快到十二点的阳光，直直地射下来。走了一会儿，白梅干脆选了一个离海关入口不远的位置站定，透过护着眼睛的墨镜，在来来往往的人群中寻找。罗心莲也戴着墨镜，在人群中左顾右盼。从来没有在现实中见过面的两个人，在五百米的范围内，凭着感觉走向对方。半小时后，当五百米缩短到十米以内时，彼此都惊呆了。

一时间，两人的脚步都停了下来，这世上似乎只有她们两人，相互对望着。良久，她们的脚步开始移动，从慢到快，最后是跑。近了，近了，没有一句言语，直接拥抱。那是久别重逢的激动，那是前世的约定，没有一点陌生人第一次见面的感觉。

"哎，白梅，你还不取下墨镜让我看看？"一起往罗心莲的大姐家走，车上，罗心莲扭过头来对白梅说。这时，罗心莲已把墨镜掀到头顶，像一款深咖色的发卡。

白梅微微一笑，行动胜过言语。她取下墨镜，两人相视着笑了。两人的眼眶外，均有泪痕。

在香港、在澳门，她们白天随旅行团一起观光。晚上，两人挤在一张床上，有谈不完的话题。从诗词、对联创作，到圈子管理，以及工作和生活，每晚都是考虑到第二天要早起，才强行刹车。

得知白梅在煤矿工作后，罗心莲也不知哪来的灵感，居然说了一句：

"你是一位漂亮的乌金姑娘。"说完，两人都笑了，笑得如两朵盛开的紫荆花。

住在澳门的那天晚上，罗心莲还谈到了一件让白梅十分感动的事情。

第二十八章

罗心莲无意间刷到白梅的博客，一下子就被吸引了。那些诗词，她都很喜欢。还从白梅的博客上，看到了白梅管理的圈子，进入圈子后，更吃惊。那一刻，也不知为什么，她很想成为白梅的好友，很想进入白梅的圈子。

怎么才能成为白梅的好友呢？想来想去，最后想出一个办法，先去拜个师傅学诗词。经过半年的努力后，罗心莲已能按自己的想法写出一些诗作，便主动加了白梅。白梅通过她的好友申请后，她那个激动啊，据她说来，一晚上都没睡着。

后来，白梅拉她进了圈子，她更开心。从那时起，她不仅贴心参与圈子管理，还不断加倍努力学习。在圈子里，她又认识了一位散文作家，交往中喜欢上了散文。两年后，居然凭着诗词、散文创作，加入了当地的诗词学会和作家协会，成了当地文学组织的一名骨干创作者。

这时，她对白梅说：

"白梅，我是仰望着你走过来的，没有你，就不会有今天的我。"

"莲姐姐，快别这么说，白梅何德何能啊？那是你努力的结果。"白梅很惭愧，自己也是初学者，很多东西都还在努力学习中。不过，不管怎样，能够影响别人往好的方向发展，白梅乐在其中。

罗心莲还说，因为认识白梅，她对莲都都有了感情。认识白梅之前，她根本不知道有个莲都。

这年十月，两人都在北京举办的一次诗词大赛中荣获金奖。而那之前，大赛征稿启事，就是罗心莲在网上看到后，转发给白梅的。组委会除了安排诗词讲座，还有天安门、故宫、香山等采风活动。两人一起到北京领奖，又一次近距离地交流，姐妹之情又进了一层，诗词创作的能力又得到一次提升。

　　这次颁奖活动中，罗心莲和白梅还认识了全国的不少老师和诗人。北京的两位老师在看了她们作品后，直接推荐加入中华诗词学会。

　　次年，就在中国第一艘航空母舰辽宁舰正式交付海军的第二个月——十月，白梅办理加入中华诗词学会相关手续时，申请表需要当地诗词组织盖章。白梅一个煤矿人，对于地方文学组织，从来没有打过交道。她哪里知道当地的什么诗词组织？该到哪里去找，她就是一头雾水。上网搜了半天，也没找到什么相关内容。思来想去，脑海里突然闪现出一个词——文联。在她的记忆中，那栋可谓莲都标志性建筑的十二层大楼，电梯入口处有楼层功能图。曾经送孩子上兴趣班时，每次等电梯，她都会看看。那里，有这个词。

　　"我看你这介绍人，一位北京、一位武汉，都是外地的，怎么不联系当地的呢？我们当地，也有不少知名诗人。"她找到了莲都市文联，恰好进了文联主席的办公室。文联主席在她的申请表上签了"同意"，并盖上公章，把表递还给她。说着还把当地有名的诗人，像竹筒倒豆子一样，一口气说出了十几个。

　　白梅脸有些微红，笑着说：

　　"哦，谢谢主席！我只是一个初学者，咱们当地的诗人，我还一个都不认识。"

　　"这样吧，我给你一本书，是诗词楹联学会的诗词集，上面有联系电话和投稿邮箱。"说话间已把书递了过来，并告诉白梅，诗词楹联学会的办公室就在隔壁。

　　白梅连声道谢，接过书来一翻，心里那个激动，用言语没法形容。看着书中那些作品，想着自己这些年创作的那么多诗词，竟然有一种可以安放它们的踏实感。

　　出门后，她就到隔壁敲了敲门，没有人在。但没关系，她在心里对自己说，终于找到组织了。

　　当天晚上，她选了二十五首诗词，发到那本书后提供的投稿邮箱。没想到，几天后，一位老师打来电话：

　　"白梅，你投稿的诗词作品，我们已经收到，二十五首全部刊出，是创刊以来，同一作者，一次性刊出最多的。"

"哦，谢谢老师！谢谢！非常感谢！"白梅有些激动。

"不用谢！会长很看好你，你一定要坚持写下去哈！"这样一份鼓励，一份叮嘱，白梅说什么好呢？除了谢谢，还是谢谢。

她没想到，作为一种爱好，穷寻开心的玩法，居然有了意外的惊喜。这是她发自内心很喜欢的事情，自然会继续努力。如果说，当年的成人高考曾给她那颗沉入万丈深渊的心，注入了一定剂量的鲜活元素，五星煤矿重组后的管理体制，曾让她的心再度活了过来，那么，误打误撞"闯"进了诗词这座伊甸园，恰恰又给她的人生添加了一抹温润的阳光。

她没想到，自己一个理科生，走出校门来到煤矿，一直干的都是工程技术方面的工作，与文化部门压根就没有任何接触，居然还有机会来做让自己这么开心的事情。有人说，这要感谢老天，老天对她很好。她却说，还是科学技术发展的原因，若是没有网络，她也不会与诗词结下如此深厚的缘分。如果没有与诗词结缘，也就不可能"闯"入诗人队伍。而这科学技术的发展，本身就是社会进步，国家强大的象征。归根结底，还是国家强大了，人民的根须才真正有所依凭。她在心里想，不是说大话，说要感谢网络，感谢文学，事实上，最应该感谢伟大的祖国。

自从听徐科长提到三线建设后，她就一直想问问，三线建设到底是个什么情况。听徐科长的意思，整个莲都都与三线建设有关。还别说，这事儿，居然像是在她心里已长成一棵树，不弄个明白，她还真有不想罢休的架势。

后来，认识了高宏，知道高宏的父亲就是三线建设者后，她乐了。结婚前没好意思问，结婚后还惦记着。

"老爹，听高宏说，您最早来到莲城，是参加三线建设。是这样吗？"基本能听懂公公的北方话后，白梅找了一个机会问道。

"是啊。"公公说，当时确定莲都三个矿区（莲城、枝格、云盘）为三线建设的配套项目后，莲都作为三线建设重要地区，开始对煤炭资源大规模开发。

1964年10月至1966年上半年，煤炭部先后从全国各地抽调一万三千余人参加莲城矿区建设。与此同时，省里、水电部、铁道部等抽调几万名职工和民工参加矿区会战。

"那时候，你们大批人马来到莲城时，这里是不是到处荒山野岭？"白梅想象着山重水复、野兽出没的无人之境。

"那可是，树很多，长得也好，到处都是森林。后来建煤矿，那些树都砍来用了。树砍完了，才从外面购买木材。"

公公望向远方，陷入回忆。

莲城地处高寒，阴雨连绵。起初，几万建设大军骤然云集到莲城，没有电源，不通公路，住房紧缺，生活物质匮乏，生活和工作条件苦不堪言。但是，三线建设上马快，任务重，要求急。大家都不辱使命，甚至以苦为荣，斗志十分高昂。没有电，他们就用石蜡、电石灯、煤油灯、火把照明。没有住房，他们就搭建竹木油毛毡房、"干打垒"等简易住所。无论修筑公路，架设电线，还是兴建矿井，他们都是日夜奋战。短短几年时间，就在荒山僻野建起一个初具规模的新型煤炭基地。

"当时您从老家来到这个地方，我老妈一个人带着他们弟兄在老家，可是苦了他们了。"白梅想象着当时公公离开的情景。

"那没办法，我是个军人，个人利益算不得什么，必须以国家利益为重。"那时，公公已有了两个孩子，大儿子刚满五岁，小儿子半岁不到。接到上级的出发通知，他别过妻子的泪眼，大儿子一声又一声地叫着"大大"，冲击着他的耳膜，冲击着他心灵最柔软的地方，他却没有回头，义无反顾匆匆离开了家。

来到莲城，满眼高山深谷。可是，无论条件多么艰苦，都难不倒他们三线建设大军。

整个莲都，从1964年起，来自勘探设计、煤炭、钢铁、电力、铁道、交通、建材、化工、国防军工、电子科技、机械制造、医疗卫生、物资贮运、基建施工等各条战线和人民解放军的十八万精英，在磅礴的乌蒙山区，打响了莲都"三线"建设大会战。他们犹如天降神兵，足以让高山让路，让险阻投降。

自从高宏把白梅带回家，老人无数次给白梅谈起过莲都的三线建设。每一次谈起，他老人家都很严肃，都有说不完的话题。还说人们今天的幸福生活来之不易，是多少人用生命换来的，应该好好珍惜。

他说："小白梅，你是国家干部，更应该兢兢业业地工作，用实际行动来报答祖国。"在他心里，白梅就是他引以为骄傲和自豪的国家干部。尤其在白梅和高宏入党后，他更是常常站在一位老党员的立场，教育白梅和高宏要好好工作，绝不能辜负党和国家的培养。

听了公公的讲述，白梅有一种感觉：莲都这片沉睡多年的土地，若没有三线建设的伟大壮举，沿袭着千百年来的刀耕火种，还不知道要什么时候，才会睁开朦胧的睡眼。

第二十九章

· · · · · · · · · ·

二十世纪六十年代，莲城矿区建设指挥部成立。没过多久，改称莲城矿区指挥部，之后还使用过代号"大昇农场"。几经变化，才更名为莲城矿务局。

1968年，白梅公公的第三个儿子，也就是白梅的丈夫高宏出世。作为父亲，处在离家千里迢迢的大山之中，他能想象妻子一个人带着三个孩子的艰难。对于这个家，他能做什么呢？他唯一能做的，就是把自己的工资尽量省下来，寄回去。繁重的体力工作，省吃俭用后有些单薄的身体，在接到家里来信时，还没看完，这个从战场上走出来的北方汉子，面对着老家的方向，湿了眼眶。

两年后，莲城矿务局，先是接受燃料化学工业部和省里双重领导，以省为主。后来，直接下放给省里。这时，公公在建井工程处，他是一名掘进工人。

又过了一年，公公的小儿子出生。本该坐月子的婆婆，生完孩子稍做休息，就硬撑着下床干活。就在她生完孩子不到一周时，那天下午，高宏跑出去不见了。出门就是水库，她不得不赶紧去找。一边哭一边喊，几个小时后，终于找到高宏，高宏刚被大哥从水里救了出来。心急如焚的婆婆终于把心放回肚子，可她的腿从此严重走伤，再也没有复原。

不怪婆婆心急，找高宏走瘸了腿，她是有过伤心事的。两年前，四岁多的老二，高宏的二哥，就是被水淹死的。

这些消息，每每从那走了一个多月的信中传来时，公公都无声地落下了泪。

当时，和公公一样"抛妻舍子，义无反顾"的人，很多很多。

经过二十年的大规模集中建设，相继建成枝格矿务局、莲城矿务局、云盘矿务局、莲城钢铁厂、发电厂、水泥厂、煤矿机械制造厂等一批国有大中型企业，形成了煤炭、钢铁、电力、建材四大支柱产业，构建了以煤炭为主体，包括钢铁、电力、建材、机械制造工业在内的，以重工业为主导的现代化工业体系，从而为后来莲都市的诞生奠定了坚实的物质和技术基础。

随着"江南煤都"的建成，迅速扭转了国家当时已延续多年的"北煤南运"局面。这也是莲都"三线"建设最具战略意义的成果。

多年后，公公调入鹰岭医院后勤部。哪里需要到哪里，一切服从组织安排，这是一名老共产党员的心境，也是他对后辈们的期望。

公公心怀祖国，一生兢兢业业工作，对祖国，他问心无愧。可是，他的内心，愧对妻儿。

作为第一代三线建设者，公公在莲城矿区奉献了一生。子承父业，他的三个儿子也先后走上莲城矿区的工作岗位，兢兢业业地奋战着。

想起这些，白梅对公公，对"三线"建设者们，怀着深深的崇敬。

一转眼，白梅到五星煤矿二十年就过去了。蓦然回首，白梅不禁感慨万千。

白梅做梦也没想到，在这个小地方，她折腾了二十年，居然到三年前才知道自己曾经无话不说的高中同学也在这里。

谢雨竹，与白梅情如姐妹。她们彼此称呼很亲切，分别叫"梅"与"竹"。她们曾经相互帮助，或帮助其他人，都如同本能，从不去想对方知不知的事儿，也不会求任何回报。那时，两人之交可谓淡如水，却情真意切，彼此之间，不用有什么掩饰，也不用有什么顾忌。

三年前一个秋天的下午，高宏买了一只大羊腿，要请几个人吃饭。晚上，白梅把羊腿洗净，切成坨，在滚开的锅里焯去血水后，换上清水，加入佐料炖熟，满屋飘香。

高宏的六个客人来了，五位男生，一位女生。高宏招呼他们坐下，斟上茶水，和他们一起闲谈着。

白梅一直在厨房里忙碌。她把煮熟的羊肉切成薄片，用原汤制成清水火锅。用辣椒面、折耳根、芫荽等，放进小碗内，给每个人做一个蘸水。

然后，把电磁炉挪到茶几上，把准备好的羊肉火锅端来放好，按下"火锅"键。白梅在每个人面前摆好蘸水碗时，高宏已给客人们斟好酒。

白梅又到厨房拿了筷子过来，一一递给客人们。当她把筷子递给那位女生时，大大的眼睛突然睁得更大了，嘴巴张开，像是要发出"啊"声的样子，却没有声音。她的心一下子跳得好厉害，脸上都泛起了红晕，递出筷子的手，僵在了空中。对方也是惊讶得无以复加，双手伸过来接筷子，却在空中停了下来，似乎忘了应该做什么。这时，其他人也注意到她俩的表情不对，所有人的眼睛，齐刷刷地转向她们，就在她俩之间快速来回。

"你，你……"大约十多秒后，两人几乎同时开口。

"谢雨竹，白梅。"停顿一下后，两人又几乎同时开口，叫出了对方的名字，只是白梅稍快了些。

"原来你们认识？"其他人这么想，刘子奇有些惊讶，高宏也有些惊讶。而大家都还没回过神来时，白梅站了起来，绕过茶几，走到坐在沙发上、离门最近的谢雨竹身边，谢雨竹也站了起来，两人抱在了一起，激动不已。之后，想到大家等着，白梅赶紧请谢雨竹坐下，自己也坐回了原位，对高宏说：

"你先发话，大家先吃，我们一边吃一边说。"

"好！"高宏端起酒杯，对大家说，"我们有缘在一个矿上工作，低头不见抬头见，工作上经常得到大家支持，早就想请大家聚一聚，却因时间关系，拖到今天。感谢大家的到来，先干一杯，白梅和谢女士的事，一会儿再慢慢听她俩说。"说着，一仰脖子，先干为敬。

酒杯交错，薄薄的羊肉片，在各自的蘸水碗里打个滚后，披红戴绿被送入口中，每个人都心满意足。

刘子奇也是从高宏他们那届大专班出来的，只是不同班。他和高宏一批被聘用，在采煤工区任技术员。被聘用之前，他是采煤工区电工。谢雨竹是他的妻子，高中毕业后落了榜，随后，在当地乡镇企业招工考试中，考进了卫生专业。学成后，在当地卫生部门工作，成了一名主刀医生。本来工作比较顺利，在单位上也是骨干成员。可是，一次不同寻常的手术给她留下了心理阴影，使她非常痛苦，终于，一头扎进了"下海"潮流。

谢雨竹说起此事，眼里含着泪。

谢雨竹辞职后，离开家乡，跑到这里来开了个诊所。也就是在这里，她认识了刘子奇，成了家，孩子已上初中。

"来，我敬你！"白梅知道有些痛，永远不愿示人，她赶紧转移话题。

刘子奇也是白梅的老乡，这时他也端起酒杯，高宏便和白梅再敬他们夫妇。白梅眼含热泪，心里说不出的五味杂陈。白梅很理解谢雨竹的心情，但是不能扫大家的兴，她把话题岔开后，转到五星煤矿的当前状况。

五星煤矿重组后，职工们在经历前些年发不出工资，或发不全工资的艰难苦楚，又慢慢缓过几年，如同来到一个新的世界，工资从原来的几百，一下子增到一千多、两千多、三千多。虽然物价涨得飞快，比如原来两块钱一碗的羊肉粉，一路涨到三块、四块……七块、八块，但是人们的日子还是有了质的飞跃，不少人都到市区买了房。

白梅感受到新的工作环境变化后，那颗沉入万丈深渊的心，似乎嗅到了种子要发芽的气息。藏在心里多年的秘密，就这么赤裸裸地暴露了出来。如果说，多年来，只是如一股暗泉起起伏伏，那么，这个时候，却有了向外溢出的冲动。当年上重庆煤校时，如果条件允许，如果她不考虑父母的难处，她真想好好再复读一年，考一个她梦寐以求的大学。美丽的大学梦，如同一粒种子，早就在她心里埋下。

从小学到初中，在当地那个民办学校里，她一直名列前茅。可是人外有人，山外有山。进了高中，她才知道，自己多年守着的前三名，第一名，只不过是井底之蛙看到的天空而已。高中这个班，她的成绩只能算个中等。更让她措手不及的是，从没接触过英语，中考时，看到"音标"二字，新奇得差点在考场上笑出声来。最终被统计到成绩表中的那点可怜分数，完全是蒙来的。英语分快慢班时，毫无悬念就被分入了慢班。于是，她开始利用每天早晨四点到六点，执着手电筒在被窝里背单词，规定每天三十个，只能多不能少。这件事，寝室里的其他七名同学，谁也不知道。一个月后，她找到老师，要求进快班，英语老师再次测试后，带着惊异的眼神同意了。

那个时候，中专、大学的录取率都不过百分之几。农村中学，别说大学，有几个考取中专，这个班名声都会传得很远。

到了重庆煤校，她又开了眼界。同样是重庆煤校，其他省的录取分数线，有的又比她所在的省高出几十分。一开始，她多少还有些自卑感。可后来她发现，从同一个起跑线上出发，她不仅能赶上入学分数高的同学，还有可能远远超过他们。

走进五星煤矿，心沉了下去，可那个美丽的大学梦依然不灭。

五星煤矿重组后，她的心被一些新的东西不断触动，最终裂出了一丝缝隙。沉睡多年的种子感受到了来自缝隙的异样，如同有了养分般，悄悄滋长。一场成人高考，就这么安排下了。而进入省教育学院后，一颗心如沐甘霖，竟然慢慢"活"了过来。

转眼间，五年已经成为过去。专本连读，她各科成绩优异，深得老师们好评。她，已经毕业了。但毕业证书上的公章，是省师范学院，彼时，省教育学院，已改制为普通本科院校并更名为师范学院。

其实，也就是完成一个心愿吧！白梅已是一位工程师，职称用不上这个文凭，这个文凭也没有加一分工资。但这些都不重要了。白梅在工作上一直兢兢业业，甚至被认为是"工作狂"，她觉得自己至少没把光阴都完全虚度。作为一个女同志，在煤矿这样的环境中，能有这样的结果，她也没什么想的了。只是，那十四年的自我封杀，想起来就后怕。

一路走来，跌跌撞撞。平平凡凡，已近半生。却没想到，会有一把诗词的钥匙，为她打开了文学的大门。更没想到，诗词的创作，不仅打开了她的心扉，还擦亮了她的双眼。从此，身边的一切，都变得美好起来。她简直有些惊讶，为什么以前没发现？白白错过那么多美好的东西。她甚至有曾经暴殄天物的罪恶感。如此，她的心中，又生起了一些别样的情愫。

第三十章

· · · · · · · ·

公司会议室，坐满了来自各矿的机电负责人。机电部召开的这次会议，主要有两大项内容，一是按照环境保护法相关规定，整改燃煤锅炉；二是全矿供电系统整改，淘汰井下所有老式电缆、防爆开关和检漏继电器，全部更换为新型的。

白梅其实可以不参加，但是，自从史耀忠提任矿机电负责人后，凡与机电技术相关，无论公司，还是大昇煤矿的会议，只要可以，他都让白梅一起去。

每一次会议的相关文件，无论需要处理什么问题，走出会议室，他就会转手交给白梅。

回到矿上，属于资料的，白梅做好后，请他过目，基本就是按照白梅的原稿提交、上报或留存。属于现场工作的，白梅与区长沟通明白后，区长安排相关人员处理，白梅事先做好方案、设计、安全技术措施等，并根据实际情况，现场指挥。

这次会议，整个会场，就白梅一个女同志，有些引人注目。感受到许多目光像子弹一般射向她，白梅倒也无所谓。毕竟这么多年，在五星煤矿，这样的情况，早已习惯。矿上的专业技术或重大工程会议等，只有她一个女同志的时间并不少。

会议开始之前，人们相互寒暄问好，并免不了一些工作经验的交流。

白梅从小包里取出一个封面印有"五星煤矿"的笔记本，一支中性笔。又从档案袋中取出供电系统整改设计图，尽管已为会议做好了充分准备，她还是想再过一下目。

这时，史耀忠左边那个人，扭过年轻、有几分英俊的脸和史耀忠搭讪。说着说着，那人问起了白梅。在确认这就是传说中的白梅后，他伸过手来，嘴里说道：

"白梅，你的图纸可以给我看看吗？"

"当然可以。"白梅微笑着说，同时把图纸稍微收一下后递了过去。

"白梅的图画得好。"史耀忠伸手从中托了一下图纸，脸上还不无得意之状。

那人看着图纸，脸色就像正在充气的皮球，慢慢舒展开来，眼睛透着亮光。他嘴里没说什么，只是一个劲地点头。

会议开始了，那人赶紧把图纸还给白梅。

会上，关于锅炉的整改，并不复杂，有条件的，可换成电锅炉，不烧原煤，也就不会产生烟尘，不会污染环境。但是，电锅炉的成本较高，不是每个矿都能接受的。没有条件的，就在原有燃煤锅炉上，加装烟尘过滤装置，这项技术，也是应环境保护而生。基本上，各矿都决定采用这个方案。

至于各矿井上下供电系统的整改，不仅牵涉设备、电缆更换，最重要的，还得有可靠的设计。这次会议，除了总体要求外，就是要对各家的初步设计，一一进行审核。然后有针对性地提出存在或可能出现的问题以及相应的解决办法。

结果，会议的上半场，五星煤矿的初步设计就很顺利地通过，并从设计到图纸绘制，都得到了表扬。

会间休息，坐在史耀忠左边的那人出去了一趟。等他回到会场时，没有直接走到自己的座位，而是站在史耀忠和白梅的面前，笑了笑，对史耀忠说：

"有个像白梅这样的得力助手，你运气真好！"羡慕之情溢于言表，"哎，我用两个男的和你换白梅，如何？"

史耀忠一笑，摇了摇头。

那人又对白梅说：

"你去了我们矿，我们定不会亏待你。"一脸的真诚和期待。

白梅啥也没说，只是微微地笑着。

诚然，在煤矿，从矿领导到工人，都以男的为主，尤其与生产、技术相关的岗位。白梅觉得，这倒不是性别歧视，主要是生理条件的原因，煤矿环境恶劣，许多场合，女同志的确力不从心。

所以，一般情况下，别说对方用两个男的换白梅一个，就是用一个男的来换，也已经是够大方的了。

晚上回家，白梅和高宏说起此事。高宏想都没想就说：

"开玩笑，他就大胆说用三个、四个男的来换你，史耀忠也不会同意。"高宏怎么会不知道，在地方煤矿相对较高的工资诱惑下，有点技术的男同志，好多都跑出去了。他曾出去过半年，走到哪里都能遇到公司各个矿出去的人。所以，公司目前的状况，人才大量流失，新培养出来的，短时间内哪里能和白梅这一代相比。

也正因为如此，很多时候，白梅其实也很无奈。比如，这一年的安全资格证培训。

史耀忠到教育组察看学习计划时，看到他的学习时间在四月，白梅在五月。他便和教育组负责人说，他四月有工作上的紧要事务，没时间去学习，要求给他排在五月。就这样，神不知鬼不觉地，改成了与白梅同一期。他嘴角一咧，微微上翘时，没有人知道他心里有多得意。

那天，矿上派车送他们到技校。白梅上车，史耀忠就跟在后面，恰好坐在她旁边，白梅觉得怪怪的。说话时，他还有意无意用手肘碰一下白梅，好像他和白梅就从来没有什么不愉快，很要好的样子。白梅还是一本正经，很礼貌地，有事说事，没事就不再吭声。

学员都要住校。报到后，安排好寝室，很快到了晚饭时间。食堂给学员提供的是自助餐，白梅踩着饭点，在很多人还没到来时，她已吃好出门。回到寝室，洗漱完毕，就埋头看书。考试是机考，考完提交后，结果马上就能看到。不及格的，重考就有些麻烦，白梅向来不允许自己重考，每一次都会认真复习，每一次都是高分过关。

晚上八点多钟，手机响起。

"喂，"史耀忠的声音从电话里传来，白梅有些莫名其妙，接着听到他说，"白梅，你在哪个房间？我来陪你。"

果然不是什么好事。

白梅：……

"喂，"史耀忠还在说，"白梅，你在听吗？告诉我你在哪个房间，我来陪你好不好？"声音柔得像一滩水，哪里像那个魔鬼？

"喂，"白梅一身鸡皮疙瘩，只得强行按捺住怒火，"史总，你喝醉了，快休息了。"说完赶紧挂了电话。

之后，电话又响了数次，白梅没有再接。

后来的几天，白梅没有再住寝室，而是去了婆婆那里。技校离鹰岭医院不是太远，电三轮很方便。本来白梅就打算要去看看公公婆婆的，如此，干脆就每天回去，早上再往技校赶，直到考完试。

回到单位，史耀忠每次见到白梅，脸都很黑，白梅只得装作什么都不知道。

又是一个三月，蓝蓝的天空飘浮着几朵白云。为了向新的希望进发，桃花李花正在热热闹闹地会演，争奇斗艳。

2010年"三八"妇女节这天，阳光早早就从山那边照了过来，给五星煤矿镀上了一层金色。白梅和往常一样，班前会后，打扫完办公室卫生就开始工作。这天，她要做一个掘进工作面的供电设计。打开电脑，在标题处写上"某某掘进工作面供电设计"，这时，电话铃响了。接通后，她柳眉向上挑了一下。

电话是五星煤矿综合办公室打来的，通知白梅下午三点到大昇煤矿开会。她没想到，大昇煤矿又直接给她评了个"杰出女工"。前两天，大昇煤矿工会通知时，直接点了白梅的名。时间太紧，五星煤矿综合办公室工作人员直接帮忙填了表。

白梅猜想，大概工会也受到郑矿长的影响了吧！

两年前，年底评先进时，五星煤矿报上去的名单中，没有见到白梅的名字，郑矿长就不干了。他说：

"像白梅这样兢兢业业工作的人都评不上先进，还有谁能评上？"

这话似乎有些夸张，让在场的人都有些尴尬。但白梅的工作，了解内情的人，都会觉得他这么说并不为过。毕竟白梅一个女同志，很多男同志都无法望其项背。

"先给她定一个名额，其他人再酌情评定。"郑矿长的话，无人敢反驳。

就这样，后来传到五星煤矿，"白梅的先进是大昇煤矿内定的，不占五星煤矿的名额"。

这些，白梅后来才听别人说起。但是，已经连续两年了，工区报上去的名单没有她，她是知道的。因为，一向无论工区评什么先进，只要点到她的名，她都会真心实意地推辞。她觉得，应该把这样的机会多给其他默默无闻的工作者，工区是个大集体，她个人应有大局意识。但让她万万没想到的是，矿长竟然会以"内定"的方式，连续五年嘉奖了她，直到五星煤矿关闭。

下午的会，五星煤矿综合办公室安排专车，把白梅送到大昇煤矿办公楼前，司机调头回时告诉白梅，开完会打他电话，他来接她。

白梅一头微卷披肩发，淡淡的阳光色泽，衬得本来就白皙的皮肤上，精致的五官更加好看。上衣是一件玫瑰红的梦特娇，配一条浅蓝色牛仔裤，一双半高跟的白皮鞋，她踩着自信的步伐上了三楼。进入会议室后，除了机电系统的一两位，还有工会一两名工作人员外，都是陌生面孔。

椭圆形的大会议桌周围，靠墙还摆放着一圈皮面椅子。进门的左边，也是主席台的位置，有一堆踏花被，大约十多件的样子，应该就是要发给"杰出女工"们的奖品。

白梅走到门的对面，在窗边的一张椅子上坐下，拿出随身携带的笔记本和笔。会议快开始时，领导们陆续入座，白梅还是被工会领导请到了前面。

调入大昇煤矿不到两年的矿党委副书记出席了会议。会议正式开始，主持人来了个开场白后，要求大家先做个自我介绍，从某个人开始，顺时针依次进行。到白梅时，她站起身来，微微一笑，说道：

"我叫白梅，来自……"

"哦，你就是大名鼎鼎的白梅啊？"党委副书记一听到她的名字，还没等她把"五星煤矿机电工区"说出来，便硬生生地打断了她的话。

"啊？"白梅一惊，加上瞬间从四面八方投射过来的目光，直接一下子蒙了。又听党委副书记说道："听郑矿长表扬过你，还经常听张匀东说，你在五星煤矿很厉害，机电的技术方面，基本上是你撑着。"说着，眼里、笑里，充满着欣赏之意。

"哦！"白梅这才恍然大悟，"感谢书记鼓励和鞭策！很惭愧，我没……没有这么好。"一时间，一向低调的白梅，既激动又有些不好意思，说话都不太利索了。

同时，也让白梅想起了去年年底，全矿职工代表大会上，郑矿长表扬了几个人，而对她的表扬用时最长。到晚上，职工代表们聚餐，郑矿长还专门过来给她敬酒。面对不会喝酒、只能以茶代之的白梅，郑矿长还半开玩笑半讲真地对五星煤矿机电工区区长、书记说：

"你们两个，从现在起，开始培养白梅喝白酒，不能让他只会工作，连酒都不会喝。明年职代会，如果白梅还不会喝白酒，你们俩一人罚款两千。"

他这么一说，所有听见的人都笑了。以至于后来很长一段时间，机电工区管理人员只要在一起吃饭，都会提到这件事，并以此为由头趁机劝白梅喝酒。

这时，机电工区的区长、书记，都是新来的。李志忠已辞职，跑到地方小煤矿去了。原来的书记，已调到大昇煤矿机电科任副科长。新来的区长，曾是大昇煤矿机电工区的副区长，个子不高，一米六左右，一双机灵的眼睛，在讲究的发型下炯炯有神，给人一种精明能干的感觉。书记也是从其他矿调来的，曾经和郑矿长共过事，高个子，五十岁左右，略显老成。

大昇煤矿与五星煤矿紧紧相邻，从地面来说，井口与井口之间的距离不过三公里。井下的话，巷道相距更近，若不是特意保持该有的安全距离，恐怕早就贯通了。

自五星煤矿重组以来，白梅已有太多惊喜。

开始，白梅并没注意到，也没去思考。她多年来的感觉，不仅矿领导们就如那天上的星星和月亮，普通老百姓根本够不着，就连各部门挣得个副科级的人们，不少人也会一改当初的凡人本质，很快就把自己变成那挂在天边的派头。

五星煤矿重组后，新的领导班子都是来自大昇煤矿，只是向永茂来得早一些。白梅早已习惯用疯狂的工作来麻木自己，在她看来，管他谁来当领导，小老百姓都是一样干活，天边的星星月亮普照大地，哪里顾得上个具体的谁。何况从高空照下来，毕竟会有阴影部分。

后来，大昇煤矿矿长换成了郑玉良，郑矿长隔三岔五都会到五星煤矿来看看。每周都要来五星煤矿下一两次井，每次在井下的时间，不是一上午，就是一下午，甚至更长。

　　这有点奇怪了。有一天，白梅的心里突然有些震动。

　　五星煤矿下井，从地面到一六八九水平，再从一六八九水平到一三九〇水平，都是坐猴车。井下一般也就一个采面，一个备采面。掘进头也不会太多，很少有同时存在四个的时候，一般都在四个以下。在全公司来说，五星煤矿下趟井，比其他任何一个矿都要容易得多，不像其他矿那样，走路都要一两个小时。到五星煤矿下井检查的领导们，若是指定去某个点，哪怕最远的，一般来回也就一个多小时。公司与生产相关的部门，都有下井数的要求。遇着工作忙得下井数量不够时，有的会到五星煤矿来下井，就是因为这个矿的井比较好下，当然还有一个重要原因，离市区比较近。

　　郑矿长一下去就这么久，短期内不怎么引人注意，时间一长，就都传开了，白梅也注意到。

　　这时，她联系这段时间来，大昇煤矿、五星煤矿领导们的所作所为，也不知为什么，心里面那个黑漆漆的天空突然裂开了一条缝，如闪电般，闪进了一丝光亮。她想抓住那丝光亮，但一瞬间又看不到了。

　　可是，当她正想放弃的时候，这段时间的很多事情又扑面而来，环绕着她，包围着她。她挣扎着，就如睡梦中觉得自己已经醒了，却怎么也起不来的样子，好生无力。

　　也不知过了多久，先前心里面的那道裂缝又出现了，依然闪进了一丝光亮。而这一次，竟然没有那么快就消失。借着那一丝光亮，她看见了自己的心在嘲笑自己。

　　"白梅啊，别再沉睡了，醒醒吧！"

　　白梅突然奋力伸出手，想抓住那一丝光亮。于是，她参加了成人高考，成功考进了省教育学院。尽管是函授班，每学期只有将近一个月的面授时间，但对她来说，已经很奢侈了。她注意到那些原本应该挂在天边的星星和月亮，都已不再遥远，神仙们似乎都下凡了。她又认识了很多老师和同学，一次次感受到了当年走出校门之前的美好。她突然觉得，自己好像把当年走出校门之前与目前的现实打通了，就像突然打通任督二脉一般。

于是，她的心得到了救赎，心里的天空亮堂了。她学会玩博客，通过博客，还学会了诗词创作。

她这么一走神，会议已进行到颁奖环节，主持人一声"白梅"把她拉回了现实，她这才注意到，自己又魂飞天外了一回。

党委副书记还是那么带着真诚和欣赏之意，又看了她一眼。她那颗已经得到救赎的心，不再像那些黑暗的时光里的心，被冰冻僵死。微笑着，从党委副书记手里接过荣誉证书，她看见自己伸出右手，大大方方地与他的大手握了握，然后一起拍照留影。

现在的白梅，别人不知道，但她自己很清楚，她已不会再像当初那样，把自己无情地封闭起来，也不会再像以前那样消极。如今的她，凡事都会积极应对。

所以，接下来要面临的事情，尽管有些麻烦，她也只是微微一笑。

第三十一章

· · · · · · · · · · ·

2010年3月,五星煤矿成立了机电科。机电科属于业务部门,它的职能,是要负责全矿机电系统对外、对上业务,同时,指导机电工区日常工作和完成矿上临时交给的各项任务。自然,技术档案的管理、达标检查事宜就包含在内,机电工区只在职责范围内配合。从某种意义上来说,机电科也属于五星煤矿的机关部门。

白梅依然是机电工区技术主管。按理说,机电科成立后,把对外、对上,以及应该属于机电科的业务划出去后,白梅会轻松一些。可是,白梅心里很清楚,事情绝对不会那么简单。

机电科成立后,科长是从大昇煤矿调来的。人很本分,不是那种会要滑头的人,但对工作很较真。在大昇煤矿时,任机电科副科长,技术水平不错。

科员只有一人,就是廖丛秋。有这样的机会,史耀忠当然不会轻易放弃,第一时间就把廖丛秋调了过来。把白梅的徒弟武秀军调到运输工区,再从大昇煤矿要了一个小伙来顶武秀军之前那一角。

小伙名叫龙晓凯,原在大昇煤矿技术科,也是从武秀军他们就读的那个大专班毕业的。

尽管白梅的工作在史耀忠的心里无可挑剔;尽管遇到重大工程或一些紧要项目时,无论到公司还是到大昇煤矿开会,史耀忠都一定要带上她。但是对于白梅,史耀忠的心里是很复杂的。他认为白梅从不买他的账,或者说,白梅既然不把他当回事,他也不会让白梅太好过。曾经,想把白梅调回机电时,他这点心思就已经有所暴露。

一个阳光明媚的清晨,钱家粉馆同往日一样,两张圆桌都被人围了个严严实实。在座之人,除了看澡堂的一位女生,其余都是机电工区、运输工区的。大家七嘴八舌的谈话中，重点还是工资奖金之类的事。重组后的五星煤矿，工人干部的工资、奖金都翻了好几倍。其中一位身材魁梧、双目炯炯的男子，正是运输工区副区长宋贵廷。

桌子上，几个热腾腾的大碗中，白如银线的米粉上面，几坨炖得烂熟的猪脚肉，连皮带骨，有的还带着蹄叉。物以稀为贵，蹄叉是好东西，不是每个人都能得到，老板娘的长把铁瓢长着眼睛。猪脚肉的旁边，都有一汤匙特制的油辣椒和四个指头捏得住的一小团葱花。满屋里，散溢着诱人的袅袅清香。

基本按先来后到，有的已经把碗中之物搅匀，迫不及待送了一筷到嘴里，心满意足地咀嚼着。有的还在排队，只拿着一双筷子摆弄，等着老板娘把大碗端到面前。当然，人们的嘴巴不会闲着，大老爷们，一样会东家长西家短，你一句我一句，说个不亦乐乎。

宋贵廷吃了两口，史耀忠的粉才到。史耀忠来得最晚，他是两桌人中最后一个。史耀忠一边在碗里搅动，一边说话，突然就来了一句：

"白梅那人太傲气了。"

说着，挑起一口米粉往嘴里送，狠劲地嚼着，仿佛要把白梅的傲气一并嚼碎，吞下肚去，心里还狠狠地说道："让你再傲气，看你还怎么傲气。"

"轰——"如一计惊雷，两张桌子，正低下头去对着大碗卖力的十几颗黑脑袋，不约而同一下子抬了起来。歪头的歪头，斜眼的斜眼，都直接看向他，如同两朵黑色的菊花突然绽放，然后随风摇曳。宋贵廷一口粉刚刚送到嘴里，差点被呛着。

没有人答话。史耀忠又自顾自地说，"要她到机电工区，是抬举她，她还三番五次拒绝。机电工区哪里不好，她在运输工区会比机电工区收入高？"

还是没有人答话。有些来得早的，放快速度喝了最后一口汤，付完钱后走了出去。心里却暗暗骂道："见过不要脸面的，还真没见过这么不要脸面的。人家白梅干得好好的，明明是他想方设法把别人挤到运输去。这会儿，师妹拿不下来了，又想让人家白梅回来。哼，他还有脸说，我们都不好意思听了。"

其实，史耀忠的话是想说给宋贵廷听的，后者哪里不明白？他史耀忠想了多少办法，连向总都请来说情几次。白梅不答应回机电工区就对了，作为运输副区长，宋贵廷也要为运输考虑。哪个单位不喜欢能干的人呢？自从白梅到运输，不光运输的技术活多次受到表扬，平时他们领导班子里，大家也轻松不少。因为运输的事没有机电复杂，号称"工作狂"的白梅，凡是能做的事，不管是谁的活，她都尽量去做。所以，白梅在运输，无论是不是工作上的事，只要用得着大家帮忙，大家都会心甘情愿地帮她。别说是干部们了，就连工人们，很多都是如此。人心都是肉长的，史耀忠这么损白梅，在座的，或走出去的，都很唾弃。宋贵廷心里也是窝火的，只是他的性格，不可能像周远成那样，明晃晃地维护白梅。

是的，这种场合，周远成要是在场，他才不管他史耀忠是什么总，定要怼回去的。史耀忠把他整到运输又如何？最不济也就如此，还能怎么样？周远成的弟弟在市煤炭监督局工作，一个季度总要到矿上检查一两次。周远成并不想倚弟弟的势力做什么，但是毕竟史耀忠也是知道他弟弟的。

有一次，各工区区长们在调度室开会，会前，不知谁提到白梅和廖丛秋，说全矿的两个女技术员怎么怎么的。周远成一听就火了，大声说道：

"别拿那个谁跟白梅比，她连白梅的一根脚指头都比不上。"他甚至连廖丛秋的名字都不屑说出来。

"嗬……"所有人都向他看了过来，却谁也不再作声。

不出白梅所料，机电科成立之后，没人提起工作移交之事。一周过去了，没有动静；一月过去了，还是没有动静。

机电科长成天除了开会，就是下井。这倒不奇怪，他新来新到，熟悉环境和了解工作情况，都是首要的。可廖丛秋作为科员，既不是什么新来新到，也没什么正经事可做。整天游来荡去不说，那张不安分的嘴巴，还时常在办公室走廊上喷着讥讽，阴阳怪调地说自己闲得无聊。

机电科办公室在机电工区楼上，就是早先设备组用的那间屋子，特意腾出来的。与白梅的办公室，中间就隔了一间区长办公室。看着白梅成天忙得不可开交，廖丛秋除一次又一次地故意做作，还不乏得意与幸灾乐祸。

两个月过去了，机电科依然没有要交接工作的意思，大小会上没提过，平时更没任何反应。

作为业务部门，属于自己职责范围的活，啥也不管，那还成立这个部门干什么呢？还整天在白梅面前做出一副小人得志的嘴脸，这算怎么回事？

本来，所有工作，白梅一直带着两个人，累死累活、加班加点地干，大家都有目共睹。领导决定设立机电科，自然有相应的考虑，这本身是一件好事。可是，一本好经，硬是被下面的歪嘴和尚给念歪了。

偏偏这事，还与白梅有关。

白梅起初没往深里想，以为他们是一时半会儿忙不过来，还顾不上工作移交的事，尤其科长是新来的。可是，时间过去这么久，忙不过来，打个招呼总可以吧！白梅很渺小，轮不到上面的业务科室打什么招呼，那区长、书记呢？区长、书记也连通个气的资格都没有吗？自机电科成立一个月后，白梅就问过，可几次下来，区长、书记都只是摇头，压根就没人和他们通过什么气。他们问过，也没问出个所以然。

白梅依然忙着，机电科科长依然开会、下井，廖丛秋依然阴阳怪调，游来荡去。白梅不怕干活，她本身就是"工作狂"，不怕苦，也不怕累。可这事，太过讽刺。

有一天，白梅忙完手里的活，坐下来，端着杯子喝了一口水，突然又想起工作移交的事。她打开手机上的日历一看，机电科成立都快三个月了。白梅的心里突然有个念头：难不成，他们压根就没打算接什么工作？如果是这样，属于机电科的活，白梅干着，属于机电科的工资，他们领着，而上面的领导根本不知道。天啊！他们怎么这样？不，不对，机电科长新来，不可能有这个胆子，定是史耀忠的意思。果真这样的话，就太过分了。可是，十有八九就是这样。

白梅，你的心不是活过来了吗？难不成还要像当初心如死灰时那样，任人宰割？

"不，绝不！"小鱼儿的声音从心底发出，响在白梅的耳边，震动着她的灵魂。

"那怎么办？几次问过区长、书记，看那意思，他们也没办法。"再说了，他们两个莫名地也受了史耀忠的许多不待见，白梅都觉得是自己连累了他们，心里很过意不去。工作还要继续，他们也不好怎么得罪顶头上司。

想了两天，白梅还是觉得窝火。史耀忠针对她，反正已不是一天两天，也不怕再多件什么事。况且，这事，不是他史耀忠的主意才怪，太欺负人了。想明白后，白梅笑了。

第二天，十点半的样子，机电科来找白梅交接工作了。所有技术档案，搬到了机电科，所有对外、对上业务，都交接得清清楚楚。机电科长叶忠平，还是那副不声不响的样子。廖丛秋收起了阴阳怪调，自始至终，板着一张脸，像是白梅欠了她几百万。机电工区区长李波、书记陈善文只是无声地笑了笑，笑容里透出几分无奈。

事后，陈书记告诉白梅，那天一大清早，他就接到电话，通知他到郑矿长办公室开会。也没说开什么会，他在心里琢磨了一阵，也理不出个头绪，只得赶紧出门。到了矿长办公室，一看，除了李波，还有叶忠平、史耀忠，以及大昇煤矿机电矿长张元华、机电副总工程师李忠胜、机电科长宋家奇。

看着大家都一脸疑云，正纳闷之间，只听郑矿长声音不高，却带着几分凛然，问张元华：

"张矿，机电这口，对外、对上的业务，包括技术档案管理、各种报表上报，应该由机电科负责，还是由机电工区负责？"

张元华想都没想，就答道："当然是机电科负责。"回答完，他还是有些莫名其妙，心想，"矿长这是唱的哪一出？好端端的，问起这事。大昇煤矿不就一直这样操作的吗？难道有什么问题？"

却又见郑矿长转向李忠胜和宋家奇，问了同样的问题，对方才点了点头，正准备给出与张元华同样的答案，话还没出口，史耀忠就抢先说道："应该由机电工区负责。"

其实，郑矿长向张元华把问题一摆出来，叶忠平、史耀忠、陈善文和李波，心里都"咯噔"了一下，知道是怎么回事了，只是各人心里都有着不同的想法。

叶忠平很无奈，明知道事情应该怎么办，可史耀忠打了招呼，他也只能按领导的意思办。这些日子，面对白梅的质问，他心里有愧，连办公室都不敢多待，每天不是下井就是在地面各机房或调度室，本来就是在逃避。这时，矿长如此一问，他感觉自己就像一只进了风箱的老鼠，两头都要受气了。

史耀忠却信心满满，五星煤矿这边，机电系统他说了算。他觉得凭着他和郑矿长的"关系"，郑矿长不可能不维护他。

陈善文和李波却想着，看来郑矿长是要出来主持公道了，心里暗自有些高兴。

史耀忠说完，还有几分得意地笑了，正等着郑矿长顺着他的杆杆爬，却没料到，"啪"的一声，郑矿长把杯子往桌子上重重一放，乌云滚滚地吼道：

"你们就是这样干的？这些活都由机电工区干了，还成立个机电科干什么？"

此话一出，张元华、李忠胜、宋家奇总算明白是怎么回事了，都悄悄舒了一口气。随即又听到郑矿长点了史耀忠、叶忠平的名，说：

"你们今天，必须从机电工区把属于机电科的业务全部接过来，下午五点前由你史耀忠向我汇报。"

又对叶忠平说，"叶科长，属于机电科的业务范围，你都知道吧，不用我让宋科长给你列出来吧？"

叶忠平红着脸赶紧回答："知道，知道的。"

郑矿长心里清楚，叶忠平没有这个胆子，看他这么诚恳，也就没过多为难他。

随后，整个会场静了下来，静得能听到每个人的呼吸。

停了停，郑矿长端起茶杯喝了一口，意味深长地看了史耀忠一眼，又接着说："太不像话了，机电科成立快三个月了，居然还什么活都没接过来。这三个月，这些活的工资，机电科就别拿了。宋科长，你具体处理一下，这份工资拨到机电工区，加奖给机电工区技术室。"后面的话，是对着宋家奇说的。

然后转向陈善文和李波，脸上的乌云已散尽，有些怜惜地说，"你们两个回去，通知一下白梅，让她放下其他工作，今天先把移交工作做好。"

陈善文说着，白梅听了不时点点头，或"哦"一声。看着白梅的眼睛，陈善文又补充道，"郑矿是真生气了，一个短会，开得好多人心惊胆战。"

白梅还是没说什么，从始至终，只是表达了满满的感谢之情。

白梅知道，史耀忠会更恨她了。这事，无论郑矿长怎么得知，终究是为白梅主持公道。白梅倒无所谓，只是怕牵连区长和书记。

后来，她对陈善文说，"这事是有个眉目了，但终究是因为我，可能会给您和区长带来一些麻烦。"说着，白梅满脸歉意。

"嗨，都是为了工作，有什么麻烦？本身作为区长、书记，这样的事，就应该理论的，只是你也知道，我们……"

陈书记没把话说完，但白梅已经明白，赶紧说道：

"多谢书记！多谢您和区长！"

这事就这么过去了，白梅也确实轻松了一些。可是，有天晚上，白梅和高宏说到此处时，高宏却叹了口气说：

"还消停不了，不信你等着看吧！"

"哦？"白梅扭过头，想听听高宏说为什么。

"以前你到运输，廖丛秋到机电，开始还可以吃你的老本，到撑不下去时，史耀忠只能想方设法地把你调回机电。你看着吧，要不了多久，还指不定怎么折腾呢！"

第三十二章

"嗯，走一步看一步吧！"像是在安慰高宏，又像是稳住自己。高宏的话提醒了白梅，白梅却没有吃惊，史耀忠不会善罢甘休，她很清楚。

高宏不多言不多语，看事却比较明白，这事还真就顺着他的话来了。半年后，白梅被调到机电科，机电工区技术室由高宏负责。

叶忠平不干了，直接辞职走人，到地方小煤矿当了机电矿长。

高宏说："叶忠平不像史耀忠屁股后面那帮家伙，他是一个真正干实事的人，技术水平也不差，活生生被史耀忠逼走了。"

这话倒没有夸张。

叶忠平虽然性格有些内向，说话也不太会拐弯，但没有什么坏心。他一步一步从技术员走到科长位置，也和高宏、白梅一样，凭的是自己努力，不是什么靠山，他也没什么靠山。本来在大昇煤矿干得好好的，领导把他调到五星煤矿任机电科长，不仅是对他的认可，还是给他一个历练的机会，将来走上副总工程师或更往上的位置，也不是不可能。

"唉，可惜了。"白梅感叹道。

"人无伤虎意，虎有害人心。那个害人精，害了不少人。"高宏说，"武艺不高马屁高，早晚有一天，领导们总会识破他的真面目。"

"是啊，李志忠不干了，头也不回地跑到小煤矿去，与他也不无关系。"白梅说，别看天天和他裹在一起大吃二喝的，他那脾性，还不是想让那帮家伙像供祖宗一样供着他。毕竟都有家庭，都要过日子，虽然嘴上不说，时间一长，谁也受不了。

"我们苦就苦点，只要一家人好好地在一起，就比什么都强。"高宏突然发出感慨。他也是跑出去过的人，外面的世界有多精彩，又有多无奈，他很清楚。史耀忠因为白梅没少为难他，那又如何？其实，从他与白梅走在一起，嫉妒的又何止一个史耀忠？张耀忠、李耀忠的，多了去了。

"嗯。"白梅明白高宏的心思，意味深长地给了他一个微笑。

两年前，十月的天气，人们都要穿毛衣了。那是一个阴天，天空没有太阳，也没有下雨。技术室全体出动，巡查大倾角皮带机。武秀军是白梅的徒弟，一直怀有感恩之心，对白梅十分尊敬，也实实在在地关心。因为有白梅这一纽带，高宏与武秀军相处得也十分友好。这样一个组合，一同从大倾角皮带机头往下走，自然心里也是舒畅的。

武秀军带着笔记本，高宏带着钢卷尺。白梅与司机交代好停机，并且指定专人监护、看守操作台，只有白梅一行巡查结束，白梅亲自通知，才可再次开机。

他们从井口开始，先查看机头的各个滚筒，以及操作台等设备。然后是机架状态，托辊的旋转情况、磨损情况等，不放过任何一处。发现问题，就由武秀军记录，托辊都按架次编了号，写清楚具体问题即可。

平时下井，都是从井口乘猴车到二片（一六八九水平）后，穿过联络平巷到原来的一六八九绞车房门口，乘下一级猴车。而这次，他们的目标是大倾角皮带机，所以只能沿着大倾角皮带机巷往下走。

"三片往下，巷道条件没上面好，白姐，你小心点走哈！"武秀军走在前面，走过二片时，回头提醒白梅。

"好的，不用担心我。"白梅回应道。

高宏走在白梅后面，随时护着白梅。

到了三片，巷道的确矮了许多，有的地方，要侧着身子才能通过。高宏和武秀军都不胖，加上他们经常下井，倒还算好。白梅就没他们那么利索，不仅要一步一步踩稳，手还要抓牢机架，才敢往前移步。毕竟三十七度的倾角，一不小心，自己滑倒，前面的人也会被冲倒。况且滑倒后，冲撞着皮带机架，或冲撞着巷道两旁挤过来的凸凸凹凹，后果都不会乐观。到了太窄的地方，更是要多加小心。稍有不慎，安全帽就会被碰出"咚"的一声。

一路走一路查看，到五片中段时，武秀军停下了脚步：

"白姐，这个地方，两帮都挤过来离皮带机太近，侧面无法过人，要从皮带上平躺着梭下去。我先梭，你看看，小心点。"

"好，没事。"白梅停下脚步，抬头望去，有十来米的样子，皮带机被上下左右挤得似乎气都喘不过来。

白梅一副很轻松的样子，但心里还是有些发怵。她抓牢皮带机架，站定脚，看着武秀军上了皮带，头朝井口方向躺下，两只胳膊，两条腿，还有屁股，都完全调动起来，一点一点往下梭。皮带上残留的煤炭，被武秀军刷走了不少。

待武秀军梭过去下了皮带后，高宏扶着白梅上了皮带。

为了安全起见，高宏只能等白梅下皮带后，才能上去往下梭。

白梅小心翼翼地平躺下去，开始用两肘撑着，两脚跟着力，将屁股抬起一些后往前移动。然后再将两肘前移、撑着，两脚跟前移、着力，屁股再次抬起后往前移动……

这时，她想到了医院的核磁共振，可是那机器却有个电动滑车把人送过去，不用这么折腾胳膊肘、脚跟和屁股，还是水平运动。她想到了若是巷道顶部突然垮塌，埋住自己根本要不了多少岩石、矸石。就算是少量的，哪怕一小块，直接掉到身上任何位置，会是轻伤、重伤都难说。她想到了若是不做好事前安全准备，司机突然开机，会是什么后果？恍惚间，四面八方的岩石张牙舞爪向她袭来，她摇摇头，不敢再往下想了。

接着，"安全第一""安全第一"……震耳欲聋的警钟之声，在她脑海里鸣个不停。一些不堪入目的镜头又毫不客气地挤进了她的脑海，浮现在她的眼前，甩都甩不掉。多年前掘进工区某工人被巷道顶部垮落的矸石砸伤，最终抢救无效的镜头，甚至莲城矿务局某矿曾经发生瓦斯爆炸事故的镜头，都一股脑儿跑了出来。还有，史耀忠那张皮笑肉不笑的肥脸。昨天的调度会上，他提出要白梅亲自带着检查大倾角皮带时，眼里的狡黠……直到听见武秀军的声音，她才回过神来。

"白姐，白姐，可以下来了。"武秀军喊了好几声，才看到她有反应，把武秀军吓坏了，喊到后面，声音都有些发抖。

而高宏，听到武秀军的喊声后，只能干着急。直到看见白梅下了皮带，才赶紧用最快的速度梭到位，问是怎么回事。

"没事，没事。"这时，武秀军已冷静下来，白梅的思绪也归了原位，两人先后回应着高宏。

也难怪白梅会如此胡思乱想，煤矿毕竟环境特殊，井下更是比较恶劣，稍有不慎，便是人命关天。要不，怎么会有"挖煤炭的人是埋了没有死"的说法呢？早先，还有个百万吨死亡率的要求。百万吨死亡率，哪怕是零点零零零零几，再小的数字，都意味着煤矿是个会死人的地方。这些年，零死亡的提出，是对煤矿安全的更高要求，是不允许死人的要求。安全是重中之重。煤矿人，从领导到每一位员工，任何工作都是和生命维系在一起的。当然，煤矿也没有那么恐怖。安全有章可循，只要遵守相关规定，任何环节都把安全放在首位，很多事故都是可以避免的。随着科学技术水平的不断提高，井下安全条件已不断改善。

巡查完大倾角皮带机，三人从机尾联络巷串到猴车机尾，坐猴车出井。到了井口一看，三人的汗水都还没有干。也是到这个时候，高宏才算放下了那颗一直提到嗓子眼的心。

所以，这时听到高宏说"一家人好好地在一起，比什么都强"，她很能理解他的心情，她又何尝不是。

可让她没想到的是，史耀忠明里暗里针对她，却还有私事要她帮忙。

"嗨，这人啊，还真有脸皮厚得不能再厚的。"有一天，晚饭后，她对高宏说，"你猜，史耀忠他今天早上来找我，让我帮他做什么？"

"嗬，找你帮忙？他还真好意思啊！"高宏先是一愣，接着有些鄙夷地说道。

"呵，他还会有什么不好意思？"对于史耀忠，白梅是真的很无语。

"哼，他找你帮什么忙？用什么嘴脸来找你？"高宏冷哼一声后问道。

"哈哈，别提了，想让他儿子拜师呢！求人时的嘴脸，笑得就像那个和珅面对皇上时的样子，你想想看。哈哈，哈哈……"白梅说着，也不知为什么，还真觉得很好笑。

"嘿，这倒稀奇，你答应了？"高宏咽了一下嘴，又问。

"答应了，当然要答应。他既然想给自己一个耳光，我白梅也没必要阻止。不是吗？"说着，史耀忠那副讨好卖乖的滑稽相又浮现在眼前，忍不住又笑了一回。

　　其实，史耀忠私事找她帮忙，这已不是第一次。他晋升工程师时，图纸是白梅画的，资料也是白梅做的，就连论文都是白梅写的。那时，他刚被矿上聘为机电副总，时不时就会找理由收拾一下机电工区区长、书记。白梅想，自己辛苦点、委屈点不要紧，区长、书记能少些麻烦就好。

　　高宏点了点头："嗯，确实，这一耳光结实。"

　　"唉，他儿子倒比他懂礼貌，白阿姨长白阿姨短的，那种真诚是装不出来的。我会好好教他儿子，爹妈作的孽，与孩子无关，孩子是无辜的。"白梅叹了口气说。

　　"好，好，我的白梅就是太善良。"高宏觉得，史耀忠那样的人，真是践踏了白梅的善良。接着又说："他儿子那个妈，也是个作孽的主。"

　　"是啊。"高宏这么一说，那个女人的形象瞬间就把白梅的思绪扯成了一团乱麻。

　　当年，白梅到运输工区后，第一次达标检查就得到了公司表扬，整个工区洋溢着欢乐的气氛。可是，偏偏有人不高兴了。

　　那人是办事员，第二次达标检查之前，正好转到运输工区。三年前，于丽萍去了工资科。工资科科长的女儿，从技校毕业，到五星煤矿实习完后，上班已一年有余。这时，正好来接任机电工区办事员。可是，半年左右的样子，出了些问题，调到水电队参与抄水表、电表。蓄势已久的史耀忠，总算可以把他的老婆大人直接调进办事员队伍。她接过办事员工作的第一个月，发工资时，数着白梅和高宏的一共一万三千多元，好像那些钱不仅烫着了她的手，还烧坏了她的心。从那时起，她看着白梅，就怎么都不顺眼。不是一家人，不进一家门。此人的心机，和史耀忠还真是天生的一对。

　　说她是史耀忠的老婆大人，却也不是信口开河。毕竟她的脸色有个阴晴圆缺，史耀忠就会乱了心里的春夏秋冬。她还有个"拿手本领"——装死。只要史耀忠惹她不高兴了，十回有九回，她必定会在适当的时机"晕"了过去，"人事不知"。

　　有一次，于丽萍请吃饭。一群人快到医务所门口时，她就站在路口处。看着大家走过去，她转身就往前走。走了不到二十米，便在众目睽睽之下，软软地倒在地上。七个月左右的身孕，矮小的身躯，附着个大大的肚子，就像一只中了猎枪的袋鼠，不带任何悬念地倒下了。白梅急得几个箭步就跑了上去，胖乎乎的史耀忠和其他人也随后赶到，七手八脚把她扶起。看着那迷离的眼神，白梅心想，"还好，她是醒的。"白梅着实被吓了一跳。

那时，白梅已到了机电工区技术室，但只要有事到她曾经实习过，也曾经为她避过风雨的矿灯房，总会停留一会儿。矿灯房修矿灯的大班人员，一边修矿灯，一边也会说说笑话，当然也免不了张家一些短，李家一些长。作为实习技术员，白梅随时可以加入修矿灯的队伍。第二天，她到了矿灯房，也不知谁开了个头，说起了机电办公室的一些趣事，说到史耀忠时，白梅插了一句："他老婆昨天晕倒了，看样子身体不是太好。"那时，白梅连"怀孕"这样的词都还不好意思说出口，直接绕过。只见大家你看看我，我看看你，笑得有些神秘，不以为然的样子。白梅正纳闷间，忽听班长肖芳淡淡地说道："她经常晕倒的。"

白梅眼皮一抬，满脸疑云。肖芳便接着说，她与史耀忠的岳丈家住一栋楼，对那个女人十分了解。

原来如此，真是不可思议。自己还提心吊胆地跑上前去扶人，原来是被耍了一把，白梅有些无语。

那女人名叫吴典秀，据说她父亲曾经担任过运输工区党支部书记，已经退休。

其实，白梅对吴典秀这个人本来也没什么好印象。不是说她们有什么过节，白梅才到矿上，人生地不熟，不可能去得罪谁。只是吴典秀当时在锅炉房化验室上班，上下班都要经过矿灯房门口。关键是吴典秀的打扮，在这样以工作服为主的矿区，实在太过惹眼。如果是典雅的打扮，漂漂亮亮的，那倒还好。偏偏她的打扮，却"颠覆"了白梅的认知。鲜艳的衣物，这不算什么，主要是那眉毛描得，边缘不平滑都是小事，又浓又宽的一道，里面还有些浓淡无度。白梅描图的鸭嘴笔，随便往哪里画出一笔，都比之顺溜。眼睛也抹了些黑色，如果淡淡一层，如烟如雾，渐变自然，或许那双还算不小的眼睛，会透出几分神韵。可她偏偏弄得，像出井后的采煤工人还没洗干净的眼睛，实在叫人不忍目睹。还有那张嘴，红得像刚刚吃过活物，鲜艳欲滴的样子，在那有些塌扁的鼻子下，显得好生突兀。

　　白梅也喜欢薄施粉黛，但只会让自己更精致一些，绝对容不得任何夸张的手笔。所以，当她第一次站在矿灯房门边，远远看到一位女子走来，穿着菜花黄的宽松毛衣，黑色紧身健美裤时，眼前不觉一亮。可等那人走近，却几乎吓了她一跳。的确，有些"风景"，只适合远观。

　　如此惊鸿一瞥，这个女人便如鬼影般落在了白梅的印象中。

　　这时，听肖芳说起这些，往日的镜头还历历在目，她不禁笑了。

　　运输工区办公室少，办事员的办公桌就摆在技术室，靠着前窗。

　　五星煤矿的达标检查，是和经济挂钩的，过关了，全区达标奖就能保住，从上到下，涉及每个人的切身利益。若过不了关，将会按比例不同程度扣除达标奖，最差的情况，扣完可能还要罚款，罚款当然也是按比例承担。

　　这年的第二季度达标检查，也就是白梅到运输后的第一次达标检查，可以说，全工区都喜气洋洋，谁也没想到，一个不可告人的恶劣行为，很快向白梅逼近。

　　第三季度达标检查前，白梅依然提前准备好相关资料。多年来的工作经验告诉她，实际工作做了，资料也得跟上，否则，口头表述根本无法达到相应效果。何况，质量标准化本身就有相关要求。

　　达标检查的前一天，白梅的资料整理结束。她打开资料柜，一一有序排好，并做到心中有数，不至于到时候手忙脚乱。她右手拿着一支铅笔，左手拿着翻开的档案目录，正在一一核对。这时，宋贵廷的声音从门外传来：

　　"白梅，到区长办公室开会。"

　　档案柜就在她的椅子背后，两步远的距离。她把档案目录和铅笔往办公桌上一放，从笔筒里拿起一支中性笔，从办公桌左上角拿了笔记本，就出去了。

　　会议是为第二天的达标检查做具体安排，宋贵廷和夏远同带着检查人员走井下两条线，周远成带着上矸石山，白梅当然还是陪着查资料。

　　会议结束，又要上矸石山绞车房，白梅回到技术室，直接锁上资料柜，就匆匆出了门。

　　下午，是矿上的一月一次的安全办公例会，开完会也就下班了。

　　晚上，吃过晚饭，不知为什么，白梅心里还是有些不踏实。她决定去机车充电室看看，一方面再交代一些注意事项，另一方面也想再看看她给岗位工们安排的事情都落实好没有，比如卫生的保持，灭火沙箱、沙袋的状况等。

对于运输，地面机房，除了矸石山绞车房，就只有电机车充电室了。

检查完机车充电室，她又回到办公室。值班的电工，一个下井了，另一个与今晚的值班干部夏远同一起守在值班室。

机器轰轰隆隆，井区的灯光散发着太阳般的色彩，照亮了五星煤矿的夜空，照亮了夜行人的脚下。白梅给值班室的两位打了个招呼，就进了自己的办公室。

她先拿起水杯，从饮水机里接了半杯水，一边喝，一边抬头看了看墙上的图牌板。看着新换上去的图纸，以及改动过的其他示意图，轻轻点了点头。然后走到自己的座位坐下，又喝了一口水。看到桌上的档案目录，她打开资料柜，准备将其放入柜中。

就在打开资料柜的瞬间，她傻眼了。记忆中排得整整齐齐的档案袋，怎么会这么松散，还有两三个的下部歪了出来？她心里突然有一种很不好的预感。

他赶紧拿起档案目录，一袋一袋地核对。她很认真地核对着，心却跳得越来越厉害。

第七袋、第十八袋、第十九袋？第二十七、三十六、五十……八十八？这些档案，都到哪里去了？不能慌、不能慌，她努力克制着、克制着。

又随机抽出几个现有档案袋，仔细看了里面的内容，还好，没少。

是不是自己忙里出错呢？她又重新把所有档案理了一遍，结果还是一样。会不会被自己无意中放到别处，但这怎么可能？自己明明是核对后按顺序排好的。明知道不可能，还是抱着一线没有希望的希望找找看。她的办公桌，两张写字台桌面收拾得整整齐齐，一目了然，没有。她打开所有抽屉，都没有。她又打开别的柜子，甚至连会议室专门存放记录本的柜子都打开看了，还是没有。该找的地方都找了，能找的地方都找了，哪怕是从矸石翻笼及其前面的矿车里，甚至是垃圾堆中找到都好。可是，哪里都没有。这些档案，会去哪里了呢？难道它们还会自己长脚跑了，自己长出翅膀飞了不成？

　　其实，她心里早已有了答案，只是她很不愿意是那个样子。

　　看着她焦急地在找东西，给夜班人员点完名，安排好工作后的夏远同走了进来。

　　"怎么了？白梅，你在找什么？"

第三十三章

白梅把档案丢失的情况给他细说了一遍，他便帮着白梅找。连柜子顶上，他也搬个凳子站着，踮起双脚，尽量让不算高的个子，能够把上面看个清楚。旮旮角角都找过后，他回过头，看着白梅含泪的眼睛说，"怕是找不到了。"说这话时，他的眼神意味深长。白梅明白，他的想法和白梅心里的答案吻合。

无奈之下，白梅只得收拾好心情，重新坐下来，把能补的尽量补。电脑里有的，可以重新打印。两张图纸，到技术科出图，这会儿肯定不行，都快十点了。她便将电子版拷到U盘，准备第二天一大早联系技术科专门负责打印的人。

还好，只有五袋属于达标资料，其他的，都是应归档保存，以备平日工作中查阅的。

白梅的资料柜，工区的工人不可能去动。就是工区干部，需要查阅时，也会事先找白梅。白梅有事外出时间稍长，比如学习、出差，钥匙也只会交给区长。

这些资料平白无故，转眼间消失得无影无踪，还会有什么原因呢？平静的水面，暗流汹涌。

第三季度的达标检查依然顺利过关。从那以后，白梅的资料柜，只要本人离开，必定上锁。

叶忠平走后，谁来任五星煤矿机电科长呢？还是从大昇煤矿调来的，名叫许军。

许军在大昇煤矿机电工区任过技术主管，也在大昇煤矿机电科任过副科长。他与郝颖的丈夫是老乡，还有些转弯抹角的亲戚关系。因此，对五星煤矿还算有些了解，曾经一同共过事的叶忠平是怎么离开五星煤矿的，在他来到之前已经清清楚楚。所以，他一到五星煤矿，就做了最坏的打算：一直有意到地方小煤矿，却下不了决心，这回若是被逼得太过分，跑出去也不是什么要紧的事。

让白梅震撼的是，许军还给她带来了一个意想不到的信息。

"宏，你猜当初郝颖从她表妹那里借给我一万块，还有个什么传奇？"这天晚饭后，白梅意味深长地对高宏说。

"哦？莫非这里面还有什么我不知道的故事？"高宏有些惊讶。

"对，你绝对想不到，我也做梦都没想到。"

"说来听听。"

"刘子奇，你认识多年了，他的媳妇是我高中同学，几年前你请客那回，也知道了。可是，他的媳妇，居然就是郝颖的表妹。机电科新来的许军和郝颖他们家有亲戚关系，今天和他聊起来，才知道这事儿。"

"啊？这么说，当年郝颖带你去借的那一万块，实际上借的就是你同学的钱？"

"对啊，够传奇了吧！这么多年，我们居然都不知道。许军说了后，我打电话过去，谢雨竹也很惊讶，说当年是有这么回事，她表姐带了个人去她那里借了一万块，但当时她不在，也不知具体是谁借的。那钱，第二天，郝颖就还给她了。"

高宏："呀，这世界还真小。"

"真是没想到。"白梅感慨万千。

许军是有备而来，却偏偏事态没像他想的那样发展。就在他到五星煤矿的第二个月，从大昇煤矿调来了一位机电副总工程师。这位副总工程师属于公司正式聘任，不是史耀忠那种情况。而史耀忠，就这么毫无预兆地调离了五星煤矿，去了邻市一个刚开了几年，还没成气候的矿区。据说条件非常艰苦，原来跟在他屁股后面的那帮人，谁也没再跟去。

许军虽然也不多言不多语，但与叶忠平不同，说话不像叶忠平那样直，做事也比他圆滑。在白梅看来，他总是笑眯眯的，心态很好，也不会轻易得罪谁。与这样的领导共事，白梅觉得很轻松，没什么压力。

可惜好景不长，他刚来两个月，就听说五星煤矿要彻底关闭了。消息虽然不是矿上正式发出的，但小道消息也不会空穴来风。曾经的政策性破产，然后重组，最先也是由小道消息之风漫漫吹开的。

重组后满打满算还不到十年的五星煤矿，又一次人心惶惶。

白梅对高宏说："宏，不管别人说什么，机电工区技术室现在是你负责，千万不能松懈。"高宏已是技术主管，白梅提醒他，越是人心不稳的时候，越要注意安全。凡是可能发生危险的地方，都要有相应预防措施，并悬挂好醒目的警示标志。各岗位尤其要禁止带小孩上班，绝对不能出现当初洗衣机房那种大事故。

几年前，洗衣机房还是属于后勤管理。那是一个星期六，学校不上课的日子。一位洗衣工带着她八岁的女儿进了洗衣机房，这一行为已经违反了该岗位相关规定。在五星煤矿，所有机房碉室，包括工业场所，都是不允许小孩子进入的。洗衣机房早先是双人岗位，后来在人员大量流失和体制改革的情况下，变成了单人岗。对于这个岗位来说，变成单人岗，也不是不行，只要岗位工遵章守纪，是不会有问题的。

可是，这位母亲很贪玩，上着班，只要把当天收到的衣服洗了，便想着法子都要到外面站一站，找人吹吹牛，甚至有时还偷偷跑到当地老乡开在附近的麻将馆，摸上几把。这一天，她把女儿带进洗衣房后，让孩子在里面写作业，她自己便跑了出去。为了预防孩子往外跑，她还从外面把洗衣房的门锁了。

孩子写完作业，"妈妈，妈妈"地喊了几声，没人应。试了几次，门也打不开。没办法，就自己在里面玩。八岁的孩子，或许知道电线不能动，或许也知道连着电线的开关动不得，可她哪里知道，她妈妈经常用来给下井工人洗衣服的那个东西，也是不能随便乱动的。

那是工业洗衣机和家用洗衣机长得完全不像。洗衣机横躺在那儿，上方的外盖，可以电动开合。外盖以里，还有一层筛子般的活动内层。放进脏衣服或取出干净衣服前，都要将其打开。打开的活动内层，放手后会自动合上。

小孩大概是好奇，想伸头看看里面是什么情况，却把自己卡住了。等她母亲回来时，一切都晚了。

孩子的父母都是当地人，家离五星煤矿也就两公里多距离。孩子家的七大姑八大爷们听到信后，都不愿意了。

"找矿上，人是在矿上死的。"

"五星煤矿应该负责任。"

"就是，走，找矿上去。"

……

人们七嘴八舌，你一句我一句，最终都达成一致意见：找矿上。

那天晚上，已经送回家的孩子，小小的尸体又被百余人浩浩荡荡簇拥着，送到了五星煤矿调度室。

一百多人，若是有头绪的与矿上协商，还好一点，可偏偏不是这样。

一时间，调度室就像一团大马蜂窝。整个办公楼吵吵闹闹，还被围得水泄不通。别说正常办公，就是说话的声音，也会随时被淹没。

拥进调度室的人们，进去后，有的踩上沙发，有的甚至站到办公桌上，谁也不在乎会破坏这里的什么，也不考虑破坏这里的后果。随后，窗玻璃碎了，电话机被砸了，门坏了……甚至监控井下运输线路的屏幕也坏了。

一百多人，或许确实有不少是真心帮忙的，可有一部分人总是不听劝阻，不仅把装修不到两年的调度室糟蹋得不成样子，还打伤了调度室工作人员，给遇难者家人帮了倒忙。最终，公安部门介入，有些人被抓了起来，按照法律规定接受处罚。矿上对遇难者家属的赔偿，还不够抵扣矿上因此造成的损失。

到头来，孩子的母亲自然也按规定被开除了矿籍。据说，后来还离了婚，她丈夫的理由：孩子是因她而死。

白梅想，这样的事件，从始到终，都应该引起人们的高度重视。家有家规，国有国法。无论在什么工作岗位，都应该不折不扣地遵守相关规定，更何况牵涉人身安全的场所。再说，出事了，也不是谁吵得凶、打得凶谁就赢，除了有个"理"字，还有法律。法律，根本容不得任何人挑衅。

当然，不用白梅提醒，高宏也清楚。在煤矿工作这么多年，别的不说，安全是一分一秒也不能忽视的。无论人们怎么议论关矿的事，只要自己还没接到离开岗位的通知，就要负起责任。矿真的关闭了，这么多人，偌大个公司，总会有相应的安排。

2013年，淘淘已上大二。淘淘考上大学后，那个出租屋里的东西，在房东催着要腾出租给别人的情况下，白梅觉得这屋里的东西，新家里基本用不上，就找了个收破烂的给处理了。

看着出租屋里被一群人折腾得乱七八糟，站在门外的白梅，感慨万端。六年的时间，这个地方给他留下了多少记忆。起早贪黑，一边忙上班，一边忙照顾孩子。毕竟精力有限，工作是不能耽误的，对孩子的照顾自然就欠缺很多。想起来，她是对不住孩子的。孩子的出走，那是刻骨铭心的痛。更让人惊心的是在这里，还差点把娘俩的命都给送了。

那是一个周日的上午，学生们回家的还没返回，楼上楼下都静得如同无人之境。一向睡懒觉也不会超过八点的白梅，睡在里屋，一点醒来的迹象都没有。孩子睡在外间，也没有什么起床动静。

幸好有一个声音撞进白梅的耳朵，让她有了意识，一下子睁开双眼。这时，天已大亮，再看时间，快十点了。她欠身坐起来，感觉自己的脑袋轻得像飘在空中，身体软绵绵的。

"淘儿，淘儿。"大约两分钟过去，她突然感觉到不对，赶紧喊孩子。

她下了床，轻飘飘地，每一脚，都像踩在棉花上。她用手扶住床、扶住墙，尽量稳住身子，往外屋走。

平时，喊一两声，孩子就会答应。可这天，她在里面喊了很多声，走到孩子床前又是好几声，都没回应。最后，她一边摇着孩子一边喊。孩子醒了，但显然懵了。孩子迷迷糊糊坐起来，白梅才注意到，他脸色苍白得如一张纸。煤气中毒，白梅这下反应过来了，她赶紧打开门窗。她自己心里十分难过，恶心，想吐，还有一种完全被抽空的感觉。这时，孩子已经起床。她从饮水机里接了半杯水，喝了一口，又想让孩子喝点压一压。她走到孩子身边将杯子递过去时，却已感觉力不从心。杯子从手里掉落，她的鼻子似乎触到了孩子的衣服，她听到孩子焦急地连声喊着"妈妈，你搞哪样了？妈妈，妈妈……"然后她就什么都不知道了。

白梅醒来时，还是躺在自己的床上，前后门依然大开着。孩子已去找了房东和其他人，准备送妈妈去医院。孩子哭着，白梅也哭了。

"太危险了！"她着实被吓坏了。孩子可能因为年轻，承受能力强一些，烧无烟煤的回风炉在外屋，离孩子更近。

每个冬天，他们都点着回风炉。白梅很注意，每次点回风炉之前，都要特意清理烟管，就是怕被烟灰堵塞后，煤气会返到屋里。没想到，这天烟管真的被堵了。

一上午，孩子的脸色都没恢复过来，白梅的心还慌乱不已。要不是小狗也受不了，发出似咳非咳的声音，把白梅吵醒，那后果真是不堪设想。多年后，白梅只要想起这事，每一次都还会感到后怕不已。

高宏买车了。白梅和他住进了新家，上班就开着车早出晚归。爱车如命的高宏感慨道：

"像梦一样，没想到自己真的有车了。"

白梅笑了，高宏买车时和刚开车时的样子，还历历在目。

白梅知道高宏很喜欢车，迫于经济条件的限制，她才一直没说。搬进新家后不久，一个周六的早晨，白梅起得很早，看了一会儿书，吃过早饭，她对高宏很神秘地一笑：

"给你三分钟时间，做好心理准备，我有个重要的消息告诉你。"

高宏浓黑的剑眉向上一挑，似笑非笑，很疑惑地看着白梅：

"什么重要的消息？不会又给我下什么套吧？"

多年来，白梅与高宏闲下来时，说些笑话，追逐嬉戏都是寻常事。当然，不排除偶尔的小恶作剧。高宏多次体验过，所以才会有此疑问。

"哈哈，还真一朝被蛇咬，十年怕井绳了？"说着，大大的眼睛微眯，笑得直让高宏觉得她真是"不怀好意"了。

高宏还是似笑非笑，似乎有所准备的样子。看着高宏如此，白梅更是笑得不行，眼泪都不知不觉笑了出来。

"好，不闹了。"白梅收起逗他的表情，推着高宏，"快换衣服，我们买车去。"

"嗯？"高宏像触了电似的，蓦然回过头来，有些不敢相信自己的耳朵，"不是，买什么去呢？"

"买车啊，你不想？"白梅一边把高宏推向卧室，一边笑眯眯地歪着头问。

"想想想，怎么不想？做梦都想。"也不用白梅催了，反应过来的高宏，三步并作两步走进卧室，麻利地换了衣服。

一周后提车，还是白梅和高宏一起去。驾照虽然拿到手已一年多，后来却一直没摸过车，但并不妨碍高宏把车开了回来。只是那不到二十码的速度，如同两个不会划船的新手，撑着一只怎么也跑不快的小船，在无数船舶的水上，任由大大小小、各式各样的船只，像鱼儿一样从两侧包超。高宏小心翼翼地开着，白梅一不留神，把那些跑到前面的鱼儿作了参照物，好几次都感觉载着自己的小船像是在后退。

每个十字路口，绿灯时间都不够用。白梅在副驾驶上，一次又一次强行压制着快要脱口的惊呼。却又忍不住着急，该刹车的时候，她的脚比高宏还蹬得卖力。左转、右转、起步、上坡……白梅可是都费了大劲的。

好不容易把车开到小区，在停车位上停了下来，两人同时转头，对视一眼后，大笑起来。若不是已经熄火停稳，那笑声还不知要把车推出去多远。

人生总是要不断学习的。开车如此，做其他任何事，也无一例外。

自从涉猎诗词创作后，白梅就没中断过学习。不仅如此，她对生活，对身边的人和事，甚至花花草草，都越来越关心。她发现，原来这人世间，美好的东西随处可见。果然，美的东西需要美的眼睛去发现，而美的眼睛，恰恰只能反映于美的心灵。难怪自己"沉睡"那么多年，就凭当时那种心境，那颗沉入万丈深渊的心，怎么可能发现美好？白白错过这么多与美好邂逅的机会，真是可惜、可叹、可悲！

这些年，她不断创作，已在全国不少诗词刊物上发表过作品。自信、快乐，都随时写在她那张白皙的脸上，以至于与她经常煲"电话粥"的罗心莲，只要提到她，似乎就是提到快乐，好像她和快乐就是一回事。罗心莲多次在朋友面前说，"你们要跟白梅在一起，才知道什么才是真正的快乐。"

是的，在遇到五星煤矿之前的那个白梅，那个快乐的白梅，已经回来了。自从进入省教育学院就读，她就一点一点找回自己，她那颗死去的心也一点一点地复活了。

所以，当有人说她承受能力太强时，她也只是报之以微笑。

2013年，莲都火车站到大垭口的路，已经扩宽为六车道。五星煤矿到大垭口的路，也早已变成水泥路。大垭口的西面，正在兴建的森林公园入口。进山公路的两侧，种着竹子，还有很多格桑花。路通之后，高宏开车带白梅上去过，那可是天然氧吧。其实，莲都本来就是个天然大氧吧，自从禁止乱砍滥伐，天然林渐渐长好，植被也更加茂盛。后来，中心城区环城荒山造林绿化工程正式启动，很多地方都大量植树造林，退耕还林之后，生态保护又得到加强。

自从环保力度加强后，矿上锅炉房的烟尘也有专门处理方式，大烟囱里冒出的不再是黑烟。那原先的黑烟，竟然被洗白了，袅袅飘出，恍若白云出岫。

这些年，环境保护以看得见、摸得着的方式很快得到改进。就连五星煤矿的空气，也好了很多。再加上，退耕还林，怀抱着五星煤矿的群山，已从玉米和土豆的时代华丽转身，成了经果林。就连那半坡矸石山，也种活了许多香根草。远远望去，虽然还显得稀稀疏疏，毕竟也生出了绿意，仿佛沙漠正在变成绿洲。

车转过几道拐，进入了森林地带。茂密的植被，犹如浅浅深深泼了绿颜色的画布，画布上，各种高大的树木，参天而立。

春天，万物复苏之时，树木的旁边，总有各种各样的花朵陪衬着。红的、白的、紫的、黄的，不一而足。鸟儿们欢快地从这树飞到那树，又从那树飞到这树。有人来了也不要紧，鸟儿们早已习惯。尽管人们穿着各种服饰，三个一群五个一伙，或者更多人嘻嘻哈哈走来，还高举着手机拍来拍去，那都没关系。鸟儿们不介意自己的身影进入谁的镜头，这些年，人类把它们的家园培植得这么好，它们舒心。就是有车辆驶来，那也惊不了它们，它们一样会在不远处看着，像是默默地为之祝福。毕竟是它们的家园好，人们才喜欢来，不是吗？

夏天，绿荫如染，再点缀着各种各样的花朵，更是可人。尤其那份清凉，让那些来自炎热地带的远客们叹了又叹。秋天，金黄铺开的时候，那有着人间丰收底蕴的色泽，让人如痴如醉。冬天，冰雪素裹时，又是一种别样的美，美得让人心疼，竟然担心那些冰肌玉骨的精灵会转眼消失。

从森林公园回望五星煤矿，高宏觉得，山谷在此深深地打了一个漩涡。五星煤矿，如同大山怀抱里的一个婴儿，这里的一切，都被大山深情地拥抱着。青翠的群山之间，只有矸石堆出来的那一坡，如同母亲哺乳时裸露出来的肌肤。好像整个五星煤矿，就是这样吸吮着母亲的乳汁走到今天的。想象着曾经的荒芜，想象着当年父辈们从无到有，从有到大，凭着智慧，凭着双手，在这抬头只见铜钱那么大个天的地方，深入地下，采出光明送到千家万户，高宏一时眼眶有些湿润了。

　　他仿佛看见自己的父亲，在地底下某个深深之处，举着铁镐，一下一下地挖着。有炮声响起，又一批岩石垮落，运走这些矸石后，巷道又长了一些，深了一些。一些巷道如龙蛇一般，渐渐络绎着一个被行家看中的地方。于是，一群人弓着身子，打出炮眼，装进炮泥，布置好雷管、炸药，然后"轰"的一声，躲到几十米外的人们，在一场不小的震动过后，迎来惊喜。烟云飘散，不会危及人身安全了，便把那些千辛万苦请出来的黑家伙装车，辗转送出地面。那些黑黑的家伙，将会燃烧自己，让自己的灵魂化作千家万户的光明和温暖。煤矿人不也和那些黑黑的家伙一样吗？"燃烧自己，照亮别人，燃烧自己，温暖别人……"想着这些，高宏不自觉地喃喃自语起来。

　　杜鹃花开得正艳，一向特别喜欢花卉的白梅，居然舍不得摘下一朵。那么美好的生命，她不想弄疼了它们。有人欣赏也好，无人在意也罢，这些花朵总会在节令到来之际，努力开到最艳，从来不会辜负大好年华。她没有权利去摘一朵半朵，因为那是对美好的不尊重，甚至是对生命的亵渎。她敬畏生命，敬畏自然，敬畏花花草草的诚信。在白梅与花对视，由衷地怜惜着一蓬杜鹃花时，忽然听到高宏的叹息，竟然打了一个激灵。

　　"说什么呢？什么燃烧自己，照亮别人……"白梅只听清高宏重复的这一句，应声问道。问出后，自己也一下子反应了过来，这不是说的煤吗？还是说，他已联想到煤矿人？是啊，煤矿人不也是这样吗？开采光明的人，常常处在黑暗之中。"燃烧自己，照亮别人"，说得好。一时间，那些工作服上沾满煤泥，脸上除了一双眼睛会动，两片嘴唇显出杜鹃花一样的红色外，就只有黑色的煤矿工人，一下子在她的心中高大起来。那是"燃烧自己，照亮别人"的颜色，那才是最美丽的颜色。

白梅有些激动了，突然想到于谦的《石灰吟》："千锤万凿出深山，烈火焚烧若等闲。粉骨碎身浑不怕，要留清白在人间。"被她稍一篡改，便成了《乌金吟》："千锤万凿出深山，烈火焚烧若等闲。烟灭灰飞何所惧，光明暖意在人间。"

从此，煤矿和煤矿人时不时会从她的笔下成诗、成词，跃然纸上。五星煤矿在她心里的形象，也悄悄在变。

她很愧疚。想当年，自己浅薄得真是可以。竟然因为那间处在公路边的临时搭建的宿舍简陋不堪，一颗心就沉入了万丈深渊；竟然因为矿上那些小渣皮的骚扰，竟然因为矿上环境恶劣，竟然因为……因为这些，就让自己如同走进坟墓一样的悲哀，从而把自己活生生地封杀，一封就是十四年。比起老一代三线建设者们的艰辛，这点微不足道的困难又算什么？如果当时能有现在这样的心境，那该多好。白梅只恨时间不能倒流。

一群鸽子在五星煤矿的上空飞过，然后落在了新大楼前面一栋的楼顶。白梅又抬头看了看蓝蓝的天空，几朵白云正悠闲地飘浮着。她的心又被这些云朵撞了一下，似乎又回到了前些日子的一场校友聚会。

第三十四章

· · · · · · · · · ·

一个风和景明的日子，蓝天白云下，自重庆煤校一别二十年的吴晓兰，从省城翩然而来。当年，王尧分到省城的一个地质单位，她就跟着去了省城。据说在一家棉纺厂上了两年班后，便分流出来了。

莲都，曾经是生她养她的地方。她的小学、初中、高中同学，这里还有不少。她来吃喜酒，她有一位很要好的高中同学嫁闺女。

白梅见到她的时候，她已把重庆煤校当年的校友，以及上一届分到莲都的师兄们，邀出来十几人，准备好好聚一聚。

校友聚会，自然免不了往日的回忆。事实上，也只有回忆才是最好的谈资。

白梅与吴晓兰谈到了她们俩当年衣服换着穿，发带换着用，披肩发长度也差不多，以至于王尧误把白梅当作吴晓兰，白白生了一场气。大家都谈了很多很多，不时笑声朗朗，仿佛又回到了当年的情景。

晚饭后，又到一家烧烤店吃夜宵。

烧烤店就在护城河畔。像长桌宴一般，把两张长桌子并在一起，一群人围了起来。臭豆腐、洋芋、小瓜、小鱼、鲜肉等，在烙锅里，吱油的吱油，冒烟的冒烟。十几双筷子，你来我往，十几个装着啤酒的杯子不断相碰。男同学们一个一个要敬女同学，女同学就只有白梅和吴晓兰，当然也要敬男同学。

多年以后，莲都的护城河经过改造，护栏造型奇特，仿佛汉白玉雕刻而成。除了十二生肖，还融入了传统文化和三线文化。河里清波荡漾，两岸或杨柳依依，或花团锦簇，清风习习。不仅充满江南韵味，还成了人们观赏和休闲的好去处。犹如这座城市的大动脉，流淌着这座城市的血液，滋润着人们的身心。白梅还想，若当年的聚会放在此时，必定又是另一番感觉。

几个回合后，桃花朵朵绽放在每个人的脸上，就连以茶代酒的白梅，脸上也泛起了红晕。重庆煤校小馆子里的情形，又浮现在眼前。那时，对面和身边这些师兄弟，只要有外校老乡来访，吴晓兰不一定在，但白梅一定会应邀前往。

白梅看着对面靠右一些的那位师兄，思绪有些飘浮。那位师兄叫陆云鹤，一身深蓝色的运动装，衬得他更加俊朗。陆云鹤比她高一届。就在她进入二年级时，他开始追求她。他给她写过几封信，她都原封不动，请送信人带回去物归原主。唯有最后一封，她留了下来，至今还在。那封信，用诗的形式，先赞美了白梅，然后是对白梅的仰慕和思念，思念到"一日不见，如隔三秋"，后面是希望得到白梅的认可，一起走向未来。那封信是一首长诗，写了二十多页，现代诗歌的韵味十足。

白梅收到那封信，依然是在一次晚自习停电时。那会儿，大家都在等着来电，突然有人在门口喊了一声白梅，借着教室里幽幽的三点两点烛光，白梅走到教室门口，见是一位姓钟的老乡。老乡来找，无非是有外校老乡来访，或是请吃什么东西，抑或是谁的生日。可白梅得到的信息，是有人请他送来一封信，信塞到白梅手中，来人转身就走。和他一起来的还有一位，白梅没见过，也看不清楚，那人只说了一句，请白梅好好看看信的内容。

这声音好熟悉，是他？就是他，陆云鹤。也不知为什么，陆云鹤每次亲自来找白梅，都是晚自习停电的时候。听声音，白梅知道是他，可是，就算白天，只要他不说话，和白梅面对面走过，白梅保证也认不出来。直到半年后，他们都快毕业了，才在一个星期六的下午，还是姓钟的老乡陪着来找到白梅，白梅这才看清楚他那俊美的脸庞。

那时的白梅，天生铜墙铁壁，百毒不侵。

所以，众多追求者，在她这里都没讨到好，陆云鹤也不例外。那个下午，也是陆云鹤断了那个念头的日子。

这会儿看着眼前这位师兄，二十年的风霜过后，愈加显得帅气，气质上也如一位久经沙场的战士。听说，他已在某局担任局长，白梅着实为他高兴，也从心里希望他一直过得好。

人与人之间，无论可以建立起什么样的关系，白梅都相信缘分。他是优秀的，但要说她对他，可能重新来过，她依然不会选择他。至于为什么？她也说不清楚，最好的解释，还是那两个字：缘分。

或许是感觉到了白梅在看他，陆云鹤又端起酒杯敬了白梅一回，没说什么，只是笑，笑得意味深长。接着又倒了一杯，站起来走到白梅身边。这时吴晓兰已离开座位，正和对面一位曾经追求过她的师兄碰杯，并坐在了那位师兄旁边。大家都喝得有些醉意了，有些把凳子退出，坐在一边吹着散牛，有些还在桌旁叙说着过往，原来坐在白梅身旁的几位也起身到了对面。陆云鹤在白梅的左边坐下，侧过头对她说：

"白梅，是我此生无福……"说到后面，声音有些苦涩。说完，一口喝干了杯中之物。

"别，别这么说。"白梅见情形不太对，赶紧笑着道，"如此，你才有后来的选择机会，才有现在更好的福气。"本来当年白梅在老乡中，就是出了名的"能言善辩"。这会儿不得已，她也只能拿出那一手，胡扯着赶紧把话岔开。

可陆云鹤接下来却说了一句："某人差你差得太远了，你比她好一百倍不止。"

"嘘……"白梅想，这人真是喝醉了。白梅把右手食指放在粉嘟嘟的唇边，做了一个噤声的手势，想让他别乱说，不曾想，他却说出了一个惊天秘密。

当年王尧一次次往白梅她们寝室跑，原本是想追白梅的，王尧非常喜欢白梅。可是白梅和吴晓兰是老乡，最初，只要王尧去了，两个女孩子都在场，王尧只是看着白梅，根本没有机会单独跟白梅说什么。纤尘不染的白梅，似乎天生带着结界，总是给他一种无法靠近的感觉。心中的女神，容不得别人有邪念，也容不得自己有什么冒犯的举动。在别人眼里，他多少有些玩世不恭。但他自己很清楚，白梅对他意味着什么。

只是没想到，没过多久，吴晓兰便对他发起进攻，以一种非他不嫁的姿态，公开追求。陆云鹤与王尧同寝室，一切都看得清清楚楚。

白梅确实看到吴晓兰有好几次，很晚才回寝室，上床后就哭。她们的床位离得很近，尽管知道她已与王尧恋爱，开始白梅还是问了问她，怎么哭了。可是她不愿说，白梅后来也就没问。但白梅却真真切切地听到过，她一边哭一边小声说，"王尧，我做鬼也不会放过你。"还骂了一句丑话。

白梅以为他们在闹小别扭，也没往深处想。再后来，白梅搬到别的寝室，她们相处的时间就聊胜于无了。

这会儿听陆云鹤说，是吴晓兰主动追求王尧，彻底颠覆了白梅当初的认知。可陆云鹤还说出了让她更为震惊的秘密。当年吴晓兰主动进攻，好长时间王尧都不答应，后来她居然把自己的小手指砍了一截。天啊！白梅简直要石化了。

白梅心有余悸地看向吴晓兰，看见了那个断了一截的小指，轻轻摇了摇头。

几年后，应一位师兄相邀，吴晓兰一家，白梅带着孩子，一起到了云盘。云盘这些年发展很快，新城区规划得很别致。虽然规模比市区小，但还是比较繁华。师兄把离他较近的当年老乡，召集了四五位，一起玩了三四天。要离开的那天，在一个景区，大家都玩得正开心时，王尧竟然当着吴晓兰的面对白梅说：

"多年不见，你还是没什么变化。其实，当初我到你们寝室，就是为了追求你，可是你对我……你……"

"哈哈，开什么玩笑？要真是那样，你怎么不跟我说，你不说我怎么会知道？"王尧还没把"不理我"三个字说出，白梅就开始和他打太极。

没想到，在王尧的眼里，当初的白梅清纯可爱，纤尘不染。如今的白梅，连岁月对她都无比关照，比当初更有魅力了。在他心中，那份沉沉的爱慕，着实有增无减。

白梅却觉得，过去如何都不重要。她只相信眼前，好好经营自己的家才是王道，其他什么都是浮云。关于这些，谁爱说什么，她都只是一笑了之。什么"同学会，拆散一对是一对"，她认为，能拆散的，都是可拆散的，无他。

"走吧！"高宏把白梅的思绪拉回来时，一只鸟儿在不远处画出一条好看的弧线，阳光下的杜鹃花，红得像煤炭燃烧正旺时的火焰。

"好。"白梅答应着，挽住高宏的胳膊，转身一起向车边走去。

回家的路上，车走进一处新修不久的隧道时，里面没有灯，只有一些反光点，在车灯照射下，明明灭灭地做出回应，提示着道路的边界。

白梅想，这要是不开车，突然走到这样的所在，黑洞洞的如何是好。这个念头才跳出，便把多年前孩子遇到的一件事牵扯了出来。

孩子上初二时，她才知道，学校居然也有帮帮派派，总有一团一伙打架斗殴的现象。她好生后悔，早知如此，什么教学质量好，还不如让孩子安安心心在五星煤矿子弟校读完初中再说。可事到那时，已是无可退路。

一天，白梅突然接到一个陌生电话，是莲都区号的座机。她心里掠过一丝不安后，还是接通了。当电话那头传来"派出所"三个字时，她被吓得不轻，接着听到孩子的声音，更让她有些不知所措。好不容易把慌乱的情绪控制了一些，才听清楚孩子被抢了，正在派出所报案。

那件事，很长一段时间，她心里都还有着阴影。平时听说这里被抢那里被抢，听了也就算了，毕竟说的是别人，而这回是真正落到了自己家。何况几天前她还在火车站桥洞那里，亲眼看见一个三十岁左右的男人抢一个穿着比较时髦的女人。女人手里拿着手机，男人抢的就是手机。一人拿着一头，像拔河比赛一样，各自都在往自己的方向使劲。白梅开始不知是抢劫，心想，这家人搞得好，打架打到大街上来了。可下一秒，看着女人被抢倒在地上，拖出两三米远，男子抢得手机，慌忙从旁边一道小门跑去，转眼不见踪影，她才明白过来。

那时，因为抢劫，甚至打人、杀人也时有发生。现在想来，还令人毛骨悚然。哪里像现在，突然间，公交车上、市场上，各种地段的小偷们都不见了，出租车、偏僻地点抢劫的情况也渐渐听不到了。尤其是天网工程面世后，一下子让多少只能在暗处发生的丑恶罪行，失去了萌发之机。

这一年，年终评先进时，白梅依然没占五星煤矿的指标。连续五年如此，白梅已找不到感激的语言，唯有更加认真工作。

这时她想起多年前与评先进有关的一个笑话。那是五星煤矿破产重组之前的事了，白梅参加工作也就四五年光景，当时的五星煤矿矿长调来才一年多。年终评先进，矿上进行综合评定时，矿长坐镇，矿工会、政工部门等的领导都参加。评到白梅时，矿长突然迸出一句：

"白梅？这白梅，一天天地在路上游来游去的，有什么资格评为先进？"话里有些火药味。

当时，机电工区有两名女工程技术人员，就是白梅和廖丛秋。白梅一天到晚，忙得脚不沾地。廖丛秋却因干不了什么技术活，碍于她爹在工资科的原因，机电工区相当于把她养着，基本不安排她干什么。她没事，一天就东游西逛的。也许是这形象早已被矿长注意到，只是分不清具体是谁。

矿长这么一说，大家都是一愣。当然，有反应快者，不待矿长的火苗喷出，便赶紧接过话来。政工科副科长施应蓉说：

"矿长，那个东游西逛的不是白梅，白梅是工作很认真的那个，在工区、矿上，很多人对她评价都很好。"

"哦？"矿长一听，也是一愣，还有些疑问的样子。

"对，对，是这样的。"这时，其他人也反应过来，都附和着施应蓉。

施应蓉又补了一句：

"白梅，就是前几天安全知识抢答赛抢题最快，答题也最多的那个。"

"哦。"这时，矿长才恍然大悟，随即点着头笑了。那天的比赛，一开始他有事，后来到现场时，正好进入抢答环节。

其实，施应蓉也才从别的矿调来不到三个月，若是按常理来说，她也不可能了解白梅什么，毕竟白梅在机电工区，短时间内她们见面的机会，可以说微乎其微。

然而，事情就是这么巧。刚刚过去的安全知识抢答赛，白梅的表现，实在是让她刮目相看。她在原单位时，作为安全知识抢答赛的主持人，也见过不少厉害的，但几乎都在回答问题方面。而像白梅这样，自己按铃抢题，自己回答，效率这么高的，还真少见。而且，那样子，只要她想抢，似乎就没有别人的事；只要她抢到的题，也没有回答不上来的。以至于，她作为主持人，只得请白梅手下留情，给其他组留点机会。

就这样，她对白梅的印象很深刻。进一步了解白梅，自然是她很乐意的事情。白梅也因此成了她心里最好的抢答赛选手，后来，凡是代表矿上出去参赛，白梅必然是主力队员。在她看来，只要有白梅在，名列前茅便是很自然的事。

五星煤矿重组后不久，大昇煤矿组织的安全知识抢答赛，施应蓉把队伍带到，就很自信地直接丢下了一句：

　　"不用想，第一名就是我们的。"

　　这种赛事，一般都是三人一组。白梅他们这一组，两位女生，一位男生。男生来自通风工区，另一位女生也在机电工区，是白梅推荐的。

　　白梅微笑着，没有说话。另一位女生也只是笑了笑，没说什么。只有那位男生，紧张得有些掩饰不住。

　　开赛了，试铃时，各组都听着主持人的口令直接按了下去，只有白梅是缓缓地按压。主持人看着她的举动，只当她是反应慢了，别人也没在意。而就是她这个缓缓按压的动作，虽然大昇煤矿的台式按钮与五星煤矿的手持式不同，还是让她找到了掌握按压速度的关窍。

　　到了抢答环节，主持人每念完一道题，她的铃声总是切着"开始"的"始"字尾音出来。按规则，铃声若在主持人喊出"开始"之前响起，就算犯规。犯规后不仅不得分，还要倒扣除题目相应分值。然而，她的铃声正好回避了犯规区域，又很难有别人能抢在前面。

　　几个回合下来，主持人在一次次的惊奇中，毫无规则地变化着"开始"两字的速度，却像被施了魔法似的，始终摆脱不了白梅的铃声。主持人着急，硬硬判了白梅一次犯规。白梅却很平静，像一位久经沙场的老将军，丝毫不乱，也不争。

　　观众里，各个方位都有呐喊声。很多人为自己的队伍着急，一个劲地喊着："抢啊！快抢啊！怎么不抢？"他们哪里知道，台上抢不到题的选手们，比他们还要着急。一不小心，还着急得犯规了。倒是，看着场上的状况，主持人也大发慈悲，白梅以外的队伍，只要不是太明显的犯规，都不叫犯规了。

　　施应蓉的笑里充满着骄傲与自豪，这可比她在五星煤矿组织的那次还要精彩，她不自觉地鼓掌，不自觉地笑着。在听到主持人对白梅说，请她手下留情，给其他队留点机会时，施应蓉更是笑得意味深长。

　　白梅干什么工作都认真。以往参加矿上的比赛，她心里有数，尤其安全知识方面，就算不特意去背，很多东西在平时工作中都是知道的。这么些年，很多知识早就烂熟于心。关键，也就是在按铃上。所以，于她而言，费不了什么心力。而代表五星煤矿参赛，毕竟牵涉一个矿的形象，她不得不更用心些。

这次大昇煤矿的比赛，除了指定环节，她就专门让她推荐的那个女生答题，她只负责按铃。如此搭档，只要她愿意，抢下全部题目，也不是不可能，但她当然不会那样做，遥遥领先就好。纵是如此，也把主持人弄急了，所以当主持人请她给别的队伍留机会时，看着自己队分数已稳坐第一，她直接让手离开桌面，不再抢一道题。

白梅除了技术管理工作外，每年都会给各岗位的工人进行培训。凡是她组织的培训，都会将理论结合实际，用最通俗易懂的语言传授给职工。她有个特点，机电工区、运输工区的职工们都知道。无论什么样的学习，都容不得下面的人交头接耳，窃窃私语等。换句话说，就是所有参加学习的人员，都不能在她讲话时讲话。只要发现她闭口不言，带着微笑，两眼静静地盯着大家，人们就会从自己周围开始，看看是哪里有人说话了，进而想办法去制止。

她又喜欢提问，与职工们互动。所以，职工们都不会觉得她的讲解枯燥，回答问题还都比较积极。

一次学习时，大昇煤矿下来巡查。巡查的人进门后，白梅站起身来，请他坐在台上。接着，正常进行讲解和互动。

"列车或单独电机车运行时，必须前有什么，后有什么？"

很多人举手，白梅点了一位四十岁左右的男职工站起来，他很流利地回答道：

"列车或单独电机车运行时，必须前有照明后有红灯。"

……

白梅就这样，讲到某一个问题时，便根据这个问题从不同角度提问。职工们总是积极举手，积极应答。白梅讲解时，下面鸦雀无声，白梅提问时，场面很是热闹。一场学习，很快就结束了。于白梅而言，这是很正常不过的事。而巡查人员看着白梅与大家互动，看着职工们争相举手答题，他居然很触动。眼睛一次次闪着亮光，嘴角一次次上翘。后来在大昇煤矿传开，一有机会就把白梅表扬一番。

　　也正因为如此，白梅无论如何低调，除了称赞、羡慕者，还是引来了不少嫉妒之心，才会有前面说到的那些曲折和坎坷。人生没有平坦的道路，每一步除了脚踏实地，还得有应对泥泞、坎坷、荆棘、风霜等的心理准备。当然，有了心理准备，遇到妖魔鬼怪，也不至于措手不及。

　　想想这一路走来，从进矿不久，那第一次探亲假开始，嫉妒就悄悄向她袭来，以后，便如影随形，从来没有离开过。但是，那又如何？

　　路漫漫其修远兮，白梅上下而求索。阳光早已照亮她的心灵，面对前方的路，不问来时，不问归期。按着自己的心，大步向前走便是。

　　前方还会遇到什么，白梅不能未卜先知，但不管如何，风和日丽白梅喜欢，狂风暴雨她也不再畏惧。磨砺了这么多年，她的心，装得下这世间所有。自己曾经浪费了十四年，以后的日子，再也舍不得为一些不值的事消磨了。那些疯子，就由他们自己去疯吧！

第三十五章

· · · · · · · · ·

夜，已经很深了。

电脑前的白梅，纤指翻飞，诗心荡漾。好句一出，抵得过十万阳光。正应了她那首诗的意境："诗舟横墨海，逆顺不知疲。但得莲香句，春风展小眉。"

这时，电话铃响起，一时还没回过神来，白梅听得那铃声，犹如来自诗里。当她看清楚是故人名字时，心中不由得涌起这人世间的各种波澜。

"喂，白梅，最近在忙什么呢？"于丽萍的声音穿透夜空，闯入了白梅的耳朵。

"喂，于姐，还是老样子，你呢？"白梅的心情很好，声音也甜美。

"好长时间不见，挺想你的。"对方说着，笑声里充满对昔日的眷念。一口气说了很多从前的事，说起了白梅种种的好。

曾经那点事，白梅早不放在心上了。

是的，曾经殷露给于丽萍写信，编造一些乱七八糟的事来损白梅，于丽萍居然毫不怀疑。不怀疑也就算了，何必还把殷露那些不切实际的话传给了很多人，害得白梅从成都回来后，白白受了很多不堪入耳的舆论和奇奇怪怪的眼光。多年后白梅知道真相，要说心里没有一点涟漪，那自然是假的，毕竟自己全心全意地付出，居然抵不过别人的胡编乱造。何况，让白梅想不到的事情还远不止这些。不过，她很快就想开了，并没有在这些事上浪费太多时间。只是，她与于丽萍的距离，就这么不可避免地悄悄拉远了。

当然，还有一个重要原因。那时，白梅还不知道前面说的这些事。有一天上午，快下班时，白梅把办公桌收拾好，端起水杯喝了一口又放回去。正向门口走时，正好看见廖丛秋有些从容的样子，不像平时那样蚂蚁都踩不死。嗬，白梅有些诧异，太阳从西边出来了？

才闪过此念头，忽然听到隔壁吵了起来，除了廖丛秋的声音，还有于丽萍的。白梅已和于丽萍结拜成姐妹，这样的事，怎么可能置之不理？她三步并作两步跑过去，一听，才知道，廖丛秋看上了于丽萍的老公。廖丛秋理直气壮地说，她已经是朱大新的人了，还怀了朱大新的孩子，要于丽萍答应离婚。老天，这世上居然有这样的人？这还有天理吗？

"啪"的一声，白梅竟然行动快过脑子，一个耳光重重地甩了过去。于丽萍噙着两行辛酸泪，廖丛秋捂住被打疼的脸，一时间，都静静地看着白梅。她们都没想到，这个平常总是笑盈盈，从不轻易得罪人的白梅，居然为别人的事如此发怒，硬是一时回不过神来。

白梅自己也惊呆了。她与廖丛秋之间，如果说以前因为廖丛秋和她爹的嫉妒，多次挤兑过白梅，那都不是当面锣对面鼓的事，白梅也不至于如此动怒。可是，她容不得这种拆散别人家庭的行为。在她看来，这样的第三者，死不足惜。

就在她拉着于丽萍，准备把她送回家时，廖丛秋回过神来，追在她们后面大声说："关你什么事，朱大新又不是你老公。"这话显然是冲着白梅的，但是，白梅今天的气势，还是把廖丛秋吓倒了。或许也有做贼心虚的原因，廖丛秋只是远远的喊了这么一声。

于丽萍哭得肝肠寸断，走在路上偏偏倒倒，活像烂醉如泥的酒鬼样子。在白梅看来，她的天真的塌下来了。好不容易到了她家，把于丽萍扶到沙发上，白梅才发现自己浑身都湿透了，那汗水，顺着脸颊往下淌，如同淋浴中一般。

朱大新还没回家，白梅这时才想起，以她打廖丛秋时的怒火，若当时朱大新也在场，怕是也躲不过她的一巴掌。

白梅生平第一次，也是她人生中唯一的一次，为了他人之事，亲手打了别人的脸，还真是为了别人的豆子，炒坏自己的锅。但是为了好姐妹，她不后悔。

只是她没想到，不到两周时间，廖丛秋和她还势不两立，于丽萍却与廖丛秋有说有笑了，像什么事都没发生过的样子。这是什么情况？白梅有些看不懂。

廖丛秋流产了，于丽萍去侍候她。两个月后，廖丛秋的爹退休，于丽萍调到工资科，接任了他的那一职位。白梅这才知道，有些人，有些事，不是看到的那样，也不是听到的那样。她灵魂深处的小鱼儿一声长叹，白梅感觉自己被雷电击中了……

"我错了吗？"白梅反复地问自己，却始终找不到肯定的答案。她想，如果换个角度，她遇到廖丛秋那样的行为，于丽萍若像她那样，不顾一切来帮她，她会感激于丽萍一辈子。可是，事后于丽萍不咸不淡，还很快与廖丛秋和好如初，会不会还怪她白梅多事了呢？唉，白梅看不懂，看不懂啊！

那件事，确实在白梅的心里，翻腾了好久，也留下了不小的阴影。于丽萍后来给白梅解释了一回，说廖丛秋的爹对她好，看在廖丛秋老爹的面子上，她忍了。再说，廖丛秋也把孩子拿掉了。既然如此，白梅又何必较真呢？廖丛秋恨自己，恨就恨吧，不管什么原因，毕竟是自己打了人家。这么一想，白梅的心里不知不觉还有了愧疚之意，她终究还是冲动了。

随着时间的推移，白梅对于丽萍那点阴影已慢慢淡去，差不多还是和从前一样。直到后来听了陈素英说了那些，白梅才从头回想。这一回想，才发现，原来一直都是自己剃头挑子一头热。心痛之余，便慢慢灰心了。她突然觉得自己好可笑，活该廖丛秋恨她。

所以，这会儿听于丽萍电话里说的一堆，她百感交集。多热的开水，都会有凉的时候。等到凉了，才想起之前的温度，为时晚矣。听到于丽萍一个劲地说着从前，说着白梅怎么给她带孩子，怎么给她收拾家里，怎么帮她做饭等，白梅长长叹了一口气说："可惜，再也回不去了。"

五星煤矿要彻底关闭的消息，越传越像回事了，大概这事已是八九不离十。于丽萍还在说着过往，白梅便把话题转到这上面来。于丽萍也说，她从公司听到一些消息，应该要不了多久就会公布，这事是真的。

"要关闭了？我白梅工作了二十多年的单位，就要消失了吗？"一种淡淡的惆怅和失落感从心底生了出来。往日的点点滴滴，也一件件一桩桩浮上心头。

这些年，地面就不用说，井下哪个地方她没去过，一五〇八水泵房、一五〇八机车充电室、一三九〇变电所，采煤工作面、掘进工作面，还有五星煤矿最远的地方——一三二〇水平，她都记不得去过多少回。

最尴尬的一次，她与史耀忠、廖丛秋一起，原本一路就很别扭，走到一三九〇水平的一条大巷时，廖丛秋突然和史耀忠说她要解手，她自己还没带纸。史耀忠上上下下把包摸了个遍，也没摸出一张半张。羞得满脸通红的白梅，只好从上衣口袋里掏出叠得方方正正的一块，递给廖丛秋。廖丛秋跑过旁边一个岔道，进了一条联络巷。等待中，史耀忠站在原地没动。离他不到两米远的地方，白梅背过身去，盯着巷道壁出神。

　　悬挂于巷壁上方的管道和电缆，那些电缆钩，就是白梅绘出图纸，由小机厂加工成的。电缆钩上，一排排电缆，沿着巷道往两端延伸，像琴弦，又像五线谱的样子，白梅似乎能听到音乐的声音在微风中轻轻回荡。她甚至想，巷道也是琴弦，此时此刻，她自己就像琴弦上的一个音符。

　　而这个音符跳到一四五〇煤仓下测量老虎嘴那次，可是比在矸石山下那次要艰难得多。

　　那时她到运输工区不久，一四五〇煤仓下的老虎嘴，在长年吞吐原煤的过程中，嘴唇被磨得破破烂烂，本来该吐到矿车里的原煤，却已力不从心，总是洒落一地，还得用大铁铲收拾进矿车，大大增加了工人的劳动量。

　　工区决定重新加工，尽快让早已无力胜任工作的旧老虎嘴退休。

　　加工之前，白梅要绘出加工图。她从机车修理班叫了一名比较有经验的工人做伴，这位同伴还可以帮忙拉钢卷尺或推矿车。是的，当她通知把煤仓放空，上口的皮带输送机停机，煤仓下停止作业，并在煤仓上口及下口的轨道两端安排人站岗后，请同伴推来一辆装了原煤的矿车，她爬进去站在原煤上，才够得着那些需要测量的部位。

　　所有尺寸测量结束后，才通知相关人员，一切恢复正常。

　　也是因为她认真，这些年来，无数次这样的工作，每一次都安安全全。而且，无论什么物件，无论哪个地方，按她绘制的图纸加工出来，换上去都很合适，从来没出现过返工现象。这让一开始持有怀疑态度的一些工人，不得不服。用他们的话来说，白梅是真厉害，不管是螺丝孔，还是倾斜度，都把握得正好，他们安装时也少费好多力。

　　至于参加矿上排计划，全年计划或五年计划，每一次都要根据矿上的总体布局，预计一年或五年内所需的机电设备。比如机电工区，需要多少台皮带运输机、刮板运输机，以及它们配套的电动机、减速器、防爆开关，多少台调度绞车、回柱绞车，各种规格的电缆各多少米，各种规格管道各多少米等。比如运输工区，需要补充多少台电机车、矿车、充电机，各种规格的轨道多少米，相应的枕木多少方等。

"白大姐，都忘记你是女同志了。"一次排计划，开始之前，分管生产的副总工程师给大家发烟，发到白梅时，白梅自然是不抽烟的，他便说出了这么一句。发完烟后，又专门跑到他自己的车上，找了几颗糖，一定要给白梅，还说他不能亏待白大姐。而且，自那以后，每次排计划，他都不仅带烟，还带了专门要给白梅的糖。

想起这些，白梅笑了。

还有一件事，更是让她既惊心又感动。

谢远山原是运输工区推车工。

有一天，他下班后，从井下上来，到原一六八九绞车房前下了猴车，远远看到通往大倾角皮带机的联络巷走来几个人，有带红色安全帽的。他不想和领导打招呼，便找了一个不太显眼的地方坐下来，想等那些人过了再走。那些人走近了，他才看清是史耀忠、李志忠和夏远同等人。

"……最多个把月，到时候你好好把机电撑起来，不用担心。哼，周远成算什么，还机电一把手，他也配？还不是乖乖给我去了运输。"这是史耀忠的声音，不知为什么，谢远山这时只想往墙角再靠紧一些，恨不得有一道缝能让他赶紧钻进去。他已经不是第一次遇到这样的情况了。不久前，采煤工作面搬家，各工区都拨了一些人出来，由调度室统一安排。他作为运输工区的一员，和另外一位同事一起，负责给大家送饭。那一次，他们就在猴车道八片底弯处听到过类似的谈话，便从旁边的一条巷道绕开了。

"白梅她傲气什么？让她去运输，她还不是去了。要她再回机电，她还会飞？"史耀忠的声音，谢远山听得清清楚楚。

白梅？白梅那么好的人，这些人要做什么？谢远山努力屏住呼吸，不让自己发出一点声音。

从那以后，无论地面还是井下，只要碰到这些人，谢远山就赶紧躲开。有时他会莫名其妙感叹，有时又会喃喃自语，"怪事，怪事……"跟他走在一起的人，不明所以，也听不懂他在说什么。待问他时，他又说没事。时间一长，人们都觉得他有些怪，有人甚至说他精神有点不正常。嗨，硬生生把他弄得，头都大了好多圈。

不过，听到与白梅有关，他是真着急。白梅从来不拿架子，对工人们很关心，说话也和和气气，从来不像有些人那样吼声吼气的。最关键的是，他们能考得高级工，就多亏有白梅帮忙。不仅耐心让大家明白事情的重要性，动员大家参与考试，还很认真地给大家做了复习指导。不然每月一百五十元，会从天上掉下来？这事，不只是他，运输工区凡是取得考级证书的，哪个心里没数？运输工区若是没有白梅，还不是像其他工区好多人一样，都不知道有这么回事。

不行，得想办法提醒白梅，好人不应该白白被人整治。不知道就算了，都知道了，不尽点力，那还叫人吗？他一次次地在心里警告着自己。

有一天，他到工区参加安全学习，正好是白梅主持。他真想走上前去，把他听到的话原原本本告诉白梅。可是大庭广众之下，他还是忍住了。事关重大，他怕没帮上忙，反而害了白梅。学习结束，他没有马上离开，而是在学习室外面和几个同事抽了一会儿烟。白梅回到办公室后，他看只有白梅在，就走了进去。

"嗯？谢师傅，有什么事吗？"白梅把刚主持学习用的资料收好后，坐了下来，正准备修改一张图。她右手拿着鼠标，两眼盯着电脑。听到有人推门，抬头看见是谢远山，便笑着问道。

"我，白工，我是找你有，有事。"尽管在心里预习过很多遍，事到跟前，谢远山还是有些紧张。因为在他看来，这事太大了，都压了他好久了，压得他很难受。

"什么事？你尽管说。"看他有些紧张，白梅微笑着道。

"好。"他应了一声，感觉全身都逼出了汗。

"嗯。"白梅点了点头，鼓励着他。

"白工，你是个好人，但是，你要注意……"正说着，有人推门进来了，是宋贵廷，他要和白梅商量人车试验的事。

谢远山一看，一时半会儿没时间再说，就走了。

　　白梅总是很忙，他是真的很难找到合适的时间，把这些事告诉白梅。他的心思越来越沉重。有一天晚上，居然做了个梦。在梦中，也是井下，一处既熟悉又陌生的地方，像是一四五〇联络巷，又像是在人车道。他亲眼看见史耀忠卡住白梅的脖子，他想上前把史耀忠推开，腿上却一点力气都没有。转眼，又好像是在运输工区门口，史耀忠就是不放手，好多人在场。突然，周远成像天神一样出现了，他气势汹汹地朝着史耀忠吼道：放开她，放开她……眼看白梅已没力气挣扎，谢远山也跟着大声喊出："放——开——他"，一着急，把自己都喊醒了。

　　白梅回到机电工区半年后，谢远山也调进机电工区，成了一名溜子司机。有一天，他上早班，走到值班室门口，有几个人在里面闲谈，他便走了进去。墙上有一张干部值班表，乖乖，白梅一个女同志，也要值班，这些人真是太过分了。看着看着，突然眼前一亮，值班表上有干部们的电话。他把白梅的电话存进了手机，心里似乎有了办法，就像已经帮到了白梅似的，嘴角向上翘了翘。

　　当天晚上，他给白梅发了一条很长的信息。白梅一看，就知道是很用心斟酌过的。毕竟常和工人们打交道，机电、运输所有人的文化程度，她都很清楚。对方信息的内容，明摆着的，她也知道。她很感激，也就回复了一些很感激的话。

　　谢远山后来又给白梅发过很多次信息，这时很多人都说谢远山精神不正常。谢远山确实也和一些人起过冲突，态度很不友善。不管情况如何，白梅觉得，他老是给自己发那些信息，也不见得是什么好事，搞不好会害了他自己。该怎么办呢？信息发来了，回也不是，不回也不是。想来想去，她后来就不回复了。想着几次不回，对方也就会作罢。

　　可是，白梅没想到，他有一天竟然跑进白梅的办公室，问白梅怎么不回他的信息。事情来得突然，白梅一时没想到太好的答复方式，就说自己手机出问题了，收不到信息。她这么一说，谢远山点了点头，转身出去了。白梅觉得自己已是尽量把语气放得温和，应该不至于伤了他。不管怎么说，人家是一片好心，若自己的话伤了人，那就太不地道了。

　　可是，一周后，让白梅更想不到的事情发生了。

第三十六章

......

"白梅对我们工人是真的好。"

"人家工作也确实干得好。"

"白梅真了不起！真是越有水平的人越没有架子。"

"可惜了，她要是在地方上，至少也应该是个副县级。"

......

一群人坐在运输工区办公室门前的花池边上，正七嘴八舌地扯着闲话。谢远山走到时，恰好听见上面这些。这时，白梅已回机电好几天了。他没说什么，只是嘴角微微上扬，谁也不知道，他心里竟然有了更为惊人的主意。

为了保护白梅，不久他便想办法调到机电工区。

"白工，这个手机还可以，你拿着，先将就用。"人们都说谢远山精神不正常，可他却因为白梅"手机出了问题"，便给白梅买了手机送来。

白梅愣住了。一部手机，再便宜，少说也要好几百。白梅的心，被绞着了，绞得比那钢丝绳还要更紧，更紧。

今天不是学习日，也不是他上班的时间，谢远山是专门来找白梅的。当他把一个深灰色的手机递给白梅时，有那么一瞬间，白梅的大脑空白了，仿佛周围的空气都已凝结，自己已不会呼吸。足足有半分钟，白梅真不知如何是好。

她很明白，眼前这位老工人记着她的恩情。可是于她而言，那些本都是应该做的，哪能算什么大恩啊！联想着谢远山从运输到机电的一连串行为，白梅真是惭愧至极。史耀忠的所作所为，原本她后来不怎么在意了，自从进入省教育学院就读，她就有一种破冰之势。死过一次的心，既然复活了，哪里还那么容易受伤。史耀忠再怎么折腾，她都有解脱之法，大不了多干点活，多受点苦。

可是，谢远山这样一来，白梅的心狠狠震动了，她觉得自己让他受了牵连，十分愧疚。没有太好的解决方法，她只有努力静下心来，好好地和他说：

"谢师傅，这不行，无论如何，我不能接受你的手机。"白梅甚至说，她知道他是为她好，但是请他不要这样，所有的问题，她都有办法解决，请他放心。如果他坚持要这样，她会坐卧不安，吃不下，睡不好，那不是与他的愿望正好相反了吗？好说歹说，折腾了半天，总算让他收回了手机。

谢远山走后，白梅坐了下来，想了很多很多。多好的工人师傅啊！"白梅，好好想想，这些人这样对你，你何德何能？"

白梅参加工作后，父亲依然时常嘱咐她，如何做好自己的本职工作，如何做一个光明磊落的人。父亲说，人生在世，做不到人人说好，做不到人人满意，但对人对事，永远不能违背自己的良心。白梅一直记着，也一直这样要求自己。

她想起入党后，当时已有四十多年党龄的公公总是告诉她，作为一名共产党员，应该怎么把工作做好，要如何才对得起党和国家的培养。那些话，若都能集中写下来，怕是出几本书都够了。这些年，她没有忘记公公的教诲，无论在哪个岗位，只要力所能及的事，她都会努力去做。她从不惜力，从来不怕干活，所以赢得了许多领导和工人师傅们的好评。可她自己也知道，其实自己不过是一株小草，不过是在平凡中，尽量按照季节的轮回、生存条件，长成自己应该长成的样子而已。

曾经，她还把自己封杀了那么多年。虽然以疯狂的工作来打发时间，工作上还算没有耽误什么，可那样消极的思想，本身就不对，甚至是可悲、可叹的。不就是公路边那个狗窝一样的临时房，不堪入住吗？不就是五星煤矿与重庆煤校，或者说与自己的愿望落差太大吗？不就是小渣皮们无休无止的纠缠吗？那么点困难，就困住你白梅十四年，说来不觉脸红吗？她是真的十分惭愧。这样想着，对于史耀忠这样的障碍，又算得了什么？比史耀忠更史耀忠的，都微不足道了。

谢远山送手机的事，确实好好地给她上了一课。那件事，犹如一条皮鞭，狠狠地在她脊背上抽了一计。她的灵魂深处，因此经历了一次大地震，然后再次建起了新家园。从那以后，不仅工作一如既往，更加关心职工们的疾苦。思想也有了一次质的飞跃，更加乐观，更加积极向上。

五星煤矿要关闭的消息传得越来越纷纷扬扬，有很多工人来问她。"是不是真的，如果是真的，到时候怎么办？"

她很耐心地告诉大家，"无论是真是假，都不要急慌。如果是真的，矿上会有相应的安排。至于到时候，如果是真的，该怎么办？这些，大家能考虑到的，矿上也能考虑到。"一方面，她很想稳住职工们的心，以免工作中造成安全隐患；另一方面，在没有什么准确消息的情况下，她又能说什么呢？说什么都是那么的苍白无力。

消息传到九月中旬，五星煤矿要关闭的决定，真的从矿上下来了。接着就是统计职工基本信息，这一块，牵涉退休事宜。

白梅已接到工作指令，开始清查全矿设备。有了十年前的清查经验，她一头扎进去，可谓轻车熟路。全力配合材料组，实物、数据，数据、实物，每天忙得不亦乐乎。

春节过后，矿上开始撤除设备。从井下采煤工作面、掘进工作面开始，各个工区都行动起来了。

采煤机、大型刮板运输机，以及其他大型物件，被恭恭敬敬请出地面的那些日子，机电工区安装队是主力，高宏全程带着。

那些大家伙，放在平板车上，都得靠八号铁丝双股，或直径为八毫米、十毫米的钢筋稳住。一路朝着地面方向，拐多少弯，爬多少坡，甩下多少前尘往事。为了让它们通行，井下巷道，实在无法通过的地方，都得联系相关单位协助处理。

从井下请上来的各种设备、设施，总有其他矿开进大卡车来拉走。一天又一天，一车又一车。

看着这样的镜头，白梅不止一次想起五星煤矿遥远的过去。那是怎样的一个开始？怎样从一片荒芜到机器轰鸣，人声鼎沸？

这片千百年来，稀稀落落散布着一些人家，日出而作、日落而息的土地上，从小煤窑到煤厂，再到煤矿，一次次在蜕变中求生存，　次次在蜕变求发展。尤其是迁徙到新井口后，徐科长说，新建成的五星煤矿于一九七〇年五月投产，并于这年划归省煤炭工业局管理。两年后，移交给了莲城矿务局。这期间，大山之间，如同雨后蘑菇，已长出了许多房屋。一栋栋两层三层的楼房凭空而起，被称作办公楼，还有机关和井区之分。干部楼、家属区，子弟校、医务所，后来还有五层的高楼。一些奇形怪状、大大小小的机器，先后来到，然后这里站一个，那里蹲一个的，直叫人看得眼花缭乱。

莲城矿务局开采了八年后，又重新自行设计，由局建井工程处实施开拓延伸工程。六年后移交生产，原矿井设计能力为年生产十万吨，扩建后的矿井年生产能力为二十万吨。

龙吟虎啸中，地底下，一串一串的矿车，把泥土、岩石拉了出来，堆成了山。然后，墨一样的黑色物体——煤炭，也从从容容地跟着溜出了地面，堆山成阜。再上了汽车后从莲都东站转上火车，像执行命令的军人一样，头也不回地奔向全国各地。

后来，白梅从志书上得知，在莲都境内，煤炭的开采可谓历史悠久。追溯到明洪武年间，那时民间已有土法开采，即称为小煤窑开采。那时，人们就用煤炭取暖和煮食。到清嘉庆年间，莲都的铅锌冶炼兴起，煤矿作为冶炼能源，开采规模有所发展。

早期小煤窑开采，一般是季节性的，多在冬季。民众自愿结合进行开采，自己开采自己销售。

小煤窑的开采方法，一直沿袭古老、原始的方式。找到有煤的地方，挖个简陋狭窄的独眼井巷，靠木架和树枝支撑，或者是裸体巷道。用锄头、薅刀刨出的煤炭，装在竹子编成的船或撮箕等器具中，人力拖拉到地面。井下产生的水，要么用竹筒引排到地面，要么直接用桶挑出。井下就是自然通风，明火照明。至于瓦斯，那时的人们有的叫作"闷量"，有的是其他叫法，反正也知道会闷死人。但也只能凭感观，比如民间用公鸡检测，通过观察鸡冠颜色变化来判断瓦斯浓度，或凭着能不能使明火熄灭等办法来推测瓦斯具体情况。经常有片帮、冒顶、爆炸、燃烧等事故发生。所以，民间有谚语流传，说挖煤人"吃的阳间饭，做的阴间活"。

新中国成立后，除私人开采外，合作社、公社、大队、生产队亦有组织小煤窑开采。二十世纪五十年代中期，市境一些煤窑开始使用瓦斯检定灯和光学瓦斯检定器监测煤洞瓦斯。

到了二十世纪七八十年代，在国营、集体、个体一起上的大背景下，小煤窑迅猛增多，莲都这片土地上，说数以千计，都不过分。

这样一来，大规模的小煤窑，必定会造成布局无序、乱挖滥采、生产秩序混乱、煤炭资源和生态环境遭到严重破坏的现象，有的地方还危及公路、民房及统配煤矿的安全。直到政府采取措施全面清理、整顿，对私挖滥采的小煤窑进行炸毁、封闭处理，以及关井压产行动，情况才得到好转。

从这些记载中，白梅特别关注了五星煤矿。这里，起初就只是有人开了小煤窑，后来经历了焦煤厂、煤厂。二十世纪六十年代初还安装过四十千瓦柴油发电机，用电钻打眼，利用一吨 V 型小矿车提升煤炭。

莲城矿业公司，前身为莲城矿务局，原系部属国有大型一类煤炭企业。二十世纪九十年代末期，部属国有重点煤矿下放后，才隶属省里管辖。

莲城矿业公司从当年的莲城矿区一路走来，得益于"大三线"的建设。

二十世纪七十年代初期，莲城矿区三线大规模建设基本结束。这段时间，矿区建成八对矿井，两个选煤厂。设计原煤年生产能力四百三十万吨，实际移交年生产能力三百一十万吨，两个选煤厂年入洗原煤二百三十万吨。

当时，莲城矿区建设是在"战备"的指导思想下进行的，建设项目严格按照"靠山、分散、隐蔽"的原则，施工难度大。采取大会战和边勘探、边设计、边施工的形式，上马快，时间要求紧、设计标准低、简易投产，加之二十世纪六十年代中期受到一些特殊情况的冲击，矿区建设的部署被打乱，有的项目未能开工，有的停建，因之生产环节不配套，生产系统不完善。矿区大规模三线建设结束，主要是党的十一届三中全会以后，莲城矿务局进行大量的重点工程补套和重点项目续建，并对老矿区进行技术改造，不断引进新的设备和生产工艺，生产能力才有较大提高。进入二十一世纪，八年左右的样子，莲城矿业公司在莲城境内的矿井原煤设计年生产能力为七百六十六万吨，选煤设计年入洗原煤六百四十万吨。并先后建了一批煤化工、煤矸石发电、加工企业。

矿区建设初期乃至在以后的发展历程中，各级领导对莲城矿区建设都十分关心。先后到矿区考察，从煤矿建设到逐步改变"北煤南运"的局面，对如何建设好矿区、提拔年轻干部、关心职工生活，以及研究省内煤炭出口、利用外资、加强铁路港口和煤矿建设，搞好原煤加工，搞好煤矸石发电，支援国家生产建设，开拓发展前景等重大问题，都做出了明确指示，给了莲城矿务局职工巨大的鼓舞。

白梅的心似乎插上了翅膀，飞到高空，正俯瞰着整个五星煤矿。这些年，在莲城矿业公司的统一领导下，各方面的工作都井然有序地开展。如今，这个矿从头发到脚指甲都在拆卸。

主通风机是最后撤除的设备，井下各种设备设施没有完全运上井之前，主通风机还不能停止运转。井下所有设备设施撤除完毕，井口将进行填实封闭。

所有设备设施撤除完毕，人员分配的事，公司和矿上，也做好了相应的准备，只待一经公布，便成定局。

公布人员分配情况的大会，在五星煤矿大会议室召开。

大会议室是原来的主通风机房。主通风机用来实现井下通风系统正常流动，使得井下新鲜空气能满足下井人员的正常需要。也就是说，主通风机掌控着五星煤矿的呼吸系统。

早先的主通风机是老式设备，属于横卧抽出式通风机，即把井下污浊的空气抽出，带动新鲜空气源源不断地流入井下。风门的开和关，都用小绞车牵引钢丝绳来实现。两台主通风机，六台小绞车，还有配电盘等电气设备，占了五十多平方米的一间大屋子。

随着煤矿科学技术的发展，后来将主通风机更改为新型压入式，即把新鲜空气压入井下，推动井下污浊的空气，并将其排出五星煤矿的体外。这类通风机，由高压开关柜控制，高压电动机带动，不再需要小绞车。更改为新主通风机时，白梅还现场指挥，配合厂家安装。安装位置改到球场处，原来的一大间屋子便腾了出来，布置为大会议室。

早晨，天空没有下雨，也没有放晴，大概老天也和五星煤矿的员工们一样，心事重重吧！

大会议室里，深红色的幕布前，主席台上设置了九个席位的座次。桌面上，倒"V"型的座位标签，红底黑字，会议充满着仪式感。面向主席台，会议室右边的三个大窗，淡蓝色的窗帘，收拢后各自垂在窗的两侧，给会场平添了几分庄重和严肃。会场里，一排排椅子，组成了一盘大大的蜂巢，蜜蜂们嗡嗡地从大门涌进，一一落入蜂巢的每一个网格。

多少次，白梅就在这间屋子里，像一位将军一样指挥着倒换主通风机。为了确保主通风机正常运行，两台主通风机每月倒换一次。倒换后，停止运行的一台，必须及时检修，确保轮到它运行时，一切正常。

多少次，白梅就在这间屋子里，像一位将军一样指挥着对备用通风机及其相关设备、设施进行检修，主通风机的叶轮、轴承及其他部位，小绞车及其钢丝绳，以及电气设备等，不放过任何一个环节。

多少次，白梅就在这间屋子里，像一位将军一样指挥着小绞车钢丝绳的收放，关闭哪一道风门，开启哪一道风门，于是，反风演习开始。每次反风演习，都控制在十分钟之内完成操作。反风期间，监测电压、电流等数据的变化，如同医生监测人类的呼吸和心跳，丝毫不得马虎。一切正常后，又指挥关闭哪一道风门，开启哪一道风门，让通风机恢复正常运行，让整个通风系统回到原来的流动方向。反风，也就是改变井下通风系统风流的方向。每季度进行反风演习，只有一个目的，就是一旦井下有什么异常情况发生，需要改变通风系统风流方向时，能够以最快的速度顺利实现。所以，任何时候也容不得相应的设备、设施出现任何问题。对这些设备设施，平时都有人专门维护。所幸，自白梅参加工作以来，没有发生过需要改变通风系统风流方向的异常情况。五星煤矿被鉴定为高瓦斯矿井，实际上，矿井瓦斯涌出量不高，基本保持在可控的安全范围。

这时，坐在这间大会议室里，白梅已然心潮起伏。

"唉，就像做梦一样，我们居然把五星煤矿都干垮了。"开完人员分流大会出来，一个年轻的工人摇着头，长长叹了口气后，感慨道。

"你们年轻人倒还不要紧，不管去到哪里，都还有些奔头。我们这些老者，优惠退休的政策没赶上，去了别的地方，也干不了几年，真是进退两难。"一位年近五十岁的老工人，本想着会在五星煤矿干到退休，却赶上了这样的情况。

"要是明年才关闭，我就能退了。这年龄，差得多就算了，就差一岁。"旁边另一位老者也接了一句。

"我们女生更难，这回离家这么远，都不知怎么办了。"听到前面的人感慨，走在后面的一位三十五六岁的女子，左手提着个小包，右手拂了一下耳边的短发，自言自语道。她被分到邻市去了，是莲城矿业公司在那里新开办的煤矿，由新成立于那里的子公司分管。

"是啊，做梦都没想到。不过，听说新矿区条件好，去见识一下也不错。"走在她旁边的一位女子，四十二三岁的样子。她也分流到邻市，但是在另一个新矿区，属于另一个子公司管理。

"我倒无所谓，到新矿区挺好的。以前去的那些人，都有关系。要不是这样的机会，我们还去不了呢！"一个三十来岁的男子，满怀憧憬地说。

新的煤矿，采掘都实现了机械化，新装备、新技术、新工艺均按相关规定配套。环境保护方面，也与矿区同时设计，同时施工，同时投入使用。事实上，新矿区，无论矿区环境，还是员工福利，都比五星煤矿这样的老矿区要好得太多。

这几年，随着煤矿市场的变化，以及煤炭科学技术的大幅度提升，莲城矿业公司也在不断调整内部结构。

老矿区都是三线建设时期崛起的，那时的建设，条件有限。巷道布置，设计等，都只能按当时的实际情况考虑。那时，主要是炮采方式。所以，采煤机、掘进机面世后，一些大型的矿井，或是采面条件较好的，还能想方设法使用。没有改造条件的，就依然只能实行炮采。而炮采和机采的差别，就好比刀耕火种与机械化种植的区别，好比长刀短剑与飞机大炮的区别。

这些年，莲城矿业公司不仅在老矿区着力进行可行性改造，在莲都这片土地上开发了一些新矿区，还在邻市建了几处新矿区，规模都比较大。

大会上宣布，白梅被分到米格。也许是领导们考虑到她和高宏是一家吧，高宏也被分到米格。米格矿业公司，是莲城矿业有限公司新建的子公司。米格地段属于莲城管辖，群山环抱，背倚森林。

白梅不关心去哪个单位，于她而言，这个时候到哪里都一样。但是，她关心一件事。听完宣布后，人们都在往外走，她却留了下来。等人群不太拥挤时，她走到台前，微笑着给一位领导打招呼：

"刘部长，您好！"刘部长五十岁左右，来自总公司人事部，白梅原本不认识，开了会才知道。

"你好！有事吗？"刘部长正在收拾刚才用过的会议资料，听到声音，抬起头来，愣了一愣说。

"不好意思，刘部长，我想请问一下，刚才的宣布，我被分到米格了。可是，我明明填了退休统计表，愿意退休的，怎么退休人员中没有我，能告诉我是什么原因吗？先谢谢您了！"白梅简单组织了一下语言，笑盈盈地说。

"哦？你叫什么名字？"刘部长一边把资料装入黑色的提包里，一边问道。

"白梅，我叫白梅。"白梅这才想起还没说自己名字，赶紧回复。

"哦，你就是白梅啊？"刘部长端起茶杯喝了一口，眼睛里亮着光，像想起什么似的。

"是的，刘部长，我是白梅。"白梅心里有些着急，但依然微笑着。

刘部长像是故意让白梅着急一样，笑着"哦"了一声，一边看着白梅，一边端着杯子又喝了一口。

"嗯？"

"哈哈，你还想退休？你是米格点名要的。好好干吧，别想着退休。"看着白梅有些着急，刘部长才说出了这个情况，眼里充满着欣赏和鼓励。

矿井关闭，按优惠政策，职工可在原有规定的基础上提前五年退休，白梅的年龄是达到的。可是她也知道，她是干部，有单位来要的话，自然就不行了。

从会场走出来，各个单位已经把接人的车开到工业广场。毕竟分流人员不是一件小事，牵涉到方方面面，领导们便雷厉风行，以免夜长梦多，宣布后便立即各就各位。

大会之前，所有人的去向，员工们一无所知。

白梅的心空荡荡的。如果这事放在十年前，换一个地方，尤其是宿舍等各方面条件都比较好的新矿区，不说有多开心，至少她一定打心里是欢喜的。可是，现在的她，对这个曾经让自己的心沉入万丈深渊的地方，为何如此不舍？

井下凡是能拆除、能回收的设备设施，都已先后出井，运送到需要它们的单位。几十年的相守相伴，它们一定也有不舍吧？不过，能去到那些需要它们的地方，说明它们还有价值。她想：她不也一样吗？不也是从这里拆除的一个物件吗？既然还有用，那就到需要的地方去吧！

井口即将封闭，五星煤矿几十年来的轰轰烈烈，都将关闭在它的心里，一如白梅曾经把自己完全包裹起来、封闭起来那样。

社会要进步，时代要发展，长江的后浪总会推着前浪。五星煤矿就此光荣退休！

站在工业广场，扫视着熟悉的一切，新的综合办公楼，压风机房，主通风机房、矿灯房，采掘、通风、运输，以及围墙外沿公路拱卫着井区的机电工区、安全技术中心等，它们都已完成了五星煤矿的历史使命，一切都将归于平静了吧！

抬起头，阳光斜斜地从山外射过来，照在五星煤矿的上空，检视着这个联系着三线建设的地方。几十年来的朝朝暮暮，五星煤矿总是掏心掏肺，给多少人送去过光明，照亮过多少人的黑暗，点亮过多少人的心灵。

阳光照射着每一个即将起程的员工，从每一张带着各式表情的脸上，阅读着每一个人的心路历程，默默地照耀着每一个人走向未来。

"白梅，你分到哪里？"正默默出神之际，于丽萍的声音传了过来，她笑着站在一辆大巴车旁边。

于丽萍几年前已调到邻市。她到工资科后，没多久就搞到了大专文凭，很快转成了干部。新矿区投入运行后，她便通过熟人调了过去，成了那个矿的人事部部长。

"哦，于姐，你来接人啊？"白梅循声看去，她还是一头短发，有职业女性的范儿。一袭黑色的连衣裙，外面套了一件淡绿的短开衫，看上去比以往每个时候都好看。大概这人啊，活的就是一个心态，心情好了，人也会显得年轻许多。她几年前已和朱大新离婚，现任丈夫对她还不错。

"是的，来接人，你分到哪里？"于丽萍回答了白梅，又问了一次。

"米格，我去米格。"说着，给于丽萍开起了玩笑，"我想去你那里，你又不要我。"

于丽萍赶紧说："我们那里那么远，你会愿意？"

"怎么不愿意？我太愿意了。"白梅继续开玩笑。

"再说，我们要你，公司也不会同意。"于丽萍赶紧为自己分辩。

这时，有些接人的车已往大门外开去，于丽萍负责的队伍也整装待发，白梅与她握手道别。

三月的春风，悠悠地吹拂着。环抱着五星煤矿的群山，在这些年的退耕还林中，长得青葱茂绿，花团锦簇。上顶着蓝天白云，下带着清清流水，充满了诗情和画意。听说，早先，这条大峡谷的底部是一溜稻田，白梅想象着那时的情景，有稻香从心里溢出，突然生起一种对岁月的敬畏之感。

米格的车来了。米格的人事部部长一下车，弄清楚要接的人是哪些后，第一时间就抱拳对大家说：

"抱歉！早上从米格出发，在路上耽搁了一些时间，来迟了，很对不起大家。"

"没关系，没关系。"白梅等人连声回应。

车从工业广场大门开了出来，迎面正是机电工区办公楼。那里是白梅二十多年办公的地方，白梅的足迹，一层又一层地印在那里。那些足迹，风吹不去，雨洗不去。

在那里，有冰霜，有温暖。在那里，白梅从一个刚走出校园的无知无畏者，变成了一位饱经世故的中年。在此过程中，她如同一块海绵，吸收了很多能量。一棵弱不禁风的小树，终于枝叶婆娑。无数次被委屈揉得筋疲力尽，也无数次被荣誉包裹得兴奋不已。

白梅的三妹妹结婚，高宏和白梅亲手操办，酒席就摆在这栋楼上。二楼的会议室、技术室、区长室、书记室、设备组办公室等，都安上了喜宴的桌子，喜气洋洋，比过年还要热闹。帮忙的全是机电工区的人，机电工区作为娘家，还成立了送亲队伍。真是造化弄人！史耀忠两口子当时也在送亲队伍里，没想到后来会变得如此。

三妹已回老家多年，成了三个孩子的母亲，就像她二姐夫在意她二姐一样，三妹夫把她捧在手心里。

在那里，白梅曾值过班。机电女工程师的存在，以及机电女工程师值班，都是五星煤矿有史以来，空前绝后的事情。

值班，那是史耀忠整治白梅的奇招。可对白梅来说，那又算得了什么呢？不就是值个班吗？白梅把床安在技术室里间，多少个夜晚，手机铃声调到最大，时刻警醒着。井下溜子跑偏、断链、跳链，大倾角皮带机尾原煤堵塞，七片、八片管路被矿车撞断，溜子司机提前下班，井下水泵司机接班迟到，副井绞车开不起来等，她已记不清处理过多少问题和事故。

在那里，白梅曾经给全矿机电设备建了档案，整整齐齐地摆放在柜子里。白梅在此哭过、笑过。二十多年的经历，也将汇集成一袋无形的档案，存放在时间的柜子里，安放在历史的风中。

"别了，我亲爱的机电工区，我亲爱的技术室。"白梅在心里挥着手。

从副井绞车天轮架下经过，白梅抬头看了一眼。高高的天轮架上，天轮已不见踪影。天轮，曾经是她绘了图，送到局机厂去加工的。在那里，她无数次去检查过天轮，检查过轨道，检查过钢丝绳的磨损情况。指挥过更换天轮，指挥过更换钢丝绳，还指挥过更换部分轨道及枕木，以及挡车栏试验等。

这些家伙，在大倾角皮带机还没出世前，都是主井的骨干力量。直到大倾角皮带机安装完毕投入使用，作为主皮带运输的井筒，以主井居于前位后，原来的主井变为副井，它们才随着原来的绞车提升系统，不再担任原煤运输任务，只负责材料运输，并把井下产生的矸石运到地面。

车一转弯，便到副井绞车房门口。副井绞车房，白梅的足迹也是一层摞一层的。机房巡查，每个月七八次是少不了的。检修，员工培训，以及其他临时性问题的处理，她哪里记得清有过多少次？

扭头又见大倾角皮带机入口。大倾角皮带机，这个五星煤矿血气方刚的汉子，早已去了需要他的地方。

前面就是九字楼，这里曾经有一套房子，被白梅亲手用天蓝色的油漆漆过地脚线。差点成了白梅日夜相守的地方。

想着想着，车已到了大垭口。蓦然回首，长长的峡谷顶端，曾经的五星煤矿，像一位老人，在目送他的子女们外出，期盼着子女们平平安安，期盼着子女们再创辉煌。留下来做收尾工作的人们，你们辛苦了！周远成，一年后即将退休。这个一直默默守护着白梅的人，早已刻在白梅的心上，白梅衷心地为他祝福。还有郑矿长，连续五年无条件嘉奖白梅，那是一种什么样的信任……

　　白梅的眼睛湿润了。这一刻，五星煤矿在她的心里，格外美好。那些不愉快的过往，算得了什么？在这里，她生活了二十四年，她的大好青春都奉献在这里了。在这里，她认识了心爱的高宏。在这里，她生下了优秀的洵洵。她看了一眼坐在身边的高宏，很快又望向窗外，望向她人生中把自己轮廓磨圆的地方。

尾声

· · · ·

五星煤矿关闭后，作为莲都市的北大门，几年时间，那里便架起了高高的立交桥。通高速，接高铁，成了一处重要的交通枢纽。

雄伟的立交桥下，原来经过五星煤矿的公路，已扩建为六车道的柏油路，路中间还有绿植隔离带。公交车开通后，且行且止，依然经此与大昇煤矿谋面后，串着莲城矿业公司的其他几个矿，直接通到莲都与邻市的交界处。

五星煤矿关闭了，它已历练了很多人。一个时代有一个时代的印迹，五星煤矿就是时代的印迹之一。它的形象，它的声音，连同三线人的自豪与骄傲，都会永远载入史册。它的上空，又盘回着立交桥；它的怀里，又拥抱着六车道的柏油路。如果五星煤矿是一棵树，那么，这些都是它长出的新枝，这些都是通向未来的路，不是吗？

白梅到米格后，在公司机电部担任主任工程师。后来，她才知道，是米格公司董事长点名要她的。为了要她，总公司人事部还提了一个条件：如果给了米格这个人，必须搭七个工人一起去。原来，与白梅一起去报到的七个工人，就是以这样的方式分配的。这七个工人，都已接近退休年龄，多的差五六岁，少的差一两岁。新的单位，不论哪家，如果可以选择，都不会挑选这类职工。

到了米格，高宏没留在公司。公司想把他留下，因与白梅是夫妻，不便安排到机电部，就想让他去生产部或安全部。可是，或许有一种情怀吧，他还是去了米格煤矿机电科，担任技术主管。第二年年底，晋升为工程师。

米格公司旗下有四对煤矿，米格煤矿离公司最近。事实上，米格公司就成立在米格煤矿的地盘上。员工宿舍都是建矿时统一规划建成的六层楼房，只是分出两栋给公司，但还是统一管理。如此，高宏和白梅自然分在同一间寝室，相当于安了一个小家。

　　白梅在诗词创作方面，也一路进步，这一年，她还学了赋。诗词曲赋不断在全国各地的刊物发表，国家级刊物已上了多篇，还有作品勒石于景区。因为作品获奖，全国各地，除了少数省份外，很多地方都给她寄过奖金、奖品。她的荣誉证书，除了以前工作中的一大摞，又增加了文学方面的一大摞。在莲都，一些文化部门或文学组织，已把她列为骨干创作成员或重要创作者。

　　五年后，全国的脱贫攻坚工作取得了前所未有的成果。就整个莲都市来说，市区发展得更美了，还成了全国文明城市。镶嵌在大山中的村村落落，矗立着一幢幢别墅型的小楼，成了一个个别致的旅游度假区。莲都有了天翻地覆的巨大变化，全国各地都有了天翻地覆的巨大变化。穿过五星煤矿的六车道，车水马龙，时有高级小轿车在上面跑着。这条六车道，早了成了一道亮丽的风景线。全省县县通高速，远亲都已如近邻。从莲都到邻市，白梅再回老家时，高宏开车，算上出城和下高速后的普通公路、乡村公路，也就两个小时多一点。白梅对母亲说："我们从莲都出发，您就开始做饭，我们到了，您的饭菜可能还没做好呢！"

　　白梅已加入省作家协会，时隔多年，再次经过五星煤矿，以一个作家的视角来看，五星煤矿早已华丽转身。

后记

· · · ·

十多年来，一直在写诗词，间或插入一些散曲。这期间，对联像一种调合剂，或者说，像不可或缺的盐，不断地调着胃口。近几年，又写了一些赋。原以为，诗词曲赋和对联，就是余生最亲密的伙伴。我们会在天地之间，感受着大自然的美好，演绎着人类的悲欢离合，演绎着人世间的喜怒哀乐。

可是，不知从什么时候开始，连着一颗诗心的大脑，莫名其妙地被一些诗词曲赋和楹联之外的元素闯入。渐渐地，这些元素从早先的模模糊糊慢慢变得清晰。随后，它们出现了一些举动。看那架势，都是想引起注意。

既然如此，我也不能装作视而不见。有意无意之间，便明白了现代诗歌、散文、报告文学和小说的意图。如此一来，真是有些盛情难却了。怎么办呢？各方面都照顾照顾？可这毕竟需要大量的精力啊！无奈之下，安抚了现代诗歌，说服小说先等等，只在散文和报告文学上开始小试牛刀。

哪知，小说像一位老谋深算者，不声不响地，就把它想表达的东西，一股脑儿地安排进某的脑海。进而，还把某的脑海当成了一个无所不能的大舞台，有时欢欢喜喜，有时哭哭闹闹，自顾自地导演着一场场大大小小的悲喜剧。到了这个时候，现代诗歌自不必说，散文和报告文学都暂时退到了幕后。

于是，2020年3月，第一部中篇小说《可儿不嫁》，在三四天的阵痛之后，离开母腹。

当初出茅庐的《可儿不嫁》在中国出版集团公司主办的第五届"海峡两岸新媒体原创文学大赛"中，从近四千部小说里入围前三百。签约时，有一束微光，虽然不太明亮，还是把"母亲"的眼晃得有些眩晕。

本以为，有此一回，小说该消停消停了。不承想，它不仅不愿就此罢休，还以乘"胜"追击之势，毫不迟疑地把《乌金姑娘》以长篇的名义推到了前台。

一个人有一个人的命运，一本书也有它缘定的际遇。

《乌金姑娘》从去年7月到现在，已历时9月之久。说来，故事在脑海里回旋的时间，已有几年，但碍于才疏学浅，迟迟不敢动笔。本打算过几年再说，没想到，去年3月，六盘水市委宣传部出台首届文学重点扶持计划时，却侥幸合上了节拍，这无形中给了我一种激情和鼓励。于是，一个赶着鸭子上架的大工程就这样开始了。也没想到，7月1日起，到9月中旬，初稿便告完成。似乎所有东西都已在脑海中堆积，只需搬出来即可。这期间，还因99岁的爷爷去世，停笔了10多天。更没想到，修改过程这么漫长。而这个过程，真的很享受。

一路走来，还得到六盘水市钟山区委宣传部、钟山区文联的大力支持、帮助、鼓励和鞭策。也正因为有了这些机缘，才促成了这本书的诞生。

第一次写长篇小说，实属摸着石头过河。不足之处，请多指正。

在此，衷心感谢六盘水市委宣传部，感谢钟山区委宣传部、钟山区文联！感谢湖北作家吴洛姐姐、河北作家李久实老师的悉心帮助！感谢翊旭先生的大力支持！感谢正在或即将关心与支持《乌金姑娘》的各界人士！

作者

2023年3月